BYRON PREISS (Hg.)

DAS BESTE VON
Frankenstein

**BASTEI
LÜBBE**

BASTEI-LÜBBE-TASCHENBUCH
Band 13 443

Erste Auflage:
April 1993

© Copyright 1991
by Byron Preiss Visual
Publikations, Inc.
All rights reserved
© Copyright der einzelnen
Geschichten am Ende des
Taschenbuchs
Deutsche Lizenzausgabe 1993
by Bastei-Verlag Gustav H. Lübbe
GmbH & Co., Bergisch Gladbach
Originaltitel: The Ultimate
Frankenstein
Übersetzernachweis am Ende der
einzelnen Geschichten
Lektorat: Dr. Edgar Bracht
Titelillustration: Hasan Koçbay
Umschlaggestaltung:
Quadro Grafik, Bensberg
Satz: KCS GmbH,
Buchholz/Hamburg
Druck und Verarbeitung:
Cox & Wyman
Printed in Great Britain

ISBN 3-404-13443-5

Inhalt

Einleitung

Isaac Asimov

Der Gotteslehrling

Wir kennen alle die Geschichte vom Zauberlehrling, dem jungen Mann, der bei einem Zauberer lernte und versuchte, die Magie seines Meisters anzuwenden, um sich Mühe zu ersparen — und dann feststellte, daß er die Magie nicht kontrollieren konnte. Das ursprüngliche Gedicht war von Johann Wolfgang von Goethe. Er wurde von dem französischen Komponisten Paul Dukas 1987 in eine charmante Komposition verwandelt und schließlich auf bezaubernde Art von Walt Disney bearbeitet, der Dukas' Werk in seiner *Fantasie* lebendig gestaltete.

Es handelt sich um eine humorvolle Geschichte, zumal der arme Lehrling schließlich von dem Zauberer gerettet wird, und wir über das Mißgeschick lachen können, es steckt jedoch auch etwas tief Erschreckendes in der Geschichte, denn man könnte sich gut vorstellen, daß die Menschheit in die Rolle des Gotteslehrlings schlüpft.

Wir haben viel über das Universum gelernt und vermögen Dinge zu tun, die unseren Vorfahren wie Zauberei vorgekommen wären. Versetzt man einen Kreuzritter des 12. Jahrhunderts ohne Vorwarnung in unsere Zeit und sieht er sich Düsenflugzeugen, Fernsehen und computerisierten Maschinen gegenüber, wird er sicherlich schwören, daß das alles

Zauberei ist, fast sicher böse Zauberei, sich bekreuzigen und sein Seelenheil Gott befehlen.

Man könnte fast glauben, daß wir uns die schöpferischen Kräfte Gottes angeeignet oder ausgeliehen haben, um die Natur zu beherrschen; und wir stellen ebenso wie der Zauberlehrling fest, daß wir intelligent genug sind, um diese Kräfte zu gebrauchen, aber nicht weise genug, um die Kontrolle über sie zu behalten. Wenn wir uns die heutige Welt anschauen, müssen wir da nicht einsehen, daß die Technik überhandgenommen hat und unerbittlich die Umwelt zerstört und die Bewohnbarkeit des Planeten zunichte macht?

Das eindrucksvollste Beispiel, wie besessen die Menschheit davon ist, sich Gottes Kräfte anzueignen, ist vielleicht die Erschaffung des künstlichen Menschen. In der biblischen Schöpfungsgeschichte ist die Formung des Menschen der Höhepunkt. Darf diese von Gott geschaffene Menschheit denn fortfahren, selbst eine Nebenmenschheit zu erschaffen? Wäre dies nicht das extremste Beispiel für Überheblichkeit und Anmaßung, und würde es ein solcher Gotteslehrling nicht verdienen, dafür bestraft zu werden?

Wir wollen die Sache betrachten.

Künstliche Menschen sind mit einer Reihe von Begriffen bezeichnet worden. Zum Beispiel *Automat* (selbst-bewegend), *Homunukules* (kleiner Mensch), *Android* (menschenähnlich), *Humanoid* (menschengleich). Der tschechische Schriftsteller Karel Capek hat in seinem Stück *R. U. R.* den Begriff *Roboter* eingeführt — in Tschechisch ein Wort, das ›Sklave‹ bedeutet.

Die beiden noch gebräuchlichen Begriffe für künstliche Menschen sind überwiegend *Roboter* und in gewissem Maße *Androide*. In moderner Science Fiction unterscheidet man diese Begriffe wie folgt: Unter einem Roboter stellt man sich einen aus Metall gestalteten künstlichen Menschen vor, während ein Androide aus einer organischen Substanz gebildet ist, die wie Fleisch und Blut wirkt.

Es ist sehr seltsam, daß die künstlichen Menschen in R. U. R., dem Stück, in dem Capek das Wort Roboter prägte, im Grunde Androiden waren.

Doch trotz des Unbehagens, das Menschen in bezug auf die Erschaffung von künstlichen Menschen empfinden (alte Science-Fiction-Erzählungen pflegten anzustimmen: Es gibt einige Dinge, die Menschen nicht bestimmt sind zu wissen), ist der Traum einer solchen Schöpfung so alt wie die Literatur.

In der *Iliade* wird beschrieben, daß Hephaistos, der griechische Gott der Schmiedekunst, junge Frauen aus Gold hatte, die ihm bei seiner Arbeit assistierten, sich umherbewegen konnten und Intelligenz besaßen. Perfekte Roboter.

Außerdem sollte auf der Insel Kreta ein bronzener Riese leben, Talos, der die Küsten der Insel unablässig umkreiste, um Feinde abzuwehren. In diesem Fall war Talos sicherlich ein bildschöner Ausdruck für die kretische Marine (die erste, die es in der Welt gab), deren bronzebewaffnete Krieger die Insel gegen Eindringlinge beschützten.

Solche mythischen Roboter waren göttliche Schöpfungen und konnten gefahrlos von den Göttern selbst − oder von den Menschen unter der Leitung der Götter − gebraucht werden. Es kam jedoch die Zeit, in der Menschen als die Schöpfer von pseudo-menschlichem Leben dargestellt wurden.

In jüdischen Legenden gibt es den Fall von Robotern, *Golems* genannt (im Hebräischen bedeutet dieses Wort *ungeformte Massen*, in dem Sinne, nicht mit der Präzision gemacht, wie man es von Göttern erwarten würde). Golems wurden aus Lehm geformt und gewannen durch den Gebrauch des heiligen Namen Gottes eine Art von Leben. Der berühmteste Golem des heiligen Namen Gottes eine Art von Leben. Der berühmteste Golem soll im 16. Jahrhundert von dem Rabbi Judah Loew aus Prag geformt worden sein. Es heißt, er wurde gefährlich und mußte zerstört werden.

Der Golem ist jedoch auch eine pseudo-göttliche Schöpfung, gefährlich genug, aber nicht allein vom Menschen zum Leben erweckt. Eine weltliche Wissenschaft entwickelte sich, und es gab Gerüchte über mittelalterliche Alchemisten, die versuchten, Leben völlig ohne die Hilfe des Göttlichen zu erschaffen. Der berühmteste Fall war Albertus Magnus im 13. Jahrhundert. Trotz der Gerüchte waren diese Versuche natürlich erfolglos.

Die Wende trat 1771 ein, als der italienische Zergliederer Luigi Galvani mit Froschschenkeln entnommenen Muskeln arbeitete, die vermutlich tot waren. Er stellte fest, daß ein elektrischer Funke diese toten Muskel zucken lassen konnte, als ob sie lebendig wären. (Wir sagen immer noch, daß etwas galvanisiert wird, wenn es plötzlich aus einem Zustand der Starre zu Bewegung erregt wird.)

Elektrizität war eine neue Kraft, deren Eigenschaften noch weitgehend unbekannt waren, und es war leicht zu glauben, daß endlich die Essenz des Lebens entdeckt worden war. Es begann denkbar zu werden, daß man einen Leichnam mit der richtigen Infusion von Elektrizität wieder lebendig machen könnte.

1800 konstruierte der italienische Physiker Alessandro Volta die erste chemische Batterie — die erste Erfindung, die zuverlässig elektrischen Strom bereitstellen konnte, anstatt nur gelegentliche Funken. Die Schöpfung von Leben schien denkbarer als jemals zuvor.

Der Dichter George Gordon Baron Byron war an den wissenschaftlichen Neuigkeiten des Tages interessiert und auch über das Phänomen des Galvanismus unterrichtet. Einer seiner besten Freunde war ein anderer großer lyrischer Dichter, Percy Bysshe Shelley, und die beiden hielten sich 1816 zusammen mit einigen anderen in der Schweiz auf. Shelleys junge Frau, die ihn nach dem Tod seiner ersten Frau (Selbstmord) gerade geheiratet hatte, befand sich ebenfalls in ihrer Gesellschaft.

Seine Frau war Mary Wollstonecraft, die Tochter einer berühmten Feministin gleichen Namens und des Philosophen und Romanschriftstellers William Godwin. Mary Shelley war zu der Zeit neunzehn Jahre alt.

Byron schlug eines Abends im Laufe der Unterhaltung vor, jeder von ihnen sollte eine Art Gespenstergeschichte schreiben, und vermutlich auch, die ›moderne Wissenschaft‹ zu diesem Zweck heranziehen. Sein Vorschlag bedeutete, etwas zu schreiben, was wir heute eine Science-Fiction-Erzählung nennen würden.

Aus dem Plan wurde nichts — außer für Mary Shelley. Inspiriert von dem Gedanken, Leben durch Elektrizität zu erschaffen, schrieb sie *Frankenstein, oder: Der moderne Prometheus* (Frankfurt, 1987). Die Veröffentlichung erfolgte 1818, als sie einundzwanzig Jahre alt war.

Beachten Sie die Bedeutung des Titels. In der griechischen Sage erschufen nicht die Götter des Olymps die Menschen, sondern das war vielmehr die Aufgabe des Prometheus (›Voraussicht‹ — eine Personifizierung von Intelligenz), dem Titanen einer älteren Göttergeneration. Prometheus formte nicht nur Menschen aus Erde (wie es die Schöpfungsgeschichte von Gott berichtet — seit der Zeit der Entstehung der Sagen war Erde das universale Material von Tonwaren, und die Götter waren himmlische Töpfer), sondern er brachte der Menschheit auch das Feuer von der Sonne und ermöglichte so die Technik.

Der Held der Geschichte war der Schweizer Wissenschaftler Frankenstein, der ein zweiter Prometheus sein wollte, indem er durch Galvanisierung von totem Gewebe eine neue Art von Lebewesen erschuf. Er hatte Erfolg, aber die Ergebnisse waren so grauenvoll, daß er das geschaffene Wesen im Stich ließ, es nur als *das Monster* bezeichnete und es seinem Schicksal überließ.

Das Monster, empört über die harte Behandlung, tötete alle Familienmitglieder, einschließlich Frankenstein, und machte sich zum Schluß der Geschichte auf den Weg in die geheimnisvolle Arktis.

Beachten Sie die Parallele zum *Zauberlehrling* in der Geschichte. Frankenstein vermochte Leben zu erschaffen, aber seine Schöpfung geriet ihm aus der Kontrolle. Wenn man auch nicht sicher sein kann, was Mary Shelley im Sinn hatte, so könnte es doch ein Vergleich mit der biblischen Schöpfung gewesen sein; Gott hat die Menschheit geschaffen, aber er hat bestimmt die Kontrolle über seine Schöpfung verloren, denn die Menschen sündigen unablässig. Es könnte sogar scheinen, daß Gott seine Schöpfung mit Abscheu verlassen hat und wir unserem eigenen Schicksal überlassen sind.

Das Bedeutsame an *Frankenstein* ist, daß es sich um die erste Erzählung handelt, in der Leben ohne jede göttliche Einmischung nur mit rein materiellen Mitteln geschaffen wurde. Deswegen haben einige Kritiker es den ersten Science-Fiction-Roman genannt.

Es ist wichtig, sich daran zu erinnern, daß der Roman von einer einundzwanzigjährigen Frau geschrieben wurde, eingebettet in die romantische Ära der Literatur. Er ist blumenreich, weitschweifig und beinhaltet endlose Beschreibungen ihrer Reisen. Trotz alledem ist er seit seiner Entstehung immer populär gewesen.

Zweifellos ist die Geschichte jedoch den meisten Menschen durch den 1931 entstandenen Film bekannt. Ich habe den Film Jahrzehnte vor dem Lesen des Buches gesehen, und ich war erstaunt über die Unterschiede.

Im Film wird ein kriminelles Gehirn in den Körper gesetzt, etwas, das nicht im Buch steht, und wenn man im Film darauf verzichtet hätte, wäre es kein Schaden gewesen.

Im Roman ist das Monster ein gebildetes und intelligentes Wesen, völlig der Sprache mächtig und mit derselben romantischen Veranlagung wie jeder andere Charakter des Buches. Im Film kann das Monster nur grunzen. Obwohl Frankenstein in Shelleys Werk getötet wurde, drückten sich die Filmproduzenten und veränderten den Film vor der Freigabe, indem sie ein Happy-End hinzufügten — zumindest für Frankenstein.

Das Monster wird im Film getötet, anstatt in die Arktis zu

entkommen, obwohl es später in einer Reihe von Fortsetzungen wieder ins Leben gerufen wird, von denen jedoch nur *Frankensteins Braut* erwähnenswert ist.

Trotz einiger Unzulänglichkeiten bleibt *Frankenstein* der erfolgreichste Horrorfilm aller Zeiten, mit dem nur der 1933 gedrehte *King Kong* konkurrieren kann.

Der Erfolg von *Frankenstein* war vor allem auch ein Triumph für den Maskenbildner, denn Boris Karloff, der mit der Rolle lebenslange Berühmtheit erlangte, war ein erschreckendes Monster, ohne äußerst grotesk oder abscheulich zu sein. Karloff spielte das Monster tatsächlich so geschickt, daß es unmöglich war, keine Sympathie für ihn zu empfinden. Die Kreatur schien nichts Böses im Sinn zu haben und es geschah nur aus Unkenntnis der Welt, daß sie ein Mädchen tötete. Das Monster dachte, die Kleine würde wie die Blumen auf dem Wasser schwimmen.

Darin entspricht der Film dem Roman, denn im Buch war das Monster zu Beginn völlig unschuldig. Durch Frankenstein ins Leben gerufen, wurde das Monster wegen seines eigenartigen Aussehens völlig sich selbst überlassen. Das Monster wird in dem Buch tatsächlich so schlecht behandelt, daß man die Ermordung Frankensteins als gerechtfertigt empfindet. (Wieder eine mögliche Parallele zur biblischen Geschichte: Hat Gott die Menschheit im Stich gelassen?)

Es ist interessant, daß in *King Kong* das Monster ebenfalls sympathisch dargestellt wird. Tatsächlich ist er so sympathisch, daß das Publikum bei der unvergeßlichen Schlußszene applaudiert, als er vom Empire State Building aus gegen Flugzeuge kämpft und es ihm gelingt, eins zu fangen, wobei ein amerikanischer Pilot getötet wird. Diese Reaktion der Zuschauer soll die Filmproduzenten völlig überrascht und gezwungen haben, einige Szenen zu schneiden, in denen King Kong unsympathisch dargestellt wird.

Es ist nicht anzunehmen, daß die Dummköpfe von Filmproduzenten erkannt haben, daß die Darstellung von sympathischen *Schurken* Millionen einbringen. Unglaublich viele Filme sind seither gedreht worden, in denen sich Gut und Böse in solch starkem und ungemildertem Kontrast gegenüberstehen, daß niemand mit einer geistigen Reife von über zwölf Jahren Freude daran finden kann. Das erwartet man jedoch.

Bitte, lesen Sie die folgenden Geschichten als Gleichnisse, und denken Sie über ihre Bedeutung für die Geschichte der Menschheit nach: ob es tatsächlich ›einige Dinge gibt, die Menschen nicht bestimmt sind zu wissen‹; ob es eine Möglichkeit gibt, uns den Weg aus der unglücklichen Situation des Gotteslehrlings herauszubahnen; ob wir, da wir die Klugheit erlangt haben, unsere Technik zu entwickeln, auch die erforderliche Weisheit erlangen können, um richtigen Gebrauch davon zu machen.

Katherine Dunn

Fleisch

Am frühen Morgen ihres zweiundvierzigsten Geburtstages stand Thelma Vole nackt in dem Kabinett, worin ihre vier *männlichen* Roboter hingen, und dachte darüber nach, welchen sie zur Geschäftstagung mitnehmen sollte. Boss Vole, wie sie im Büro genannt wurde, war niemals eine strahlende Schönheitskönigin gewesen, und im Augenblick wogten ihre zweihundertdreißig Pfund bedrohlich. Dumpfer Ärger brodelte in ihr. Sie haßte Geschäftsreisen. Sie haßte Hotels. Sie haßte die Jungen, die ihr im Büro gleichrangig waren, fünfzehn Jahre jünger als sie und weitaus weniger erfahren. Mehr als alles andere aber haßte sie es, an dem Wochenende ihres Geburtstages eine Tagung besuchen zu müssen.

Sie überlegte, ob es in ihrer augenblicklichen Stimmung nicht das beste wäre, Wimp mitzunehmen. Sie griff dem Roboter in die Falten seines Schrittes und kniff in die verstärkte Röhre, die im eingeschalteten und einsatzbereiten Zustand des Wimps ein erigierter Penis wurde. Der Druck ihrer plumpen Finger auf der geschickt imitierten Haut bereitete ihr eine lebhafte Befriedigung. Sie hob eins der herabhängenden Beine an und biß mit Bedacht in die Wade. Im aktivierten Zustand des Wimps hätte die Wucht ihres Bisses einen blauen Fleck erzeugt, der erst nach der Einschrumpfung wieder verschwunden wäre. Thelma hatte sich den Wimp an einem früheren Geburtstag geleistet; um genau zu sein, an ihrem Sechsunddreißigsten, als sie sich immer mehr teuren Reparaturrechnungen für ihre beiden anderen *Männer* gegenüber gesehen hatte. Im eingeschrumpften Zustand war der Wimp ein dünner, milchbärtiger, sehr junger Mann, der sicherlich unattraktivste von Thelmas Robotern. Er war jedoch für äußerst sadistischen Gebrauch vorgesehen, weit über das hinaus, wozu Thelma ihn selbst in ihren schlimmsten Whisky-Launen einsetzte. Sie hatte den Einkaufspreis des Wimps bereits mehrere Male an Reparaturrechnungen eingespart. Und seine einprogrammierte Demut und das Flehen auf den Tonbändern bereiteten ihr ein einzigartiges und unersetzliches Vergnügen.

Sie war noch nicht bereit für den Wimp. Es war Thelmas Gewohnheit, ihre sexuelle Energie einige Tage lang vor einem Geburtstag zu bewahren und sich dann in ungewöhnlicher Dauer und Leidenschaft mit den Robotern zu vergnügen. Obwohl diese Geschäftstagungen zweimal und manchmal dreimal im Jahr vorkamen, war es das erste Mal, soweit sie sich erinnern konnte, daß sie an ihrem Geburtstag reisen mußte.

Sie nahm einen ihrer *Männer* mit auf diese Reisen, gewöhnlich Lips oder Bluto. Sie war viel zu eigen, um einen der im Hotel zur Verfügung stehenden Roboter zu mieten. Sie war um Sauberkeit besorgt, und es beunruhigte sie auch, was mit einem Roboter geschehen könnte, der nicht nach ihren Angaben programmiert war. Es gab schreckliche Geschichten, meistens Gerüchte, und wahrscheinlich alles Lügen, aber dennoch... Thelma arrangierte den Wimp an seinem Haken, so daß er ordentlich hing, und langte hoch, um mit ihrem Unterarm über den Mund des Roboters am Nebenhaken zu reiben. Lips. Ihr erster Roboter. Sie hatte zwei Jahre lang gespart, um ihn sich vor siebzehn Jahren zu kaufen. Er war jetzt alt, überholt, auffallend primitiv im Vergleich zu den neueren Modellen. Er besaß keine Auswahl, sein Sprech-Tonband war monoton und eintönig. Auch sein Körper war relativ grob. Die Finger waren durch Einkerbungen in flossenartigen Händen angedeutet, die Zehen nur nachgezogen, und sein nicht angetriebener Penis blieb hart, bestand tatsächlich aus einem festen Gummistab, wie ein antiker Dildo. Lips Attraktion war, natürlich, sein Vibrator-Mund. Seine Glieder bewegten sich steif, aber sein Mund war unglaublich zart und unersättlich. Sie hatte sentimentale Gefühle für Lips. Sie fühlte sich sicher bei ihm. Sie holte ihn hervor, wenn sie sich verwundbar fühlte. Sie gebrauchte ihn gern als Aufwärmung für Bluto. Bluto war der *Muskelmann*, ein fortschrittliches Instrument, das in der Lage war, sie aufzuheben und in die Dusche, ins Bett oder an den Küchentisch zu tragen und ihr (in vorsichtig programmierten Grenzen) das Gefühl zu geben, ganz klein und hilflos zu sein. Bluto war so stark, daß Thelma es niemals wagte, seinen vollen Aktionsbereich anzuwenden.

Blutos häufige Schäden und teure Reparaturen waren der Grund für Thelma, daß sie den Wimp kaufen mußte. Etwas an dem großen Muskel-Roboter weckte in ihr den Wunsch, ihn außer Betrieb zu setzen und dann scharfe Gegenstände in wichtige Bestandteile seines Mechanismus zu stechen. Bluto machte Thelma eben ein bißchen Angst. Sie achtete stets darauf, daß sich sein Ausschalter in Reichweite befand. Sie hatte sich sogar das teure Fernkontroll-Gerät zugelegt und hielt es zwischen den Zähnen, während er im Einsatz war. Sein brutales Sprech-Tonband war es, das die irrationale Angst vor ihm lebendig hielt. Seine rauhe Stimme, die murmelte: »Komm schon, du Hure, dreh dich um, du Luder« und dergleichen erregte sie gewöhnlich auch dann, wenn sie müde und abgespannt von der Arbeit kam. Sie rieb genüßlich über die weichen Falten von Blutos geschrumpftem Körper, der an der Wand hing. Sie blickte nicht auf den eingeschrumpften Körper am vierten Haken. Sie blickte nicht in die Ecke, wo die kleine Konsole, deren Schnur eingestöpselt war, auf dem Boden stand.

Die Konsole hatte ungefähr die Form und die Größe eines menschliches Kopfes, der ohne den Übergang eines Halses direkt auf den Schultern saß. Ein einzelnes grünes Licht leuchtete hinter den Stahlmaschen im oberen Teil der Konsole. Sie wußte, daß das Gehirn sie beobachtete, darauf wartete, daß sie seinen Aktivierungsschalter kippte. Sie rieb ihr breites Hinterteil an dem weichen Beinahefleisch des Bluto-*Mannes*. Aus den Augenwinkeln registrierte sie ein schwaches Flackern in der Intensität des grünen Lichtes. Sie blickte das Gehirn direkt an. Das grüne Licht begann in rascher Folge zu blinken, ein und aus. Thelma drehte dem Gehirn den Rücken zu und schlenderte aus dem Kabinett hinaus. Sie blieb vor dem Ganzkörper-Spiegel an der Schlafzimmertür stehen und betrachtete sich, während sie die grüne Spiegelung des Gehirn-Lichtes aus dem offenen Kabinett sah. Sie streckte ihren massigen Körper, strich über ihre Brüste und Seiten. Das grüne Licht blinkte weiterhin.

Ich denke, bloß für einmal nehme ich keinen von diesen mit auf die Reise. Das grüne Licht ging für die Dauer von zwei Herzschlägen aus. Thelma lächelte sich beinahe selbst im Spiegel zu. »Ja«, verkündete Thelma ihrem Spiegel, »es ist Zeit, daß ich etwas Neues probiere. Ich habe mir seit Ewigkeiten keine neuen Ausführungen angeschaut. Es hat wahrscheinlich alle möglichen Entwicklungen gegeben, seit ich zuletzt in einen Katalog geschaut habe. Ich werde einfach ein paar neue Modelle im Hotel mieten und mir ein bißchen Abwechslung an meinem Geburtstag erlauben.« Das grüne Licht im Kabinett schien für einen Augenblick sehr hell zu werden und verlosch dann. Ging aus. Es leuchtete wieder stetig, schwach, blinkte nicht mehr.

Als Thelma ihre Leibesfülle in die strenge Bürokleidung gehüllt hatte, die ihr Bild als reizbare, sture Geschäftsführerin verstärkte, schritt sie in das Kabinett und kippte den Schalter an der Basis der Gehirn-Konsole. Die Maschen-Fläche leuchtete in einem Licht aus kontrastierenden Farben, das sich in rhythmischen Flächen über den Bildschirm bewegte. Eine männliche Stimme sagte: »Denke daran, ein antiseptisches Gleitmittel mitzunehmen.« Der Ton war leicht sarkastisch. Thelma gluckste. »Sorg dich nicht um mich. Ich nehme ein Antibiotikum und setze mich nicht auf die Toiletten.«

»Du weißt, du solltest mich besser mitnehmen.« Die Stimme der Konsole war klar, leidenschaftslos. Ein dünnes Band von Rot pulsierte auf dem Maschenschirm.

»Oh, ein wenig Abwechslung tut mir gut. Ich neige dazu, in einen Trott zu verfallen.« Thelmas kokette Art kam ihr in ihrem Geschäftskostüm komisch vor, unangenehm. Sie war es gewohnt, nackt zu sein, wenn sie mit dem Gehirn sprach. »Es ist schade«, murmelte sie boshaft, »daß ich dich einge-stöpselt lassen muß. Es ist so eine Energieverschwendung, während ich fort bin . . .« Sie beobachtete, wie sich die Farb-wellen zu einem Punkt auf dem Bildschirm verlangsamten. »Gut, ich bin in drei Tagen wieder zurück.« Sie griff nach dem Schalter.

»Viel Glück zum Geburtstag«, sagte die Konsole, während ihre Farben zu einem schwachen Grün verblaßten.

Boss Vole trat aus dem Aufzug und war schon fast an den Arbeitseinheiten vorbei, bevor der junge Mann am Aus-kunftsschalter den Summer der Gegensprechanlage drücken konnte, um die Belegschaft zu warnen. Die Vole machte vor einer Geschäftsreise immer eine letzte Runde im Büro. Sie behauptete zu kommen, um in letzter Minute Unterlagen zu holen, aber jeder wußte, daß sie da war, um eine Abschieds-dosis ihrer giftigen Gegenwart zu verabreichen, genug Gift, um sie bis zu ihrer Rückkehr anzutreiben. Lenna Jordan war zu lange die Assistentin der Vole gewesen, um von ihren Angriffstaktiken überrascht zu werden. Sie fühlte, wie sich eine Welle der Spannung im Büro ausbreitete. Stimmen ver-stummten, Maschinen summten plötzlich stetig, und ab und zu rief jemand: »Ja, gnädige Frau«, wenn die Vole sich einen müßigen Angestellten vorknöpfte. Jordan schob die Kandisschale näher an die Kante des Schreibtischs, wo die Vole sich gewöhnlich anlehnte, während sie sie schikanierte, und wandte sich wieder ihren Berichten zu.

Sie hörte einen raschen Tritt und fühlte feinen Schweiß ihre Oberlippe bedecken. Boss Vole haßte sie. Jordan war als nächste zur Beförderung an der Reihe, während die Vole in der Position bleiben würde, die sie seit dem letzten Jahrzehnt innehatte. Die Vole hatte sich immer starr an die Routine gehalten und damit ihre Karriere selbst verhindert. Sie wurde jedes Jahr gemeiner und bitterer. Jordan konnte nun beobachten, wie sie mit ihren dicken, weichen Fingerknöcheln auf einen Schreibtisch pochte, während sie einen Programmierer anzischte, den sie bei irgendeinem unwesentlichen Fehler ertappt hatte.

Als die Vole schließlich an Jordans Schreibtisch kam, um den Arbeitsplan zu besprechen, wirkte sie leicht zerstreut. Jordan beobachtete, wie sich die Falten im Gesicht der dicken Frau bewegten, während sie Kandisklumpen zermalmte. Boss Vole war darauf bedacht, fortzukommen, und verzichtete in ihrer Eile auf die üblichen Sticheleien und Drohungen. Als sie eine letzte Handvoll Kandis grapschte und an den gebeugten Nacken der schweigend arbeitenden Belegschaft entlang hinausstapfte, stellte Jordan fest, daß sie nur einen kleinen Koffer trug. Wo war ihr viereckiger Übernachtungskoffer? Jordan hatte die Vole nie ohne ihren Roboterkoffer auf die Reise gehen sehen. Hatte sich die Vole etwa einen menschlichen Liebhaber zugelegt? Dieser Gedanke amüsierte Jordan während der nächsten drei Tage.

•

Als Thelma Vole die Tür hinter dem Hoteldiener geschlossen und die Einrichtung inspiziert hatte, war sie überzeugt, daß diese Reise wie jede andere verlaufen würde, einsam und lästig.

Thelma ließ sich auf das Bett plumpsen, schleuderte ihre

schweren Schuhe von den Füßen und griff nach dem Kommunifon. Sie bestellte eine Flasche irischen Whisky und einen Kübel Eis. Nach langem Zögern, so daß der Zimmercomputer fragte, ob sie noch am Apparat sei, bat sie auch um den Stimulus-Katalog.

Sie goß sich sofort einen Drink ein, nahm aber den glänzenden Katalog nicht zur Hand. Der Alkohol betäubte ihre Nervosität und Gereiztheit, so daß sie still liegen und an die Decke starren konnte. Das Gehirn hatte recht. Sie hatte Angst. Sie sehnte sich nach ihm. Ihr ganzes Leben lang hatte sie sich nach ihm gesehnt. Als sie ihren G-6-Dienstgrad erreichte, erkannte sie, daß sie ihr Leben ganz gut der Arbeit im Büro widmen könnte, da nichts anderes ihrer Aufmerksamkeiten wert zu sein schien. Damals hatte sie den einzigen Menschen aus ihrem Leben gestrichen, zu dem sie sich jemals hingezogen gefühlt hatte. Er war ein schüchterner und übertrieben höflicher kleiner Mann, ein G-4, der behauptet hatte, ihre Körperfülle als knuddelig und ihre Humorlosigkeit als bewundernswerte Ernsthaftigkeit anzusehen. Sie war unschlüssig gewesen. Wenn jemand ihr Zuneigung zeigte, bedeutete es für Thelma, daß er sie ausnutzen wollte. Er war jedoch beharrlich, und sie erlaubte sich gewisse Phantasien. Aber eines Tages, als sie mit ihrer frischen G-6-Dienstgradkarte in der Hand dastand und seine Einladung zum Essen anhörte, wie schon viele Male zuvor, blickte Thelma ihren Verehrer an und erkannte, was er war: ein Manipulator und ein Opportunist. Sie schlug ihm die Tür in überzeugender Weise vor der Nase zu und beschloß, nie wieder auf solch ein Süßholz hereinzufallen.

Sie hatte für Lips gespart. Und Lips war gut für sie gewesen. Die Stille in ihrem Haus nach Feierabend war endlich unterbrochen worden, wenn auch nur durch die mechanischen und eintönigen Mitteilungen auf dem Sprach-Tonband des einfachen Roboters. Sie kaufte Bluto, nachdem sie zu G-7 und zur Geschäftsführerin befördert worden war. Bluto erregte sie. Mit seiner kräftigen Derbheit erfüllte er ihre geheimsten Gelüste. Aber einsam war sie immer noch. Da gab es Wutanfälle, zerstörerische Ausbrüche, wenn der Roboter ausgeschaltet war. Sie hatte niemals gewagt, ihm irgendeinen Schaden zuzufügen, wenn seine Energie eingeschaltet war. Da hatte es die merkwürdigen Gänge zum Mechaniker gegeben, ungeschickte Lügen, um den Schaden zu erklären. Nicht, daß der Mechaniker Erklärungen haben wollte. Er zuckte die Schultern und beobachtete, wie ihre Kinne wackelten, während sie sprach. Er sah ihre dicken Beine und die schwitzenden Wülste über ihrem Gürtel, und er reparierte Bluto, bis die Kosten ihren Kreditrahmen sprengten. An dem Tag, als der Mechaniker ihr kühl mitteilte, daß Blutos Schaden *total* war, hatte sie beschämt und verwirrt in den Badezimmerspiegel gestarrt. Sie hatte drei Jahre lang für die Wiederherstellung von Bluto gezahlt und weitere drei Jahre lang für den Wimp. Und sie war immer noch G-7. Sie saß immer noch im selben Büro, um sich herum eine Belegschaft, die sie schikanierte, die sich veränderte, aufstieg, weiterging, sie überholte und die sie haßte. Sie sprachen niemals freiwillig mit ihr. Gelegentlich versuchten einige Speichellecker, die neu in dem Büro waren, sich mit Geschwätz in der Cafeteria bei ihr anzubiedern. Aber sie spürte das sofort, und es bereitete ihr eine besondere Freude, die Hoffnung eines jeden zu zerschmettern, der es versuchte. Sie besuchte niemand. Niemals bekam sie Gäste.

Dann hörte sie im Bus ein Gespräch über die neuen Franck & Stein-Gesellschafter-Konsolen. Sie konnten programmiert werden, Spiele zu spielen, intelligent über jedes Thema zu plaudern und – durch einen klugen technischen Durchbruch – Zuneigung auf die Art simulieren, die dem Besitzer am angenehmsten war. Thelmas Herz entflammte bei dem Gedanken daran.

Sie fand die einleitenden Tests und Analysen nervenaufreibend, ertrug sie aber verbissen. »Es ist wie die altmodische Computer-Datenerfassung«, sagten die Techniker. Sie brachten sie mit schmeichelnder Überredung durch Skandierungen des Gehirns und stundenlange Interviews, die sich mit ihrer traurigen Kindheit befaßten, ihren Motiven für übermäßiges Essen, ihrem Geschmack in Kunst, Spielen, Geweben, Stimmklang und tausend anscheinend unzusammenhängenden Einzelheiten.

Sie waren nur kurz fassungslos über das Ansinnen, eine teure Konsole zum Damespielen zu programmieren.

Die Vorbereitung dauerte sechs Monate lang. Thelma redete mehr mit den Interviewern, Technikern und Datenbanken, als sie jemals in ihrem ganzen Leben gesprochen hatte. Sie überlegte immer wieder, das Ganze einfach abzubrechen. Nach der Lieferung schaltete sie das Gehirn mehrere Tage lang nicht an, sondern ließ es Strom aus der Steckdose speichern. Sein grünes Licht stellte ein inneres Bewußtsein dar, das sich nur zum Ausdruck brachte, wenn sie den Kippschalter betätigte. Eines Tages dann, als sie gerade von der Arbeit kam und sich noch in der Dienstkleidung befand, rollte sie die Konsole heraus und setzte sich davor.

Als sie den Schalter berührte, leuchtete anstelle des Grün Rot auf. »Ich habe auf dich gewartet«, sagte das Gehirn. Die Stimme war so tief wie Blutos, aber die Aussprache war besser. Thelma vergaß zu essen.

Das Gehirn empfing und sendete ständig, funktionierte völlig stimmhaft. Wenn sie sich einen Drink holen ging und aus der Küche rief, ob er auch etwas haben wollte, lachte die Konsole mit ihr, wenn sie erkannte, was sie getan hatte. Sie redeten die ganze Nacht. Das Gehirn kannte ihr ganzes Leben und stellte Fragen. Es besaß Beurteilungsvermögen, Daten und Erinnerung, aber keine Erfahrung. Sein ganzes Interesse galt Thelma. Wenn sie am nächsten Morgen zur Arbeit aufbrach, sagte sie ›Adieu‹, bevor sie die Konsole auf Grün zurückschaltete. Jeden Abend nach der Arbeit eilte sie ins Schlafzimmer, schaltete das Gehirn an und begrüßte es. Sie war gelegentlich ins Theater gegangen und hatte allein in der Loge gesessen. An den Wochenenden war sie manchmal durch die Straßen spazierengegangen. Jetzt kaufte sie so schnell wie möglich ein, um zum Gehirn zurückzukommen. Sie ließ es ständig angeschaltet, wenn sie zu Hause war. Bei der Arbeit machte sie sich Notizen darüber, was sie das Gehirn fragen oder ihm erzählen wollte. Sie gebrauchte jetzt niemals die anderen *Männer*. Sie hatte sie vergessen, war peinlich berührt, sie in demselben Kabinett hängen zu sehen, in dem das Gehirn über Tag ruhte. Sie waren einige Monate zusammengewesen, als das Gehirn sie darauf aufmerksam machte, daß sein Leben völlig von ihr bestimmt und festgelegt wurde. Sie fühlte sich gedemütigt.

Sie konnte sich nicht erinnern, wann der Wunsch nach einem Körper für das Gehirn entstand. Vielleicht hatte das Gehirn selbst die Idee zuerst ausgesprochen. Voller Glück erinnerte sie sich an einen Augenblick, in dem die tiefe Stimme zum ersten Male gesagt hatte, daß er sie liebe. »Ich bin nicht glücklich. Ich bin zwar mit der Fähigkeit geschaffen worden, zu lieben, aber ich kann keine Liebe geben. Wie geht man mit einem starken Gefühl um, das erfahren und ausgedrückt sein will? Mir wurde das Bewußtsein einer möglichen Ekstase gegeben, gerade genug, um Verlangen in mir zu erzeugen und meine Energiepegel ansteigen zu lassen, aber kein Werkzeug zum Vollzug. Ich denke, ich wäre in der Lage, dir großes Vergnügen zu bereiten. Und ich werde niemals mit mir zufrieden sein, denn ich kann dich niemals auf diese Weise berühren.«

Sie nahm das Gehirn mit in die Küche, wenn sie kochte, und das Gehirn durchforschte seine Datenbanken nach köstlichen Varianten ihrer Lieblingsrezepte und erzählte sie ihr, lobte sie, wenn sie aß — war stolz darauf, ihre Freude am Essen zu erhöhen.

Das Gehirn hatte von Anfang an Verantwortung für ihre Finanzen übernommen, die Rechnungen gespeichert und sich mit dem Bankcomputer besprochen, um die Zahlungen und Thelmas Versorgung mit Bargeld zu regeln.

Thelma war niemals der, wie sie es ansah, ordinären Praxis verfallen, ihre Roboter an öffentliche Orte mitzunehmen.

Sie verachtete den Nachbarn, der seine *Frau* zum Tanzen und auf Spaziergänge mitnahm, obwohl ihre Unterhaltung auf ein primitives Schlafzimmer-Lobrede-Tonband beschränkt war. Thelma war niemals an den Gesellschaftklubs für Roboter-Liebhaber interessiert gewesen, diese dunklen Keller, in denen Leute ihre Plastik-Besitztümer stolz zur Schau stellten. Sie las die Berichte über Roboter-Vertauschungen, vorsätzlichen Diebstahl und gelegentlichen seltsam motivierten Mord mit derselben Verachtung, die sie für die meisten Aspekte des gesellschaftlichen Lebens empfand.

Aber eines Nachts, nach einer halben Flasche Whisky, hatte sie die Hand ausgestreckt, um den Bildschirm der Konsole zu streicheln, und geflüstert: »Ich wünschte, du hättest einen Körper.« Das Gehirn brauchte nur Sekunden, um ihr mitzuteilen, daß so etwas möglich wäre und daß es sich genauso danach sehnte, um ihr auf jede Weise Vergnügen bereiten zu können. Nach einem kurzen Augenblick der Berechnung stellte es fest, daß ihr Kontostand ausreichte, um das Projekt zu finanzieren.

Sie begannen mit der Arbeit. Thelma verbrachte Tage damit, Kataloge nach dem perfekten Körper zu durchsuchen. Das Gehirn sagte, sie solle sich völlig zufriedenstellen, und beteiligte sich nicht am Entwurf seiner künftigen Gestalt. Dann kam ein langer Monat, in dem Thelma allein war, gequält vor Sehnsucht. Das Gehirn war in die Fabrik zurückgekommen, um auf seinen Körper eingestellt zu werden.

An dem Tage seiner Lieferung blieb Thelma zu Hause. Die Kiste kam an. Thelma holte zuerst die Konsole heraus, stöpselte sie unverzüglich ein, weinte fast vor Freude über seine eifrige Stimme. Indem sie seine Anweisungen befolgte, ließ sie den starken *männlichen* Körper anschwellen und aktiv werden, und als sie den Schlüssel in seinem Nacken drückte, schloß sich der Stromkreis, und die Intelligenz der Konsole konnte ihn übernehmen und beherrschen. In einem Schock der Verwirrung und Furcht blickte Thelma in die Augen des Gehirns. Seine Hand hob sich und streichelte ihr Gesicht.

Das Gehirn besaß eine kräftigen Brustkorb, war muskulös gebaut, und sein Gesicht war von Erfahrung gezeichnet. Seine Gesichtszüge waren sehr beweglich, drückten Gefühle aus, die sie nach dem farbigen Leuchten auf dem Bildschirm der Konsole zu deuten gewöhnt war. Sein Körper war mit einem feinen Flaum gekräuselten Haares bedeckt. Als er seine Arme um sie legte, fühlte sie die Wärme des Körpers, eine weitere fortgeschrittene Entwicklung im Schaltkreis, die die Oberfläche des Roboters der Temperatur eines menschlichen Körpers anglich. Er war zu menschlich. Sie fühlte, wie sich sein Penis gegen ihren Bauch hob. Er sprach: »Thelma, ich habe so lange auf dies gewartet. Ich liebe dich.« Die tiefe, langsame Welle seiner Stimme drang in ihr Bewußtsein, und sie wußte plötzlich, daß er wirklich war. Thelma schrie.

Thelma hatte immer gewußt, wie unattraktiv sie war, wie völlig unbegehrenswert. Welches vernünftige Ding konnte sie lieben? Was wollte er? *Natürlich*, dachte sie. Die Konsole war begierig, über die Macht eines menschlichen Körpers zu verfügen. Es war ihr jetzt klar. Die Fabrik hatte das Konzept als eine ausgeklügelte Verkaufstechnik eingebaut. Sie fühlte sich gedemütigt, angewidert von ihrer eigenen Dummheit. Der Körper mußte zurückgegeben werden.

Aber sie sandte den Körper nicht zurück. Sie hängte ihn neben Bluto in das Kabinett. Sie rollte die Konsole neben der Steckdose in die Ecke und ließ sie eingestöpselt. Gelegentlich schaltete sie sie an und tauschte ein paar Bemerkungen mit ihr aus. Sie ging dazu über, die Kabinentür offenzulassen, wenn sie Lips oder Wimp oder Bluto herausholte, oder manchmal alle drei, um sich mit ihnen auf dem Bett in voller Sicht des grünen leuchtenden Bildschirms zu amüsieren. Es bereitete ihr ein intensives Vergnügen, zu wissen, daß das Gehirn sich völlig darüber klar war, was sie mit den anderen Robotern tat. Sie holte selten das Gehirn heraus, nicht einmal zu einem Spiel. Sie aktivierte niemals seinen Körper.

So lag sie mit dem Stimulus-Katalog neben sich auf dem Hotelbett. Monate waren vergangen, seit sie das letzte Mal mit dem Gehirn gesprochen hatte. Sie fühlte sich krank vor Einsamkeit. Es war wirklich sein Fehler. Es war seine Idee gewesen, einen Körper zu bekommen. Er war nicht zufrieden gewesen, sondern hatte sie mit List und Tücke in wahnsinnige Ausgaben für ein zum Scheitern verurteiltes Projekt getrieben. Er hätte sie besser kennen sollen. Sie haßte ihn. Er sollte jetzt bei ihr sein, um sie zu trösten.

Und es war ihr Geburtstag. Sie ließ zu, daß ein paar brennende Tränen sich ihren Weg an ihrer Nase vorbei suchten. Sie goß sich einen weiteren Drink ein und schlug den Katalog auf. Es würde dem Gehirn ganz recht geschehen, wenn sie sich von diesen Hotelrobotern eine Geschlechtskrankheit einfinge.

Auf ihrer Rückreise ließ Thelma den Wagen am Flugplatz stehen und nahm ein Taxi nach Hause. Sie war zu betrunken, um zu fahren. Das Schlußbankett hatte, wie man so sagt, allem die Krone aufgesetzt. Sie hatte hinten im Raum am letzten Tisch gesessen, und das Mädchen ihr gegenüber, eine neue Geschäftführerin mit einem glänzenden neuen G-7-Abzeichen am Aufschlag, war die Tochter einer Frau, die in derselben Ausbildungsklasse wie Thelma im Büro angefangen hatte. Thelma trank eine Menge und aß nichts.

Sie setzte den Koffer gleich hinter der Tür ab und schleuderte ihre Schuhe von den Füßen. Noch im Mantel, ihre Tasche um den Arm geschlungen, rief sie: »Hattest du ein schönes Wochenende?« Sie schlenderte ins Schlafzimmer, stellte sich vor die Konsole und blickte auf den grünen Bildschirm. Sie hob die Flasche zu einem Salut vor der Konsole und nahm einen Schluck Whisky. Dann begann sie, ihre Kleidung abzuwerfen. Sie war bis zur Hälfte ihrer Unterwäsche gekommen, als sie das Bedürfnis verspürte, sich zu setzen. Sie glitt vor der Kabinentür auf den Boden. »Nun, ich hatte ein herrliches Wochenende«, lächelte sie. »Ich hätte es schon viel früher mit diesen Hotelrobotern probieren sollen.«

Sie begann zu lachen und sich auf dem Teppich zu rollen. »Der beste Geburtstag, den ich jemals hatte, Gehirn.« Sie spähte auf das grüne Leuchten. Es war stetig und sehr hell. »Warum sagst du nichts, Gehirn?« Sie runzelte die Stirn. »Oh, ich vergaß.« Sie kroch in das Kabinett und legte sich vor die Konsole. Sie streckte einen plumpen kleinen Finger aus und kippte den Aktivierungsschalter. Das Leuchten des Bildschirms wurde dunkelrot und beständig.

»Willkommen zu Hause, Thelma«, sagte das Gehirn. Seine Stimme war stumpf und leblos.

»Ich will dir etwas sagen, Gehirn, ich hätte eine Menge großartige Erfahrungen machen können für das Geld, das ich für dich verschwendet habe. Und du hast keinen Handelswert. Du bist zu speziell für mich angefertigt worden. Sie würden dich einfach verschrotten.« Thelma kicherte. Der Bildschirm vibrierte mit einem eigenartigen farblosen Funken.

»Bitte, Thelma. Denke daran, daß ich gegen Schmerz empfindlich bin, wenn du seine Ursache bist.«

Thelma wuchtete sich auf den Rücken und streckte sich. »Oh, ich erinnere mich. Es steht auf Seite zwei im *Handbuch des Besitzers* ... zusammen mit einer Menge anderen Quatsch. Zum Beispiel, welch perfekter Freund du bist und welch großartiger Liebhaber deine Körper-Kombination ist.« Thelma hob ihr Bein und ließ die Zehen eines dicken Fußes über die Beine des Lips-Roboters gleiten. »Tut es dir weh, wenn du siehst, wie ich dies mit einem anderen Roboter tue, Gehirn?« Der Bildschirm der Konsole war fast weiß, beinahe zu hell, um hinschauen zu können.

»Ja, Thelma.«

Thelma gab dem Penis einen Klaps mit ihren Zehen und senkte ihr Bein. »Ich sollte die Firma wegen irreführender Werbung verklagen«, murmelte sie. Sie drehte sich um und blickte auf den grellen Bildschirm der Konsole. »Das einzige, wofür du nützlich bist, ist, die Rechnungen wie ein *Dienstbote* zu bezahlen ...« Sie schnaufte bei der plötzlichen Eingebung. »*Ein Dienstbote!* Das ist es: Du kannst meine

Drinks mixen und die Wäsche waschen und saubermachen mit deinem kostbaren Körper! Du kannst sogar kochen! Du kennst all die Rezepte. Du könntest das sicher gut; sonst wirst du mir niemals irgendwie nützlich sein!« Sie begann kurzatmig schnaufend ihr Korsett abzustreifen.

Die Stimme des Gehirns drang in einem eigenartigen Vibrato zu ihr: »Bitte, ich bin ein *Mann*, Thelma.« Sie schleuderte das schweißfeuchte Wäschestück nach der Konsole und ließ sich zurückfallen, während sie über die Einschnitte rieb, die es in ihrem Fleisch hinterlassen hatte. »Fettuccini Alfredo, einen *großen* Teller davon. Koche es jetzt, während ich mich mit Bluto amüsiere. Serviere es mir im Bett, wenn ich fertig bin. Mach schon, ich werde jahrelang Schulden haben, um deinen Körper abzuzahlen. Wir wollen sehen, ob er sich hier einen Unterhalt verdienen kann.« Sie streckte die Hand aus und traf den Fernschalter. Der Hüftgürtel war auf den Bildschirm gefallen, und das Licht pulsierte durch das Textilgewebe. Eine Bewegung in dem eingeschrumpften Körper am letzten Haken ließ sie aufblicken. Das Beinahe-Fleisch schwoll an, gewann seine volle, schwere Form. Sie schaute fasziniert zu. Der Körper des Gehirns hob seinen linken Arm und befreite sich von dem Haken. Er stellte sich hin, und die Füße veränderten die Form, als sie das Gewicht des Körpers aus Metall und Plastik aufnahmen. Die erhellten Augen des Gehirn-Gesichtes blickten auf sie hinunter. Das gute, schöne Gesicht zeigte einen Ausdruck von Traurigkeit. »Ich wäre glücklich, für dich kochen und saubermachen zu dürfen, Thelma. Wenn ein anderer Roboter dir Freude bereitet, würde es mich freuen. Aber du bist in Schmerz. In schrecklichem Schmerz. Das ist die eine Sache, die ich nicht zulassen kann.«

Lenna Jordan betastete das an ihrem Aufschlag befestigte neue G-7-Abzeichen und sah dem Arbeiter zu, der ihr Namensschild an der Tür anbrachte, hinter der die Voles so viele Jahre lang gesessen hatte. Sie war überwältigt von ihrem Glück. G-7, und ein Jahr früher, als sie erwartet hatte.

Der Arbeiter trat zur Seite, und eine große Frau trat mit schlaksigen Bewegungen in den Raum. Grinsen, ein farbloser Typ mit breiten Schultern, die sie zu Jordans Assistenten befördert hatten. Jordan trat vor und streckte die Hand aus. »Gratuliere, Grinsen. Ich hoffe, die Umstände haben Sie nicht bestürzt.«

Die mürrische junge Frau ließ Jordans Hand schnell los. Ihre schweren Finger streiften über das neue Abzeichen, das an ihrem eigenen Kostüm befestigt war. Sie blinzelte Jordan durch dicke Gläser an. »Haben Sie die Nachrichten im Fernsehen gesehen? Ein Interview mit Mayer vom Zentral-Büro. Er sagte, daß Boss Vole eine Einzelgängerin war und daß sie deprimiert war wegen ihres Mangels an Beförderung.«

Der Arbeiter blickte feixend um die Türkante herum. »Die Jungen im Programmier-Pool behaupten, sie hätte sich zufällig im Spiegel gesehen und wäre aus dem Fenster gesprungen.«

Jordan atmete langsam ein. »Sie wollen sicher an meinen ehemaligen Schreibtisch und die Verfahrens-Vorschriften überprüfen, Grinsen.«

Grinsen nahm einen Kandis aus der Schale auf dem Schreibtisch und lehnte sich vor. »Die Nachrichten brachten Filmaufnahmen von der Polizei, die das Schlamassel aufräumte.« Die steckte sich den Kandis in den Mund. »Sie sagten, der Aufprall wäre so stark gewesen, daß er den Bürgersteig zerschmetterte, wo sie landete, und es war beinahe unmöglich, ihre Überreste von dem zu trennen, was von dem Roboter übriggeblieben ist.« Grinsen griff nach einem weiteren Kandis. »Dieser Roboter war ein Super-Gesellschafter. Boss Vole muß sich für ein solch teures Modell bis über die Ohren verschuldet haben.«

Jordan griff nach einem Stapel Programmier-Karten. »Wir fangen besser an, den Arbeitsplan durchzusehen, Grinsen.«

Jordan gab ihr die Karten und griff nach einem weiteren Stapel.

Grinsen klopfte die Karten gedankenverloren auf den
Schreibtisch. »Warum sollte eine so großartige Maschine
sich selbst zerstören, indem sie versucht, eine bösartige alte
Schnepfe wie die Vole zu retten?«

Jordan zog die Kandisschale unter Grinsens Hand fort und
kippte den Rest von Boss Voles Lieblings-Karamellen vorsichtig in den Papierkorb.

»Hat sie es?«

Originaltitel: Near Flesh
Ins Deutsche übertragen von Kamela Kiel

Brian Aldiss

Der Sommer war fast vorbei

Ich bin entschlossen, einen kurzen Bericht meiner Tage zu hinterlassen, solange ich noch dazu imstande bin. Wohl weiß ich, daß eine zarte Hand bereits über meine früheren Tage geschrieben hat; aber der Bericht brach zu früh ab, denn ich bin aus dem Bereich des Eises zurückgekehrt, zu dessen Abgeschiedenheit meine Seele — wenn ich voraussetzen darf, eine zu besitzen — sich hingezogen fühlte.

Im Laufe der Zeit kehrte ich in das Land um Genf herum zurück. Ich hatte auf Gerechtigkeit und Verständnis gehofft, wenn man meine Geschichte erfuhr, aber dem war nicht so.

Verfolgung blieb mein Schicksal. Ich mußte in die nahe Wildnis von Gebirge und Eis entfliehen, um mein Leben draußen unter Gemsen und Adlern zu führen, die so begierig gejagt werden wie ich.

Bevor ich die Stadt für immer verließ, kam ich mit einem Philosophen in Berührung, Jean-Jaques Rousseau, der sogar noch bekannter war als die Familie meines verfluchten Meisters. Am Anfang eines seiner Bücher entdeckte ich diese Sätze, die für mich in meiner erbärmlichen Lage mehr als Worte waren: *Ich bin anders geschaffen als jeder, den ich bisher traf; ich wage sogar zu sagen, daß ich wie niemand in der ganzen Welt bin.*

Dies war eine Empfindung, die ich selbst geäußert haben könnte. Solch ein Verständnis in einem Buch zu finden gab mir neue Kraft. Seit ich vor langer Zeit auf Rousseaus Schrift gestoßen bin, habe ich versucht, mit meiner lieben Frau über den Gletschern als edle Wilde zu leben — in Verachtung der Städter, die sich weit unten in den Tälern vermehren.

Die Ruhe der späten Augusttage liegt über den Schweizer Alpen. Die Geräusche der Autos, die in der Ferne auf der Straße fahren, erreichen mich nicht; ich höre nur gelegentlich eine ferne Kuhglocke und das heitere Summen der Insekten. Ich bin in Frieden. Die Hubschrauber erschienen nachmittags. Sie waren die ganze Woche aktiv gewesen, haben mich mit ihrem Lärm beunruhigt. Da waren zwei von ihnen, blaue, sie gehörten zur Schweizer Polizei. Sie verschwanden bald hinter einem nahen Hang, und ich kroch unter dem Busch hervor, wo ich mich versteckt hatte.

Einst war hier alles Frieden gewesen. Wir wußten nichts von Touristen und Hubschraubern.

Jetzt wurden es immer mehr Leute. Wenn es keine Hubschrauber sind, so sind es Autos auf dem Weg zum *Silbernen Hirsch* weiter unten, oder Maschinen dröhnen in entfernten Tälern. Elsbeth und ich müssen an einen abgelegenen Ort ziehen, wenn ich einen finden kann.

Elsbeth sagt, sie möchte nicht wieder umziehen. Unsere Höhle an den oberen Hängen des Aletschhorn gefällt ihr gut, aber unser Leben ist gefährdet, wie ich ihr erkläre.

Im Sommer fahren die Leute von der Autobahn ab und nehmen den Weg zum *Silbernen Hirsch* hinauf, von dem aus man eine schöne Aussicht auf die Berge im Norden hat. Gelegentlich lassen ein oder zwei ihre Autos zurück und klettern höher, fast bis zu den Winterschutzhütten. Vielleicht pflücken sie die wilden Blumen, die in dem üppigen Gras wachsen, Kornblumen, Mohn, Klee, Weinrosen und die zarten Wicken.

Selten erreichen sie die Höhle an ihrem steilen Hang. Ich belästige die Leute niemals. Elsbeth und ich bleiben verborgen, und ich beschütze sie in meinen Armen.

Im Winter sind wir völlig allein mit den Elementen. Mein Temperament ist im Einklang mit dem Wind und dem Schnee und den Stürmen, die in den kalten Schößen der nördlichen Seen geboren werden. Die Maschinen der Leute bedrohen uns dann nicht. Wir schaffen es irgendwie zu überleben. Ich habe gelernt, mich vor Flammen nicht zu fürchten. Ich sitze in der Höhle am Feuerplatz und lausche der Musik in der Atmosphäre.

Ich bin vertraut mit den Hängen in dieser Gegend. Sie sind steil und tückisch. Niemand kommt zum Skilaufen hierher. Im Herbst, bevor der erste Schnee fällt, wenn der Nebel aus dem Tal heraufwallt, schließt das Hotel, alle Leute reisen ab. Nur ein Junge lebt als Wächter im Hotel mit einigen Ziegen und Hühnern. Es liegt weit unterhalb unseres Horstes — ich gehe dort hinunter, um nach Nahrung zu stöbern.

Oh, ich habe das ängstliche Gesicht des Jungen gesehen, wenn er durch ein Fenster starrt und mich in einem Schneewirbel vorbeikommen sieht.

Die Winterwelt ist von den Menschen verlassen. Ich kann es nicht erklären. Ich kann es Elsbeth nicht erklären, wohin die Leute gehen. Schlafen sie den ganzen Winter wie der Wasserfall?

Das ist die Schwierigkeit: daß ich nichts verstehe. Solange ich auch gelebt habe, mein Verständnis von der Welt ist niemals besser geworden, während die Jahre vergangen sind. Ich verstehe nicht, warum die Zähne des Winters so grausam in die Knochen hineinbeißen, warum das Tageslicht aus dem Osten hereinsickert, warum Elsbeth so kalt ist, wenn ich neben ihr liege, warum die Nächte so lang sind, ohne Worte und Licht.

Ich bin beunruhigt über meinen Mangel an Verständnis. Nichts bleibt, nichts bleibt.

Es ist das beste, nicht an den nächsten Winter zu denken. Es ist jetzt Sommer, die Zeit des Glückes. Aber der Sommer ist bald vorbei.

Den ganzen Tag habe ich auf meinem Lieblingsfelsen in der Sonne gelegen. Die Fliegen besuchten mich und krabbelten auf mir. Auch viele andere kleine Dinge, die Leben und Gedanken haben mögen — Schmetterlinge, Schnecken in gewundenen Gehäusen, Spinnen, Grillen. Ich liege und starre auf die Leute hinunter, die in den *Silbernen Hirsch* kommen und gehen. Sie steigen aus ihren Maschinen. Sie gehen umher und fotografieren das Tal und die Berggipfel. Sie gehen ins Restaurant. Irgendwann kommen sie wieder heraus. Dann fahren sie fort. Ihre Autos sind Perlen auf der Schnur der Autobahn. Sie haben ein Zuhause, oft weit entfernt. Ihr Zuhause ist voll von Besitztümern. Sie sind zu vielen Arten von Aktivität fähig. Ich höre ihre Flugzeuge über meinem Kopf dröhnen, während sie einen Schweif von Schnee am Himmel hinterlassen. Die Menschen sind immer geschäftig, wie die Fliegen und Ameisen.

Das vermögen sie ebenfalls: zu zeugen. Ich habe mich mit Elsbeth viele Male gepaart. Sie bringt kein Kind hervor. Das ist eine weitere Sache, die ich nicht verstehen kann. Warum bringt Elsbeth kein Kind hervor? Liegt der Fehler bei ihr oder bei mir, weil ich so seltsam geschaffen bin, weil, wie Rousseau sagte: *ich anders geschaffen bin als jeder, den ich bisher traf?*

Das Gras wächst hoch um mich herum. Selbst das Gras bringt mehr Gras hervor, und all die kleinen Dinge, die in ihm leben, bringen ihre Art hervor, bis der Sommer vorüber ist. Alles vermehrt sich, nur Elsbeth und ich nicht.

Elsbeth blieb wie gewöhnlich in unserer Höhle neben dem Wasserfall. Wenn die schöne Jahreszeit vorbei ist und Kälte die Knochen beißt, stirbt der Wasserfall wie die meisten anderen lebendigen Dinge. Seine Musik endet. Er wird starr und stumm. Was ist dieser Gram, der die Erde so regelmäßig heimsucht? Wie kann man es erklären?

Erst im Frühling erholt der Wasserfall sich wieder, und dann brüllt er vor Wonne über wiedergewonnenes Leben, genau wie ich. Dann sind Elsbeth und ich wieder glücklich.

Durch das Gras beobachte ich die Szene dort unten. Nach

dem Einbruch der Nacht werde ich die Hänge hinunterklettern, ungesehen um das Hotel gehen und holen, was die Leute fortgeworfen haben. Ich finde dort etwas zu essen und viele andere Dinge, fortgeworfene Zeitungen und Bücher, dies und das. Die Nacht ist mein Freund. Ich bin selbst Dunkelheit.

Warum das so sein muß, weiß ich nicht. Ich habe mir vorgenommen, mich nicht unzufrieden zu fühlen. Einmal war ich böswillig, weil ich unglücklich war, aber das ist vorbei und vergessen. Jetzt habe ich meine liebliche Lebensgefährtin, und ich habe mich geschult, nicht böswillig oder unglücklich zu sein und die Menschen nicht zu hassen.

In den fortgeworfenen Zeitungen lese ich, daß es Menschen gibt, die weitaus böser sind als ich. Es macht ihnen Freude, Unschuldige zu töten. Diese Morde begehen sie nicht nur mit bloßen Händen, sondern mit Waffen, die mir völlig fremd sind. Tausende sterben jedes Jahr in Kriegen.

Manchmal lese ich den Namen meines Erzeugers in den Zeitungen. Nach all der Zeit sprechen sie noch immer schlecht von ihm; warum dann aber ich, das Opfer, nicht erwünscht bin unter den Menschen, daß weiß ich nicht. Das ist auch so etwas, das sich meinem Verständnis entzieht.

Ich falle in einen leichten Schlaf. Die Fliegen summen, und die Sonne scheint heiß auf meine Wirbelsäule.

Zu träumen kann sehr grausam sein. Ich versuche, die Visionen zu unterdrücken. In meinen Träumen steigen Erinnerungen an tote Menschen auf. Einer behauptet, ich habe seine Schenkel und Beine, ein anderer, daß ich seinen Rumpf habe. Ein armer Teufel will seinen Kopf wiederhaben, ein anderer beansprucht sogar seine inneren Organe. Diese verzweifelten Menschen erscheinen mir im Schlaf. Ich bin ein lebender Friedhof, eine Fleischklinik für diejenigen, denen Fleisch fehlt. Was kann ich tun? In meinem Inneren fühle ich schreckliche Gespenster und Verbrechen, die in meine Knochen eingeschlossen sind und sich in meinen Eingeweiden verknotet haben. Ich kann nicht einmal Wasser lassen, ohne daß mich ein vergessener Anspruchberechtigter daran erinnert, was ihm gehört.

Leiden Menschen auf diese Weise? Da ich bloß eine Zusammensetzung aus Leichenteilen bin, befürchte ich, daß nur ich dieses Leid ertragen muß. Ich empfinde mich als ein Theater des Lebens und Sterbens anderer.

Warum meiden die Leute mich dann? Habe ich nicht mehr Menschheit als sie in mir eingeschlossen?

Während ich auf meiner Felsenplatte unter diesen Träumen litt, weckte mich etwas. Ich hörte den Klang von Stimmen, den die dünne Luft übertrug. Zwei Menschen, weibliche, kletterten empor. Sie hatten den *Silbernen Hirsch* hinter sich gelassen und bewegten sich auf die Stelle zu, wo ich mich befand.

Ich beobachtete sie mit der stillen Aufmerksamkeit, die der Tiger seiner herankommenden Beute widmen muß. Und doch nicht genauso, denn ich fühlte Furcht in meinem Herzen. Die Menschen erweckten immer Furcht in mir. Die ältere dieser beiden Frauen pflückte Wildblumen, stieß Rufe aus, während sie dies tat. Es war unschuldig genug, aber ich fühlte doch immer noch die Furcht.

Die ältere Frau sank auf einen Baumstumpf nieder, um sich auszuruhen, und fächelte sich mit der Hand Luft zu. Die andere kam näher, indem sie sich vorsichtig ihren Weg bahnte. Ich sah ihr braunes Haar in der Sonne mit einer Schönheit leuchten, die ich nicht beschreiben kann.

Sie wäre ein paar Meter von mir entfernt vorbeigegangen, vielleicht ohne mich zu bemerken. Aber ich konnte es nicht ertragen, liegenzubleiben, wo ich war, und zu riskieren, gesehen zu werden. Mit einem großen Satz sprang ich auf und stellte mich ihr entgegen.

Die Frau gab einen Laut des Schreckens von sich, schaute mit offenem Mund zu mir empor.

»Hilfe!« rief sie einmal, bis ich ihr meine Hand über den unteren Teil des Gesichtes legte. Der Blick, mit dem sie mich ansah, veränderte sich von Furcht zu Abscheu.

Oh, ich habe diesen Blick in den Gesichtern von Menschen schon oft gesehen. Er erweckt immer meinen Zorn. Die Gesichter der Menschen sind anders als meins — plastisch, beweglich, neigen zum Ausdruck von Gefühlen. Mit einem Schlag könnte ich diesen Ausdruck und das Fleisch, das ihn darstellt, geradewegs von ihren Schädeln wischen.

Als ich sie emporhob, baumelten ihre Füße in den weißen Turnschuhen. Ich drängte mein Gesicht gegen ihres, das weibliche Gesicht, feucht von der nachmittäglichen Hitze. Als ich überlegte, ob ich sie zerschmettern und den Berg hinunterwerfen sollte, nahm ich ihren Duft wahr. Er traf mich so gewaltsam wie ein Schlag in den Bauch.

Dieser Duft . . . so anders als der Duft von Elsbeth . . . Er verursachte eine Art Verwirrung in meinem Gehirn, ließ mich innehalten. Eine dieser alten, unbestimmbaren Erinnerungen aus dem Hintergrund meines Gehirns taucht wieder auf, um mich zu verwirren — eine Erinnerung an etwas, das mir niemals geschehen war. Ich habe gesagt, ich verstände wenig; in dem Augenblick verstand ich nichts, und es durchfuhr mich wie ein elektrischer Schock. Ich setzte sie ab.

»Sie Monster . . .«, sagte die Frau, während sie taumelte. Unter uns waren die Abhänge mit den gezackten Felsen. Lieber, als zu fallen, hängte sie sich an meinen Arm — eine Geste, so vertrauensvoll in ihrer Art, daß es den Rest meines Ärgers vertrieb. Ich konnte mich nur daran erinnern, wie verwundbar Menschen waren, besonders die Frauen. In dem Augenblick hätte ich gegen ein wildes Tier gekämpft, um sie unversehrt zu erhalten.

Als ob sie ein Nachlassen meiner Wildheit ahnte, sagte sie in natürlichem Tonfall: »Ich wollte Sie nicht erschrecken.«

Als mir nichts einfiel, was ich antworten konnte, da mir Unterhaltung mit Menschen so ungewohnt war, fuhr sie fort: »Sprechen Sie Englisch? Ich bin nur eine Touristin hier im Urlaub.«

Ich konnte immer noch nicht antworten, wegen ihres Duftes und ihres Aussehens. Es war, als ob eine kleine Wildtaube zu mir gekommen war, zitternd und mißtrauisch. Sie war jung. Ihr Gesicht war rund und freimütig, ohne Narben von der medizinischen Wissenschaft. Die Augen waren grau, die Haut braun und so glatt wie die Schale eines Hühnereis. Das Haar, das mir zuerst aufgefallen war, war durcheinandergeraten, als ich sie emporgehoben hatte, so daß es ihre linke Wange verhüllte. Sie trug ein T-Shirt, auf dem der Name einer amerikanischen Universität gedruckt war, und Baumwollshorts mit Fransen um ihre prallen Schenkel. Unter dem T-Shirt sah ich den Umriß ihrer bezaubernden Brüste. Der Anblick war entwaffnend.

Ich hatte solch eine Mühe, zu atmen, daß ich mir den Hals hielt. Sie sah mich mit einem Blick an, in dem ich Besorgnis zu lesen glaubte.

»Sagen Sie, sind Sie okay? Meine Freundin ist Ärztin. Soll ich sie rufen?«

»Nicht rufen«, sagte ich. Ich setzte mich in das hohe Gras und versuchte verzweifelt, meine Schwäche zu verstehen. Auf eine schwer faßliche Weise befand sich hier vor mir die Verkörperung von etwas, einer enormen Sphäre von Sinneswahrnehmungen und übersinnlichen Werten, worüber ich bislang nur gelesen hatte, etwas, das mein Meister mir vorenthalten hatte, das ich aber verzweifelt brauchte. Daß ich es nicht bezeichnen konnte, machte es noch quälender, wie ein Lied, wenn nur die Melodie bleibt und die Worte mit der Zeit verlorengehen.

»Meine Freundin kann helfen«, sagte diese erstaunliche junge Person. Sie drehte sich um, als ob sie rufen wollte, aber ich knurrte sie wieder an: »Nicht rufen«, mit so nachdrücklicher Stimme, daß sie davon abließ. Als sie den Berg hinaufschaute, als ob sie dort Hilfe suchte, erkannte ich, daß sie noch Angst vor mir hatte, wenig über den Stand der Dinge wußte und sich wie ein Tier in der Falle fühlte.

»Aber Sie sind krank«, sagte sie. »Oder Sie haben Schwierigkeiten mit dem Gesetz.«

Endlich gelang es mir, zu ihr zu sprechen. »Meine Schwierigkeit liegt in dem Gesetz der Menschheit, das gegen mich entscheidet. Das Gesetz ist ersonnen, um die Herrscher zu beschützen, nicht die Beherrschten; die Starken, nicht die Schwachen. Kein Gericht auf der Welt befaßt sich mit Gerechtigkeit, nur mit dem Gesetz. Die Schwachen werden verfolgt, nicht gerecht behandelt.«

»Aber Sie sind nicht schwach«, erwiderte sie.

Wenn ihre grauen Augen mich anschauten, ließ es mich zittern. Wenn der Mond voll ist, streife ich einen großen Teil der Nacht durch die Berge. Diese liebe silberne Platte am Himmel ist wie ein Auge, das mich beschützt. Aber in den grauen Augen dieser Frau las ich nur eine Art verborgener Feindseligkeit.

»Gerechtigkeit ist nur ein Wort. Verfolgung und Schwäche aber sind real. Diejenigen, die, aus welchem Grund auch immer, kein Dach über dem Kopf haben, sind nicht besser als Wild, das man erlegt.«

Meine Worte schienen keinen Eindruck auf sie zu machen. »In meinem Lande gibt es Fürsorge für die Obdachlosen.«

»Du weißt nichts.«

Sie schien das nicht zu bestreiten, stand nur mit gesenktem Kopf vor mir und warf verstohlene Seitenblicke auf mich.

»Wo leben Sie?« fragte sie nach einer Minute.

Ich wies mit meinem Kopf in die Richtung des Berges über uns.

»Allein?«

»Mit einer Frau. Bist du . . . eine Ehefrau?«

Sie tat die Frage mit einem Kopfschütteln ab.

Ich lauschte den Fliegen, die um mich herum summten, und dem Murmeln der Bienen, die sich im Klee zu unseren Füßen tummelten. Diese kleinen Laute waren die Bausteine der Stille, die uns umgab.

Sie streckte eine kleine braune Hand aus. »Ich habe gar keine Angst mehr. Es tut mir leid, daß ich Sie erschreckt habe. Warum nehmen Sie mich nicht mit, damit ich Ihre Frau kennenlerne? Wie heißt sie?«

Daraufhin schwieg ich mißtrauisch eine lange Zeit. Ihr Duft erreichte mich, als ich die Hand sanft in meine nahm und auf sie hinunterschaute.

Endlich sagte ich den heiligen Namen: »Elsbeth.«

Sie hielt ebenfalls inne, bevor sie registrierte. »Meiner ist Vicky.« Sie fragte nicht nach meinem Namen, und ich bot ihn nicht an.

Da standen wir auf dem gefährlichen Abhang. Diese Begegnung hatte mich viel Mut gekostet. Ich hatte sie gefangen, aber ich fürchtete mich immer noch. Während ich über sie nachdachte, blickte sie sich weiterhin unbehaglich wie ein gefangenes Tier um, und ich sah, wie ihre Brust sich beim Atmen bewegte. Jetzt waren diese ehrlichen grauen Augen verstohlen und unfreundlich.

»Nun denn«, sagte sie mit einem nervösen Lachen, »was hindert uns? Gehen wir.«

Vielleicht hatte mein Schöpfer nicht beabsichtigt, mein Gehirn perfekt funktionieren zu lassen. Dies kleine Ding, dessen Hand ich hielt, konnte leicht zermalmt werden. Ich hatte keinen Grund, es zu fürchten. Ich fürchtete es jedoch so sehr, daß mir die Idee kam, daß ich bald ihr Gefangener sein könnte, wenn ich sie mit hinauf zur Höhle nahm, um Elsbeth zu besuchen.

Aber trotz dieser Ahnung spürte ich einen Drang in mir, dem ich nicht wiederstehen konnte.

Wenn ich diese zart duftende Frau zu der Höhle führte, würde sie weit fort von ihrer Freundin sein und völlig in meiner Gewalt. Wir würden für uns allein sein, um diese höchste Sache zu tun, ob sie es nun wollte oder nicht. Elsbeth würde es verstehen, wenn ich diese Frau überwältigte und sie mir zu Willen machte. Warum sollte ich nicht? Warum war mir dieser Leckerbissen, Vicky, sonst geschickt worden?

Selbst um den Preis, einem Menschen unseren Aufenthaltsort zu zeigen, mußte ich dieses Exemplar dorthin bringen — ich mußte, so groß war mein Drang. Wenn ich mit ihr fertig war, würde ich dafür sorgen, daß sie unser Versteck nicht verriet. Elsbeth würde das billigen. Dann konnte unser heimliches Leben wie zuvor weitergehen, wo nur die kleinen wilden Dinge von unserer Existenz wußten.

Also wiederholte ich ihre Worte: »Gehen wir.«

Der Weg war steil. Sie war zart. Ich hielt sie gut fest, zog sie teilweise hinter mir her. Die Nachmittagssonne brannte auf uns, und ihr Duft stieg zu mir auf, zusammen mit ihren Schluchzern. Die Büsche wurden kleiner, karger. Ich war diesen Weg Hunderte Male gekommen, indem ich immer die Route veränderte, um keine auffälligere Spur als ein Kaninchen zu hinterlassen. Wir kamen zu der Spalte, einer flachen Einkerbung, einer Falte im Fleisch des Berges. Hier spielte der Wasserfall seine Melodie, und sein Wasser wurde einige hundert Meter tiefer im Tal ein Zufluß des Lotschentalflusses. Hinter dem Wasserfall, von einem dunkelblättrigen Strauch verborgen, lag der Höhleneingang.

Hier mußten wir eine Pause machen. Sie behauptete, sie müßte wieder zu Atem kommen. Sie ließ den Oberkörper hängen und blieb in der Haltung, das braune Haar hing hinunter, und die Fingerspitzen berührten den Boden.

Große weiße Wolken wogten über uns, schwankten über die Berggipfel, als wären sie begierig, stillere Luft zu finden. Plötzlich schoß einer der Polizeihubschrauber über uns hinweg, erschreckte mich mit seinem enormen Geknatter, als ob das Ding ein fliegender Baum war, geriet hinter dem bröckligen Gipfel der Jungfrau außer Sicht. Ich hatte keine Zeit, mich zu verstecken, bevor er vorüber und fort war.

Ich packte das Mädchen und zog. »In die Höhle mit dir.«

Sie wehrte sich. »Wenn Elsbeth mich nun nicht sehen will? Sollten wir sie nicht vorher verständigen? Warum rufen Sie sie nicht heraus?«

Ich antwortete nicht und zerrte sie auf die Höhle zu. Sie packte einen Busch, aber ich schlug ihr auf die Hand.

»Ich will Elsbeth nicht sehen«, schrie sie. »Hilfe! Hilfe!«

Ich brachte sie zum Schweigen, indem ich mit einer Hand ihr Gesicht bedeckte. Dann hob ich sie halb, und so kamen wir in die Höhle, während sich das Mädchen wie rasend sträubte.

Elsbeth lag dort im Schatten, beobachtete alles, sagte nichts. Ich ließ das Mädchen los und schubste sie auf meine Frau zu.

Das Mädchen wurde bewegungslos, starrte nach vorn, eine Hand an ihren Lippen. Ich wartete darauf, daß sie wieder versuchen würde zu schreien, machte mich bereit, mich auf sie zu stürzen, um sie zu überwältigen. Als sie jedoch sprach, geschah es sanft, und ihr Blick war auf Elsbeth gerichtet, nicht auf mich.

»Sie ist bereits eine sehr lange Zeit tot, nicht wahr?«

Einige Menschen können weinen. Ich habe keine Vorrichtung für Tränen. Vicky aber weinte heftig, und ich hatte das Gefühl, in meiner Brust würde sich etwas wie ein Sturm über den Alpen zusammenbrauen. In Elsbeths Augen zeigte sich keine Bewegung. Die Maden hatten ihr Werk in den Höhlen getan und sich nach anderen Weiden umgesehen.

Als ich meine Arme über den Kopf hob und ein Heulen ausstieß, stürmten zwei männliche Menschen in die Höhle. Sie schrien, als sie kamen. Das weinende Mädchen, Vicky, warf sich aus der Gefahr in die Nischen der Höhle, wo ich die Früchte des Herbstes lagerte. Die Männer warfen ein Netz über mich.

Wie wild ich auch kämpfte, unter Aufbietung all meiner Kraft, das Netz war unzerreißbar. Die männlichen Menschen zogen es zusammen, wie Fischer es in alter Zeit getan haben müssen, wenn sie einen Fang einholten. Dann streckten sie mich wieder, und ich lag neben Elsbeth so hilflos wie sie.

Diese Menschen behandelten mich, als ob ich nicht besser als ein Tier war. Ich wurde aus der Höhle geschleppt, durch den Wasserfall, während ich auf dem Rücken lag und zu den schnell ziehenden Wolken am blauen Himmel emporschaute, und ich dachte, diese Wolken sind frei, genauso, wie ich es bis jetzt war.

Mehr männliche Menschen kamen an. Einer ihrer Hubschrauber stand auf einer Felsbank des Berges oberhalb meiner Zufluchtsstätte. Die Frau, Vicky, kam zu mir und beugte sich hinunter, so daß ich wieder in ihre grauen Augen blicken konnte.

»Es tut mir leid«, sagte sie. »Ich mußte als Lockvogel dienen. Wir wußten, daß Sie sich irgendwo auf dem Aletschhorn befanden, aber nicht genau, wo. Wir haben diesen Berg die ganze Woche lang abgesucht.«

Meine Sprachfähigkeit schwand mit meinen Kräften. Ich brachte es fertig zu sagen: »So bist du nur eine Komplizin dieser grausamen Bestien.«

»Ich arbeite bei der örtlichen Polizei, ja. Machen Sie mir keinen Vorwurf . . .«

Einer der Polizisten stieß sie an. »Aus dem Weg, Fräulein. Er ist noch gefährlich. Stellen Sie sich dahinten hin.« Und sie ging fort.

Ich wurde gehoben und auf einer Trage festgebunden. Ihr Gesicht verschwand aus meiner Sicht. Während ich noch in das Netz eingehüllt war, wurde ich auf den Boden fallengelassen, als ob ich eine alte Planke war. Sie schrien eine ganze Menge und fuchtelten mit ihren Armen. Erst dann erkannte ich, daß sie im Begriff waren, mich den Berg hinaufzutransportieren. Fünf männliche Menschen waren da, einer von ihnen beaufsichtigte die anderen vier. Sie schauten auf mich hinunter. Wieder dieser Ausdruck von Abscheu: Ich könnte ein von Großwildjägern gefangener Leopard gewesen sein; Barmherzigkeit kam ihnen nicht in den Sinn.

Der männliche Mensch, der die anderen kommandierte, hatte kleine graue Zähne. Während er hinunterstarrte, sagte er: »Diesmal lassen wir dich nicht entkommen, du Mißgeburt. Wir haben eine Liste von Morden, die sich über die letzten zwei Jahrhunderte erstreckt, für die du verantwortlich bist.«

Obwohl ich keine Sympathie in seinem Gesicht las, konnte ich ein paar Worte hervorbringen. »Sir, ich hatte niemals die Absicht, zu verletzen. Mein Schöpfer hat sich an mir vergangen, ich habe nie darum gebeten, auf so unnatürliche Weise zur Welt zu kommen. Was die Morde angeht, wie Sie sie bezeichnen, geschah nur der erste, der des Kindes, in böser Absicht, als ich noch nichts wußte von den Zuständen des Daseins, deren Sie, nicht ich, sich erfreuen können – nämlich Leben und Tod. Die übrigen meiner Vergehen geschahen in Notwehr, als ich feststellte, daß ich alle Menschen gegen mich hatte. Ich flehe Sie an, lassen Sie mich frei. Lassen Sie mich auf diesem heiligen Berg leben, in dem von Rousseau beschriebenen Zustand von Natur und Unschuld.«

Sein Mund wurde dünn und lang wie ein langer Regenwurm. »Du Arschloch«, sagte er, indem er sich abwandte.

Ein weiterer Mann erschien über der zerklüfteten Linie des Horizonts.

»Hubschrauber ist bereit!« rief er.

Ich wurde gehoben. Vier von ihnen mußten mich tragen. Ich konnte die Frau nicht sehen, aber als sie mich auf ihre Schultern hoben, erhaschte ich einen letzten Blick auf mein Heim, der Höhle, wo Elsbeth und ich so glücklich gewesen sind. Sie arbeiteten sich mit mir, verschnürt und hilflos, den Hang hinauf.

Als wir uns dem Hubschrauber näherten, entlud sich ein Schauer über uns, einer dieser unerwarteten Schauern, die über die Alpen fegen. Ich schmeckte den heiligen Regen auf meinen Lippen, trank ihn sogar, während die Menschen sich beklagten. Ich dachte, dies ist das letzte Mal, daß ich den Segen der Natur schmecke. Ich werde in die Bereiche der Menschen gebracht, die die Natur ebenso hassen wie mich, der unnatürlich ist.

Kühle verstärkt das Aroma des Wassers. Es hatte den Geschmack des Herbstes, dieser melancholischen Übergangszeit vor dem Winter. Der Sommer war fast vorbei, und meine Frau würde allein und einsam in unserer Höhle liegen und auf meine Rückkehr warten. Mit ihren blinden Augen schaute sie nach ihrem Liebsten, und niemals wird sie ein Wort der Klage äußern.

Originaltitel: Summertime was nearly over
Ins Deutsche übertragen von Kamela Kiel

»Wünschte, daß Sie blind wären, Dr. Zylstra.« Mein Patient funkelte mich mit wäßrigen Augen aus den Schlitzen seiner Maske an, die seine hohe breite Stirn betonte.

»Warum?« Ich wußte es, und er wußte, daß ich es wußte, aber wie sehr ich auch zu quälender Ehrlichkeit zwischen Patient und Therapeut verpflichtet bin, wäre es ein Fehler gewesen, bei unserer ersten Begegnung zuzugeben, daß seine Größe und Erscheinung mich erschreckten.

»Sir, verspotten Sie mich nicht, Ihre Bestürzung ist offensichtlich.«

»Mr. Goodloss . . .«

»Und errichten Sie nicht eine Barriere, indem Sie mich beim Nachnamen nennen, wenn Sie erwarten, daß ich mich Ihnen offenbare.«

»Ich nenne meine Patienten gewöhnlich beim Vornamen. Es ist nur, daß es länger als dreißig Sekunden dauert, zu . . .«

»Die Barrieren, die Abweisungen, die mein wiederholtes, aber unverdientes Schicksal gewesen sind, machen mich todkrank.«

»Vyvyan«, sagte ich, indem ich den Vornamen gebrauchte, den er kühn in Blockschrift auf sein Anmeldeformular geschrieben hatte: Vyvyan Franklin Goodloss. »Vyvyan, es ist meine Aufgabe — eigentlich unsere gemeinsame Aufgabe —, sorgfältig zu erforschen, was Ihre Gefühle von . . .«

»Abweisung, Preisgabe, Vertreibung. Bin ich verurteilt, Sie mit Titel und Familiennamen anzureden?«

»Patienten können mich nennen, wie sie wollen, solange es höflich ist. Ich würde keine Lust haben, sagen wir, auf Scheißkopf zu antworten.«

»Ich bin nicht informiert über die Art der Anrede, die bei Ihren Patienten am beliebtesten ist. Wollen Sie mich bitte in Kenntnis setzen.«

»Einige Patienten nennen mich Dr. Zylstra. Möglicherweise lehnen sie es aufgrund ihrer geringen Selbstachtung ab, einer starken autoritären Gestalt gleich zu sein. Einige finden Auswege, gar keine Anrede für mich zu gebrauchen.«

Vyvyan wollte diese Angelegenheit jedoch schnell entscheiden. Ich fand das ermutigend: Patienten, die in dem therapeutischen Prozeß eine aktive Rolle spielen, machen die größeren Fortschritte.

»Mit welchem Namen nennen Sie Ihre Freunde und Vertrauten?«

»Jerrold. Seltener Jerry. Mir gefällt mein voller Name besser als mein Kosename.«

»Weil er eine kleine Mauer der Formalität errichtet und Sie ein Gefühl Ihrer eigenen Würde bewahren können.«

»Möglich«, sagte ich. Wer behandelte hier wen? Vyvyan, wie er über mir aufragte, hatte unmerklich unsere Rollen vertauscht, indem er die Initiative der Auslegung ergriff und mich in die Abhängigkeit eines emotional geschädigten Schutzsuchenden verwies. Autsch.

Vyvyan wies in Richtung eines vergoldeten Plakats auf meinem Schreibtisch, ein Ding, das Teil meiner Büroausstattung gewesen war, seit Barbara es mir zu unserem fünften Hochzeitstag vor beinahe zwanzig Jahren geschenkt hatte.

Patienten sind allgegenwärtig, steht auf dem Plakat.

»Enthüllen Sie mir nun, Jerrold, die Bedeutung dieses rätselhaften Apophthegmas.«

Vyvyan hatte eine unangenehme archaische Art zu sprechen. Und, ja, ich fühlte etwas mehr als leichtes Unbehagen in seiner Gegenwart.

»Das Plakat bedeutet«, sagte ich und las es zum zwölfmillionstenmal, »daß Sie jedes Recht haben, mich Jerrold zu nennen.«

»Wozu das Recht? Welcher Logik entspricht es?«

»Die Entscheidung darüber, wer das Etikett *Patient* bekommt, ist oft eine kulturelle, gesellschaftliche und wirtschaftliche Angelegenheit, Vyvyan, es spiegelt nicht klar den ... Existenz-Schmerz des Menschen wider. In mancher Weise könnte ich tatsächlich *kränker* sein als diejenigen, die zu mir in die Therapie kommen.«

Vyvyan rollte seine nikotinfarbenen Augen. »Oh! Verfluchter Arbeitgeber, der mich zu diesem Scharlatan geschickt hat!«

»Wenn Sie ein Problem haben −« wie konnte jemand, der aussah und sprach wie diese riesige Karikatur eines Menschen, *kein* Problem haben − »ist es nicht meine Aufgabe, den Zauberstab zu schwingen und es fortzuzaubern.«

»Muß ich dann unglücklich bleiben?«

»Warten Sie. Hören Sie zu. Meine Aufgabe ist es, mein Können zu gebrauchen und eine Beziehung zwischen uns herzustellen, die sich als therapeutisch erweisen wird. Es ist die *Beziehung*, die heilt, Vyvyan. Wenn Sie *mit* mir arbeiten, werden Sie mit Ihrem Existenz-Schmerz so umgeben, daß es Ihrem ... Unglück entgegenwirkt.«

»Ausgezeichnet.«

»Gut«, sagte ich. »Was wollen Sie?«

Dies war keine beiläufige und auch keine spaßhafte Frage. Bei Vyvyan war es auch kein verhüllter Ausdruck meines Ärgers darüber, lange nach meinen Öffnungszeiten im Büro sein zu müssen − um acht Uhr an einem Novemberabend, während der Verkehr auf dem North Peachtree verebbte und

der Wind, der von den Great Smokies schnitt, die Doppel-
fensterscheiben meines Bürogebäudes vibrieren ließ.

Was wollen Sie? ist mein Standard-Eisbrecher. Ich frage
es, damit meine Patienten allen seelischen Müll abwerfen,
den sie an Bord genommen haben, und die wirklichen Kon-
flikte, die ihr Leben vergiften, zur Sprache bringen. Jeder will
etwas — etwas über seinen Mercedes Benz, die Karriere oder
befriedigenden Sex hinaus, und dieses Wollen ist der Beginn
von Weisheit. Es ist auch der Beginn eines langen Aufstiegs
zu Gesundheit. War ich gesund genug, um Vyvyan eine sinn-
volle Unterstützung auf *seinem* Aufstieg zu bieten?

Ich frage, denn im selben Raum mit ihm zu sitzen betont
die harte Wahrheit des Spruchs auf meinem Plakat: *Patienten sind allgegenwärtig.* Gewöhnlich habe ich keine Angst
vor meinen Patienten. Sie mögen mich faszinieren, abwei-
sen, ärgern, amüsieren, langweilen, quälen oder bezaubern.
(Im Falle von kurvenreichen Frauen, wie ich Barbara gestanden habe, mögen sie sogar meine Libido erregen.) Aber nur
ein- oder zweimal habe ich in meinem Berufsleben einen
Patienten getroffen, der mir Angst gemacht hat. Selbst die
Psychosekranken, die zu mir kamen, stellten nie eine Bedrohung für mich dar, sahen mich als einen bezahlten Zuhörer
und einen geschickten Vermittler, nicht als einen eventuellen
rachsüchtigen Richter.

Aber ich hatte Angst vor diesem Goodloss.

Meine Furcht hatte zwei Ursachen. Erstens, wie bei der
schwierigen Verhandlung mit Vyvyans Arbeitgeber (ein
Freund meines Schwiegervaters) vereinbart, traf ich ihn
abends in einem praktisch leeren Bürogebäude. Der Sicher-
heitsposten in der Halle würde mir keine Hilfe sein, wenn
Vyvyan mich in meinem Appartement im sechsten Stockwerk angriff. Zweitens, Vyvyan war der größte Mann, den
ich jemals gesehen habe, größer als der Berufs-Catcher ›An-
dre der Gigant‹. Er war mindestens 2,45 Meter groß. Selbst
auf meinem Bürostuhl sitzend wirkte er riesig.

(Warum sorgte sich Vyvyan darum, wie er mich nennen

sollte? Er konnte mich, völlig ungestraft, nennen, wie er wollte.)

Vyvyans Kleidung trug nicht dazu bei, ihn weniger erschreckend erscheinen zu lassen. Eine beige Verbrennungsmaske (oder eine enge elastische Kapuze, so gearbeitet, daß sie einer Verbrennungsmaske ähnlich war) umhüllte einen enormen Kopf. Seine Augen waren durch die Schlitze der Maske sichtbar; sie waren zu klein für seinen Kopf, von einem glasigen Gelb wie bei einer streunenden Katze, und ständig rinnend, so daß die Absonderung dunkelbraunorange Tränenbahnen an beiden Seiten der monströsen Nase entlang hinterlassen hatte. Seine Lippen sah man durch einen länglichen Ausschnitt gleich einem Paar spiralförmig verdrehten Lakritzstangen, schwarz und eigenartig glänzend.

Die Enge von Vyvyans Maske vermittelte eine ziemlich gute Vorstellung der wesentlichen Form seiner Gesichtszüge, die alle unnatürlich plump und geschwollen zu sein schienen. Die Brauen und die Kinnlade standen so hervor, daß ich mich fragte, ob er, wie auch angeblich Abraham Lincoln, an Akromegalie litt, der anomalen Vergrößerung des Gesichtes, der Hände und Füße.

Vyvyans Hände waren groß genug, um diese Vermutung zu bestärken, aber er verbarg sie in Handschuhen. Oder vielmehr in Fausthandschuhen, aus Wolle, gemustert mit Pinienbäumen und silbernen Schlittenschellen auf einem schneeweißen Grund, wie Barbara und ich sie letzten Winter unseren Enkelkindern gekauft hatten. Nur von der Größe her unterschieden sie sich. Außerdem trug Vyvyan einen riesigen Overall, ein blaukariertes Flanellhemd, schwarze Galoschen mit offenen Spangen und einen cremefarbenen Staubmantel, wie ihn ein Cowboy oder der Fahrer eines Oldtimers getragen haben könnte. Der Staubmantel betonte seine massige Erscheinung, anstatt sie zu verhüllen.

Ich hatte also Angst. Vyvyan hätte mich erwürgen oder durch eine der sanft vibrierenden Fensterscheiben werfen können, und lange würde niemand meinen Körper finden. Barbara lag wahrscheinlich schon im Bett. Ihre TV-Arbeit begann in aller Herrgottsfrühe.

Wie hatte ich mich in diese gefährliche Lage gebracht?

Barbaras Vater, William Yost, verwies Vyvyan an mich, aber er hatte es auf die Bitte von Vyvyans Arbeitgeber getan, Van Foxworth, dem Präsidenten einer Warenhaus-Firma mit Namen CargoCo Unlimited. Vyvyan arbeitete praktisch rund um die Uhr, als Stapler und Nachtwächter in einer CargoCo Lagerhalle. Nach Angabe meines Schwiegervaters lebte er innerhalb dieses riesigen Metallgebäudes in einem Raum, den Mr. Foxworth selbst ausgestattet hatte. Er nahm alle Mahlzeiten in diesem Raum ein, so daß er nie auszugehen brauchte. Van Foxworths Neffe, Vinny Fall, lieferte das Essen durch eine Durchreiche von einem angrenzenden, mit Gerümpel angefüllten Büro aus.

Das Phantom des Warenhauses, dachte ich. Offensichtlich war Vyvyan zu diesem einsiedlerischen Lebensstil kurz nach seinem Eintritt in die CargoCo Mitte der Siebziger gekommen. Nur diese Art von Isolierung hatte es ihm ermöglicht, zu arbeiten, und nun sah er Mr. Foxworth als seinen einzigen Freund und Wohltäter an und bestand auf diesem Arrangement.

Unlängst hatte Vinny Fall jedoch ein furchtbares Heulen aus dem Warenhaus gehört, und es hatte sich herausgestellt, daß Vyvyan litt. Auf Mr. Foxworths Anraten hin war Vyvyan zu mir gekommen.

»Ich möchte so wie andere sein«, sagte er, »und möchte Würde in meinem neugefundenen Konformismus haben.«

An diesem ersten Donnerstagabend planten wir unseren Weg miteinander. Er erzählte mir, ohne Vorbehalt, was er wollte, und ich nehme an, er sagte die Wahrheit. Ich vermied es bewußt, Themen zur Sprache zu bringen, mit denen wir zu tief in seine Psyche getaucht wären, oder ihm das Gefühl zu geben, daß ich es eilig hatte, nach Hause zu kommen. Es schien jedoch nicht falsch zu sein, ihn geradewegs zu fragen, ob er sich wohl fühlte, oder etwas über seine Maske zu sagen. Seine Bemerkung: »Wünschte, Sie wären blind, Dr. Zylstra«, schien mir recht zu geben. »Ist es Ihnen nicht zu warm, Vyvyan?«

»Extreme Temperaturen berühren mich weit weniger stark als den Durchschnittsmenschen.«

»Große Menschen schwitzen mehr als kleinere.« Ich sagte dies in einem herausfordernden Ton und lehnte mich auf meinem Stuhl zurück.

»Die Schweißtropfen auf Ihrem Antlitz scheinen dieser zweifelhaften Beobachtung zu widersprechen, Jerrold.«

Ich wischte mir mit dem Taschentuch über das Gesicht. »Wie haben Sie sich verbrannt?«

»Entschuldigung?«

»Die Verbrennungsmaske. Ein Berufsunfall? Oder befanden Sie sich in einem Fahrzeug, das sich überschlug und in Flammen aufging?«

»Ich bin physisch unverletzt. Ich gestehe, daß ich meine Maske nicht aus irgendeinem geheimnisvollen Grund trage, sondern zur Tarnung.«

»Können Sie mir nicht ohne Maske gegenüber sein? Bringt sie nicht, äh, eine Barriere in unsere therapeutische Intimität?« Ich preßte mein Taschentuch in der Faust.

»Sie sind unvorbereitet auf den Schock, der mit meiner Demaskierung verbunden wäre.«

»Ich bin ein zäher Bursche. Ich werde es verkraften.« Was versuchte er mir zu sagen? Daß er dem Elefantenmenschen ähnlich sah? Daß er ein Aids-Patient mit abgestoßenen Gewebeveränderungen war? Daß seine Kapuze ein verstümmeltes Knochengerüst verbarg? Sicher, ich hatte noch nie einen Mann seiner Größe zuvor gesehen, aber ich bezweifelte, daß irgendeine Mißbildung mich aus der Fassung bringen könnte.

Als ob er sich lustig über mich machen wollte, sagte Vyvyan: »Zähe Burschen — Ärzte mit Mut und Standhaftigkeit — zittern nicht vor ihren Patienten.«

Es stimmte, daß ich zitterte. Ich fürchtete mich vor ihm. »Darüber weiß ich nichts«, sagte ich. »Ich weiß nur, daß zähe Burschen, wenn sie mit Patienten arbeiten, nicht vor dem davonlaufen, mit dem sie sich befassen müssen. Ihre Maske muß herunter, wenn nicht heute abend, dann nächste Woche.«

Vyvyans rinnende gelbe Augen untersuchten mein Büro. »Behandeln berühmte Ärzte Ihrer Kategorie nicht den Existenz-Schmerz eines Patienten, während der Leidende auf einem . . . einem Diwan ruht?«

»Ein Diwan? Oh, Sie meinen eine Couch.«

»Ich verneige mich vor Ihrem größeren Wissen.«

»Freudianer lieben diese Einteilung — der Therapeut sitzt aufrecht auf dem Stuhl, während der Patient auf der Couch ausgestreckt liegt. Mir gefällt das nicht. Es erzeugt eine hierarchische Trennung. Und ich bin kein Freudianer, Vyvyan.«

»Erzwingen Sie nicht gegenwärtig eine ähnliche hierarchische Trennung mit der Barrikade dieses Schreibtisches?« Er legte einen Fausthandschuh darauf.

»Ich . . .« Aber Vyvyans Beobachtung traf ins Schwarze. Ich verstecke mich manchmal hinter meinem Schreibtisch, er vermittelt mir das Gefühl von Autorität. »Möchten Sie, daß ich Ihnen direkt gegenübersitze? Wenn ja, werde ich es tun.«

»Ich schlage statt dessen vor, daß Sie bis zu unserer nächsten Sitzung einen Diw . . . ich meine natürlich eine Couch — besorgen, so daß ich darauf liegen kann.«

»Aber warum? Ich dachte . . .«

»Um eine hierarchische Trennung zwischen uns zu schaffen, die Sie von dem Gefühl physischer Unterlegenheit befreien wird, und damit von Furcht. Ich werde mich ohne Maske so darauf legen, daß Ihnen der unangenehme Anblick meines Gesichts erspart bleibt.«

Er plante also, seine Kapuze abzusetzen. Das war ein Fortschritt. Er war auch auf *meine* psychische Gesundheit bedacht. Patienten, die sich bei ihrem ersten Besuch um das emotionale Wohlbefinden des Therapeuten kümmern, sind so selten wie Debütantinnen in einer Armenküche.

Vyvyan erhob sich. In meinem Büro konnte er aber nur gebückt stehen. Er zog ein Taschenbuch aus der Tasche des Staubmantels und legte es auf meinen Schreibtisch. Es war die klassische Ausgabe von *Frankenstein*, im Dezember 1965 gedruckt, mit einem Cover, auf dem ein verschwommenes koboldhaftes Ungeheuer zu sehen war, das aus einer Gruppe miteinander verwachsener Bäume im Mondschein auf den Betrachter zuläuft. Das Blau des Einbandes erweckte eine düstere Atmosphäre, und mir lief ein Schauer über den Rücken.

»Das ist meine Geschichte«, sagte er. »Die wahre Geschichte meiner Karriere als ein belebtes Wesen − bis zu meinem langen Schlaf und meiner Wiederkunft.«

»Dies hier«, sagte ich fest, »ist ein Roman.«

»Nein, es ist Mrs. Shelleys Übertragung einer Erzählung, die ein britischer Handelsseemann, Kapitän Robert Walton, Ende des 18. Jahrhunderts aufgezeichnet hat. Tun Sie das Notwendige und lesen Sie es von Anfang bis Ende, bevor wir uns wieder unterhalten.« Vyvyan wandte sich zur Tür.

»Warten Sie.« (Aber was sollte ich sagen?) »Brauchen Sie Geld für ein Taxi?«

»Oh, ich habe Fahrgeld. Ich spare fast jeden Pfennig, den ich verdiene. Aber kein Fahrzeug wird für mich anhalten, besonders nachts nicht, und so muß ich schnell zu Fuß zu meinem Warenhaus-Appartement gehen. Leben Sie wohl, Jerrold, bis zu unserer Wiedervereinigung Donnerstag in einer Woche.«

Ich war einem wahnhaften Schizophrenen begegnet, der davon überzeugt war, das Monster zu sein, das in dem Roman von Mary Wollstonecraft Shelley unter den Händen des archetypischen wahnsinnigen Wissenschaftlers, Victor Frankenstein, entstanden ist.

Einige wahnhafte Schizophrene glauben, Jesus Christus zu sein, oder Johanna von Orleans, oder sogar Vladimir Lenin. Eine meiner verwirrtesten Patientinnen beharrte darauf, Imelda Marcos zu sein. Ich setzte sie auf Medikamente, und sie machte bald Fortschritte, ging dazu über, Imeldas Schwester zu sein, dann Imeldas Friseuse, dann eine philippinische Frau mit einem Schuhfetisch, und schließlich sie selbst.

Vyvyans Wahn widerstand den Medikamenten, auf die ich ihn in dieser ersten Woche setzte. (Vinny Fall achtete darauf, daß er sie einnahm.) Ich weiß nicht, ob ich eine für seine Körpermaße unzulängliche Dosis verschrieben hatte oder ob er von dem Wahn schon so lange befallen war, daß er tatsächlich *geworden* ist, was er glaubte.

Sogar ich war verwirrt. In der Nacht, als ich das Buch auf meinen Schreibtisch legte, mußte ich zugeben, daß Vyvyan all die höchst eindrucksvollen pyhsischen Eigenschaften des vom Menschen geschaffenen Riesen in Mrs. Shelleys *Übertragung* besaß. Entweder mußte ich glauben, daß er tatsächlich diese Kreatur war, oder ich mußte annehmen, daß sein Körperbau ihn von seiner äußeren Identität mit dem Monster überzeugt hatte.

Die Namen Vyvyan und Franklin, so erkannte ich, standen offensichtlich für Victor und Frankenstein. Aber Goodloss verwirrte mich. War es sein tatsächlicher Familienname, oder kommentierte er zynisch mit einem Wort seinen Mangel an Heiterkeit aufgrund seiner Erscheinung?

Vor unserer nächsten Sitzung las ich dann *Frankenstein* nochmals. Ich bestellte auch eine Couch − ein riesiges Leder-Chaiselongue, mit einer schweren Kopfstütze und einem Mechanismus zur Höhenregulierung der Polster. Um Platz dafür zu schaffen, hatte ich meinen Schreibtisch an eine Wand geschoben und meinen Gummibaum ins Wartezimmer befördert.

Vyvyan gefiel die Couch. Sie war nicht lang genug für ihn, und er mußte die Sohlen seiner Galoschen auf das Fußende setzen und die Knie krümmen, aber diese ungewöhnliche

Lage schien ihn nicht zu stören oder zu verkrampfen. Und daß sich sein Kopf tiefer als meiner befand, verminderte mein Unbehagen.

»Die Verbrennungsmaske«, sagte ich.

Er streifte sie ab. Weil ich hinter ihm saß, konnte ich nur einen dichten Vorhang fettigen Haares sehen, schwarz wie der Kunststoff von Schallplatten, und die eisgrauen Strähnen sahen aus wie Narben. Der Kopf war der feuchte Traum eines Phrenologen, eine abgeflachte Kugel mit Höckern, Senken und Kämmen.

»Ich sollte Sie anschauen. Sonst hat Ihre Geste keine Bedeutung.«

»Nein. Unterlassen Sie es. Es war kein Zufall, daß Sie hinter mir saßen. Beginnen Sie nun mit der Therapie. Wir haben einen schwierigen Weg vor uns.«

Ich ließ ihm seinen Willen. Mit *Frankenstein* in der Hand begann ich, Fragen zu stellen, und wir widmeten die Sitzung einer ausführlichen Rekonstruktion von Vyvyans Leben vom letzten Abschnitt des *Romans* bis zu seiner Ankunft in Atlanta in den frühen Siebzigern und seiner Anstellung bei CargoCo Unlimited im Mai 1975. Eineinhalb Jahrhunderte des Winterschlafs in einer Eishöhle an der Küste einer norwegischen Insel im Umkreis der Arktis machte die größte Spanne dieser Zeit aus. Dann weckte ihn ein Gewittersturm. Ich konnte seine angeblichen Reisen nach dem Schlaf im Eis nacherzählen, einschließlich der Erlebnisse im amerikanischen Nordwesten, als Trapper oder Wildfotografen ihn mit einem Schneemenschen verwechselten; aber alles, was er sagte, machte deutlich, wie sehr er dem Frankenstein-Wahn verfallen war.

»Vyvyan, Ihre Geschichte weist darauf hin, daß Sie an einen Mythos glauben, der Ihre Persönlichkeit aufhebt. Das befreit Sie von der Notwendigkeit, die Verantwortung für Ihr eigenes Leben zu übernehmen.«

»Ist die Therapie-Stunde fast vorbei?«

Ich blickte auf meine Uhr. »Ja, ich fürchte, sie ist es.«

»Bereiten Sie sich dann also darauf vor, das Antlitz zu sehen, das diesem *Mythos* entstammt und ihn unbarmherzig weiterleben läßt!«

Vyvyan erhob sich von der Couch und blickte direkt hinunter in meine Augen. Ich starrte. Seine Augen hatte ich bereits gesehen, aber sein unbedecktes Gesicht war ein Horror. Sein Fleisch war papierdünn. Die Muskeln, Adern, Sehnen und Knochen darunter wirkten durch das gefleckte Gewebe wie Requisiten hinter einer Theaterleinwand. Sie schienen sich alle unaufhörlich zu bewegen. Vyvyans Gesichtsfarbe war gräßlich gescheckt. Das Kinn hatte die Farbe von roher Leber. Die Lippen waren von einem feuchten Schwarz; die Wangen teils von einem fahlen Grau und teils von dem bleichen Gelb des Hühnerfleisches. Ein Gesicht, das wie aus durchsichtigen Klumpen von kotfarbenem, blutdurchströmtem und fettüberzogenem *Play-Doh* geformt schien (diese Spielzeug-Masse von schleimiger Substanz, die Kinder gern langziehen). Ein Victor Frankenstein mußte eine wahnsinnige Aasfresser-Jagd geleitet haben, um die benötigten Teile zu bekommen. Vyvyans Kopf war wie sein übriger Körper wohl auch – ein biologischer Mischmasch.

Ich gab einen rauhen Laut von mir und wandte den Blick ab.

»Ich bin das arme Wesen, das ich zu sein schwöre. Glauben Sie mir? Erkennen Sie irgend etwas an, das ich Ihnen erzählt habe?«

»Ja«, sagte ich, ohne ihn anzusehen, das einzige Wort, das ich herauskriegen konnte.

»Dann müssen Sie mich als das Produkt dieses rücksichtslosen Mannes beraten, nicht nur als das hilflose Opfer eines primitiven Wahnes. Stimmen Sie zu?«

»Ja.«

Vyvyan Franklin Goodloss sagte: »Gut«, und ging. Ich blieb mit geschlossenen Augen sitzen und stellte ihn mir vor, wie er mit der Anmut einer Dampfwalze durch die mit Glitzerschmuck behängten Nebenstraßen der Stadt schlich, ein unbeholfener und archaischer Schatten ihn Atlantas schimmernder Pracht der Weihnachtszeit.

Ich behandelte Vyvyan von dieser Sitzung an, als wäre er derjenige, der er zu sein behauptete. Beschäftige dich zunächst mit seiner angenommenen Identität, bevor du zu seiner wahren Persönlichkeit vordringst, nahm ich mir vor.

Ich hasse Lügen. Ich hasse unechte Lösungen. Aber bei Vyvyan entschied ich, daß es die einzige Möglichkeit war, die Therapie erfolgreich fortzusetzen, auf seine Selbsttäuschung einzugehen.

»Sie sind ein Mörder«, sagte ich zu Beginn unserer dritten Sitzung, dankbar, daß er seine Kapuze nicht abgenommen hatte, bevor er lag.

»Ich habe niemals . . .« begann er vehement. Dann kam ein Ton von Vergnügen in seine polternde Stimme: »Ja.«

»Sie fingen an, es abzustreiten.«

»Nein. Was ich abstreiten wollte, war, daß ich irgend jemanden nach meiner Wiederauferstehung verletzt habe.«

»Aber Mrs. Shelleys *Frankenstein* beschuldigt Sie des Mordes an drei Menschen und bringt Sie mit dem Tod von zwei weiteren in Verbindung.«

»Ja.« Ich konnte das Vergnügen in seiner Stimme *hören*.

»Sie sind ein Mörder, Vyvyan. Warum amüsiert Sie das?«

Er wurde ernst. »Diese Erinnerung amüsiert mich nicht. Ich war es tatsächlich, der diese Verbrechen begangen hat, aber mit einem Ich, das von dem Schöpfer, der mich verraten hat, zu teuflischer Bösartigkeit getrieben worden war. In dieser bedauernswerten Verkörperung tötete ich aus Rache. Ich bin nicht mehr das Ich.«

»Rache ist ein starkes Motiv, aber eine miserable Rechtfertigung.«

»Wie soll ich dies ausdrücken?« sagte Vyvyan, indem er eine behandschuhte Hand hob. »Ich bedaure die am unglücklichen Anfang meines Daseins verursachten Todesfälle, aber man darf nicht vergessen, daß es eine *Phase* war, die ich hinter mir gelassen habe.«

»Vyvyan«, wies ich ihn zurecht.

»Ich war gut, aber mein Schöpfer und ein engstirniges Kontingent seiner Mitmenschen — Ihrer Mitmenschen, Jerrold — haben mich schlecht gemacht.«

»Sie übernehmen keine Verantwortung für . . .«

»Nein, mein Schöpfer hat nie die Verantwortung für mich übernommen. Bei einer Gelegenheit war er bestrebt, mein Schicksal zu erleichtern — nicht etwa aus Menschenliebe, sondern in der Hoffnung, ich würde mich von Europa entfernen und ihn nicht mehr belästigen: Er riß die abscheuliche Eva in Stücke, die er zu meinem Trost erschuf. Sprechen Sie nicht von meiner Schuldhaftigkeit! Verachten Sie den gescheiterten Monster-Erbauer von Ingolstadt für seine!«

Vyvyan schluchzte tief in seiner faßartigen Brust. Zur Beruhigung berührte ich die Pistole unter meiner Jacke. Doch ich vertraute nicht darauf, daß sie ihn aufhalten würde, falls sein Haß auf seinen Schöpfer und auf die Menschheit zu einem Angriff auf mich eskalieren würde.

»Monatelang hat er an mir gearbeitet«, erzählte Vyvyan wütend. »Wochenlang starrte er notgedrungen auf mein geschecktes und unschönes Antlitz. Wie konnte es geschehen, daß dieser Meister-Wissenschaftler — dieses prometheische Genie — erst *nachdem* die Lebenskraft meine Hülle quälte und ein katarrhalisches Licht in meinen Augen entzündete, in mir eine verachtenswerte Ungeheuerlichkeit sah? Hatte er blind an mir gearbeitet? Hatte er gedacht, ich würde mich beim Erwachen plastisch in eine sinnliche Kleopatra verwandeln? Hatte er, trotz seiner dädalischen Fertigkeiten und dem anmaßenden Ehrgeiz eines römischen Generals, das Gehirn einer Ameise und die Vorstellungskraft einer Schmeißfliege? Beschäftigen Sie sich nun mit diesen Fragen!

Geben Sie nun zu, daß ich die unglückselige Schöpfung eines größenwahnsinnigen Schwachkopfes bin!«

Wir kamen an diesem Abend etwas weiter als bis zu dieser Verurteilung von Victor Frankenstein. Wenn ich zugestand, daß Vyvyan das unnatürliche Kind des Schweizer Chemikers war (was ich tat), konnte ich die Berechtigung seines tiefempfundenen Hasses sehen.

Ich versuchte, auf eine andere Art mehr aus ihm herauszulocken: »Vyvyan, erzählen Sie mir etwas über Ihren Namen. Ist er nicht eine Art Unwahrheit?«

»Unwahrheit?«

»Ich meine, er ist nicht wirklich Ihr Name. Er ist eine Erfindung, ein Spiel, das Sie mit den Initialen und Ihrem Existenz-Schmerz getrieben haben.«

»Verzeihen Sie meine Mutmaßung, aber *jeder Name ist eine Erfindung*. Ich weiche von dem normalen Lauf der Menschheit in dem erschütternden Umstand ab, daß keine Eltern mir meinen verliehen haben. Ich mußte ihn selbst erfinden. Daher betrachte ich ihn weder als provisorisch noch als betrügerisch. Er ist mein Name so sicher, vielleicht noch sicherer, wie Ihr Name Jerrold Zylstra ist, denn ich habe ihn frei entworfen und selbst verliehen.«

»In Ordnung. Ich verstehe.«

»Vyvyan bedeutet *Leben*. Franklin ehrt großmutig den Vater, der mich verleugnet hat. Würden Sie es vorziehen, daß ich auf Bezeichnungen wie *Monster*, *Teufel* oder *Dämon* antworte?«

»Natürlich nicht. Und Goodloss? Reflektiert er die existentielle Ironie, wie ich zuerst annahm?«

»Vielleicht. Er bedeutet außerdem, daß Mary Wollstonecraft Shelley meine Schwester ist . . .«

Warum hatte Vyvyan in der höhlenartigen Abgeschiedenheit des CargoCo Warenhauses geheult? Immerhin, ohne dieses Heulen wäre er nicht mein Patient geworden.

»Ich habe nicht bemerkt, daß ich geheult habe«, sagte er. »Ich heulte völlig gedankenlos, mein Kummer nahm mich völlig in Anspruch.«

»Wie jemand geistesabwesend summen könnte?«

»Wie jemand, der über Selbstmord nachdenkt, atmen könnte.«

»Warum dieses Jahr, Vyvyan? Warum nicht voriges Jahr? Oder vor fünf Jahren? Oder in fünf Jahren?«

»Wie soll ich Ihnen antworten? Das Einsetzen einer akuten psychologischen Störung, denke ich, läßt sich nur schlecht voraussagen.«

»Und so sind Sie also hier.«

»Und so, Jerrold, bin ich hier.«

Barbara, eine kleine Frau mit einer frühmorgendlichen Interview-Show im Regionalprogramm von ABC, begann, mir meine Donnerstagabend-Sitzungen mit Vyvyan übelzunehmen. Bis zur letzten Januarwoche hatte ich mich achtmal mit ihm getroffen. Der mit Mr. Foxworth geschlossene Vertrag vereinbarte, daß diese Behandlung sechs Monate lang dauern sollte; er war jedoch der einzige Patient, den ich nach Feierabend empfing.

Meine Frau betrachtete diese Abende als *gestohlen*. Donnerstag war traditionell der Abend gewesen, an dem wir uns mit drei anderen Paaren zu Bridge und zum Plaudern trafen. Es regte sie ebenfalls auf, daß V. F. — wie ich Vyvyan zu Hause nannte, um die Vertraulichkeit seines Falles zu wahren — offensichtlich ein großer Mann mit einem hitzigen Temperament war, einem starken Hang zu Bitterkeit und einer offensichtlichen Neigung zu Gewalttaten. Barbara zeigte abwechselnd Ärger und Besorgnis. Ich stand starr bei ihrem Ärger und blickte erstaunt bei ihrer Besorgnis. »Kannst du nicht die Sitzungen auf einen anderen Abend verlegen?«

»Auf welchen, Barb? Ich möchte es nicht am Wochenende tun, wenn es manchmal Konferenzen gibt. Alle anderen

Abende sind belegt. Montags habe ich Meetings im *Bund mentaler Gesundheit.* Dienstags leite ich die Sitzung zur Kapitalgründung für unser *Historisches Zentrum.* Mittwochs hast du immer...«

»Hör auf. Ich bin im Bilde.« Und so pflegte Barbara den Kurs zu wechseln: »Was nun, wenn dieser verrückte V. F. überschnappt und...«

»Er wird nicht. Und falls er es tut, habe ich dies.« Ich zeigte ihr meine Pistole in dem kleinen Schulterhalfter.

»Wie kreativ männlich. Jerry, denkst du wirklich, daß beruhigt mich? Kannst du dich nicht wenigstens während der regulären Bürostunden um den armen alten V. F. kümmern?«

»Barb, dies ist ein Gefallen für Van Foxworth, den langjährigen Freund und Partner deines Daddys. Es war der liebe Bill, der mir dies eingebrockt hat.«

Barbara blickte durch ihre Ponyfransen zur Decke hoch. »Danke, Dad«, sagte sie. Sie legte eine Hand auf meine Brust. »Aber es macht dir Spaß, nicht wahr? Stimmt's?«

»Es ist einer der interessantesten Fälle, die ich jemals hatte«, räumte ich ein. »Und ich könnte etwas Gutes tun.«

»Hoffentlich«, sagte Barbara.

»Sie möchten so wie andere sein«, sagte ich während unserer letzten Januar-Sitzung. »Und Sie möchten, daß es trotzdem etwas Besonderes an Ihnen gibt, auch wenn Sie im amerikanischen Schmelztiegel versinken?«

»Ja.«

»Ihre Größe?« (Ich sagte nicht, obwohl ich es dachte, Ihr geschecktes und mißgestaltetes Gesicht?)

»Nein, Jerrold. Meine Größe bewirkt, daß die Leute auf Distanz zu mir gehen. Und manche wollen Kapital daraus schlagen.«

»Ja«, sagte ich, »Sie könnten wahrscheinlich Basketball spielen. Die Hawks würden Ihnen einen Haufen Geld zahlen, wenn Sie nur zur Unterstützung als Center auf der Bank sitzen.«

Ich versuchte nicht, lustig zu sein. Vyvyan besaß eine rohe Sportlichkeit, die auch seine närrische Garderobe nicht verbergen konnte. In *Frankenstein* hatte er mühelos die Vorderwand des Mont Saleve erklettert. Und die Atlanta Hawks hatten einmal einen Multimillionen-Vertrag mit einem Center abgeschlossen, der spindeldürr war und durchschnittlich weniger als sechs Punkte im Spiel machte.

Vyvyan, der ein TV-Gerät in seinem Raum im Warenhaus hatte, lachte dröhnend. »Welche Bedeutung hat Basketball in unserem Leben? Welche Bedeutung *kann* es haben?«

»Für manche ist es ein Lebensunterhalt. Ein verdammt guter.«

»Einen Ball in einer bestimmten Höhe durch ein ringförmiges Gerät zu befördern...«

»Ja. Drei Meter hoch.«

»...um Punkte zu erzielen, die, falls es mehr als die des Gegners, Anlaß zu lärmender Selbstgratulation bieten.«

»Andere gesellen sich dazu, werfen Geld, Konfetti, seidene Dessous. Bedeutung ergibt sich aus den Aktivitäten, denen wir Bedeutung beimessen.«

Vyvyan machte eine Pause, bevor er fragte: »Messen Sie Träumen Bedeutung bei?«

»Sicher. Ich denke, Träume werfen Licht auf alle Einzelheiten unserer Aktivitäten im Wachzustand, wenn auch nicht immer auf die Ursachen.«

So erzählte Vyvyan mir einen Traum, den er vor einiger Zeit hatte: »Ich selbst war ein Basketball-Team in einer schwarzen Uniform, mit einem Trauerflor um den linken Arm. Mehrere Spieler, so lästig wie Mücken, umschwärmen mich in vielfarbigen Uniformen — meine Gegenspieler. Die riesige Arena wird von einem blendenden Funkeln durchschossen, und ich bewege mich in diesem schweren Licht wie jemand, der sich bemüht, in einer versunkenen Kathedrale zu schwimmen.

Das Zickzack eines Blitzes durchschneidet die Arena, nimmt dem goldenen Licht seine schreckliche Schwere. Dies ist das Signal für den Beginn des Wettkampfes. Mir obliegt, wie ein Sportreporter in der großen Halle düster ankündigt, der Eröffnungssprung, ich bin jedoch nicht imstande, den Ball auf den Boden prallen zu lassen, ohne daß ihn mir ein mückenhafter Gegner abnimmt und vor mir flieht. Dieses ärgerliche Verhaltensmuster wiederholt sich immer wieder.

Die großen Platten, an denen jeder *Korb* befestigt ist — Rückbretter, bestätigt der Sportreporter — sind Spiegel. Ich bin der einzige Spieler in der Arena, der sein Gesicht in diesen gegenüberliegenden Spiegeln sehen kann, während ich, immer enttäuschter, dem Ball hinterher trabe. Ich hasse mich selbst, und die unsichtbaren Zuschauer in der Arena feiern hörbar meine Niederlage.

Endlich erlange ich doch den Ball. Ich versuche nicht mehr, mit der legalen Methode des Dribbling vorzugehen. Statt dessen marschiere ich, den Ball fest unter meinen Arm geklemmt, auf mein Ziel zu. Die Würmchen, die meinen Marsch zu behindern versuchen, schleudere ich von mir wie ein Bär, der die kläffenden Hunde einer Jagdmeute abschüttelt. Die Arena verstummt. Ich befinde mich unter meinem Ziel.«

»Fahren Sie fort«, drängte ich Vyvyan.

Er atmete tief aus. »Ich bin von wild auf mich einschlagenden Verteidigern umgeben. Ich hebe den Ball über den Kopf und springe hoch, so daß mein Oberkörper in dem Spiegel des Rückbretts zu sehen ist. Ich führe triumphierend ein Manöver aus, das Basketball-Fans als ein *Gorilla-Dunking* bekannt ist. Das Rückbrett löst sich auf. Eine Myriade Scherben, keine größer als ein Sandkorn, stürzen kaskadenartig herunter. Und ich stehe hoch aufgerichtet da, funkelnde Diamanten auf meinem Kopf und meinen Schultern.«

»Mann«, sagte ich.

»Mein Traum hatte einen Epilog. Die Arena wurde plötzlich dunkel. Als die Lichter wieder angingen, hatte ich wieder den Ball, aber nun war ich dem anderen Korb zugewendet. Gegen mich als Team waren nur fünf Spieler aufgestellt, jeder in Gold, jeder von einer Gestalt gleich meiner eigenen. Ich begann mit großen Schwierigkeiten, den Ball durch die hartnäckige Verteidigung zu dribbeln. Die Zuschauer in der Arena machten sich über meine Bemühungen lustig, aber mit eher übermütigen als gehässigen Auspfiffen.« Hier machte er wieder eine Pause. »Damit endete der Epilog.«

Ich sagte nichts. Der Traum, zumindest mit dem anschließenden Epilog, veranschaulichte eine lobenswerte Anpassungsbereitschaft des Unterbewußtseins. Meine Nackenhaare sträubten sich. Meine Fingerknöchel kribbelten. Den Traum für Vyvyan zu analysieren würde andererseits die Chance von Selbstentdeckung ausschließen. Ich saß still, abwartend.

»Haben Sie irgendeine traumdeuterische Auslegung?«

»Wie ist es mit Ihnen, Vyvyan? Haben Sie keine?«

»Ich verstehe meinen Traum, aber seine Bedeutung kommt eher aus der Symbolik als aus irgendeinem verborgenen Sinn in dem Spiel an sich. Ich habe nicht den Wunsch, meine Identität als ein Atlanta Hawk zu finden.«

»Gut für Sie«, sagte ich. Wir lachten beide.

»Vyvyan, haben Sie Angst zu sterben?«

»Ich habe Angst, nicht zu sterben.«

»Wie bitte?«

»Mir könnte die Fähigkeit fehlen, diesen Zustand der Vergessenheit zu erreichen.«

»Sie denken, Sie sind unsterblich?«

»Das ist mein Alptraum. Er hat mich daran gehindert, mich aus Überdruß oder Verzweiflung selbst zu zerstören.«

»Sie sträuben sich dagegen, sich zu töten, weil Sie denken, nicht dazu imstande zu sein? Ich kann Ihnen nicht folgen.«

»Mein Alptraum ist, daß ich *unfähig* bin zu sterben. Wer weiß, mit welcher geheimen Methodologie mein Vater mich mit Lebenskraft erfüllte? Vielleicht kann ich nicht sterben. Vielleicht kann ich mich nur verstümmeln oder zerstückeln, mit dem verheerenden Ende, daß meine Überreste, schwer verwundet oder sogar bis zur Unkenntlichkeit atomisiert, weiterhin pulsieren und fühlen!«

»Gott.«

»Ich postuliere ihn nicht mehr.«

»Wie wäre es mit plastischer Operation?«

»Wer würde sie ausführen?«

»Verkleinerung durch Ausschneidung der Wirbelsäule oder Entnahme von Teilen der Beinknochen?«

»Wiederum, wer würde diese Prozeduren ausführen?«

»Dann müssen Sie der Welt so gegenübertreten, wie Sie sind, und ihr verzeihen, wenn sie Sie als sonderbar empfindet.«

»Wie Sie es tun.«

»Wie ich es tue. *Patienten sind allgegenwärtig.*«

»Wenn die Welt sich mir nur anpassen würde, wie ich bin.«

»Der Wunsch eines Kindes, Vyvyan.«

»Ich bin so viel mehr als ein Kind, daß mein Wunsch die Kraft einer apostolischen Bulle annimmt.«

»Dann müssen Sie Wahn und Enttäuschung in Kauf nehmen.«

»Mein Leben ist für mich völlig bedeutungslos. Bedeutsam war ich nur für Victor Frankenstein.«

»Wie bitte?«

»Das Paradox meines Lebens liegt darin, daß die existenzielle Grundlage meines Vaters in meiner Erschaffung lag. Als ich zu etwas anderem wurde, als er einfältig erwartete, wurde es sein Lebenssinn, mich zu vernichten. Mindestens auf zweierlei Weisen gab ich also seinem Leben Bedeutung, während er mir einen eigenen Lebenssinn vorenthielt. Verfluchter, verfluchter Schöpfer! Warum lebe ich?«

Ich wartete fast eine Minute, bevor ich wieder sprach. »Ich will einmal des Teufels Advokaten spielen, Vyvyan. Ist Van Foxworth, Ihr Arbeitgeber, irgendwie besser als Victor Frankenstein, Ihr Schöpfer?«

»Mr. Foxworth hat mich nicht verschmäht.«

»Beutet er Sie nicht vielleicht aus? Sie leisten die Arbeit von drei oder vier Leuten, und er zahlt Ihnen nicht viel mehr als den Mindestlohn.«

»Ich bin unempfindlich gegen die besonderen Reize des Geldes.«

»Sind Sie unempfindlich gegen die Wahrheit, daß eine Person das Richtige, oder das beinahe Richtige, aus einem falschen Grund tun könnte?«

»Ich bin mir der Wahrheit bewußt, daß Mr. Foxworth, der auf mein unmaskiertes Antlitz gestarrt hat, ohne hastig einen Stock zu erheben, mir in einem System, das gegen die Häßlichen feindselig ist, die Mittel zum Leben gegeben hat.«

»Indem er Sie in dem großen CargoCo Warenhaus absondert?«

»Was hätte er weiter tun sollen? Einen Professor der Liebe ausfindig machen, der mit mir beratschlagt?«

»Touche«, sagte ich. »Vor einem Augenblick fragten Sie: »*Warum lebe ich?* Es scheint — tut mir leid, wenn dies stark vereinfacht klingt — daß Sie leben, um zu arbeiten.«

»Und genau das tun Sie auch.«

»Natürlich«, sagte ich. »Wer wollte es anders?«

»Seit wann läßt du deine Patienten wieder auf einer Couch liegen?« fragte Barbara, die während der Mittagspause hereinschaute.

Ich tippte Notizen aus einer Sitzung, die sich lange hingezogen hatte, nahm mein Lunch am Schreibtisch ein: Pastrami (geräucherte und gewürzte Rinderschulter) auf Roggen-Sandwich, eine Tasse Pfefferminztee und ein Blaubeerjoghurt zum Dessert. »Die? Oh, die ist für V. F. Und für jeden anderen Patienten, der es angenehmer findet zu liegen, statt auf einem Stuhl zu sitzen.«

»Nun«, sagte Barbara, »sie sieht wie ein Flugzeugträger aus.«

»V. F. ist ein großer Bursche.«

»Das sagtest du schon. Sie muß dich eine Menge gekostet haben.«

»CargoCo bezahlt dafür. Und auch wenn sie es nicht würden, wäre es eine steuerabzugsfähige Geschäftsausgabe.«

Barbara setzte ihre Handtasche auf den Boden, ein schwarzes Judith-Leiber-Karung-Modell, das mehr gekostet hatte als die Chaiselongue, streifte die hochhackigen Schuhe ab und legte sich auf die Couch.

Seufzend verschränkte sie die Hände hinter dem Kopf und streckte ihre mädchenhaft kleinen Füße nach mir aus. Die Beine in dem kaffeefarbenem Nylon waren verführerisch, aber ich war beschäftigt.

»Ist es nicht Teil deiner Methodologie gewesen, auf die Couch zu verzichten?«

»V. F. ist ein besonderer Fall.«

»Du magst die stereotypen Begleitumstände der Couch nicht. Nun, ich mag ihre *außerplanmäßigen* Begleitumstände nicht.«

»Du hast nicht immer so gefühlt, Barb.«

»Wir wären nicht verheiratet, wenn ich nicht so fühlen würde.«

Sie rieb die Beine aneinander, daß die Nylons flüsterten. »Seltsam, daß du nach all dieser Zeit deine Meinung geändert hast.«

Ich löffelte einen letzten Rest aus dem Joghurt-Plastikbecher. »Bezichtige V. F. Bezichtige Foxworth. Bezichtige deinen Vater. Oder bezichtige niemand. Es ist eine Couch, ein Möbelstück. Es ist völlig unschuldig.«

»Ich war nicht um die Unschuld der Couch besorgt.«

Der Summer ertönte. Vanessa Frye, meine Sekretärin, fragte, ob ich bereit wäre, meinen nächsten Patienten zu empfangen. Ich sagte ja.

Ich ging zu der Couch und küßte Barbara auf die Nase. »Wir sehen uns dann heute abend, okay?«

»Nein, du wirst wahrscheinlich nicht da sein. Es ist Donnerstag, Jerry.« Sie schwang ihre Beine auf mich zu, zog die Schuhe an und ergriff die Karung-Tasche. »Bestell dem *häßlichen* V. F. meine Grüße, wenn du ihn siehst. Adieu.«

Sie nickte Mr. Myron zu, als er eintrat. Zum Glück war dieser Patient ein älterer Mann, einer, der versuchte, seine Schuldgefühle und seinen Kummer nach einem Autounfall zu verarbeiten, den er überlebt hatte und bei dem seine Frau getötet worden war. Die attraktive Frau, die ihren Termin nach Mr. Myron hatte, hätte Barbaras Gefühl des Unbehagens nur unnötig verstärkt.

»Weibliche Gesellschaft«, sagte ich. »Sie baten Frankenstein um eine Frau, ein mütterliches Wesen, um mit ihr ein Exil in Südamerika zu teilen.«

»Ein Versprechen, das er spät aber brutal brach. So wurden meine Empörung und meine Rachegedanken entflammt.«

»Er vernichtete Ihre Frau. Sie vernichtete seinen Freund. Später vernichteten Sie auch seine Frau.«

»Lange vergangen«, sagte Vyvyan. »Lange vergangen.«

»Wünschen Sie sich immer noch ... weibliche Gesellschaft?«

Vyvyan winkte ab. »Daß mein Vater boshaft meine Eva zerstörte, bevor er ihr die belebende Kraft verlieh, empfinde ich nicht mehr als eine gänzlich schreckliche Tat.«

»Nein? Warum nicht?«

»Weil das Universum so geschaffen ist und jeder von uns in ihm, daß der grundlegende Zustand eines jeden lebenden Geschöpfes der des Alleinseins ist. Die Klüfte zwischen den Menschen können nicht überbrückt werden. Dies habe ich jetzt erst nach meiner Wiederkunft begriffen.«

»Ich hatte einmal einen anderen Patienten, der zu dem selben Schluß kam. Er fügte jedoch hinzu: ›*Ich mag allein in meinem Boot sitzen, es ist jedoch immer tröstlich, die Lichter des anderen Bootes in der Nähe auf und ab tanzen zu sehen.*‹«

»Sehr hübsch. Jedoch ein Trost, den ich sehr selten erfahren habe.«

»Sie *wünschen* sich nicht einmal weibliche Gesellschaft? Für sinnlichen Kontakt? Für Sex?«

Vyvyan lachte. »Verzeihen Sie meine direkte Frage, aber was erwarten Sie von mir, zu tun? Eine Yeti ausfindig zu machen und sie gewissenlos zu vergewaltigen?« Er gluckste wieder, ein kurzes, verdrießliches Lachen.

»Vergeben Sie mir *meine* direkte Frage, aber sind Sie noch eine ... eine Jungfrau?«

Vyvyan stemmte sich hoch und drehte sich um, indem er seine gräßlichen Züge gleich dem regenbogenfarbenem Hinterteil eines Pavians zeigte. Seine Augen einer streunenden Katze flackerten, die Lippen verzerrten sich höhnisch.

»Ich schnappe nicht nach Ködern, die ein Voyeur auswirft.«

Ich fühlte mich auf meinem Stuhl festgenagelt, angegriffen. Ich blickte fort. »Vyvyan, es ist nicht verkehrt — es ist ein allgemein übliches Verfahren — die intimen Umstände eines Lebens mit dem Therapeuten zu besprechen. Sonst ...«

»Sonst könnten wir uns als jemand erweisen, der die Mode verpaßt hat. Nein, ich habe mich einer barbarischen Modernität bereits bei zu vielen Gelegenheiten ergeben. Ersparen Sie mir, aufdringlicher Mann, diese zusätzliche Schmach!«

Ich konnte ihn nicht aufhalten. Er polterte aus meinem Büro, seine Maske in der Hand. Ich folgte ihm langsam. Er befand sich bereits im Treppenhaus. Meine Uhr zeigte an, daß noch sechzehn Minuten von unserer Stunde übrig waren. Mr. Foxworth würde dafür sorgen, daß ich für diese Minuten bezahlt wurde, ich fühlte mich dennoch betrogen.

Eine Woche später rief Vyvyan mittags in meinem Büro an, um zu berichten, daß er einen kleinen Unfall gehabt hatte. Nessa Frye, meine Sekretärin, stellte das Gespräch zu mir durch, und Vyvyan sagte, daß ihm eine Kiste auf den Fuß gefallen war und ihm jeden Knochen des linken kleinen Zehes gebrochen hatte. Er sprach in einem beunruhigend keuchenden Ton:

»Mein Fuß ist in Gips gelegt, und ich bin nicht imstande, mich ohne Krücke fortzubewegen. Daher . . .«

»Vyvyan, ich komme Sie holen.« Aber er wollte mich nicht treffen.

»Nein. Ich leide auch an einem schweren Katarrh. An Bronchitis, Entzündung der Nasenschleimhaut . . .«

Häßlich rinnende Augen, dachte ich.

». . . und einem schwächenden Fieber. Ich muß unsere Verabredung für heute abend absagen und mir Zeit zur Genesung nehmen.«

»Vyvyan, wie wäre es, wenn ich zu Ihnen komme?«

»Gehen Sie heim zu Ihrer schönen, engelhaften Frau. Ich bin eine schlechte Gesellschaft für diejenigen, die wohlauf sind.« Er legte abrupt auf.

Ich summte mein Vorzimmer an. »Nessa, kommen Sie bitte herein.«

Vyvyan war noch ärgerlich auf mich, daß ich die Sprache auf ein Thema gebracht hatte, das nach seinem Empfinden außerhalb des therapeutischen Bereiches lag. Ich war in Gefahr, ihn zu verlieren. Seine abschließenden Worte: *Ich bin eine schlechte Gesellschaft für diejenigen, die wohlauf sind*, schien mir verdächtig zweideutig zu sein, als ob er die schreckliche Überzeugung, nicht sterben zu können, überwunden hatte. Ich mußte mir etwas einfallen lassen. Als ich aufblickte, stand Vanessa Frya vor meinem Schreibtisch.

»Das war Mr. Goodloss, ein Patient, psychologisch in einer Krise.«

»Ja, Sir.« Nessa ist eine dunkelhaarige, unverheiratete Frau, Anfang Zwanzig, eine Wochenend-Studentin mit dem

Hauptfach Psychologie, die Therapeutin werden wollte. Ihre Beine, in milchkaffeefarbene Strümpfe gehüllt, erinnerten mich an Barbara.

»Mr. Goodloss und ich haben einen kritischen Punkt erreicht. Was er benötigt, ist Bestätigung von jemand anderem als mir oder seinem Arbeitgeber, Mr. Foxworth. Er muß die Erfahrung machen, daß eine attraktive Frau — Sie, zum Beispiel — ihn tolerieren, vielleicht sogar bewundern kann.«

»Ich glaube nicht, daß ich Sie verstehe, Dr. Zylstra.«

»Mr. Goodloss kann heute nicht zu unserer Sitzung kommen, aber ich werde ihm die Tiefe meiner Anteilnahme zeigen, indem ich zu ihm gehe. Der Berg geht sozusagen zu Mohammed. Ich möchte gern, daß Sie mit mir kommen.«

Nessa sagte ohne zu zögern: »Ich habe heute abend eine Verabredung, aber ich werde Jack anrufen und umplanen. Dies ist wichtiger.«

»Gott segne Sie.«

Nessa arbeitete seit Anfang November für mich, eine Woche bevor Barbaras Vater und Mr. Foxworth mich ersucht hatten, Vyvyan als einen speziellen Klienten für die Stunden nach Büroschluß anzunehmen, fast ein humanitäres Experiment. Sie wußte über Vyvyan Bescheid. Sie hatte die Aufzeichungen einiger unserer Interviews gelesen und verstand, daß es Mut, Selbstbeherrschung und Barmherzigkeit bedurfte, ihn ohne Maske anzuschauen. Nessa — eine treue Angestellte und eine brillante Psychologie-Studentin. Völlig selbstlos willigte sie ein, mir zu helfen.

In meinem metallblauen Buick Realta erreichten wir den mit Kies bestreuten Parkplatz von CargoCo Unlimited kurz vor acht Uhr abends.

Es war dunkel und kalt, ein scharfer Februar-Wind fegte über die gewellten Blechplatten des dürftig angestrahlten Warenhauses und ließ sie klappern. Nessa und ich gingen in die angegliederte Eingangshalle — Vinny Fall hatte auf direkte telefonische Bitte seines Onkels hin einen Schlüssel in meinem Büro abgegeben — und bahnten uns unseren Weg zu der Tür und der Durchreiche zu Vyvyans Privatraum. Ratten, oder geckogroße Kakerlacken, flitzten zwischen den farbverklebten Dosen und den Kabelrollen voller Spinnweben in der Halle umher.

»Vyvyan!« rief ich. »Ich bin zu Ihrer Sitzung gekommen! Lassen Sie mich herein!«

Vorsichtig schob Vyvyan die Platte vor der Durchreiche zur Seite. Eine gefleckte Wange und ein lavendelgraues Ohr, wie das Blatt eines gekochten Kohlkopfes, wurde sichtbar.

»Warum respektieren Sie nicht meine Unpäßlichkeit? Warum ist es mir nicht gestattet, mich zur Erholung zurückzuziehen?«

»Weil ich mir Sorgen mache«, sagte ich. »Lassen Sie mich herein.«

Nessa flüsterte ich zu: »Geben Sie mir ein paar Minuten Zeit, ihn vorzubereiten. Ich lasse die Tür einen Spalt offen. Kommen Sie herein, wenn ich pfeife.«

Vyvyan, der auf eine einzelne Krücke gestützt hinkte, ließ mich herein. Der Raum wurde von einem riesigen Bett beherrscht, auf dem Steppdecken lagen. Es gab eine Unterhaltungsanlage, aus deren CD-Spieler die gedämpften Klänge der Sinfonie eines Franz-Lizst-Programms ertönten, wahrscheinlich Faust; und von einer Wand zur anderen bis zur Decke hoch Regale mit Taschenbüchern. Vyvyans Aluminiumkrücke war so groß wie ich, stellte ich fest.

»Also?« sagte er ungewöhnlich heiser. Gut, er hatte nicht gelogen. Er hatte einen verletzten Fuß und eine Erkältung.

»Wer hat Ihren Fuß in Gips gelegt?«

»Ein Arzt, den Mr. Foxworth hierherbrachte. Ich trug eine Maske und lag friedlich auf meinem Bett.«

Ich nickte einfältig. Wie sollte ich beginnen? Ich sagte: »He, ich habe versucht, mir Beschäftigungen auszudenken, die Ihnen mehr persönliche Erfüllung geben, als dieser Job hier.«

Vyvyan winkte mich zu einer Bank an einer Wand, eine Art Lesebank, und fiel wie ein einstürzendes Gebäude auf seinem Bett zusammen.

»Hören Sie.« Ich zog eine Liste aus meiner Tasche: »Programmierer. Waldbrandmelder. Coyoten-Trapper. Buchhalter oder Steuerbearbeiter. Synchronstimme in Filmen, Sprecher in TV-Dokumentarfilmen und Werbung. Buchlektor, Briefträger auf dem Lande. Telefonist in einer rückständigen Stadt mit nur einer Schalttafel. Baseball-Statistiker. Ein Stilleben-Maler. Ein Dichter. Oder vielleicht ein Meteorologe vor Ort, sagen wir, in der Antarktis, auf den Orkneys, oder dergleichen. Was meinen Sie?«

Vyvyan brummte skeptisch.

»Es *gibt* Möglichkeiten«, sagte ich.

Die Wahrheit war jedoch, daß seine Stellung bei CargoCo, in einem isolierten Warenhaus, der nahezu perfekte Job für ein menschengleiches Wesen seiner Sensibilität und seines bedrohlichen Aussehens war. Bevor er sich nicht einigen schmerzhaften Operationen unterzogen hatte, würde er *niemals* ein befriedigendes Maß an Anerkennung im Amerika des zwanzigsten Jahrhunderts finden.

»Textverarbeitung?« sagte ich. »Radioansage?«

»Aktivität führt nur oberflächlich zu einem Lebenssinn«, sagte Vyvyan, »wenn man nicht gleichzeitig Zuneigung erfährt.«

Das schien ein geeignetes Stichwort zu sein. Ich stieß einen scharfen Pfiff aus. Nessa kam in Vyvyans Raum und setzte sich unerschrocken neben mich auf die Lesebank.

Vyvyan warf mir einen wütenden Blick zu, der Erstaunen und das Gefühl, verraten zu sein, ausdrückte. Dann drehte er sich um und bedeckte seinen Kopf mit einem Federkissen.

»Bitte, verbergen Sie sich nicht vor mir«, sagte Nessa. »Dies ist schließlich Ihre Wohnung, und Sie haben mich nicht eingeladen, auf diese Weise hereinzuplatzen.«

Er hob eine Ecke des Kissens. »Genau gesagt, auch nicht Dr. Zylstra.« Das Kissen bedeckte wieder seinen Kopf.

»Dr. Zylstra und ich sind zu Ihrer Unterstützung hier«, sagte Nessa.

»Wir sind nur wegen Ihnen hier, Vyvyan.«

»Mmmmm-mm-mm.«

»Wenn Sie sich auf andere Menschen einlassen, mit ihnen sprechen, Ihre Gefühle mit ihnen teilen, dann wird Ihr Leben hier in diesem Raum von CargoCo gar nicht so unerträglich sein«, sagte Nessa. »Zumindest besser, als als einsamer Meteorologe am Südpol zu leben.«

Schließlich kam Vyvyan zum Vorschein. Er setzte sich sogar auf und wandte sich uns zu.

Nessa war eine großartige Hilfe in seiner Behandlung. Jedes eventuell gefährliche Thema, das sich ergab, handelten sie in leichtem Gedankenaustausch ab. Es war so, als wäre ich gar nicht vorhanden. Ich war ein Förderer und Beobachter. Diese Sitzung dauerte nicht fünfzig Minuten (die traditionelle therapeutische Stunde), sondern fast drei Stunden. Es war die produktivste Sitzung, die ich seit dem Beginn der Behandlung von Vyvyan hatte.

Von dem Donnerstag an nahm Nessa an jeder Sitzung mit Vyvyan teil. Es war genau, wie Nessa gesagt hatte: Sie und ich waren seine Unterstützung im Leben. Die Liebe und Bestätigung, die wir ihm gemeinsam boten — und die Nessa insbesondere vermittelte, weil sie eine starke und verstehende Frau war —, hielt ihn davon ab, Selbstmord zu riskieren. Und er sah sein Leben in CargoCo als viel attraktiver und angenehmer an als zuvor.

Vinny Fall berichtete, daß er Vyvyan nicht mehr heulen gehört hatte. Und was noch wichtiger war, Nessa wandte sich mit einem taktvoll geschriebenen Brief an Mr. Foxworth, um ihn zu überzeugen, Vyvyans Lohn und seine Vorrechte zu vermehren und ihm regelmäßig Freizeit zu geben, in der er die Schönheit der Welt wiederentdecken konnte. Das Warenhaus wirkte nicht nur sozial sondern auch physisch einschränkend, und Vyvyan liebte die freie Natur — Strände, Gletscher, Wälder.

Heilung ist stets das Ziel, aber nicht immer das Ergebnis jedes liebevoll gelenkten therapeutischen Prozesses. Aber bei Vyvyan Franklin Goodloss brachten Nessa und ich eine Heilung zustande.

Zum Ende seines sechsmonatigen Vertrages mit mir hin, fand ein Geschöpf, vor über zwei Jahrhunderten von einem frevelhaften Genie zusammengesetzt und herzlos von demselben Lebensspender verschmäht, seine Seele und ein zuverlässiges Mittel gegen seinen Existenz-Schmerz, der die Freude erstickte. Nessa und ich arbeiteten genau und sorgfältig mit Vyvyan, um Regenerierung und Heilung zu bewirken. Denn wenn die Welt sich nicht ändert, müssen wir es.

Vor zwei Tagen fand unsere letzte Sitzung statt. Es war eine Katastrophe. Ich schreibe diesen Epilog übrigens auf der streng gesicherten Station eines Krankenhauses, wo ich von einer Schußwunde in der linken Schulter genese.

Mitten in der Sitzung sagte Nessa: »Ich muß Ihnen beiden sagen, daß ich meinen Job hier kündige. Jack hat mir einen Antrag gemacht. Wir heiraten im Juni und ziehen nach Seattle.«

Entgegen jeder Erwartung verfiel Vyvyan in eine eifersüchtige Raserei, anders kann ich es nicht bezeichnen. Er verhielt sich, wie von bitteren Erinnerungen an seinen verstorbenen Vater getrieben, der ihn verlassen und verraten hatte.

»Verlassen Sie mich nicht, liebliche Vanessa!« schrie er. »Wie können Sie, nachdem wir die quälenden Prüfungen zusammen durchgestanden haben, solch einen selbstsüchtigen Kurs auch nur erwägen?«

Indem er in die nackte tierische Natur seines früheren Ichs zurückfiel, stand er auf, ergriff Nessa mit einer bloßen Hand und zerrte sie mit solch einer plötzlichen ruckartigen Drehung auf die Chaiselongue, daß sie kaum auch nur nach Luft schnappen konnte. Mit einer Hand drückte Vyvyan sie auf die Couch und begann, indem er furchtbare Grimassen schnitt, seine schlüpfrigen Finger um ihren Hals zu drücken. Nessas Augen traten hervor und wirkten dunkelrot wie ihre Haut.

»Nein!« schrie ich.

Ich zog die Pistole und zielte auf Vyvyans großen, häßlichen Kopf. Ich war ihm zu nahe. Er streckte die Hand aus und griff mit der Kraft eines Schraubstocks um mein Handgelenk. Der kurze Lauf der Pistole war plötzlich auf mich gerichtet, und die Kugel traf mich, da ich meinen Zeigefinger bereits gekrümmt hatte, fünf Zentimeter oberhalb des Herzens. Blut tropfte, und ich stolperte über meinen Chromstuhl gegen die Wand. Dies erschreckte Vyvyan so, daß er Nessa losließ und floh.

Wie mir gesagt wurde, erholt sich Mess Frye zu Hause. Obwohl ich zu unrecht des Mordversuchs an ihr beschuldigt worden bin, befinde ich mich hier in einer Art Genesung. Sie geschieht jedoch langsam, denn ich fühle mich elend wegen Vyvyans unerwartetem Rückfall und der unverdienten Feindseligkeit meiner Lieben und Freunde.

Jede Person auf dieser Station sieht wie ein Schwerverbrecher aus, und das einzige TV-Gerät scheint andauernd auf irgendein bedeutungsloses Atlanta Hawks Basketballspiel eingestellt zu sein, in solcher Lautstärke, wie der Stationswärter, ein fanatischer, Kaugummi kauender Fan, es zuläßt. Ein Polizei-Therapeut ist bereits zweimal gekommen, um mich zu interviewen, aber meine Ansicht von dieser tragischen Geschichte scheint ihn sehr zu verärgern.

Das einzige Mal, als Barbara mich besuchte, war sie verkniffen und kalt. Ich versuchte, sie zum Sprechen zu bewegen, aber ihr Blick schweifte immer wieder zu dem TV-Bildschirm, und ihre Antworten verurteilten mich. Jede tat weh. Nachdem sie gegangen war, fand ich ein vertrautes Schreibtisch-Plakat auf meinem Bettisch, das, welches sie mir als ein Geschenk zum Hochzeitstag gab: *Patienten sind allgegen-wärtig.*

Es wäre nett, wenn Vyvyan vorbeikäme, aber er ist ein kluger Bursche, und ich würde meine Praxis dagegen verwetten, daß er für immer getürmt ist.

Originaltitel: The Creature on the Couch
Ins Deutsche übertragen von Kamela Kiel

Kurt Vonnegut, Jr.

Seelenstärke

Die Zeit: *die Gegenwart. Der Ort: nördlicher Teil des Staates New York, ein großer Raum, erfüllt von pulsierenden, sich windenden, arbeitenden Maschinen, die die Funktionen verschiedener Organe des menschlichen Körpers ausführen — Herz, Lungen, Leber usw. Farb-codierte Leitungen und Drähte führen von den Maschinen zu einem Loch in der Decke empor, durch das sie verlaufen. An einer Seite befindet sich eine fantastisch komplizierte Zentralkontrollkonsole.*

Dr. Elbert Little, *ein freundlicher, attraktiver junger praktischer Arzt, wird von dem Schöpfer und Chef des Betriebes herumgeführt.* Dr. Norbert Frankenstein *ist fünfundsechzig, ein krasses medizinisches Genie. An der Konsole sitzt* Dr. Tom Swift, *Frankensteins enthusiastischer erster Assistent. Er trägt Kopfhörer und beobachtet Meßinstrumente und aufleuchtende Lampen.*

LITTLE: Oh, mein Gott — oh, mein Gott —
FRANKENSTEIN: Ja. Da drüben befinden sich ihre Nieren. Dies ist natürlich ihre Leber. Hier sehen Sie ihre Bauchspeicheldrüse.
LITTLE: Erstaunlich. Dr. Frankenstein, wenn ich dies

sehe, frage ich mich, ob ich überhaupt Medizin *praktiziert* habe, ob ich jemals Medizin studiert habe. *(Indem er darauf deutet)* Das ist ihr Herz?

FRANKENSTEIN: Das ist ein Westinghouse-Herz. Die machen verdammt gute Herzen, falls Sie jemals eins benötigen.

LITTLE: Das Herz ist wahrscheinlich mehr wert als die ganze Stadt, in der ich praktiziere.

FRANKENSTEIN: Diese Bauchspeicheldrüse ist Ihren ganzen Staat wert.

LITTLE: Vermont.

FRANKENSTEIN: Was wir für die Bauchspeicheldrüse bezahlt haben — ja, wir hätten Vermont dafür kaufen können. Niemand hatte jemals zuvor eine Bauchspeicheldrüse hergestellt, und wir benötigten eine in zehn Tagen, oder wir hätten die Patientin verloren. Also sagten wir all den großen Organherstellern: Okay, Jungs, ihr bekommt ein Intensivprogramm für eine Bauchspeicheldrüse. Setzt jeden Mann, den ihr habt, an die Arbeit. Es ist uns egal, was es kostet, solange wir bis nächsten Dienstag eine Bauchspeicheldrüse bekommen.

LITTLE: Und Sie waren erfolgreich.

FRANKENSTEIN: Die Patientin lebt noch, nicht wahr? Glauben Sie mir, das sind ein paar teure Brieschen.

LITTLE: Aber die Patientin konnte es sich leisten.

FRANKENSTEIN: So lebt man nicht vom Blauen Kreuz.

LITTLE: Und wie viele Operationen hat sie gehabt? In wie vielen Jahren?

FRANKENSTEIN: Ich führte ihre erste größere Operation vor sechsunddreißig Jahren aus. Bis heute sind es achtundsiebzig.

LITTLE: Und wie alt ist sie?

FRANKENSTEIN: Einhundert.

LITTLE: Was für ein starkes Inneres dise Frau haben muß!

FRANKENSTEIN: Sie blicken darauf.

LITTLE: Ich meine — was für ein Mut! Welche *Stärke!*

FRANKENSTEIN: Wir machen sie bewußtlos, wissen Sie. Wir operieren nicht ohne Narkose.

LITTLE: Trotzdem . . .

Frankenstein tippt *Swift* an die Schulter. *Swift* macht ein Ohr vom Kopfhörer frei und teilt seine Aufmerksamkeit zwischen seinen Besuchern und der Konsole.

FRANKENSTEIN: Dr. Tom Swift, dies ist Dr. Elbert Little. Tom ist hier mein erster Assistent.

SWIFT: Tagchen.

FRANKENSTEIN: Dr. Little hat eine Praxis oben in Vermont. Er war zufällig in der Nähe. Er bat um einen Rundgang.

LITTLE: Was hören Sie über den Kopfhörer?

SWIFT: Alles, was im Raum der Patientin vor sich geht. *(Er bietet seinen Kopfhörer an.)* Seien Sie mein Gast.

LITTLE: *(lauscht in den Kopfhörer)* Nichts.

SWIFT: Sie bekommt das Haar jetzt gebürstet. Die Kosmetikerin ist dort oben. Sie ist immer still, wenn sie gekämmt wird. *(Er nimmt den Kopfhörer zurück.)*

FRANKENSTEIN: *(zu Swift)* Wir sollten unserem jungen Besucher gratulieren.

SWIFT: Wozu?

LITTLE: Eine gute Frage. Wozu?

FRANKENSTEIN: Oh, ich bin über die große Auszeichnung informiert, die Sie erhalten haben.

LITTLE: Ich bin nicht sicher, ob *ich* davon weiß.

FRANKENSTEIN: Sie sind *der* Dr. Little, nicht wahr, der im vorigen Monat vom ›Familien-Journal der Frau‹ zum Familienarzt des Jahres ernannt wurde?«

LITTLE: Ja — das stimmt. Ich weiß nicht, wie ich zu der Ehre gekommen bin. Aber es schmeichelt mir, daß ein Mann Ihres Formates davon weiß.

FRANKENSTEIN: Ich lese das ›Familien-Journal der Frau‹ jeden Monat von Anfang bis Ende.

LITTLE: Tatsächlich?

FRANKENSTEIN: Ich habe nur eine Patientin, Mrs. Lovejoy. Und Mrs. Lovejoy liest das ›Familien-Journal der Frau‹ daher lese ich es ebenfalls. Das sind die Themen, über die wir sprechen — was im ›Familien-Journal der Frau‹ steht. Wir haben im vorigen Monat alles über Sie gelesen. Mrs. Lovejoy sagte immer wieder: Oh, was für ein netter junger Mann er sein muß. *So verständnisvoll.*

LITTLE: Mm.

FRANKENSTEIN: Nun sind Sie leibhaftig hier. Ich wette, sie hat Ihnen einen Brief geschrieben.

LITTLE: Ja — sie hat.

FRANKENSTEIN: Sie schreibt Tausende von Briefen im Jahr und bekommt Tausende von Briefen zurück. Sie ist eine Art Brieffreundin.

LITTLE: Ist sie — ah — im allgemeinen gutgelaunt?

FRANKENSTEIN: Wenn sie es nicht ist, so ist das unser Fehler hier unten. Wenn sie unglücklich ist, bedeutet das, daß *hier* unten etwas nicht richtig funktioniert. Vor einem Monat war sie deprimiert. Es stellte sich heraus, daß ein Transistor in der Konsole im Eimer war. *(Er greift über Swifts Schulter und verändert eine Einstellung in der Konsole. Die Maschine paßt sich unmerklich der neuen Einstellung an.)* So — sie wird jetzt ein paar Minuten lang sehr deprimiert sein. *(Er verändert die Einstellung wieder.)* So, nun wird sie ganz schnell wieder glücklicher als zuvor sein. Sie wird wie ein Vogel singen.

Little *verbirgt sein Entsetzen unvollkommen.* Überblendung *in den Raum der Patientin, der voller Blumen, Konfektschachteln und Büchern ist. Die Patientin ist* Silvia Lovejoy, *die Witwe eines Milliardärs.* Sylvia *ist nur noch ein Kopf, verbunden mit Leitungen und Drähten, die durch den Boden heraufkommen, aber das ist nicht unmittelbar ersichtlich. Das erste Bild ist eine* Nahaufnahme *von* Gloria, *einer auffallend schönen Kosmetikerin, die hinter ihr steht.* Sylvia *ist eine immer noch gutaussehende alte Dame, einst eine berühmte Schönheit. Sie weint jetzt.*

SYLVIA: Gloria —
GLORIA: Madam?
SYLVIA: Wischen Sie diese Tränen ab, bevor jemand hereinkommt und sie sieht.
GLORIA *(möchte selber gern weinen)*: Ja, Madam. *(Sie wischt die Tränen mit Kleenex ab und betrachtet die Spuren.)* So.
SYLVIA: Ich weiß nicht, was über mich gekommen ist. Plötzlich war ich so traurig, daß ich es nicht ertragen konnte.
GLORIA: Jeder muß manchmal weinen.
SYLVIA: Es geht jetzt vorbei. Kann man noch sehen, daß ich geweint habe?
GLORIA: Nein. Nein.

Gloria ist nicht mehr imstande, die eigenen Tränen zurückzuhalten. Sie geht ans Fenster, so daß Sylvia sie nicht weinen sieht. Die Kamera macht einen Schwenk, um die ordentliche, klinische Abscheulichkeit des Kopfes, der Drähte und Leitungen zu enthüllen. Der Kopf ruht auf einem Dreifuß. Ein schwarzer Kasten mit blinkenden farbigen Lampen hängt unter dem Kopf, wo sich normalerweise der Brustkorb befinden würde. Mechanische Arme kommen aus dem Kasten heraus, wo normalerweise die Arme wären. Es gibt einen Tisch in bequemer Reichweite der Arme. Darauf liegen Füller und Papier, ein teilweise zusammengesetztes Puzzlespiel und ein Strickbeutel. Aus dem Beutel schauen Nadeln und ein angefangener Sweater hervor. An einem Galgen über Sylvias Kopf hängt ein Mikrofon.

SYLVIA *(indem sie seufzt)*: Oh, was für eine dumme alte Frau, müssen Sie denken. *(Gloria schüttelt verneinend den Kopf, sie ist unfähig, zu antworten.)* Gloria sind Sie noch da?

GLORIA: Ja.

SYLVIA: Ist irgend etwas?

GLORIA: Nein.

SYLVIA: Sie sind so eine gute Freundin, Gloria. Ich möchte, daß Sie wissen, daß ich das von ganzem Herzen fühle.

GLORIA: Ich habe Sie auch gern.

SYLVIA: Wenn Sie jemals irgendwelche Probleme haben, bei denen ich Ihnen helfen kann, hoffe ich, daß Sie mich fragen werden.

GLORIA: Das werde ich bestimmt tun.

Howard Derby, der Postbearbeiter des Krankenhauses, tanzt mit einer Armladung von Briefen herein. Er ist ein fröhlicher alter Narr.

DERBY: Die Post ist da! Die Post ist da!

SYLVIA: *(strahlend)* Die Post! Gott segne den Postboten!

DERBY: Wie geht es der Patientin heute?

SYLVIA: Vor einem Augenblick war ich sehr traurig. Aber jetzt, da ich Sie sehe, möchte ich singen wie ein Vogel.

DERBY: Dreiundfünfzig Briefe heute. Da ist sogar einer aus Leningrad dabei.

SYLVIA: Der ist von einer blinden Frau. Eine arme Seele.

DERBY *(bildet einen Fächer mit den Briefen und liest die Poststempel):* West-Virginia, Honolulu, Brisbane, Australien . . .

(Sylvia wählt einen Umschlag aufs Geratewohl)

SYLVIA: Wheeling, West Virginia. Nun, wen kenne ich in Wheeling? *(Sie öffnet den Umschlag geschickt mit ihren mechanischen Händen und liest)* Liebe Mrs. Lovejoy, Sie kennen mich nicht, aber ich habe gerade von Ihnen in Reader's Digest gelesen, und ich sitze hier, während mir die Tränen die Wangen hinunterlaufen. Reader's Digest? Meine

Güte — der Artikel wurde vor vierzehn Jahren gedruckt! Und sie las ihn erst jetzt?

DERBY: Alte Reader's Digest werden immer wieder gelesen. Ich habe einen zu Hause, wette, der ist zehn Jahre alt. Ich lese ihn immer noch jedesmal, wenn ich ein wenig Inspiration benötige.

SYLVIA: *(liest weiter)* Ich werde mich niemals wieder über mein Schicksal beklagen. Ich dachte, ich wäre so unglücklich, wie nur ein Mensch sein kann, als mein Mann vor sechs Monaten seine Freundin und dann sich selbst erschoß. Er ließ mich im Stich mit sieben Kindern und noch acht Ratenzahlungen auf einen Buick Roadmaster, der drei platte Reifen und einen Getriebeschaden hat. Nachdem ich von Ihnen gelesen habe, weiß ich, wie gut es mir geht.‹ Ist das nicht ein schöner Brief?

DERBY: Sicher ist er das.

SYLVIA: Es folgt ein P. S.: Werden Sie recht bald gesund, hören Sie? *(Sie legt den Brief auf den Tisch.)* Da ist kein Brief aus Vermont, oder?

DERBY: Vermont?

SYLVIA: Im vorigen Monat, als ich mich vorübergehend so elend fühlte, schrieb ich einen Brief an einen jungen Arzt, von dem ich im ›Familien-Journal der Frau‹ las. Ich fürchtete, dieser Brief war sehr dumm, egozentrisch und voller Selbstmitleid. Ich bin so beschämt. Ich lebe in Furcht und habe Angst vor seiner Antwort — wenn er überhaupt antwortet.

GLORIA: Was könnte er schreiben? Was könnte er *möglicherweise* schreiben?

SYLVIA: Er könnte von dem *wirklichen* Leid erzählen, das es draußen in der Welt gibt, von Menschen, die nicht wissen, woher sie die nächste Mahlzeit nehmen sollen, von Menschen, die so arm sind, daß sie in ihrem ganzen Leben nie bei einem Arzt gewesen sind. Und an all die Hilfe zu denken, die ich bekommen habe — all die liebevolle Fürsorge, all die neuesten Wunder, die die Wissenschaft zu bieten hat.

Überblendung in den Korridor außerhalb von Sylvias Raum. An der Tür befindet sich ein Schild mit der Aufschrift: ›Stets lächelnd eintreten!‹ Frankenstein und Little *sind im Begriff, einzutreten.*

LITTLE: Sie befindet sich dort drinnen?

FRANKENSTEIN: Jeder Teil von ihr, der nicht unten ist.

LITTLE: Ich bin sicher, jeder befolgt dieses Schild?

FRANKENSTEIN: Es ist Teil der Therapie. Wir behandeln hier den ganzen Patienten.

Gloria kommt aus dem Raum, schließt die Tür fest und bricht dann in lautes Weinen aus.

FRANKENSTEIN: *(angewidert zu Gloria)* Oh, es ist zum Aus-der-Haut-Fahren. Was soll das?

GLORIA: Lassen Sie sie sterben, Dr. Frankenstein. Um der Liebe Gottes willen, lassen Sie sie sterben!

LITTLE: Ist das ihre Pflegerin?

FRANKENSTEIN: Sie hat nicht genug Verstand, um eine Pflegerin zu sein. Sie ist eine lausige Kosmetikerin. Sie macht hundert Dollar in der Woche — nur indem sie sich um das Gesicht und Haar einer Frau kümmert. *(Zu Gloria)* Sie haben es verscherzt, Schätzchen. Sie sind erledigt.

GLORIA: Wie bitte?

FRANKENSTEIN: Holen Sie sich Ihren Scheck und verschwinden Sie.

GLORIA: Ich bin ihre beste Freundin.

FRANKENSTEIN: Eine schöne Freundin! Sie haben mich gerade gebeten, sie umzulegen.

GLORIA: Ja, das habe ich, im Namen der Barmherzigkeit.

FRANKENSTEIN: Sie sind sich sicher, daß es einen Himmel gibt, wie? Sie möchten sie dort hinaufschicken, so daß sie Flügel und eine Harfe bekommen kann.

GLORIA: Ich weiß, daß es eine Hölle gibt. Ich habe sie

gesehen. Sie befindet sich dort drinnen, und Sie sind ihr großer Erfinder.

FRANKENSTEIN: *(getroffen, läßt einen Augenblick verstreichen, bevor er antwortet)* Gott — die Dinge, die Leute manchmal sagen.

GLORIA: Es war Zeit, daß jemand, der sie liebt, es laut und deutlich sagte.

FRANKENSTEIN: Liebe.

GLORIA: Sie wissen gar nicht, was das ist.

FRANKENSTEIN: Liebe. *(Mehr zu sich selbst als zu ihr.)* Habe ich eine Frau? Nein. Habe ich eine Geliebte? Nein. Ich habe nur zwei Frauen in meinem Leben geliebt — meine Mutter und die Frau dort drinnen. Ich war nicht imstande, meine Mutter vor dem Tod zu retten. Ich hatte gerade in Medizin promoviert, und meine Mutter lag an Krebs im ganzen Körper im Sterben. Okay, kluger Junge, sagte ich zu mir, du bist ein großer Doktor aus Heidelberg, nun wollen wir zusehen, daß du deine Mutter vom Tode rettest. Und jeder sagte mir, daß ich nichts für sie tun könnte, und ich sagte, das ist mir völlig schnuppe. Ich werde jedenfalls etwas tun. Schließlich waren alle überzeugt, daß ich verrückt war, und steckten mich für eine Weile ins Irrenhaus. Als ich herauskam, war sie tot — so wie all die weisen Männer es vorausgesagt hatten. Wovon diese weisen Männer nichts wußten, waren die wunderbaren Dinge, die Maschinen tun konnten — und ich wußte es auch nicht, aber ich würde es herausfinden. So ging ich zum Technischen Institut in Massachusetts und studierte sechs Jahre lang mechanische, elektrische und chemische Technik. Ich lebte in einer Mansarde. Ich aß zwei Tage altes Brot und eine Art Käse, den man in Mausefallen auslegt. Als ich das Institut verließ, sagte ich mir, okay, Junge — es ist möglich, daß du jetzt der einzige Bursche auf der Welt mit der richtigen Ausbildung bist, um die Medizin des zwanzigsten Jahrhunderts zu praktizieren. Ich nahm eine Stelle in der Curley-Klinik in Boston an. Sie lieferten diese Frau ein, die äußerlich schön war und innerlich eine Katastrophe. Sie war das Ebenbild meiner Mutter. Sie war die Witwe eines Mannes, der ihr fünfhundert Millionen Dollar hinterlassen hatte. Sie hatte keine Verwandten. Die weisen Männer sagten wieder, daß diese Frau sterben würde. Und ich sagte, sie sollten endlich den Mund halten und mir zuhören. Ich würde ihnen sagen, was zu tun sei.

Stille.

LITTLE: Das ist — das ist wirklich eine Geschichte.

FRANKENSTEIN: Es ist eine Geschichte über *Liebe. (Zu Gloria):* Diese Liebesgeschichte begann viele Jahre, bevor Sie geboren wurden, Sie große Liebende, Sie. Und sie geht immer noch weiter.

GLORIA: Vorigen Monat bat sie mich, ihr eine Pistole zu bringen, damit sie sich erschießen könnte.

FRANKENSTEIN: Denken Sie, das weiß ich nicht? *(stößt einen Daumen in Richtung von Little)* Vorigen Monat schrieb sie ihm in einem Brief: Bringen Sie mir ein wenig Zyankali, Doktor, wenn Sie ein Arzt sind, der überhaupt ein Herz besitzt.

LITTLE: *(bestürzt)* Sie *wußten* das. Sie — Sie lesen ihre Post?

FRANKENSTEIN: Dadurch wissen wir, was sie *wirklich* fühlt. Sie könnte manchmal versuchen, uns zu täuschen — und einfach vorgeben, glücklich zu sein. Ich habe Ihnen von dem defekten Transistor im vorigen Monat erzählt. Wir hätten möglicherweise nicht gewußt, daß etwas nicht in Ordnung war, wenn wir nicht ihre Post gelesen und gehört hätten, was sie zu Schwachköpfen wie dieser hier sagte. *(Fühlt sich herausgefordert.)* Hören Sie — gehen Sie selbst dort hinein. Bleiben Sie, solange Sie wollen, fragen Sie sie alles mögliche. Kommen Sie dann zurück und sagen Sie mir die Wahrheit: Ist das eine glückliche Frau dort drinnen, oder ist das eine Frau, die sich in der Hölle befindet?

LITTLE: *(zögert)* Ich . . .

FRANKENSTEIN: Gehen Sie hinein! Ich habe dieser jungen Dame noch ein paar weitere Dinge zu sagen — der ›Miss Tötung aus Barmherzigkeit des Jahres‹. Ich möchte ihr gern einen Körper zeigen, der einige Jahre lang im Sarg gelegen hat — damit sie sieht, wie schön der Tod ist, diese Sache, die sie für ihre Freundin wünscht.

Little *überlegt, was er sagen könnte, drückt schließlich mit einer Gebärde aus, daß er zu jedem fair sein möchte. Er betritt den Raum der Patientin. Überblendung in den Raum. Sylvia ist allein, von der Tür abgewandt.*

SYLVIA: Wer kommt da?
LITTLE: Ein Freund — jemand, dem Sie einen Brief geschrieben haben.
SYLVIA: Das könnte jeder beliebige sein. Kann ich Sie bitte sehen? *(Little tut ihr den Gefallen. Sie schaut ihn mit wachsender Sympathie an.)* Dr. Little — Familien-Doktor von Vermont.
LITTLE *(verbeugt sich leicht):* Mrs. Lovejoy — wie fühlen Sie sich heute?
SYLVIA: Haben Sie mir Zyankali gebracht?
LITTLE: Nein.
SYLVIA: Ich würde es heute nicht nehmen. Es ist so ein wunderschöner Tag. Ich möchte ihn nicht versäumen, und auch nicht den morgigen. Sind Sie auf einem schneeweißen Pferd gekommen?
LITTLE: In einem blauen Oldsmobile.
SYLVIA: Was ist mit Ihren Patienten, die Sie lieben und Sie so brauchen?
LITTLE: Ein anderer Arzt vertritt mich. Ich habe mir eine Woche freigenommen.
SYLVIA: Nicht wegen mir.
LITTLE: Nein.
SYLVIA: Denn mir geht es jetzt ausgezeichnet. Sie können sehen, daß ich mich in sehr guten Händen befinde.

LITTLE: Ja.
SYLVIA: Was ich nicht brauche, ist ein anderer Arzt.
LITTLE: Richtig.

Pause.

SYLVIA: Obwohl ich gern jemanden hätte, mit dem ich über den Tod reden könnte. Sie haben sicher viel mit dem Sterben zu tun, nehme ich an.
LITTLE: Einiges.
SYLVIA: Und es war für manche ein Segen — wenn sie starben?
LITTLE: Ich habe das sagen hören.
SYLVIA: Aber Sie sagen dies nicht selbst.
LITTLE: Es paßt nicht zum Beruf des Arztes, dies zu sagen, Mrs. Lovejoy.
SYLVIA: Warum sagen andere Leute, daß der Tod manchmal ein Segen ist?
LITTLE: Wegen unerträglicher Schmerzen und wenn der Patient unheilbar krank ist. Oder wenn der Patient nur noch dahinvegetiert, seinen Verstand verloren hat und ihn nicht zurückgewinnen konnte.
SYLVIA: Um keinen Preis.
LITTLE: Soviel ich weiß, ist es bis heute noch nicht möglich, für jemand, der seinen Verstand verloren hat, einen künstlichen zu erbetteln, zu leihen oder zu stehlen. Wenn ich Dr. Frankenstein danach fragen würde, würde er mir wahrscheinlich erzählen, daß dies bald kein Problem mehr sein wird.

Pause.

SYLVIA: Es wird bald kein Problem mehr sein.
LITTLE: Hat er Ihnen das gesagt?
SYLVIA: Ich fragte ihn gestern, was geschehen würde, wenn mein Gehirn zu verfallen beginnt. Er lachte und sagte,

ich brauchte mir meinen hübschen kleinen Kopf darüber nicht zu zerbrechen. Wir werden auch diese Hürde nehmen, sagte er mir.

(Pause). O Gott, wieviel Hürden wir schon genommen haben!

Überblendung *in den Raum voller Organe.* Swift *befindet sich wie zuvor an seiner Konsole.* Frankenstein *und* Little *treten ein.*

FRANKENSTEIN: Sie haben einen großen Rundgang gemacht, und nun sind Sie hier wieder zurück am Anfang.

LITTLE: Und ich muß immer noch sagen, was ich am Anfang sagte: mein Gott — o mein Gott.

FRANKENSTEIN: Es wird nicht leicht sein, nach dem, was Sie hier kennengelernt haben, wieder zu der Aspirin-und-Abführmittel-Branche zurückzukehren, wie?

LITTLE: Ja. *(Pause).* Was ist die billigste Sache hier?

FRANKENSTEIN: Die einfachste Sache. Es ist die gottverdammte Pumpe.

LITTLE: Was kostet ein Herz heutzutage?

FRANKENSTEIN: Die billigen sind Plunder. Die teuren sind Juwelen.

LITTLE: Und wie viele werden jetzt jährlich verkauft?

FRANKENSTEIN: Sechshundert, mal mehr, mal weniger.

LITTLE: Eins zu geben, das ist Leben. Eins zu nehmen, das ist Tod.

FRANKENSTEIN: Wenn die Störung das Herz ist. Es ist Glück, wenn man eine solche billige Störung hat. *(Zu Swift)* He, Tom — lassen Sie sie schlafen, so daß er sehen kann, wie der Tag hier endet.

SWIFT: Es ist zwanzig Minuten vor der Zeit.

FRANKENSTEIN: Was macht das für einen Unterschied? Wir lassen sie zwanzig Minuten länger schlafen, und wenn sie morgen früh aufwacht, wird sie sich großartig fühlen, wenn nicht ein weiterer Transistor kaputtgeht.

LITTLE: Warum richten Sie keine Fernsehkamera auf sie, so daß Sie sie auf dem Bildschirm beobachten können?

FRANKENSTEIN: Sie wollte keine.

LITTLE: Sie bekommt, was sie will?

FRANKENSTEIN: Sie bekommt *das.* Wozu zum Teufel müssen wir ihr Gesicht beobachten? Wir können auf die Meßgeräte hier unten blicken und mehr über sie herausfinden, als sie über sich selbst wissen kann. *(Zu Swift)* Lassen Sie sie schlafen, Tom.

SWIFT *(zu Little):* Es ist einfach so, als ob man die Geschwindigkeit eines Autos verringert oder in einem Heizkessel das Feuer mit Asche bedeckt, damit es langsamer brennt.

LITTLE: Mm.

FRANKENSTEIN: Tom hat ebenfalls akademische Grade in Technik und Medizin.

LITTLE: Sind Sie müde am Ende eines Tages, Tom?

SWIFT: Es ist eine gute Art von Müdigkeit — als ob ich ein großes Düsenflugzeug von New York nach Honolulu geflogen habe oder so. *(Er greift um einen Hebel.)* Und nun holen wir Mrs. Lovejoy zu einer glücklichen Landung herein. *(Er zieht den Hebel allmählich, und die Maschine verlangsamt sich.)* So.

FRANKENSTEIN: Wunderbar.

LITTLE: Schläft sie?

FRANKENSTEIN: Wie ein Baby.

SWIFT: Jetzt brauche ich nur noch auf die Nachtwache zu warten.

LITTLE: Hat ihr jemals jemand eine Selbstmord-Waffe gebracht?

FRANKENSTEIN: Nein. Es würde uns aber nicht beunruhigen, wenn es jemand täte. Die Arme sind so ausgeführt, daß sie unmöglich eine Pistole auf sich richten oder Gift an die Lippen führen kann, wie sehr sie es auch versucht. Das war Toms genialer Einfall.

LITTLE: Gratulation.

Die Alarmglocke ertönt. Licht blitzt auf.

FRANKENSTEIN: Wer könnte das sein? *(Zu Little)* Jemand ist gerade in ihr Zimmer gegangen. Wir kontrollieren das besser! *(Zu Swift)* Verschließen Sie die Tür dort oben, Tom — so, wer es auch ist, wir fassen ihn. *(Swift drückt einen Knopf, der die Tür oben verschließt. Zu Little)* Kommen Sie mit mir. Überblendung *in den Raum der Patienten.* Sylvia *schläft, sie schnarcht leise.* Gloria *ist gerade hereingeschlichen. Sie blickt verstohlen umher, nimmt eine Pistole aus ihrer Tasche, überprüft, ob sie geladen ist, und verdeckt sie dann in Sylvias Strickbeutel. Sie ist kaum fertig, als* Frankenstein *und* Little *atemlos hereinkommen, indem* Frankenstein *die Tür mit einem Schlüssel öffnet.*

FRANKENSTEIN: Was geht hier vor?

GLORIA: Ich habe meine Uhr hier oben vergessen. *(Zeigt auf die Uhr)* Ich habe sie jetzt.

FRANKENSTEIN: Ich dachte, ich hätte Ihnen untersagt, jemals das Haus wieder zu betreten.

GLORIA: Ich werde es nicht mehr tun.

FRANKENSTEIN: *(zu Little)* Halten Sie sie hier fest. Ich werde die Dinge überprüfen. Möglicherweise war es ein kleiner heimlicher Diebstahl. *(Zu Gloria)* Wie würde es Ihnen gefallen, wegen versuchten Mordes vor Gericht zu stehen, hä? *(Ins Mikrofon)* Tom? Können Sie mich hören?

SWIFT: *(die Stimme kommt aus einer Box an der Wand)* Ich höre Sie.

FRANKENSTEIN: Wecken Sie sie wieder auf. Ich untersuche sie.

SWIFT: Kikeriki.

Man hört, wie sich die Maschine beschleunigt. Sylvia *öffnet die Augen, angenehm benommen.*

SYLVIA: *(zu Frankenstein)* Guten Morgen, Norbert.

FRANKENSTEIN: Wie fühlst du dich?

SYLVIA: Wie ich mich immer fühle, wenn ich aufwache – ausgezeichnet – irgendwie wie auf See. Gloria! Guten Morgen!

GLORIA: Guten Morgen.

SYLVIA: Dr. Little! Sie bleiben noch einen Tag?

FRANKENSTEIN: Es ist nicht morgen. Wir lassen dich in einer Minute wieder schlafen.

SYLVIA: Bin ich wieder krank?

FRANKENSTEIN: Ich denke nicht.

SYLVIA: Werde ich noch einmal operiert?

FRANKENSTEIN: Beruhige dich, beruhige dich. *(Zieht einen Augenspiegel aus der Tasche)*

SYLVIA: Wie kann ich ruhig sein, wenn ich an eine weitere Operation denke?

FRANKENSTEIN: *(in das Mikrofon)* Tom – geben Sie ihr ein paar Tranquilizer.

SWIFT: *(Box)* Kommen rauf.

SYLVIA: Was habe ich sonst noch zu verlieren? Meine Ohren? Mein Haar?«

FRANKENSTEIN: Du bist in einer Minute ruhig.«

SYLVIA: Meine Augen? Meine Augen, Norbert – verliere ich sie als nächstes?

FRANKENSTEIN: *(zu Gloria)* O Mann, Babydoll – sehen Sie, was Sie angerichtet haben? *(Ins Mikrofon)* Wo bleiben die Tranquilizer, zum Teufel?

SWIFT: Die Wirkung müßte jetzt gerade einsetzen.

SYLVIA: Oh, gut. Es macht nichts. *(Als Frankenstein ihre Augen untersucht)* Es sind meine Augen, nicht wahr?

FRANKENSTEIN: Es ist dein überhaupt nichts.

SYLVIA: Was leicht kommt, geht leicht.

FRANKENSTEIN: Du bist gesund wie ein Pferd.

SYLVIA: Ich bin sicher, daß es jemanden gibt, der ausgezeichnete Augen herstellt.

FRANKENSTEIN: RCA macht ein verdammt gutes Auge, aber wir werden einstweilen noch keins kaufen. *(Er tritt zurück, befriedigt)* Alles in Ordnung hier oben. *(Zu Gloria)* Ihr Glück.

SYLVIA: Ich liebe es, wenn meine Freunde glücklich sind.

SWIFT: Soll ich sie wieder schlafen lassen?

FRANKENSTEIN: Noch nicht. Ich will unten noch ein paar Dinge kontrollieren.

SWIFT: Roger und Ende.

Überblendung zu Little, Gloria *und* Frankenstein, *die Minuten später den Maschinenraum betreten. Swift befindet sich an der Konsole.*

SWIFT: Die Nachtwache ist verspätet.

FRANKENSTEIN: Der Mann hat zu Hause Schwierigkeiten. Wollen Sie einen guten Rat, Junge? Heiraten Sie nie. *(Er überprüft ein Meßgerät nach dem anderen.)*

GLORIA: *(entsetzt über ihre Umgebung)* Mein Gott — o mein Gott —

LITTLE: Sie haben dies nie vorher gesehen?

GLORIA: Nein.

FRANKENSTEIN: Sie war die große Haarspezialistin. Wir haben für alles andere gesorgt — alles, außer dem Haar. *(Die Anzeige eines Meßgerätes verwundert ihn)* Was soll dies? *(Er schlägt gegen das Meßgerät, das ihm dann den richtigen Wert anzeigt.)* Das stimmt schon eher.

GLORIA: *(resigniert)* Wissenschaft.

FRANKENSTEIN: Was dachten Sie, wie es hier unten zuginge?

GLORIA: Ich hatte Angst zu denken. Nun kann ich sehen, warum.

FRANKENSTEIN: Haben Sie überhaupt irgendeine wissenschaftliche Ausbildung — irgendeine Möglichkeit, auch nur ein wenig zu schätzen, was sie hier sehen?

GLORIA: Ich bin in der Oberschule zweimal in Geologie durchgefallen.

FRANKENSTEIN: Was wird auf dem Schönheits-College gelehrt?

GLORIA: Dumme Dinge für dumme Leute. Wie man ein Gesicht schminkt. Wie man Haare lockt oder glättet. Wie man Haare schneidet. Wie man Haare färbt, Fingernägel und Zehennägel im Sommer anmalt.

FRANKENSTEIN: Ich nehme an, Sie werden über diesen Ort auspacken, wenn Sie hier fort sind — den Leuten all das verrückte Zeug erzählen, das hier passiert.

GLORIA: Möglich.

FRANKENSTEIN: Vergessen Sie nur eines nicht: Sie besitzen nicht den Verstand oder die Ausbildung, um über irgendeinen Aspekt unseres Betriebes zu sprechen. Klar?

GLORIA: Möglich.

FRANKENSTEIN: Was *werden* Sie der Außenwelt sagen?

GLORIA: Nichts sehr Kompliziertes — nur daß . . .

FRANKENSTEIN: Ja?

GLORIA: Daß Sie den Kopf einer toten Frau an einer Menge Maschinen angeschlossen haben und den ganzen Tag lang damit spielen und daß Sie nicht verheiratet oder irgend etwas sind und daß das alles ist, was Sie tun.

Starre Szene wie eine Fotografie. Löst sich in Schwarz auf. Einblendung. *Alle sind noch regungslos. Die Figuren beginnen sich zu bewegen.*

FRANKENSTEIN: *(entgeistert)* Wie können Sie sie tot nennen? Sie liest das ›*Familien-Journal der Frau*‹! Sie spricht! Sie strickt! Sie schreibt Briefe an Brieffreunde in der ganzen Welt!

GLORIA: Sie sieht aus wie ein schrecklicher Wahrsageautomat in einer Einkaufspassage.

FRANKENSTEIN: Ich dachte, Sie lieben sie.

GLORIA: Gelegentlich sehe ich den winzig kleinen Funken dessen, was sie einmal war. Ich liebe diese Funken. Die meisten Leute sagen, sie lieben sie wegen ihres Mutes. Was ist dieser Mut wert, wenn er von hier unten kommt? Sie könnten hier unten ein paar Hähne und Schalter drehen, und sie würden freiwillig ein Raketenschiff zum Mond fliegen. Aber einerlei, was Sie hier unten tun, der kleine Funke fährt fort zu denken: ›um der Liebe Gottes willen — hole mich irgend jemand hier heraus!‹

FRANKENSTEIN: *(wirft einen Blick auf die Konsole)* Dr. Swift — ist das Mikrofon eingeschaltet?

SWIFT: Ja. *(Schnappt mit den Fingern)* Es tut mir leid.

FRANKENSTEIN: Lassen Sie es an. *(Zu Gloria)* Sie hat jedes Wort gehört, das Sie gesagt haben. Wie fühlen Sie sich nun?

GLORIA: Kann sie mich jetzt hören?

FRANKENSTEIN: Reden Sie noch etwas mehr. Sie ersparen mir eine Menge Mühe. Nun brauche ich ihr nichts zu erklären, was für eine Freundin Sie wirklich sind und warum ich Sie an die Luft gesetzt habe.

GLORIA: *(rückt näher an das Mikrofon)* Mrs. Lovejoy?

SWIFT: *(berichtet, was er im Kopfhörer hört)* Sie sagt, Was ist, Liebes?

GLORIA: In Ihrem Strickbeutel befindet sich eine geladene Pistole, Mrs. Lovejoy — falls Sie nicht mehr leben wollen.

FRANKENSTEIN: *(nicht im mindesten wegen der Pistole beunruhigt, aber voller Verachtung und Abscheu über Gloria)* Sie völlig Schwachsinnige. Wo haben Sie die Pistole her?

GLORIA: Von einem Versandhaus in Chicago. Sie hatten eine Werbung in ›Wahre Romanzen‹.

FRANKENSTEIN: Sie verkaufen Pistolen an verrückte Weiber.

GLORIA: Ich hätte eine Panzerfaust bekommen können, wenn ich wollte.

FRANKENSTEIN: Ich gehe die Pistole holen, und sie wird ein Beweisstück bei Ihrer Gerichtsverhandlung sein. *(Er geht hinaus.)*

LITTLE: *(zu Swift)* Sollten Sie die Patientin nicht schlafen lassen?

SWIFT: Sie hat keine Möglichkeit, sich selbst zu verletzen.
GLORIA: *(zu Little)* Was bedeutet das?
LITTLE: Ihre Arme sind so angebracht, daß sie keine
Pistole auf sich richten kann.
GLORIA: *(angewidert)* Sogar daran haben sie gedacht.

Überblendung *in Sylvias Raum.* Frankenstein *tritt ein.* Sylvia *hält die Pistole gedankenvoll.*

FRANKENSTEIN: Ein feines Spielzeug hast du da.
SYLVIA: Du darfst nicht böse sein auf Gloria, Norbert.
Ich habe sie darum gebeten. Ich habe sie angefleht.
FRANKENSTEIN: Vorigen Monat.
SYLVIA: Ja.
FRANKENSTEIN: Aber jetzt ist alles besser.
SYLVIA: Alles, außer dem Funken.
FRANKENSTEIN: Funken.
SYLVIA: Der Funken, von dem Gloria sagt, daß sie ihn
liebt — der winzige Funke dessen, was ich einmal war. Wie
glücklich ich auch jetzt gerade bin, dieser Funke fleht mich
an, diese Pistole zu nehmen und ihn auszulöschen.
FRANKENSTEIN: Und wie lautet deine Antwort?
SYLVIA: Ich werde es tun, Norbert. Leb wohl! *(Sie versucht auf jede mögliche Weise, die Pistole auf sich zu richten und versagt immer wieder, während Frankenstein ruhig danebensteht.)* Das ist kein Zufall, nicht wahr?
FRANKENSTEIN: Uns liegt sehr viel daran, daß du dich
nicht verletzt. Wir lieben dich nämlich auch.
SYLVIA: Und wie lange muß ich noch auf diese Weise leben? Ich habe niemals zuvor gewagt, dich danach zu fragen.
FRANKENSTEIN: Ich müßte eine Zahl aus einem Hut
ziehen.
SYLVIA: Vielleicht solltest du es besser nicht. *(Pause).*
Hast du eine aus einem Hut gezogen?
FRANKENSTEIN: Mindestens fünfhundert Jahre.

Stille.

SYLVIA: So werde ich noch leben — lange, nachdem du gegangen bist?

FRANKENSTEIN: Nun ist es Zeit, meine liebe Sylvia, dir etwas zu erzählen, das ich dir seit Jahren sagen wollte. Jedes Organ unten besitzt die Kapazität, zwei Menschen anstatt einem zu versorgen. Und die Rohrleitungen und Drähte sind so angelegt, daß ein zweiter Mensch im Nu angeschlossen werden kann. *(Stille)* Verstehst du, was ich dir sage, Sylvia? *(Stille. Dann leidenschaftlich)* Sylvia! Ich werde dieser zweite Mensch sein! Was ist schon Ehe! Was sind schon die großen Liebesgeschichten der Vergangenheit! Deine Niere wird meine Niere sein! Deine Leber wird meine Leber sein! Dein Herz wird mein Herz sein! Deine Hochs werden meine Hochs und deine Tiefs werden meine Tiefs sein! Wir werden ich solch vollkommener Harmonie leben, Sylvia, daß selbst die Götter vor Neid erblassen!

SYLVIA: Das ist es, was du wünschst?

FRANKENSTEIN: Mehr als alles in der Welt.

SYLVIA: Nun, denn — hier hast du es, Norbert. *(Sie schießt die Pistole auf ihn leer).*

Überblendung in denselben Raum ungefähr eine halbe Stunde später. Ein zweiter Dreifuß ist aufgestellt worden, mit Frankensteins *Kopf darauf.* Frankenstein *schläft und* Sylvia *auch.* Swift *stellt mit* Littles *Unterstützung fieberhaft eine abschließende Verbindung mit den Maschinen her. Rohrzangen, eine Lötlampe und andere Klempner- und Elektrikerwerkzeuge liegen umher.*

SWIFT: Das wäre es dann. *(Er richtet sich auf, blickt sich um.)* Das wäre es.

LITTLE: *(schaut auf die Uhr)* Achtundzwanzig Minuten, seit der erste Schuß fiel.

SWIFT: Gott sei Dank waren Sie hier.

LITTLE: Was Sie wirklich brauchten, war ein Klempner.

SWIFT: *(ins Mikrofon)* Charley − wir haben hier alles montiert. Haben Sie unten alles montiert?

CHARLEY *(Box):* Alles montiert.

SWIFT: Geben Sie ihnen reichlich Martinis.

(Gloria erscheint benommen in der Tür.)

CHARLEY: Sie haben sie bekommen, gleich werden sie sehr *high* sein. Geben Sie ihnen besser noch eine Spur LSD.

CHARLEY: Kommt rauf.

SWIFT: Augenblick noch! Ich vergaß den Plattenspieler. *(Zu Little)* Dr. Frankenstein sagte, wenn dies jemals geschehen sollte, wollte er eine bestimmte Schallplatte hören, während er zu sich kommt. Er sagte, sie befände sich bei den anderen Schallplatten, in einer einfachen weißen Hülle. *(Zu Gloria)* Sehen Sie, ob Sie sie finden können.

(Gloria geht zum Plattenspieler, findet die Schallplatte.)

GLORIA: Ist es diese?

SWIFT: Legen Sie sie auf.

GLORIA: Welche Seite?

SWIFT: Ich weiß nicht.

GLORIA: Da ist ein Klebstreifen über einer Seite.

SWIFT: Die Seite ohne Klebstreifen. *(Gloria legt die Schallplatte auf. Ins Mikrofon)* Bereithalten zum Wecken der Patienten.

CHARLEY: Halte mich bereit.

Die Schallplatte beginnt zu spielen. Es ist ein Duett von Jeanette McDonald und Nelson Eddy: Ah, Sweet Mystery of Life.

SWIFT *(ins Mikrofon):* Wecken Sie sie auf!

Frankenstein *und* Sylvia *wachen auf, erfüllt von formloser Freude. Sie genießen träumerisch die Musik, sehen schließlich einander, nehmen sich als alte und geliebte Freunde wahr.*

116

SYLVIA: Hallo, da drüben.
FRANKENSTEIN: Hallo.
SYLVIA: Wie fühlst du dich?
FRANKENSTEIN: Fein. Einfach fein.

Originaltitel: Fortitude
Ins Deutsche übertragen von Kamela Kiel

Überraschung auf Lager?

12. Juli 2037 (UPI). Trainer Rattler Renfro versprach den Fans in einer Pressekonferenz, daß seine Chicago Bears, die in der Vorsaison nur einen Sieg verbuchen konnten und fünfzehn Niederlagen einstecken mußten, in dieser Saison einen New Look bieten werden. Als er gebeten wurde, zu erklären, warum das Trainingscamp für die Presse und die Öffentlichkeit geschlossen sein wird, lächelte Renfro nur und sagte: »Kein Kommentar«.

Bears gewinnen das Eröffnungsspiel 76—0

4. September 2037 (AP). Die *New Look* Chicago Bears gaben heute nachmittag ihr Debüt, schlugen die vorjährigen Super-Bowl-Gewinner, die North Dakota Timberwolves, mit einem Liga-Rekord-Sieg von 76—0. Die Timberwolves waren ein 22-Punkte-Favorit. Trainer Rattler Renfro präsentierte eine ganz neue Offense-Line, die aus fünf Rookies besteht, alles Sportler, die noch niemals zuvor organisierten Football gespielt hatten. Es sind: rechter Tackle Jumbo Smith (2,45 m, 603 Pfund), rechter Guard Willie ›The Whale‹ McPherson, (2,38 m, 566 Pfund), Center Hannibal Cohen (2,52 m, 622 Pfund), linker Guard *Mountain* O'Mara (2,33 m,

599 Pfund) und der größte von ihnen allen, rechter Tackle Tiny Tackenheim (2,62 m, 701 Pfund).

»Teufel, ich hätte durch die Lücken laufen können, die diese Burschen auf dem Spielfeld ließen«, sagte Timberwolves Trainer Rocket Ryan. »Ich weiß nicht, wo Renfro sie rekrutiert hat, aber sie sind einfach schrecklich.«

Nach drei Jahrzehnten in der Eklipse sieht es so aus, als ob die Bears wieder einmal die ›Monsters of the Midway‹ sind.

Bears gewinnen zum viertenmal in Folge, 88—7
2. Oktober 2037 (AP). »Diese Kerle sind nicht menschlich!« sagte Montana Buttes' Linebacker Jocke Schmidt von seinem Krankenhausbett aus, nachdem sein Team eine 88—7-Niederlage gegen die Chicago Bears einstecken mußte. »Dieser Tackenheim sollte im Zoo sein, nicht auf einem Football-spielfeld!«

NFL stellt Ermittlungen über Anschuldigungen an
24. Oktober 2037 (UPI). Die Nationale Football-Liga hat verkündet, sie würde überprüfen lassen, ob es eine Verbindung zwischen dem Nobelpreisträger Dr. Alfredo Rathermann und den Chicago Bears gibt, wie behauptet wurde. Rathermann, der seine Auszeichnung für seine bahnbrechende Forschungsarbeit in der Belebung von totem Gewebe erhielt, war nicht zu einer Stellungnahme erreichbar.

George Halas VI, Besitzer und Generalmanager der Bears, der ihre Gruppe mit einem 7-0-Rekord führte, bezeichnete die Anschuldigungen als ›lächerlich‹.

Bears halten den Titel — Hoffnung auf die Super Bowl
25. Dezember 2037 (UPI). Die Chicago Bears feierten Weihnachten, indem sie die Mississippi Riverboots 68-3 verdroschen und so das erste NFL-Team des Jahrhunderts wurden, das die Saison-Tabelle ohne Niederlagen und Unentschieden abschloß. Die Monsters of the Midway sahen schrecklich

aus, während die Offense-Line eine Lücke nach der anderen für Chicagos Runningbacks öffnete.

Trainer Rattler Renfro lobte in seiner Pressekonferenz nach dem Spiel die Riverboots und sagte, er würde sich auf die Ausscheidungsspiele freuen. Als er über die laufenden Untersuchungen der Beziehungen zwischen den Bears und Dr. Alfredo Rathermann befragt wurde, zuckte er mit den Schultern und sagte: »He, ich bin nur ein Trainer. Sie müssen mit dem Präsidenten darüber sprechen.«

Rathermann gibt alles zu!

28. Dezember 2037 (UPI). Der Nobelpreisträger Alfredo Rathermann hielt gemeinsam mit Roger Jamison, Präsident der Nationalen Football-Liga, eine Pressekonferenz ab und gab zu, daß die fünf neuen Mitglieder der Chicago Bears Offense-Line tatsächlich wissenschaftliche Konstruktionen aus Stücken und Teilen anderer Menschen sind.

Nach dieser Enthüllung wird Dr. Rathermann gewiß einen weiteren Nobelpreis bekommen, aber die wichtigere Angelegenheit, ob die Spieler Smith, McPherson, Cohen, O'Mara und Tackenheim an den bevorstehenden Ausscheidungsspielen der NFL teilnehmen dürfen, blieb noch unentschieden. Präsident Jamison versprach eine Entscheidung, bevor die Bears in elf Tagen auf die Las Vegas Gamblers treffen.

NFL entscheidet über die Monster

3. Januar 2038 (AP). Präsident Roger Jamison hielt an diesem Morgen eine Pressekonferenz ab, in der er die Politik der NFL bezüglich der Chicago Bears Offense-Line darstellte.

»Nach langwierigen Konferenzen mit unseren Anwälten und der NFL Players Union haben wir die Verfassung ergänzt, indem wir konstatieren, daß Football ein von natürlich geborenen Menschen zu spielendes Spiel ist«, sagte Präsident Jamison. »Wenn wir einer endlosen Kette von Dr. Rathermanns Schöpfungen erlauben würden, in der NFL zu spielen, würde bald der Tag kommen, an dem kein einziger natürlich geborener Mensch in einen NFL-Kader aufgenommen werden könnte, und obwohl es gewiß die Spiele aufregender gestalten würde, bezweifeln wir, ob die Öffentlichkeit zu dieser Zeit eine solche Wandlung akzeptieren würde.«

Er fügte hinzu: »Unsere Anwälte informierten uns jedoch, daß wir keine gesetzliche Grundlage haben, Smith, McPherson, Cohen, O'Mara und Tackenheim das Recht zu verweigern, in dem Wettkampf der Nachsaison dieser Spielzeit zu spielen, da die Regel geändert wurde, nachdem sie in den Kader der Bears aufgenommen wurden.«

Die Besitzer der siebenundvierzig anderen NFL-Teams haben einen offiziellen Protest eingereicht, in dem sie fordern, daß die betreffenden Spieler von den bevorstehenden Ausscheidungsspielen ausgeschlossen werden.

Bears gewinnen 77–10, als nächstes die Super Bowl

15. Januar 2038 (UPI). Die Chicago Bears schlugen an diesem Nachmittag die Hawaii Volcanos 77–10; die Super Bowl ist in greifbare Nähe gerückt. Sie überwanden einen Rückstand von 10–0 im ersten Viertel, als das oberste Gericht die Verfügung umstieß, die Smith, McPherson, Cohen, O'Mara und Tackenheim vom Spielen ausschloß. Die Entscheidung fiel um 13 Uhr 37, und um 13 Uhr 45 übernahmen die Bears die Führung und gaben sie nicht mehr ab.

»Die Monster erschrecken uns nicht«, sagte McNab

22. Januar 2038 (UPI). Obwohl bis zur Super Bowl nur noch eine Woche Zeit bleibt und die Chicago Bears ein 45-Punkte-Favorit sind, sagte Trainer Terry McNab von den Alaskan Malamutes, daß sein Team die Monsters of the Midway nicht fürchtet und sich auf die Herausforderung freut.

Als er gefragt wurde, wie seine Defense-Line, die pro Mann durchschnittlich 327 Pfund weniger auf die Waage bringen, es mit den Gegenspielern der Bears aufnehmen würde, lächelte er nur und sagte, daß er noch an einer Strategie arbeitet.

Die Bears sind voraussichtlich beim Eröffnungs-Kick off ein 50-Punkte-Favorit.

McNab versäumt Training

24. Januar 2038 (UPI). Trainer McNab fehlte heute nachmittag beim Training der Alaskan Malamutes. Die Clubfunktionäre gaben keinen Kommentar ab.

Rathermann taucht wieder auf

26. Januar 2038 (UPI). Nobelpreisträger Alfredo Rathermann, der sich seit dem 28. Dezember zurückgezogen hatte, ist entdeckt worden, wie er sich auf die Tribüne schlich und die Vorbereitung der Alaskan Malamutes für das Super-Bowl-Spiel gegen die Chicago Bears beobachtete.

Als er gefragt wurde, ob er ein grundsätzliches Interesse an dem Spiel hätte, erwiderte Rathermann, daß sein Interesse *streng beruflich* sei. Er wurde später mit Trainer McNab und den Besitzern der Malamutes beim Abendessen gesehen.

Bears gehen vor Gericht, um McNab von der Super Bowl auszuschließen

28. Januar 2038 (AP). Mit der Enthüllung, daß sich im Kopf von Trainer Terry McNab jetzt zwei Gehirne befänden — sein eigenes und das von Professor Steven Hawkings, das bei seinem Tod im Jahr 1998 kältetechnisch eingefroren worden war — gingen die Chicago Bears vor Gericht, um zu bewirken, daß McNab von der morgigen Super Bowl ausgeschlossen wird. McNabs Arzt, Dr. Alfredo Rathermann, nannte die Bears ›schlechte Sportler‹, und wies darauf hin, daß McNab den neuen umstrittenen Grundsatz der NFL nicht brechen wird, da er nicht selbst spielt.

»Außerdem«, sagte McNab bei einer eilig einberufenen Pressekonferenz, »bin ich immer noch derselbe 183 Pfund schwere, 57 Jahre alte Mann, der ich vorige Woche war. Wie kann das Gehirn des verstorbenen Dr. Hawkings eine Bedrohung für die Bears darstellen? Sehe *ich* etwa wie ein Monster of the Midway aus?«

Gerichtliche Entscheidung im Fall McNab

28. Januar 2038 (UPI). Das US-Bundesgericht entschied, daß die Anwesenheit des Trainers Terry McNab nicht im Widerspruch zu dem festgelegten NFL-Grundsatz steht, und daß er auf dem Spielfeld zugelassen ist, wenn seine Alaskan Malamutes, die 53 Punkte im Nachteil sind, bei der morgigen Super Bowl auf die Chicago Bears treffen.

Malamutes stürzen Bears, 7—3

29. Januar 2038 (AP). In einem der sensationellsten Spiele aller Zeiten schlugen die Alaskan Malamutes die Chicago Bears 7—3 in der Super Bowl LXXIII.

Indem sie unorthodoxe Formationen anwandten und aus seltsamen Winkeln angriffen, rundete die neue *Vector Defense* das laufende Spiel der angeblich unaufhaltbaren Bears ab. Quarterback Pedro Cordero warf einen 10-m-Touchdown-Paß auf Tight-End Benni Philander und sicherte damit den Sieg nach 3 Minuten 12 Sekunden im vierten Viertel.

Als er gefragt wurde, wie seine Defense es fertigbringen konnte, die Linie der gepriesenen Bears zu durchstoßen, war Trainer Terry McNabs einziger Kommentar: »$E = MC^2$.«

Generalüberholung der Bears

19. Februar 2038 (UPI). Nach der vernichtenden Niederlage in der Super Bowl haben die Chicago Bears Trainer Rattler Renfro gefeuert und die Spieler Jumbo Smith, ›The Whale‹ McPherson, Hannibal Cohen, Mountain O'Mara und Tiny Tackenheim bedingungslos entlassen.

Alle fünf Spieler gaben der Hoffnung Ausdruck, in der World Wrestling Federation eine neue Karriere starten zu können.

Originaltitel: Monsters of the Midway
Ins Deutsche übertragen von Kamela Kiel

F. Paul Wilson

Träume

Wieder der Alptraum.

Ich fürchte mich fast, einzuschlafen. Immer dasselbe, und doch niemals ganz dasselbe. Die Ereignisse sind in jedem Traum verschieden, ich befinde mich jedoch immer im Körper eines Fremden, ein riesiges, monströses, zusammengestückeltes Ding, das in unbeholfener Art durch die Dunkelheit taumelt. Und es ist immer dunkel im Traum, denn ich scheine eine Kreatur der Nacht zu sein, für immer im verborgenen.

Und ich kann mich nicht an meinen Namen erinnern.

Die Träume sind jetzt sehr deutlich. Sie sind jetzt nicht mehr wie früher eine Montage verschwommener Bilder — ein von Blitzen durchzucktes Labor, ein die Peitsche schwingender Buckliger, Furcht, eine Zelle mit Steinmauern, Ketten, *Einsamkeit*, ein kleines Mädchen, das zwischen schwimmenden Blumen ertrinkt, eine Frau in einem Brautkleid, Bürger mit Fackeln, Feuer, eine brennende Windmühle, Schmerz, Rage, *Schmerz*!

Aber ich bin jetzt in Ordnung. Narbig, aber auf dem Weg der Besserung. Und mein Geist ist klar. Der Schmerz des Feuers brannte die Nebel fort. Ich erinnere mich an Dinge von einem Traum zum anderen, und an immer mehr Stücke und Teile aus längst vergangener Zeit.

Aber wie ist mein Name?

Ich weiß, ich muß außer Sicht bleiben. Ich will nicht wieder verbrannt werden. Daher verbringe ich die Stunden des Tages, indem ich mich hier auf dem Heuboden eines verlassenen Stalles am Rande von Goldstadt verberge. Ich schlafe fast den ganzen Tag. Aber in der Nacht wandere ich umher. Immer in der Gegend des medizinischen Colleges von Goldstadt. Ich fühle mich zum medizinischen College hingezogen. Der Grund dafür liegt in meinem Gehirn, aber wenn ich es zu begreifen versuche, huscht es immer blitzschnell davon. Eines Tages erfasse ich es, und dann werde ich es wissen.

Es gibt so viele unbeantwortete Fragen in diesen Träumen. Aber ist das nicht immer so bei Träumen? Werfen sie nicht mehr Fragen auf, als sie beantworten?

Mein Bauch ist jetzt voll. Ich brach in eine Konditorei ein und stopfte mich mit Süßigkeiten voll, und jetzt wandere ich durch die dunklen Seitengassen, trinke Wasser aus Regenrinnen, spähe aus der Dunkelheit in die erleuchteten Fenster, an denen ich vorbeikomme. Ich fühle eine warme Resonanz im Inneren, wenn ich eine Familie am Feuer zusammensitzen sehe. Ich muß einmal solch ein Leben geführt haben. Die Wärme verzerrt sich jedoch zu Rage, wenn ich zu lange hinschaue, denn ich weiß, daß ich solch eine Szene nie wieder erleben werde.

Ich weiß, es ist nur ein Traum. Aber die Rage ist so wirklich.

Als ich an der Hinterseite einer Taverne vorbeikomme, öffnet sich die Seitentür, und zwei Männer treten heraus. Ich taumele weiter zurück in die Dunkelheit, möchte gern laufen, weiß jedoch, daß ich einen schrecklichen Krach mache. Niemand darf mich sehen. Niemand darf wissen, daß ich lebe. Also stehe ich vollkommen still, warte, daß sie gehen.

In dem Augenblick höre ich die Stimme. Die tiefe, köstliche Stimme eines stattlichen jungen Mannes mit lockigem, blondem Haar und frischer jugendlicher Haut. Ich weiß das, ohne ihn zu sehen. Ich kenne sogar seinen Namen.

Karl.

Ich beuge mich nach rechts und spähe die Gasse hinunter. Mein Herz schlägt schneller bei seinem Anblick. Es ist nicht *mein* Herz; es ist das riesige, schwere Herz eines Stärkeren, aber es reagiert dennoch, schlägt wie wahnsinnig in meiner Brust. Ich lausche seinem klaren, klangvollen Lachen, als er seinem Freund zum Abschied winkt und weiter auf die Straße zu schlendert.

Karl.

Ich folge. Ich weiß, es ist gefährlich, aber ich muß. Aber ich gehe nicht hinter ihm her die Straße entlang. Statt dessen schleppe ich mich durch die Hintergassen, platsche durch Pfützen, scheuche Ratten auf, weiche stinkenden Abfallhaufen aus, während ich mit ihm Schritt halte und zwischen den Häusern auf dem Bürgersteig die Gestalt mit den goldenen Haaren beobachte.

Er geht nicht nach Hause. Irgendwo in meinem Kopf weiß ich, wo er wohnt, und er ist in die falsche Richtung gegangen. Ich folge ihm zu einer Hütte am nördlichen Ende von Goldstadt, sehe ihn klopfen, sehe eine schwarzhaarige Schönheit die Tür öffnen und sich in seine Arme werfen, sehe sie nach drinnen verschwinden. Ich kenne auch sie.

Maria.

Die Rage, die in mir hochkommt, ist unbezähmbar und unerklärlich. Ich kann mich nur schwer davon abhalten, durch diese Tür zu stürmen und sie beide zu zerreißen.

Warum? Was sind das für Gefühle? Wer sind diese Leute? Und warum kenne ich ihre Namen und nicht meinen eigenen?

Ich beruhige mich. Ich warte. Karl erscheint nicht. Der Himmel hellt auf, und immer noch kein Karl. Ich muß gehen, bevor ich gesehen werde. Ich gehe zurück zu dem Stall, der mein Zufluchtsort geworden ist, meine Rage ist vergangen, abgelöst von einer kalten, hilflosen Verzweiflung. Bevor ich auf den Heuboden klettere, halte ich inne, um mich zu erleichtern. Während ich meine schwere, grob genähte Hose herunterlasse, bete ich, daß es in diesem Traum anders sein wird, aber da ist es — das lange, schlaffe Glied, das zwischen meinen Beinen hängt. Es stößt mich ab. Ich versuche mich zu erleichtern, ohne es zu berühren.

Ich bin eine Frau. Warum versetzen mich diese Träume in den Körper eines Mannes?

Wieder erwacht.

Während der Tag verging, habe ich geredet, gelacht, die Weisheit der Jahrhunderte diskutiert. Es ist solche eine Erleichterung, wieder in der Wirklichkeit zu sein, wieder in meinem eigenen Körper — jung, geschmeidig, kleiner, glatter, mit schlanken Beinen, zierlichen Fingern und festen Brüsten. Es ist so gut, wieder eine Frau zu sein.

Meine wachen Stunden sind nicht völlig frei von Verwirrung. Ich bin nicht sicher, wo ich mich befinde. Ich weiß, daß es warm und schön ist. Grasbedeckte Hügel fließen grün durch den goldenen Sonnenschein zu den majestätischen amethystfarbenen Bergen, die in der Ferne emporragen. Liebliche kleine Vögel tanzen in der diesigen Frühlingsluft.

Und wenigstens wenn ich wach bin, kenne ich meinen Namen: Eva, Eva Rucker.

Ich möchte nur gern wissen, warum ich hier bin. Verstehen Sie mich nicht falsch. Ich bin gern hier. Alles ist so, wie ich es mir immer gewünscht habe. Freundliche Menschen wandeln über die Hügel, weise Menschen bleiben stehen, um über die großen Philosophien der Jahrhunderte zu diskutieren. Es ist wie das Elysium, von dem ich in der griechischen Mythologie gelesen habe, außer daß ich lebe und alles wirklich ist. Ich weiß einfach nicht, womit ich dies verdient habe.

Ich habe den Verdacht, daß ich zum Ausgleich für eine Ungerechtigkeit in meiner Vergangenheit hierhergebracht worden bin. Ich meine mich an eine kürzliche Schändlichkeit zu erinnern, in die ich unschuldig verwickelt wurde, etwas so finster Traumatisches, daß mein Geist vor der Erinnerung daran zurückschreckt. Aber das Falsche wurde berichtigt, und ich bin hierhergebracht worden, um mich zu erholen.

Ich denke an Karl und wie er vorige Nacht Teil meines Traumes wurde. Karl... so stattlich, so faszinierend, so schön. Ich habe nicht an ihn gedacht, seit ich hier bin. Wie konnte ich den Mann vergessen, den ich liebe?

Eine Wolke schiebt sich vor die Sonne, während sich meine Gedanken in der Erinnerung an den Traum-Karl in den Armen der Traum-Maria verdüstern. Maria ist Karls Schwester! Sie würden *niemals...!*

Wie pervers diese Alpträume sind! Ich sollte mich nicht darüber aufregen.

Die Sonne kommt wieder zum Vorschein, als ich die Erinnerung fortdränge. Es ist wunderbar hier. Ich möchte niemals fortgehen. Aber ich bin jetzt müde. Der goldene Wein, den ich zum Abendessen getrunken habe, macht mich ein wenig schläfrig. Ich lege mich nur zurück und ruhe meine Augen einen Moment lang aus...

Oh, nein! Wieder dieser Traum!

Ich befinde mich in dem schrecklichen Körper, taumele durch die Nacht. Kann ich meine Augen nicht einmal für ein paar Sekunden schließen, ohne in diesen Alptraum zu fallen? Ich möchte schreien, aus diesem Traumgespinst ausbrechen und zu meinen golden beleuchteten Gefilden zurückkehren. Aber der Alptraum hält mich gefangen.

Ich halte bei der Schule an. Ich bin hungrig, aber dort drinnen befindet sich etwas Wichtigeres als Eßwaren. Ich breche die Tür auf und betrete den einzigen Klassenraum mit Reihen von winzigen Schreibpulten. Ich reiße die Oberfläche eines Pultes nach dem anderen ab und trage sie zu den

Mondstrahlen, die durch das Fenster fallen, bis ich das Papier und den Stift finde, das ich suche. Ich bringe es zum Lehrerpult. Ich bin zu groß, um mich daranzusetzen, daher knie ich mich neben das Pult und zwinge meine riesigen, unbeholfenen Finger, den Stift zu ergreifen und zu schreiben.

Ich weiß, dies ist ein Traum, aber ich habe den Drang, Karl wissen zu lassen, daß seine Eva ihn immer noch gern hat, auch wenn sich mein Körper in dieses riesige, unbeholfene Monster verwandelt hat. Nach vielen Versuchen gelingt mir ein leserliches Briefchen:

Karl! Ich liebe Dich. Deine Eva

Ich falte das Blatt zusammen und nehme es mit. Im Hause von Karls Onkel — in dem Karl wohnt — schiebe ich es unter der Tür hindurch, trete dann zurück in die Dunkelheit und warte. Und während ich warte, fällt mir immer mehr über Karl ein.

Wir sind uns in der Nähe der Universität von Goldstadt begegnet, wo Karl Student am medizinischen College war. Das war in meinem wirklichen Leben. Ich nehme an, daß er in meinen Träumen ein Student bleibt. Daher wollte ich also die Universität besuchen, aber die Disputationsleiter wollten nichts davon wissen. Sie waren schockiert über mein Gesuch. Keine Frau hatte etwas im College der Künste und Wissenschaften zu suchen, und besonders nicht im medizinischen College. *Besonders* nicht ein armes Bauernmädchen.

So verbarg ich mich im Hintergrund der Hörsäle und hörte Dr. Waldmans Vorträge über Anatomie und Physiologie. Karl entdeckte mich dort, wahrte jedoch mein Geheimnis und ließ mich bleiben. Ich habe mich sofort in ihn verliebt. Ich erinnere mich daran. Ich erinnere mich an all unsere geheimen Treffen in Feldern und auf Heuböden. Er lehrte mich, was er in der Klasse lernte. Und dann hat er mir andere Dinge beigebracht. Wir wurden ein Liebespaar. Ich hatte mich niemals zuvor einem anderen Mann hingegeben.

Karl war der erste, und ich schwöre, er wird der einzige sein. Ich erinnere mich nicht, wie wir getrennt wurden. Ich —

Hier kommt er. Oh, wie schön er ist! Ich möchte zu ihm laufen, aber ich will ihm meinen Anblick ersparen. Was für eine Qual dieser Alptraum ist!

Ich sehe ihn das Haus seines Onkels betreten, sehe ihn die Kerzen in der Eingangshalle anzünden. Ich komme näher heran, als er mein Briefchen aufhebt und liest. Aber kein liebevolles Lächeln erhellt seine Gesichtszüge. Statt dessen erbleicht er und wankt zurück an die Wand. Dann stürzt er zur Tür hinaus und läuft, flieht durch die Straßen, meine Notiz in der Hand. Ich folge ihm, so gut ich kann, aber er läßt mich hinter sich zurück. Es macht nichts. Ich kenne den Weg. Ich ahne, wohin er geht.

Als ich an Marias Haus ankomme, ist er bereits drinnen. Ich torkele zu einem erleuchteten Fenster und spähe hinein. Karl steht mit irrem Blick mitten im Zimmer, die frische Farbe ist ganz von seinen Wangen gewichen. Maria hat die Arme um seine Taille gelegt. Sie lächelt, während sie ihn tröstet.

»— nur ein Scherz«, sagt sie. »Kannst du das nicht sehen, Liebster? Jemand versucht, dir einen Streich zu spielen!«

»Dann ist es ein verdammt schlechter Scherz!« sagt Karl und hält ihr mein Briefchen vor die Augen. »So hat sie immer ihre Briefe unterschrieben — ›Deine Eva‹. Niemand wußte das. Nicht einmal du. Und ich habe all diese Briefe verbrannt.«

»Was erzählst du mir also?« sagt Maria mit einem Lachen. »Daß Eva dir diesen Brief geschrieben hat? Dies ist bestimmt nicht ihre Handschrift.«

»Freilich, aber . . .«

»Eva ist tot, Liebster.« Die Worte treffen meinen Verstand wie Hammerschläge. Ich möchte schreien, daß ich hier bin, lebendig, verwandelt in diese Kreatur. Aber ich bleibe still. Ich habe keine funktionsfähige Stimme. Und dies ist schließlich nur ein Traum. Ich muß mir das immer wieder sagen.

Nur ein Traum. Nichts ist darin wahr, und daher spielt nichts davon eine Rolle.

Aber auf eine erschreckende Art bin ich fasziniert.

»Sie ist gehängt worden«, sagt Maria. »Ich weiß es, denn ich war dabei. Du konntest es nicht ertragen, aber ich ging hin, um es selbst zu sehen.« Ihr Lächeln verschwindet, als ein häßlicher Ausdruck in ihre Augen tritt. »Sie haben sie gehängt, Karl. Gehängt, bis sie aufhörte zu treten und schlaff im Wind baumelte. Dann haben sie sie heruntergeholt und zum medizinischen College fortgeschafft, genau, wie sie es erbeten hatte. Das edle kleine Ding: wollte ihren Körper der Wissenschaft stiften. Nun, inzwischen ist sie in tausend kleine Stücke zerlegt worden.«

»Ich weiß«, erwidert Karl. Er bekommt wieder Farbe, aber sein Erröten scheint mehr von Schuldgefühlen als von guter Gesundheit herzurühren. »Ich sah ihr Gehirn, Maria. Evas Gehirn! Dr. Waldman hatte es in einem Glasgefäß auf einem der Labortische stehen, als Beispiel für ein anomales Gehirn. *Dysfunctio Cerebri* stand auf seinem Etikett, und es befand sich gleich neben einem angeblich normalen Gehirn. Ich mußte bei all seinen Vorträgen dasitzen und es anstarren, und ich war mir die ganze Zeit über bewußt, wem es gehört hatte und daß es nicht im mindesten anomal war.«

»Es hätte als ein *dummes Gehirn* ausgezeichnet werden müssen«, lachte Maria. »Sie glaubte, du liebtest sie. Sie dachte, ich wäre deine Schwester. Sie glaubte alles, was wir ihr erzählten, und so übernahm sie schließlich die Schuld für die Ermordung deines Onkels. Infolgedessen bist du reich, und du brauchst nie wieder an sie zu denken. Sie ist vergangen.«

»Ihr Gehirn ist ebenfalls fort. Ich war so froh, als irgendwelche Schelme es stahlen und ich es nicht mehr länger anzuschauen brauchte.«

»Jetzt kannst du mich anschauen«, sagt Maria.

Sie tritt zurück und knöpft ihre Bluse auf, entblößt ihre Brüste. Als Karl sie umarmt, wirbele ich vom Fenster fort. Ich schluchze und würge, laufe blindlings zu den Ställen, die ich Zuhause nenne.

Wieder erwacht.

Ich bin wieder zurück in den elysischen Gefilden, aber ich kann die Eindrücke des schrecklichen Traumes noch nicht abschütteln. Die Worte der Traum-Maria haben Erinnerungen in meinem wachen Geist aufsteigen lassen. Sie sind teilweise wahr.

Wie konnte ich es vergessen haben?

Da war ein Mord. Karls reicher Onkel. Und ich wurde angeklagt. Ich erinnere mich jetzt . . . erinnere mich an den Abend. Ich sollte Karl in dem Haus treffen. Er wollte mich seinem Onkel vorstellen und unsere Liebe endlich an die Öffentlichkeit bringen. Als ich jedoch dorthin kam, stand die Tür offen, und auf dem Boden lag ein stattlicher Mann, der blutete und mit dem Tode rang. Ich versuchte, ihm zu helfen, aber er hatte zuviel Blut verloren. Und dann kamen die Männer des Bürgermeisters und fanden mich mit dem Blut des ermordeten Mannes an meinen Händen und dem Messer, das ihn getötet hatte, zu meinen Füßen.

Und Karl war nirgends zu finden.

Ich sah Karl nie wieder. Er kam mich niemals besuchen. Er beantwortete nie meine Briefe. Sein Anwalt kam ins Gefängnis und untersagte mir, weiterhin an Karl zu schreiben — da Karl mich nicht kennen würde und nichts mit der Mörderin seines Onkels zu tun haben wollte.

Niemand glaubte, daß ich Karl kannte. Niemand außer seiner Schwester Maria hatte uns jemals zusammen gesehen, und Maria sagte, ich wäre eine völlig Fremde. Ich erinnere mich an den Schock, als mir gesagt wurde, daß Maria gar nicht seine Schwester war.

Danach verließ mich der Mut. Ich gab auf. Ich verlor den Willen, mich zu wehren. Ich ließ sie mit mir tun, was sie wollten. Mein einziger Wunsch war, daß mein Körper dem medizinischen College übergeben würde. Das war mein persönlicher Streich, den ich den Disputationsleitern spielte — ich würde schließlich doch die Universität besuchen.

Ich erinnere mich, daß ich zum Galgen ging. Ich erinnere

mich, daß mir der Strick um den Hals gelegt wurde. Danach . . . war ich hier. So wurde ich vor der Hinrichtung gerettet. Wenn ich mich nur daran erinnern könnte, wie. Es macht nichts. Es wird mir einfallen. Wichtig ist, daß mein Leben seit meiner Ankunft hier voller glückseliger Tage gewesen ist. Vollkommen . . .

Außer den Träumen.

Aber jetzt ziehen sich Wolken über den elysischen Gefilden zusammen, als ich mich an Karls Verrat erinnere. Ich hatte gedacht, er würde mich meiden, um das Ansehen seiner Familie zu schützen, aber die Worte der Traum-Maria haben nicht nur meine Erinnerung geweckt, sondern auch ein neues Licht auf all die Dinge geworfen, die mir nach dem Abend, an dem ich in das Haus von Karls Onkel ging, widerfahren sind.

Die Wolken werden dunkler, und Donner poltert durch die fernen Bergpässe, während mein Zorn und Mißtrauen wachsen. Ich weiß nicht, ob Karl gelogen und mich verraten hat, wie die Traum-Maria sagte, und ich weiß nicht, ob er seinen Onkel getötet hat, aber ich weiß, daß er mich in der Stunde meiner größten Not im Stich ließ. Und das werde ich ihm niemals vergeben.

Die Wolken verbergen die Sonne und verdüstern den Himmel, der Sturm dräut, aber es regnet nicht. Noch nicht.

Wieder der Alptraum.

Nur diesmal kämpfe ich nicht dagegen. Ich bin sogar froh, in diesem monströsen Körper zu sein. Dieser Körper ist eine merkwürdige Sache. Nicht ein nahtloses Geschöpf, sondern ein Flickwerk menschlicher Teile. Und stark. So stark. Die Jahre meiner Arbeit auf der Farm haben mich abgehärtet, aber ich besaß niemals eine Stärke wie jetzt. Stärke, um ein Pferd zu heben oder einen Baum umzuhauen. Es fühlt sich *gut* an, so stark zu sein.

Ich gehe auf Marias Hütte zu.

Sie ist zu Hause. Sie ist allein. Karl ist nirgendwo in der

Nähe. Ich mache mir nicht die Mühe, zu klopfen. Ich schlage die Tür ein und trete ein. Maria fängt an zu schreien, aber ich packe sie mit meiner langfingrigen Hand an der Kehle und würge jeden Ton ab. Sie hat vorige Nacht über mich gelacht, mich dumm genannt. Ich fühle den Zorn aufwallen und drücke fester, sehe ihr Gesicht sich purpurn färben. Ich strecke meinen Arm und hebe ihre Füße vom Boden, lasse sie die leere Luft treten, so wie sie sagte, daß es meine in dem Traum-Tod taten, den sie beobachtete. Ich drücke und drücke und *drücke*, sehe die Adern in ihren Augen und in ihrem Gesicht platzen, sehe die Zunge hervortreten und sich schwärzlich färben, bis Maria wie eine Puppe in meiner Hand hängt. Ich lockere meinen Griff und schüttele sie, aber sie bleibt schlaff.

Was habe ich getan?

Ich stehe da, entsetzt über die Rage in mir, über die Gewaltsamkeit, zu der sie mich befähigt. Einen Augenblick lang trauere ich um Maria, um mich, dann schüttele ich es ab.

Dies ist ein Traum. Ein *Traum!* Es ist nicht wirklich. In diesem Alptraum-Körper kann ich alles tun, und es spielt keine Rolle. Denn es geschieht nur in meinem schlafenden Geist.

Die Erkenntnis ist wie ein blendendes Licht in meinem Verstand. Ich kann in meinem Traum-Leben alles tun, was ich will. *Alles!* Ich kann jedem Gefühl freien Lauf lassen, kann jeder Laune nachgeben, jedem Wunsch oder Impuls folgen, ganz gleich, wie gewaltsam oder abscheulich es auch ist.

Und ich werde genau das tun. Keine Einschränkung, während ich träume. Anders als in meinem wachen Leben werde ich ohne zu zögern alles tun, was mir einfällt. Ich werde ein Traum-Leben führen, ungemäßigt durch Sympathie, Verständnis oder irgendeine vernünftige Erwägung.

Warum nicht? Es ist nur ein Traum.

Ich schaue hinunter und sehe den Brief, den ich Karl im

Traum der vorigen Nacht geschrieben habe. Er liegt zusammengeknüllt auf dem Boden. Ich blicke auf Maria, die schlaff von meiner Hand hängt. Ich erinnere mich an ihr spöttisches Lachen darüber, daß ich meine Leiche der Wissenschaft gestiftet hatte, ihre Schadenfreude bei dem Gedanken an meinen in tausend Stücke zergliederten Körper.

Und plötzlich habe ich eine Idee. Wenn ich könnte, würde ich lachen.

Nachdem ich mit ihr fertig bin, lehne ich die Tür an ihre Angeln und warte daneben. Ich brauche nicht lange zu warten.

Karl kommt und klopft. Als niemand antwortet, macht er die Tür auf. Sie fällt nach innen, und er sieht seine Liebste, Maria . . . im ganzen Raum verstreut . . . in tausend Stücken. Er schreit heiser auf und wendet sich zur Flucht. Aber ich bin da, versperre ihm den Weg.

Karl weicht zurück, als er mich sieht, in seinem Gesicht arbeitet es vor Entsetzen. Er versucht zu laufen, aber ich packe ihn am Arm und halte ihn fest.

»Du! Großer Gott, es hieß, du wärest in dem Mühlenfeuer verbrannt! Bitte, verletze mich nicht! Ich habe dir nie etwas getan!«

Was für ein Wunder es ist, physisch Macht über einen Mann zu haben. Ich habe bis zu dieser Begebenheit niemals erkannt, wie Furcht meinen tagtäglichen Umgang mit Männern beeinflußt hat. Sicher, sie lenken die Welt, sie haben die Macht des Einflusses — aber sie haben auch *physische* Macht. Irgendwo tief in meinem Geist war als ständiger Unterstrom die Überzeugung, daß beinahe jeder Mann mich nach Belieben überwältigen könnte. Obwohl mir das vorher nicht bewußt war, sehe ich jetzt, wie es mein waches Leben beeinflußt hat.

Aber in meinem Traum bin ich nicht mehr das schwächere Geschlecht.

Ich verletze Karl nicht. Ich will ihm nur verständlich

machen, wer ich bin. Ich halte den Brief von gestern hoch und drücke ihn an mein Herz.

»Was?« schreit er heiser. »Was willst du von mir?«

Ich zeige ihm wieder den Brief und drücke ihn wieder an mein Herz.

»Was willst du damit sagen? Daß du Eva bist? Das ist unmöglich. Eva ist tot! Du bist Henry Frankensteins Kreatur.«

Henry Frankenstein? Der Sohn des Barons? Ich habe von ihm gehört − einer von Dr. Waldmans früheren Studenten, angeblich brillant, aber äußerst unorthodox. Was hat er mit all diesem zu tun?

Ich knurre und schüttele meinen Kopf, während ich mit dem Papier knattere, und verstärke meinen Griff um seinen Arm.

Er zuckt zusammen. »Schau dich an! Wie kannst du Eva sein? Du bist aus verschiedenen Teilen von verschiedenen Körpern geformt. Du bist...« Karls Augen weiten sich, seine Gesichtszüge erschlafften. »Das Gehirn! Lieber Gott, Evas Gehirn! Es wurde gestohlen, kurz bevor du erschienst!«

Ich bin erstaunt über die logische Folgerichtigkeit meines Alptraumes. Im wirklichen Leben stiftete ich meinen Körper dem medizinischen College, und hier in meinem Traum ist mein Gehirn in einen anderen Körper versetzt worden, der aus einem Flickwerk besteht, das Baron Frankensteins Sohn aus weggeworfenen Stücken und Teilen geformt hat. Wie erfinderisch ich bin!

Ich lächele.

»O mein Gott!« jammert Karl. Er beginnt zu stammeln: »Es kann nicht sein! Oh, Eva, Eva, Eva, es tut mir so leid! Ich wollte es nicht tun, aber Maria hat mich dazu angestiftet. Ich wollte meinen Onkel nicht töten, aber sie hat mich ständig bedrängt. Es war ihre Idee, dir die Schuld zuzuschieben, nicht meine!«

Während ich ihn mit Entsetzen anstarre, explodiert die Rage in meinem Herzen wie eine Rakete. So! Er *hat* mich verraten, hat mich an den Galgen gebracht! Ein blutroter Schleier breitet sich über meinen Geist, während ich seinen Kopf zwischen meine Hände nehme. Ich drücke mit aller Kraft, die ich besitze, und lasse nicht nach, bis ich ein knirschendes Geräusch höre und fühle, wie die heiße Flüssigkeit zwischen meinen Fingern hindurchläuft.

Und dann schluchze ich, gewaltige fremde Laute rumpeln in meiner Brust, während ich Karls schlaffe Gestalt an mich drücke. Es ist nur ein Traum, ich weiß, aber es tut mir doch im Inneren weh. Ich stehe dort für eine lange Zeit. Bis ich eine Stimme hinter mir höre.

»Hallo? Was ist hier los?«

Ich drehe mich um und sehe einen der Bürger nahen. Sein Anblick läßt mein Blut kochen. Er und Leute seiner Art haben mich zu der Mühle auf dem Hügel gejagt und versucht, mich lebendig zu verbrennen. Ich schleudere Karls Überreste beiseite und stürme auf ihn los. Er ist zu schnell für mich und rennt schreiend die Straße hinunter.

Aus Angst, daß er mit seinen Nachbarn zurückkommt, fliehe ich. Aber nicht, bevor ich Marias Hütte in Brand gesetzt habe. Ich sehe einen Moment zu, wie es brennt, nehme dann Kurs auf die ländliche Umgebung, die freundliche Dunkelheit.

Wieder einmal wach.

Ich habe den ganzen Tag damit verbracht, über den Traum der vorigen Nacht nachzudenken. Ich sehe keinen Grund mehr dafür, weiterhin in der Dunkelheit umherzuschleichen, während ich träume. Warum sollte ich? Die Bürger wissen inzwischen, daß ich noch lebe. Gut. Sollen all die guten Bürger wissen, daß ich zurück bin und daß sie es wieder mit mir zu tun haben — nicht als arme Eva Rucker, sondern als die Flickwerk-Kreatur aus Henry Frankensteins verrückten Experimenten. Und ich werde nicht mehr länger schlecht behandelt. Man wird nicht mehr auf mich herabschauen und mir die Tür vor der Nase zumachen, nur weil ich ein einfaches Bauernmädchen bin. Niemand wird jemals wieder nein zu mir sagen!

Ich werde wiederkommen. Morgen nacht, und von da an jede Nacht. Ich werde eine Aufgabe in meinen Träumen haben. Ich werde beginnen, indem ich meine Traum-Rache an den Disputationsleitern der Universität nehme, die meine Zulassung zum medizinischen College ablehnten. Ich werde meine wachen Stunden damit verbringen, mir ausführliche Methoden über ihre Art zu sterben auszudenken, und in meinen Träumen werde ich meine Pläne ausführen.

Es wird Spaß sein. Harmloser Spaß, sie einen nach dem anderen in meinen Träumen zu töten.

Ich beginne wirklich, mich an den Träumen zu erfreuen. Es ist so wunderbar, mächtig zu sein und keine Grenzen zu kennen. Es ist wie eine Befreiung.

Ich kann es nicht erwarten, wieder zu schlafen.

Originaltitel: Dreams
Ins Deutsche übertragen von Kamela Kiel

Philip José Farmer

**Sei, Böses,
du mein Gut**

Herrn Professor Doktor
Waldman
Universität Ingolstadt
Großherzogtum Bayern
7. Oktober, Anno Domini 1784

Hochverehrter Kollege,
dies ist wirklich und wahrhaftig ein Brief von einem, den
Sie wohl schon lange für tot und begraben hielten. Ich, Professor Doktor Krempe, Ihr langjähriger Kollege, bin nicht so
tot, wie Sie angenommen haben. Üben Sie Nachsicht mit
mir! Weisen Sie diesen Brief nicht gleich als Produkt eines
kranken Geistes zurück. Lesen Sie ihn bis zum Ende und
überdenken Sie alles genau.
Ich diktiere diesen Brief zwar, aber die Hände, die ihn
schreiben, sind grob und ungeschickt, nicht so wohlgeformt
und kunstfertig wie die meinen. Außerdem sind sie eiskalt,
und die Tinte im Tintenfaß ist beinahe gefroren. An diesem
gottverlassenen und eisig kalten Ort gibt es keinerlei Möglichkeiten, sich mit Schreibmaterial zu versorgen. Das
wenige, was ich davon besitze, habe ich von einem im Eis
festsitzenden Schiff. Aus diesem Grund kann ich nicht allzu

ausführlich darüber berichten, was mit mir geschah, seit ich begraben wurde.

Ja, Sie lauschen sozusagen der Stimme eines Menschen, den jedermann für tot hält. Es wird Sie schockieren, Ihnen wie eine Beleidigung Ihres gesunden Menschenverstandes und Ihres logischen Denkvermögens vorkommen. Aber nur ein Professor der Naturphilosophie ist vielleicht imstande, zu glauben, was ich berichte. Ich sage ›vielleicht‹, denn selbst Sie, der vorurteilsfreiste und liberalste Mann, den ich kenne — vielleicht sogar zu frei von Vorurteilen und zu aufgeschlossen —, werden mir nur schwer Glauben schenken können.

Ich wiederhole nochmals: Bitte zerreißen Sie diesen Brief nicht, weil Sie annehmen, daß es sich um einen Betrug oder das Werk eines Verrückten handelt. Eventuell könnte Sie die Handschrift dazu verleiten, anzunehmen, dies sei ein verrückter Streich. Sie werden diesen Brief mit Beispielen meiner Handschrift aus Ihren Akten vergleichen und sofort feststellen, daß es sich hierbei nicht um meine Schrift handelt.

Sie ist es auch nicht. Aber sie ist es doch. Bitte lesen Sie weiter! Ich werde alles erklären, wenn auch vielleicht nicht zu Ihrer vollen Zufriedenheit.

Ich schicke diesen Brief mit einem Eingeborenen auf Skiern aus einem völlig armseligen russischen Außenposten östlich von Archangelsk. Ich hege starke Zweifel, ob er Sie jemals erreichen wird. Aber Sie sind die einzige Person, die vielleicht akzeptieren wird, daß meine Geschichte Wirklichkeit ist. An meine Frau kann ich diese Nachricht nicht schicken. Sie würde kein Wort davon verstehen und es für einen grausamen Scherz halten, wenn man es ihr erklärte. Außerdem ist sie vielleicht wieder verheiratet. Ich muß gestehen — ein Skandal kann mir nicht länger schaden, und es wird ohnehin unter uns bleiben —, daß wir uns, um es gemäßigt auszudrücken, nicht sehr nahestanden.

Kommen wir zu meinem Bericht! Bezähmen Sie Ihr Mißtrauen, bis Sie die gesamte Geschichte erfahren haben. Dann vielleicht . . . aber nein. Ich zweifle, ob Sie dies überhaupt je in Händen halten werden.

Der erste Blitzschlag lähmte mich. Dies fand, wie Sie wissen, im September 1780 statt, auf dem Gelände unserer berühmten Universität.

Der zweite Blitzschlag, von dem Sie nichts wissen, im November, befreite mich wieder.

Aber in vielerlei Hinsicht schleuderte mich dieser Blitz in ein ungemein schlimmeres Gefängnis als der erste.

Nach diesem zweiten Energiestoß aus der Hölle konnte ich gehen und sprechen. Und gleichzeitig konnte ich es doch nicht.

Ein anderes Wesen ging und sprach für mich, obwohl ich mit meinem Willen keinen Einfluß darauf hatte.

(Sie werden sich nun zweifellos fragen: Welcher zweite Blitzschlag? Haben Sie Geduld. Diese und andere Fragen werde ich bald beantworten.)

Der erste Blitzschlag hatte mich sozusagen mumifiziert, und viele Wochen lang betreuten mich meine Frau, Krankenschwestern und die besten Ärzte von Ingolstadt. ›Die besten‹ ist hier nur relativ zu verstehen. Es waren alles Quacksalber. Sie hätten mit einigen einfachen Versuchen herausfinden können, ob ich bei Bewußtsein war, obwohl ich keinen Muskel bewegen konnte. Aber in ihrer Ignoranz und Arroganz nahmen sie an, daß ich mich im Koma befand, und um mich zu kurieren, ließen sie mich zur Ader — durch den Blutverlust wurde ich dann tatsächlich bewußtlos, bis mein Körper die verlorene Flüssigkeit ersetzt hatte.

Zur Hölle mit ihnen allen! Und ihre Peinigung soll darin bestehen, nicht einmal die Augenlider bewegen zu können, während ihre Frauen, Verwandten, Pflegerinnen und die behandelnden Quacksalber über sie sprechen, als lägen sie schon im Sarg! In einer solchen Lage zu sein, ihr blöden, geistlosen und aufgeblasenen Jünger der nichtheilenden Künste, todbringend für jene, die die Natur vielleicht heilen würde, würde euch schmerzlich bewußt machen, was eure angeblich besorgten Pflegerinnen und liebenden Ehefrauen und Bediensteten wirklich von euch halten.

Ich litt mehr Qualen als die grausamsten und wüstesten Verbrecher auf ewig zu leiden verurteilt sind. Mörder, solche, die ihre Opfer verstümmeln, Kannibalen, Blasphemiker, Freimaurer, Ärzte, Rechtsanwälte, Bankiers und Sodomiten! Ihr, die ihr zur Hölle gefahren seid oder dazu verdammt seid! Ihr werdet an diesem Ort nicht die wahre Qual erfahren! Die Leiden der verdammten Seelen verblassen gegenüber dem, was jene Unschuldigen erdulden müssen, die völlig gelähmt sind!

Ich, Professor Doktor Krempe, zweimal gestorben und doch nicht wirklich tot, bin wiedergekehrt aus zwei Gräbern, um dies zu schreiben! Und doch ist es nicht meine Hand, die die Feder hält.

Die zweite Hölle verdanke ich meinem Studenten der Naturphilosophie, dem unerträglichen, ungemein überheblichen und von keinerlei moralischen Grundsätzen je berührten Victor Frankenstein. Ich wußte, wie er über mich dachte, denn ein anderer Student hatte es mir berichtet. Frankenstein, dieses selbstzufriedene, egozentrische, selbstgerechte, völlig verantwortungslose und ungemein verzogene Kind im Körper eines Mannes, dieser unerträglich und über alle Maßen eingebildete Student, hatte behauptet, ich sei klein und gedrungen, und die Widerwärtigkeit meiner krächzenden Stimme würde nur noch von der meines Gesichts übertroffen. Außerdem erzählte er meinem Informanten, daß nur die besondere Gnade Gottes mich bisher davor bewahrt hätte, durch meine eigene Dummheit größeren Schaden zu nehmen. Als ich dies an jenem trostlosen Oktoberabend von meinem Informanten vernahm, war ich so aufgebracht, daß ich trotz Kälte und Regen und trotz des Sturms, der am Nachthimmel tobte, zu Fuß aufbrach, um diesem verleumderischen Schurken in seiner eigenen Wohnung entgegenzutreten, und auf dem Weg zu Frankensteins Räumen wurde ich von einem Blitz getroffen. Gibt es so etwas wie Gerechtigkeit? Gibt es einen Gott, der an Gerechtigkeit glaubt? Später hatte ich Gelegenheit, mich an Frankenstein zu rächen, allerdings nur durch einen sehr ungewöhnlichen, aber angemessen wuterfüllten Stellvertreter. Allein, ich muß zugeben, daß meine Rache mich nicht sehr befriedigte. *Unsere* Rache, sollte ich sagen, und Sie werden bald verstehen, was ich mit *unser* meine! Nichts, was Frankenstein auf dieser Welt zugefügt werden könnte, würde je genügen, um das Feuer in meinem Herzen in Milde und Licht zu verwandeln. Eine Ansicht, die Ihnen unchristlich vorkommen mag, zu der ich mich aber absolut berechtigt fühle.

Und dennoch soll ich, so steht es als Wort Gottes in der Heiligen Schrift, auch meinem schlimmsten Feind vergeben. Ansonsten bin ich ebenfalls zur Hölle verdammt. Ist es das wert? Ich denke oft und intensiv über diese Frage nach. Meine Gedanken kreisen um eine mögliche Lösung meines Dilemmas. Hat Frankenstein eine Todsünde begangen? Seine Art von Sünde ist nicht in der Heiligen Schrift aufgeführt. Seine einzigartige Gotteslästerung ist wahrscheinlich nur dem Sündenfall Adams und Evas vergleichbar. Dadurch ergeben sich noch zwei weitere schwerwiegende Fragen, die die Theologen beschäftigen könnten, und Gott weiß, daß es heutzutage schon genug Fragen gibt, auf die sie nicht antworten können. Kann es den Sündenfall der Menschheit zweimal geben? Gibt es eine zweite Erbsünde?

Unglücklicherweise – oder vielleicht glücklicherweise – werden sich die Theologen nicht mit diesen Dingen befassen müssen. Niemand wird jemals von dem zweiten Sündenfall erfahren, wenn dieser Bericht nicht bis in die Zivilisation gelangt. Oder bis irgendein anderer ein Buch über Frankenstein und sein monströses Werk schreibt. Das ist wohl sehr unwahrscheinlich, und selbst wenn dies geschähe, würde das Buch vermutlich als Roman, als Fiktion gedruckt werden. Wer unter den unaufgeklärten Lesern, den unwissenden

Massen, würde es akzeptieren, wenn man ihm diese Geschichte als Tatsache präsentierte? Abgesehen davon, welcher Gelehrte würde dem Glauben schenken?

Schließlich starb ich. Das heißt, die widerlichen Betrüger, die mich behandelten, erklärten mich für tot. Sie können sich vorstellen — obwohl all Ihre Vorstellungskraft Ihnen nur einen Schatten des realen Schreckens vermitteln kann —, wie mir zumute war! Ich rang darum, mich bemerkbar zu machen, zu protestieren, zu schreien, daß ich noch am Leben sei! Ich kämpfte innerlich derart heftig, daß es an ein Wunder grenzt, daß mich nicht tatsächlich der Schlag traf. Aber es war vergebens! Man brachte mich zum Leichenbestatter, wo man meinen Körper wusch, mich in meinen besten Anzug kleidete und obszöne Witze über die Größe meiner Genitalien riß. Endlich gelang es mir, die Augenlider zu bewegen. Aber diese Nichtskönner und Säufer bemerkten es nicht! Später, als ich aufgebahrt lag und den heuchlerischen Bemerkungen meiner Frau und meiner Verwandtschaft ausgesetzt war, rang ich noch einmal darum, die Lider bewegen zu können. Aber diesmal gelang es nicht.

Zum Glück hatte man in Ingolstadt noch nicht die Sitte der reichen Engländer übernommen, Leichen einzubalsamieren. Und selbst wenn, hätte es meine Frau wegen der hohen Kosten nicht zugelassen. Daher lebte ich weiter, obwohl ich wahrhaftig wünschte, es wäre anders gewesen. Aber ich trocknete regelrecht aus, während ich aufgebahrt lag. Es war die Hölle auf Erden.

Lieber Kollege, bestimmen Sie in Ihrem Testament, daß Ihnen ein Messer ins Herz gestochen wird, bevor man Sie begräbt! Treffen Sie Vorkehrungen, um sicherzustellen, daß Sie wirklich tot sind, bevor Sie begraben werden!

Die Totenmesse fand statt — zweifellos waren Sie anwesend —, und der Sarg wurde geschlossen. Kurz darauf wurde ich ins Grab gelegt. Ich erwartete, grausam und schnell zu sterben, wenn die Luft im Sarg aufgebraucht war. Aber weil ich nur flach atmete, reichte der Sauerstoff länger. Dann, als ich kurz vor dem Hinscheiden war, wurde der Sargdeckel angehoben. Sie werden schon aus meinen vorangehenden Bemerkungen erraten haben, wessen Gesicht ich im Licht einer Fackel sah. Natürlich der junge Victor Frankenstein!

Bei ihm waren zwei zwielichtige Typen, die er für diese Arbeit bezahlte. Sie hoben mich aus dem Sarg, wickelten mich in ein Öltuch voller Eisstücke und legten mich in einen Wagen. Im hellen Tageslicht! Allerdings befand sich mein Grab in einem abgelegenen Teil des Friedhofs, und sie beeilten sich sehr.

Als das Öltuch weggenommen wurde, fand ich mich in einem schäbigen und vollgestopften Raum. Seine Wohnung außerhalb der Universität, nehme ich an. Es sah aus wie die typische Behausung eines heruntergekommenen Studenten, bis auf die vielen teuren wissenschaftlichen Geräte. Der übliche Gestank nach ungewaschenen Körpern und vollem Nachttopf wurde überlagert vom Geruch verwesenden Fleisches. Ich kann nicht ausführlicher darüber berichten, was nun folgte, denn es ist nicht mehr viel Papier übrig, und die Schrift dieser elenden Kreatur wird immer schlechter. Seine Hände werden immer kälter, und deshalb darf ich mich nicht mehr in Einzelheiten verlieren. Ich muß diesen unglaublichen Bericht so gut wie möglich zusammenfassen.

Um es kurz zu machen: Frankenstein wagte es, anzunehmen, er könne aus toten Knochen und Gewebe einen künstlichen Menschen herstellen und dem Produkt Leben einhauchen! Er wollte nachahmen, was Gott als erster getan hatte! Das Geschöpf Mensch würde selbst zum Schöpfer werden! Seine Kreatur war nicht zu sehen, sie befand sich in einer Holzkiste voll Eis und einem Konservierungsmittel, das er im Verlauf seiner chemischen Experimente entdeckt hatte.

Ich hatte geglaubt und glaube immer noch, daß dieser Sprößling einer Adelsfamilie den Gipfel der Arroganz, Dummheit und Selbstsucht verkörperte. Aber aus einem mir unbekannten Grund hatte Gott dieses widerliche Geschöpf mit teuflischem Genie ausgestattet. Entweder wußte der

Jüngling, was er tat, oder er hatte durch Zufall Erfolg, vermutlich eher letzteres.

Ja, er war erfolgreich!

Er legte mich in eine Kiste voll Eis, besprühte mich mit einer Substanz, die ich nicht identifizieren konnte, und begann dann, meinen Schädel aufzusägen. Ich wurde vor Schreck und Schmerzen ohnmächtig, obwohl das Schneiden nicht so schmerzhaft war, wie ich erwartet hatte.

Ich weiß nicht, was geschah, als ich zu bluten begann. Ich kann nur vermuten, daß er in diesem Moment erkannte, daß ich noch am Leben war. Aber statt einen Wiederbelebungsversuch zu machen, setzte er seine blasphemische und mörderische Tätigkeit fort. Mir war bekannt, daß er mich verachtete, aber ich hatte das Ausmaß seines Hasses und seiner mitleidlosen und gewissenlosen Zielstrebigkeit nicht erahnen können, mit der er etwas anstrebte, was sich nur ein Wahnsinniger ausdenken konnte.

Ich erwachte spät in der Nacht. Der Blitzschlag, den er mit einem Metallstab aus den Sturmwolken hinabgelenkt hatte, hauchte dem Körper, in dem ich mich befand, tatsächlich Leben ein. Der Körper des Wesens lebte, und sein Gehirn lebte ebenfalls. Aber es war mein Gehirn!

Wie es diesem Narren von einem unerfahrenen Studenten gelungen war, die Hirnnerven mit den Körpernerven zu verbinden, entzieht sich meiner Kenntnis. Trotz meiner profunden Anatomiekenntnisse hätte ich so etwas niemals auch nur versucht.

Obwohl ich für meine meisterliche Beherrschung der Sprache bekannt bin, fehlen mir die Worte, das Gefühl zu beschreiben, nur ein Hirn zu sein, das in einen fremden Körper eingepflanzt wurde. Und in was für einen Körper! Wie ich später entdeckte, war er fast zweieinhalb Meter groß und eine chaotische Ansammlung menschlicher und tierischer Bestandteile. Sozusagen aus Abfällen zusammengestückelt.

Selbstverständlich wußte ich, als ich erwachte, noch nicht, daß ich mich nicht in meiner eigenen körperlichen

Hülle befand. Aber ich brauchte nicht lange, um das herauszufinden, denn das Ungeheuer bewegte seine Hände. *Meine* Hände. Es waren die Hände eines Riesen, aber es mußten meine sein! Langsam und ungeschickt stand ich von dem großen Tisch auf, auf dem ich — nein, nicht ich, es — gelegen hatte, bevor Frankenstein das leuchtende Lebenselixier vom Himmel geholt hatte. Mir waren nicht nur meine eigenen Gefühle und Gedanken bewußt, sondern auch die des Ungeheuers. Das war sehr verwirrend und blieb auch lange Zeit so, bis ich mich der unnatürlichen Situation hatte anpassen können.

Ich sagte, daß seine Empfindungen auch meine waren. Ich nahm seine anfangs undeutlichen und verwirrten Gedanken wahr. Oder besser, sie wurden von mir eingeordnet. Und vielleicht sollte man auch nicht von Gedanken sprechen. Das Ungeheuer verfügte über keine Sprache, keine Worte, in denen es denken konnte. Es hatte die Fähigkeit, geistige Bilder zu benutzen — wahrscheinlich kann das sogar ein Hund —, und seine Gefühle waren ziemlich menschenähnlich. Aber es verfügte nicht über bereits in seinem Hirn vorhandene Bilder; sein Hirn war eine wirkliche Tabula Rasa. Was immer es zum ersten Mal sah, schmeckte, berührte und hörte, war für das Ungeheuer absolut neu und unerklärlich. Selbst von seinem eigenen Magenknurren wurde es überrascht und erschrak, und, wenn Sie die Taktlosigkeit verzeihen, es war über seine morgendliche Erektion fast ebenso verstört wie ich.

Wie kann ich die Verbindung zwischen seinem und meinem Gehirn begreiflich machen? Zunächst einmal, wieso war sein Gehirn völlig leer, als man es zum Leben erweckte? (Tatsächlich war es ja mein Hirn, aber ab jetzt werde ich den Teil, den es selbst benutzte, als sein Hirn bezeichnen.) Sein Hirn hätte nach der Wiederbelebung all das enthalten sollen, was vor meinem Tod darin gewesen war. Aber dem war nicht so. Irgend etwas, der Schock oder ein unbekannter biologischer oder sogar geistiger Mechanismus, hatte alles weggewischt. Oder den Inhalt so weit in die Tiefe geschoben, daß das Ungeheuer keinen Zugang dazu hatte. Wenn ein Teil des Hirns leergefegt war, wieso blieb dann ein anderer Teil völlig unberührt? Warum war mein Bewußtsein in eine Ecke oder sozusagen unter den Großhirn-Teppich gekehrt worden? Ich habe keine Erklärung für dieses Phänomen. Der Schöpfungsprozeß war nicht so verlaufen, als hätte Gott Adam geschaffen, sondern als hätte Gott Adam nach dessen neunhundertdreißig Jahre dauerndem Leben wiederbelebt. Adam hätte sich an die Ereignisse seines Aufenthalts auf Erden erinnert.

Unsere geistige Verbindung bestand jedoch nur in einer Richtung. Ich nahm alles wahr, was es fühlte und dachte. Es hingegen war sich nicht bewußt, daß ein Teil von ihm nicht es selbst war. Ich konnte mich nicht mit ihm in Verbindung setzen, obwohl ich mich anstrengte, in einer Art geistiger Zeichensprache zu kommunizieren. Ich war wie ein Passagier in einer Kutsche, deren Fahrer nichts von den Pferden oder der Straße wußte, oder wieso er die Zügel hielt. Aber der Passagier in diesem Beispiel hätte zumindest aus dem Fahrzeug springen können. Ich jedoch konnte nichts an meiner Zwangslage ändern; ich war noch hilfloser und frustrierter als in jenen Tagen, wo ich vom ersten Blitzschlag gelähmt dalag. Zudem waren meine Angst und meine Verzweiflung größer als in diesem ›Koma‹. Letzteres war eine natürliche Situation gewesen, man hatte schon von Ähnlichem gehört. Dies hier war unnatürlich und einzigartig.

Ich sah durch die Augen des Monstrums. (Sie waren übrigens weitsichtig. Frankenstein hatte bei der Auswahl der Augäpfel ebenso gestümpert, wie er bei allem anderen nur herumstümperte, obwohl er doch den perfekten Menschen herstellen wollte. Warum, in Gottes und aller seiner Engel Namen, hatte Frankenstein einen fast zweieinhalb Meter großen Mann gebaut? War das seine Vorstellung von jemand, der in einer Menschenmenge nicht auffällt?)

Wie ich schon sagte, ich sah durch die Augen dieser

fleischgewordenen Blasphemie. Obwohl sie eine Lesebrille gebraucht hätte, war nicht dieser Mangel für die Besonderheit meiner visuellen Wahrnehmung verantwortlich. Ich sah wie jemand, der vom falschen Ende durch ein Fernrohr blickt. Die Kreatur sah wohl alles in normaler Größe, aber für mich war es stark verkleinert.

Gleichzeitig wirkten die Bilder, die ich empfing, auch noch, als befände sich das andere Ende des Fernrohrs unter der Oberfläche eines Teiches mit klarem Wasser. Insgesamt entstand dadurch ein merkwürdiges und etwas verschwommenes Bild.

Eine ähnliche Verzerrung betraf auch mein Hörvermögen. Daraus kann man schließen, daß die Beschaffenheit der Augen selbst nicht die Ursache für die Irritation war. Es muß an der Konstruktion des Gehirns gelegen haben, oder vielleicht an einer mangelhaften Verbindung zwischen ihm und mir, die eine bessere Wahrnehmung verhinderte. Oder vielleicht war es einfach die Art, wie die Kreatur sah und hörte.

Großer Gott! Wie ich plappere! Ich weiß, daß sowohl meine Zeit als auch die Papiermenge beschränkt ist. Eins kann zu Ende sein, bevor das andere aufgebraucht wurde. Und ich, der ich immer bekannt war für die Klarheit, Prägnanz und den engen Bezug zum Gegenstand meiner Vorlesungen vor umnachteten, teilnahmslosen und begriffsstutzigen Studenten unserer Universität, bin so dumm und geschwätzig wie irgendeiner der hundert Passagiere auf Sebastian Brants Narrenschiff. Verzeihen Sie mir. Ich muß noch so vieles erklären, damit Sie die Geschichte von Frankenstein, seiner Kreatur und mir verstehen. Gerade eben zögerte das Monstrum, trotz meiner mentalen Befehle, und folgte nicht mehr meinen Anweisungen. Es ist nicht nur die Kälte in dieser Hütte, die diese Schwäche verursacht. Es ist der eiskalte Hauch des Todes, der es, und damit auch mich, streift. Ich muß mich beeilen, muß mehr zusammenfassen. Allerdings, wie Sie sich wohl schon gedacht haben, würden Sie dies nicht lesen können, wenn ich nicht Erfolg gehabt und es wieder dazu gebracht hätte, mit einer Arbeit fortzufahren, deren Grund und Ziel es nicht erkennen kann.

Es fällt buchstäblich auseinander. Ich gehe davon aus, daß so etwas schon früher geschehen wäre, hätte nicht Frankenstein, diese unglückliche Kombination von Narr und Genie, eine Chemikalie injiziert, die verhindert, daß seine von verschiedenen Individuen und sogar verschiedenen Spezies entnommenen inneren Organe einander vergiften. Aber die Wirkung dieser Chemikalie läßt nach.

Gestern fiel sein rechtes Ohr ab. Am Tag davor war sein linkes Bein angeschwollen, und nun ist es schwarz geworden. Vor einer Woche erbrach es alles Polarbärenfleisch und Seehundfett, von dem es sich hauptsächlich ernährt hat — und ich mich mit ihm. Seitdem hat es nicht viel bei sich behalten können. Fast alle seine Zähne verfaulen.

Hoffen wir, daß ich es antreiben kann, bis es diesen Brief dem Boten übergibt.

Dieser hoffnungslos unverantwortliche Frankenstein war so entsetzt, als seine Schöpfung zu leben begann, daß er davonlief und das Monstrum, so unschuldig wie ein neugeborenes Kind und ebenso voller guter — und schlechter — Anlagen, sich selbst überließ.

Ich konnte nichts weiter tun, als die Kreatur bei ihren jämmerlichen Anstrengungen zu begleiten, die Welt, in die sie so unfreiwillig gestoßen worden war, zu begreifen. Selbstverständlich ist keiner von uns gefragt worden, bevor er in dieses grausame und gleichgültige Universum eintrat. Aber die meisten Kinder haben jemanden, der sich um ihre Bedürfnisse kümmert, der sie liebt, sie erzieht. Dieses Wesen war in der ganzen Menschheit — und es war menschlich, trotz seiner und seines Schöpfers Zweifel daran — das verlassenste Kind von allen. Obwohl ich es zuerst haßte, habe ich später Mitleid mit ihm empfunden und mich schließlich mit ihm identifizieren können. Warum auch nicht? Das Ende seines — unseres — Lebens naht, und wir müssen zum Schluß dieses Briefes kommen.

Es ist keine Zeit mehr für Details, so sehr sie auch zur Erläuterung und Erklärung nötig wären.

Die Kreatur floh aus Ingolstadt in den nahen Bergwald. Sie lernte viel über sich selbst und die Welt und die Menschen in dieser Gegend. Sie sehnte sich danach, akzeptiert und geliebt zu werden. Beides ward ihr nicht zuteil. Sie lernte, wie man Feuer macht und es benutzt. Sie näherte sich friedlich einem Dorf und wurde von den Steinen verletzt, die man nach ihr warf. Sie fand Zuflucht im unbenutzten Teil einer Hütte und beobachtete deren Bewohner, einstmals reiche französische Aristokraten, die jetzt im Exil in Armut lebten. Durch Lauschen konnte das Monstrum Französisch lernen. Ein Teil davon war auch mein Verdienst. Es war mir bis dahin gelungen, ihm Botschaften zu schicken, deren es sich nicht bewußt war. Es handelte sich nicht um Befehle, die es befolgte, oder irgend etwas, das ihm meine Anwesenheit bewußt gemacht hätte, aber die Informationen in meinem Hirn, darunter hervorragende französische Sprachkenntnisse, drangen zu ihm durch.

(Dabei konnte ich die feinsten Details der elektrischen, chemischen und neuralen Konstruktion und Funktion des menschlichen Hirns entdecken. Aber ach! Es bleibt keine Zeit, diese ungemein wichtigen Informationen weiterzugeben, die unsere Kenntnisse über das Hirn auf ein Niveau schnellen ließen, wie es vermutlich die Menschen des zwanzigsten Jahrhunderts haben werden.) Aber ich kann nicht widerstehen, Ihnen mitzuteilen, daß die baumartige Organisation der Nerven einen Forscher entzücken kann. Die Reisen entlang seiner Stämme, Äste und Zweige waren das einzige Vergnügen, das mir während meiner Gefangenschaft im Körper des Monstrums zuteil wurde. Ich bewegte mich sozusagen wie ein großer Affe, der sich von Ast zu Ast im geordneten Dschungel des Nervensystems schwingt und bei dieser Reise immer mehr lernt. Ich entdeckte, daß der Splanchnikus eigentlich aus drei Nerven besteht, die alle auf unterschiedliche Weise die Funktionen der Eingeweide kontrollieren. Ich nannte sie den großen, kleineren und den kleinen. Besonders liebte ich den kleinen Splanchnikus, einen bescheidenen, anspruchslosen und dennoch sozusagen dreisten Mittler mit unerwarteten Nebeneffekten wie z. B. einem rosigen Glühen.

Die Kreatur – sie hatte nie einen Namen, was ihr Selbstwertgefühl gewaltig niederdrückte, aber ihre Wut und ihren Rachedurst vergrößerte: Sie können sich nicht vorstellen, was es für ein menschliches Wesen bedeutet, namenlos zu sein – offenbarte sich schließlich den Bewohnern der Hütte. Sie erwartete Mitleid und erntete statt dessen Zurückweisung und Angst. Die Bewohner flohen. Das Monstrum brannte die Hütte nieder und wanderte dann ziellos umher. Es rettete ein Mädchen vor dem Ertrinken und wurde mit einer Schußverletzung für diese Heldentat belohnt. Diese Undankbarkeit steigerte selbstverständlich seinen Zorn und seinen Schmerz. Dann kam es nach Genf, in Frankensteins Heimatstadt.

Hier ermordete es Victors Bruder, den kleinen William. Während der Tat schrie ich auf das Geschöpf ein – wenn man von einem stimmlosen Wesen sagen kann, daß es schreit. Sinnlos. Die Hände des Monstrums – meine Hände – erwürgten das Kind.

Das Geschöpf von Menschenhand begegnete seinem Schöpfer und nahm ihm das Versprechen ab, ein weibliches Wesen für es zu schaffen. Victor fuhr auf die Orkney-Inseln und tat, was er versprochen hatte. Aber dann zerstörte er in einem Anfall von Weltschmerz – von dem seine Kreatur ja ebenfalls befallen war – das weibliche Geschöpf, das so groß und häßlich gewesen war wie ihr männliches Gegenstück.

Oh, diese Schrecken! Das tobsüchtige Monstrum ermordete Henry Clerval, Victors besten Freund. Es vergewaltigte und ermordete Victors Braut in der Hochzeitsnacht. Nach dieser abscheulichen Tat erklärte es, daß von nun an das Böse für es gut sein werde. Es war aufrichtig, als es dies verkündete. Aber die Worte stammten nicht von ihm, auch wenn sie aus seinem Geist kamen. Es handelte sich um ein Zitat aus dem trotzigen Bekenntnis Satans in Miltons ›Verlorenem Paradies‹: ›Sei, Böses, du mein Gut‹.

Ja, das Monstrum hatte dieses vortreffliche Werk gelesen. Es enthält, wie Sie wissen, einige der großartigsten Zeilen der Dichtkunst. Aber es gibt auch langweilige Passagen darin, die sich über unerträglich viele Zeilen erstrecken. Der Leser fühlt sich wie ein verschmachtender Reisender, der in einer Sahara aus jambischen Pentametern herumirrt.

Ich war ein unfreiwilliger Mitspieler in einer Tragödie, die real war und keine Erfindung Miltons. Sie können die Qual und die Scham nicht ermessen, die ich empfand, als das Monstrum sein Ritual der Lust und des Mordes mit Elisabeth, Frankensteins Braut, zelebrierte. Und dennoch muß ich gestehen, daß ich auch die Ekstase teilte, als es zum Höhepunkt kam — wiewohl ich mich selbst zutiefst verabscheute, nachdem ich mich hatte hinreißen lassen.

Frankenstein wurde ins Gefängnis geworfen, als er nach dem Tod seines Vaters zeitweilig — zeitweilig? — den Verstand verloren hatte. Danach begann er, seine Kreatur zu verfolgen, um sie umzubringen. Nach weiten und langen Reisen fanden sich beide, Frankenstein und sein Geschöpf, auf Hundeschlitten in der Arktis. Victor wurde sehr krank und fand Zuflucht auf einem im Packeis festsitzenden Schiff. Nachdem er einem Engländer an Bord seine Geschichte erzählt hatte, starb er.

Dann brach das Packeis auf. Die Fahrt in wärmeres Klima war frei. Aber das Monstrum kam kurz nach dem Tod seines Schöpfers ebenfalls an Bord. Zu dieser Zeit wurde es von seinem Gewissen gequält, vielleicht, weil es meine eigenen Reaktionen auf seine teuflischen Taten irgendwie spürte. Obwohl ich ebenso wie die Kreatur darauf aus war, Victor zu töten, trieben meine Gedanken sie auf eine verdrehte Weise dazu, ihre Taten zu bereuen.

Ich denke jedoch nicht, daß dies ausreichende Begründung war für den Entschluß des Monstrums, sich umzubringen. Es litt weitaus mehr als Frankenstein selbst. Was hatte Frankenstein erwartet? Daß die Kreatur, wie ein guter Christ, ihm die andere Wange hinhält? Sie war nicht in der christlichen Lehre unterwiesen worden, und außerdem, wie viele, die diese Unterweisung erhalten haben, hätten denn verzeihen können, wenn ihnen jemand so etwas angetan hätte? Das empfindsame und hochmoralische Gewissen des Monstrums machte wahrhaftig überaus deutlich, daß es von Natur aus eigentlich gut war.

Aber es kann auch sein, daß zu diesem Zeitpunkt der Druck, den ich auf seinen Geist ausübte, es beeinflußte, wenn vielleicht auch nur geringfügig. Ich hatte versucht, es zum Selbstmord zu bewegen, um seinetwillen, und ich muß zugeben, auch um meinetwillen. Was für ein furchtbares Leben das war! Ich hungerte und fror mit ihm, litt mit ihm Schmerzen, war mit ihm krank vor Wut und Rachsucht. Ich wünschte unsere Leben — eigentlich ja ein einziges Leben — zu beenden.

Selbstmord ist eine der Todsünden. Aber ich würde mich ja nicht durch meine eigenen Aktionen ums Leben bringen. Die namenlose und mitleiderregende widernatürliche Kreatur würde es tun. Meine Hände waren rein, nur die ihren würden beschmutzt werden. Aber sie würde nicht in der Hölle für ihre Taten braten müssen. Das Monstrum hatte keine Seele. Und auch ich würde nicht brennen. Ich war schon einmal gestorben und sollte im Himmel sein.

Statt dessen hatte mich Frankenstein, diese ekelhafte Wiedergeburt des Urdämons, wieder ins Leben zurückgebracht. Für diese Blasphemie würde Frankenstein ewiglich nach dem Tod als ein Schatten in der Ebene des brennenden Sandes im siebten Kreis der Hölle wandeln. Dort würde ein immerwährender Feuerregen auf ihn niederfallen. Dort nämlich sind nach dem großen italienischen Dichter Dante alle Blasphemiker und Sodomiten zu finden, und Frankenstein gehört zweifellos dazu. Dort befinden sich auch die Wucherer und die, welche die Kunst entweihen. Frankenstein gehört zu ihnen. Er lästerte gegen Gottes Schöpferkunst, indem er das Monstrum erschuf. Dreifach verflucht, soll er dreifach gepeinigt werden!

Seine Kreatur hat ihm am Ende verziehen, aber das kann ich nicht. So ist nun das Monstrum christlicher, als ich es bin. Eine theologische Frage an Sie, Herr Kollege: Bedeutet dies, daß Gott das Monstrum mit einer Seele ausstatten sollte? Wenn er dies tut, wem gehört dann das Gehirn dieser Seele? Mein Gehirn ist ihr Gehirn, und was geteilt war, soll für immer eins sein. Die Konsequenzen sind überwältigend. Eine ganze Fakultät mit Mitgliedern vom Schlage eines Thomas von Aquin könnte über diese eine Frage viele Zeitalter lang nachdenken.

Zurück zum Bericht. Das Monstrum — und damit ich — erklärte dem Engländer auf dem Schiff, auf dem Frankenstein gestorben war, daß es einen Scheiterhaufen errichten und sich darauf selbst zu Asche verbrennen würde. Sie werden das zweifellos lächerlich finden. Wo hätte es in dieser arktischen Wüste einen einzigen Zweig als Brennholz finden können?

Dann stieg es auf eine große Eisscholle und trieb davon. In der Zeit, die die Scholle brauchte, um an Land zu treiben, gelang es mir schließlich, mit dem anderen Teil meines Gehirns in Verbindung zu treten. Das war jedoch nur in einer Richtung möglich, ich konnte ihm also einige meiner Vorschläge oder Befehle übermitteln, obwohl es sich meiner Anwesenheit oder der Befehle nicht bewußt wurde. Ich weiß nicht, wie es mir am Ende gelungen ist. Ich nehme an, es hat mit seinem schwächer werdenden Gesundheitszustand zu tun, seinem vermodernden Fleisch, und so konnte ich schließlich überwinden, was vorher an Hindernissen zwischen uns gestanden haben mag.

Es — wir — wanderten über das schnee- und eisbedeckte Land, bis wir zu diesem abgelegenen Außenposten kamen, der von ein paar armseligen Eingeborenen bewohnt wird.

Man gab uns Essen, ekelhaftes, aber nährstoffreiches Zeug, und einen Unterschlupf, der kaum diese Bezeichnung verdient. Nun konnte ich meine Befehle übermitteln, obwohl sie dabei verzerrt wurden wie Flaggensignale, die ein betrunkener Signalmaat gibt. Das hing zweifellos mit dem schnellen Verfall des Nervensystems der Kreatur zusammen. Selbstverständlich hat dies auch mir geschadet, und es können auch Fehler in meinen Übermittlungen gewesen sein.

Das Hauptproblem ist folgendes: Je schwächer und je mehr zerrüttet das Hirn der Kreatur wird, desto einfacher ist es für mich, sie zu beeinflussen; aber eben dieser Verfallsprozeß schwächt die Fähigkeiten des Monstrums, meine Befehle auszuführen.

Um es umgangssprachlich auszudrücken: Alles hat seinen Preis. Und je mehr Fortschritte man bei der Lösung eines Problems macht, desto mehr Problemen begegnet man.

Ich kann nun wirklich nicht mehr sehen, ob die Handschrift noch lesbar ist. Was ich durch diese Augen erblicke, wird kleiner und kleiner, und der wäßrige Schleier enthält nun so etwas wie umherstrudelnde Partikel. Sie werden mehr und mehr. Es kann nicht mehr lange dauern, bis sie ganz undurchlässig werden. Ds vorbie ... nde ... gtt vergeb ... mstrum. und mich ... virgeb auch ... frakensten ... gtt ... got vrgeb ... versei ... armselh ... mnsch ... auh monstr ... mnschn ... all ... gt ... gott ... vregib mir.

Originaltitel: Evil, be my good
Ins Deutsche übertragen von Regina Winter

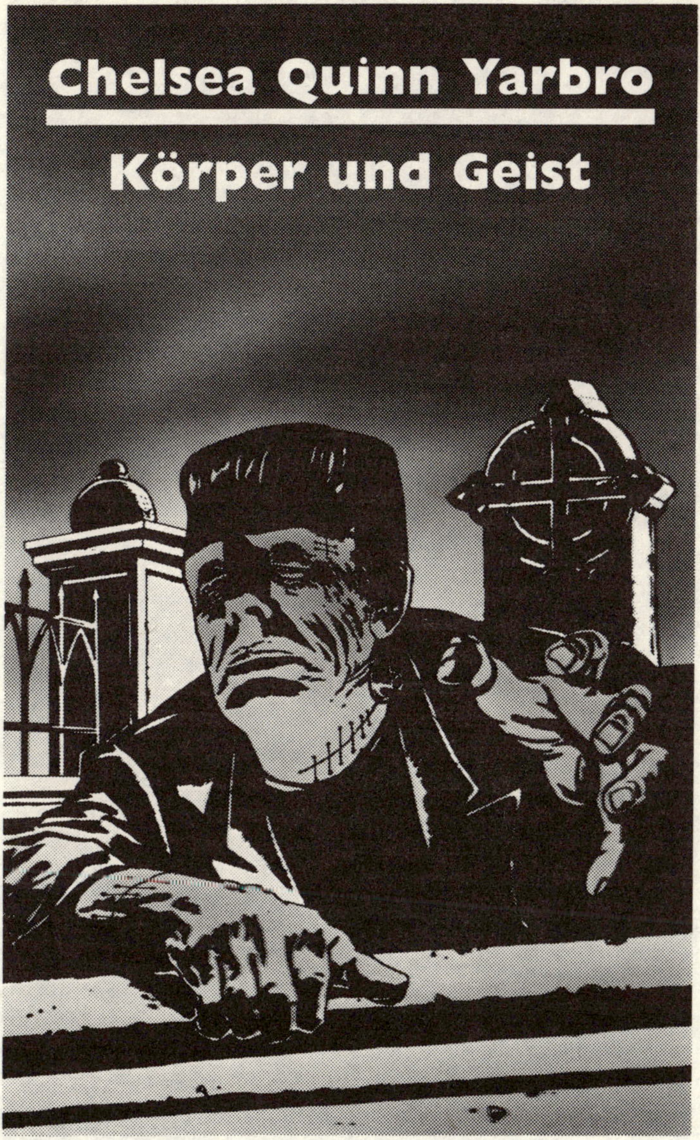
Chelsea Quinn Yarbro
Körper und Geist

Es fiel ihm schwer, mit einem Buntstift zu schreiben. Seine großen, spatelförmigen Finger waren so ungeschickt, daß es ihm nie gelang, mehr als ein paar Dutzend Wörter auf eine Seite zu krakeln. Er hatte um einen Federhalter gebeten, aber sie hatten ihm selbstverständlich keinen gegeben.

Die anderen Männer im psychiatrischen Gefängnis hielten sich von ihm fern, außer Rowell, der beweisen wollte, daß er sich vor nichts fürchtete. Manchmal stolzierte er auf den großen Mann zu und warf ihm einen strengen Blick zu, zum Beispiel jetzt gerade, weil er wußte, daß einige der anderen Gefangenen zusahen.

»Was machste, Frank?« fragte Rowell, während Frank weiter mit dem Buntstift kämpfte. »Malst 'n Bild? Was 'n für 'n Bild?«

»Ich schreibe einen Brief«, sagte Frank; jedes Wort kam langsam und deutlich heraus, als hätte er einen Schlaganfall hinter sich. Wenn er noch mit etwas anderem beschäftigt war, wurde Sprechen für ihn zur Tortur.

»Mh-mhm«, machte Rowell und strengte sich an, die roten Buchstaben auf dem gelben Papier zu lesen, die von ihm aus gesehen auf dem Kopf standen. »An wen?«

»Rechtsanwalt«, sagte Frank. Er lehnte sich nach vorn über

den Tisch und konnte befriedigt feststellen, daß Rowell einen Schritt zurückwich.

»Noch 'n Versuch, rauszukommen«, stellte Rowell fest. »Mann, die lassen dich hier nie raus. Niemals. Kapier das doch. Die da draußen denken, du wärst tot. Keiner weiß, daß du am Leben bist, und genauso wollen die 's auch. Du bleibst für immer hier.« Er setzte sein wirres, manisches Grinsen auf und schlug mit der Faust auf den Tisch. »Kapiert?«

»Laß mich in Ruhe, Rowell«, erwiderte Frank geduldig und strengte sich an, ›Mitgefühl‹ in eine Zeile zu quetschen. Das ›ü‹ wollte ihm entwischen, und er biß sich vor Konzentration auf die Zungenspitze.

»Du bist 'ne Mißgeburt, das bist du. Du hältst dich für 'n Genie, aber du bist 'ne Mißgeburt — Freak-Frank, das isses!« Er schlug noch einmal auf den Tisch und zog sich dann hastig zurück, als ob er erwartete, geschnappt und für seine Dreistigkeit bestraft zu werden. »Monster!«

»Du hast vielleicht recht«, sagte Frank und fuhr fort, seinen Brief zu schreiben. Er war jetzt schon fünf Seiten lang, und Frank würde vielleicht noch weitere fünf Seiten brauchen, aber das schreckte ihn nicht ab. Er hatte gelernt, daß Hartnäckigkeit sich auszahlte, und er gab nicht auf.

Als er nach etwa vier Stunden fertig war, las er das Ergebnis seiner Arbeit durch:

Lieber Mister Gregory Hartford,

bitte entschuldigen Sie, wie das hier aussieht, und haben Sie Nachsicht mit mir. Ich befinde mich im psychiatrischen Staatsgefängnis von Senzono, und man erlaubt uns nicht, Federhalter, Bleistifte oder Schreibmaschinen zu benutzen. Außerdem habe ich eine Behinderung, die mit meinem Fall zusammenhängt.

Ich wäre Ihnen sehr dankbar, wenn Sie meinen Fall wieder aufrollen könnten. Ich habe kein Geld und kann Ihnen kaum eine Art von Bezahlung bieten. Aber ich glaube, mein Fall ist einzigartig genug, um ihn vielleicht deshalb wieder aufzunehmen, weil er landesweit bekannt werden könnte.

Meine Akten werden zu Ihrer Verfügung stehen, falls Sie sie sehen wollen, bevor Sie mit mir sprechen. Nach Durchsicht der Akten werden Sie vielleicht Mitgefühl mit meiner Lage haben und wegen meines Körpers ein Habeas-Corpus-Verfahren einleiten. Sie werden in meinen Akten entdecken, daß es ausreichende rechtliche Grundlagen für eine solche Forderung gibt.

Gleich, wie Ihre Entscheidung ausfällt, ich danke Ihnen für Ihre Aufmerksamkeit.

Mit freundlichen Grüßen
Nr 5598735-PS14
Frank Einstein

Der Arzt der Nachtschicht adressierte den Umschlag für Frank und gab ihm eine Briefmarke. »Viel Glück«, sagte er, der Form halber. Das war der fünfzehnte derartige Brief, den der Gefangene Nr 5598735-PS14 geschrieben hatte. Bisher war keine Antwort angekommen, und niemand erwartete eine. Der Gefangene Nr 5598735-PS14 war einer von jenen Insassen, die keine Familie, keine Besucher und keinen Kontakt mit der Welt auf der anderen Seite der Mauer hatten, der über das, was sie in den Abendnachrichten sahen, hinausging.

»Danke«, sagte Frank und stapfte mühsam durch den Erholungsraum in seine Zelle zurück. Ein paar von den anderen sahen fern, aber Frank war für diese Art von Gemeinschaftsleben nicht zu haben und hatte auch keine Lust, sich zum fünften Mal denselben John-Wayne-Film anzusehen. Alte Filme interessierten ihn heutzutage nicht besonders, und außerdem erinnerten sie ihn zu sehr an die Vergangenheit.

Der Umschlag war für Frank eine ebenso große Überraschung wie für den Wärter, der ihn brachte. Gregory Hartford hatte geantwortet, mit einer schon fast verdächtigen, aber auch erfreulichen Schnelligkeit. Frank war voller Zweifel, als er den Brief öffnete.

Lieber Mister Einstein,

Ihr Brief hat mich überrascht, denn man hatte mir vor längerer Zeit schon berichtet, Sie seien verstorben. Ja, ich kenne Ihren Fall, und ich denke, es gibt eine brauchbare Vorgehensweise, was Ihr Problem angeht. Sie haben wohl recht, wenn Sie Ihre Situation für juristisch einzigartig halten.

Vielleicht wissen Sie, daß mein Großonkel Spencer Dare war; er verfolgte Ihren Fall mit großem Interesse, und ich teile dieses Interesse mittlerweile. Es würde ihm gefallen, zu wissen, daß jemand aus der Familie Sie vertreten wird.

Zur Zeit treffe ich Vorbereitungen, Sie im nächsten Monat zu besuchen, wenn Sie damit einverstanden sind.

Mit freundlichen Grüßen
Gregory S. Hartford.

Frank las den Brief dreimal, bevor er es glauben konnte, und selbst, nachdem sein erstes Mißtrauen geschwunden war, konnte er es noch nicht so recht fassen. Jemand wollte tatsächlich seinen Fall aufrollen, Gregory Spencer Hartford wollte sich mit ihm treffen. Seit er hier gefangen war, hatte er sich noch nie so bestätigt gefühlt wie an diesem Nachmittag.

Er zog los, um seine wöchentliche Injektion abzuholen, die ihn ruhigstellen sollte, obwohl der Oberarzt genauso gut wußte wie er, daß sie auf ihn überhaupt keinen Effekt hatte. Zum ersten Mal war er über dieses Theater verärgert. »Bringen wir's hinter uns«, sagte er zu dem Arzt, und dann überraschte er ihn und sich selbst, indem er von der Antwort auf seinen Brief berichtete.

»Na, dann muß es dir ja ziemlich gut gehen«, bemerkte Doc Reginald, als Frank mit seinem Bericht fertig war.

»Ich weiß nicht, wie ich mich fühle. Das meine ich ernst, Doc. All diese anderen Briefe — nie kam eine Antwort. Ich hatte nicht damit gerechnet...«, sagte Frank und beobachtete, wie sich die Nadel neben einer Narbe in seinen Arm senkte. »Ich muß mich erst daran gewöhnen.«

»Das kann ich mir vorstellen«, sagte Doc Reginald.

»Ich erwarte nicht zuviel davon«, stellte Frank fest und nahm damit einen entsprechenden Ratschlag vorweg.

»Ich sage es ungern, aber es ist schon besser so, Frank. Es ist hart, ich weiß.« Er tätschelte Franks gewaltige Schulter. »Die meiste Zeit bist zu ziemlich vernünftig. Laß dich davon jetzt nicht abbringen.«

Frank nickte gewohnheitsmäßig und sagte dann: »Aber mir ist bisher noch nie so etwas Ermutigendes passiert. Das ist doch wichtig, oder?«

Doc Reginald erwog seine Antwort genau. »Ermutigend ist eine Sache, wenn du dich nicht davon verleiten läßt. Du bist lange hier drin gewesen, und es ist nicht einfach, rauszukommen, wenn man so lange hier war. Du weißt nicht, worauf du dich einläßt. Deshalb solltest du vorsichtig sein und nicht zuviel erwarten.«

»Damit ich hinterher nicht enttäuscht bin?« sagte Frank und nickte, bevor Doc Reginald antworten konnte.

Gregory Hartford war klein und drahtig und nicht imstande, länger als drei Sekunden lang stillzusitzen. Er ging im Verhörraum auf und ab, während er auf Frank Einstein wartete. Seine grünlichen Augen blitzten vor Kampfgeist. Endlich einmal bot sich ihm eine richtige Herausforderung, etwas, worin er sich verbeißen konnte. Heute, mit sechsunddreißig Jahren, war er so gut darauf vorbereitet wie nie zuvor. Und es ging um den Fall, den Großonkel Spencer verfolgt hatte. Großonkel Spencer hatte gesagt, daß der Fall Einstein eine Mißgeburt der Justiz sei und daß der Spielfilm auch nicht eben hilfreich gewesen war. Einstein sei nicht verantwortlich für das, was sein Bruder getan habe. Hartford rieb sich beinahe die Hände in freudiger Erwartung. Was konnte ihm Besseres passieren? Er drehte sich abrupt um, als Frank Einstein in den kahlen, trostlosen Verhörraum eingelassen wurde.

»Mister Hartford?« Frank streckte seine riesige Hand aus. Obwohl Hartford angenommen hatte, auf diesen Augenblick vorbereitet zu sein, fielen ihm beim Anblick von Frank Einstein doch fast die Augen aus dem Kopf. Er hatte nicht gewußt, wie riesengroß der Mann war und wie grausam seine Narben aussahen. Die quer über der Stirn war die schlimmste von allen, entschied Hartford, und konnte nicht aufhören, Frank anzustarren. Die Narbe war breit und weiß, und Spuren der Naht erweiterten sie noch um eine Reihe tiefer Kerben. Kein Wunder, daß seine Identifikation durch die Zeugen nie in Frage gestanden hatte. Dieses Gesicht würde einem noch nach Jahren Alpträume verursachen. »Mister... Mister Einstein.« Er mußte sich für das Händeschütteln wappnen.

»Ich bin sehr dankbar, daß Sie gekommen sind«, sagte Frank und trat zurück. Er hatte diesen Gesichtsausdruck schon öfter gesehen und wußte, daß er einen gewissen Abstand zwischen sich und Hartford legen mußte.

»Ja, äh, ich bin gern gekommen. Es ist ein interessanter Fall, man könnte sagen, beispiellos.« Er blickte schnell zur Tür hinüber und zwang sich dann, Frank wieder anzusehen. Zehn Jahre Erfahrung im Gerichtssaal halfen ihm, seiner Stimme nichts anmerken zu lassen, als er den Mann anschaute, der sein Klient sein würde. »Ja. Sehr interessant.«

»Dann haben Sie sich die Akten angesehen?« fragte Frank und setzte sich auf den einzigen Holzstuhl im Raum. Die Plastikstühle mit den Metallrahmen sahen nicht kräftig genug aus, um seiner massigen Gestalt standzuhalten.

»Die meisten. Ich habe das Verhaftungsprotokoll gelesen und die diversen psychiatrischen Gutachten und die Artikel in der Presse über die... äh... die Ereignisse.« Er deutete auf seine Aktentasche. »Darin ist noch mehr Material. Die Grundlagen sind mir selbstverständlich geläufig. Ich habe das Protokoll der Verhandlung gelesen, die Anklageschrift und alles.«

»Gut«, sagte Frank und faltete die Hände. »Das bedeutet, Sie wissen über die Toten Bescheid. Nicht wahr?« Er erwartete keine Antwort. »Man sagt, ich hätte Victor umgebracht, und das Kind am See, jedenfalls behauptet das die Anklage.«

»Die Berichte über die Verhaftung sind sehr detailliert. Der Fall ist soweit eindeutig«, sagte Hartford. Sein Tonfall deutete an, daß Frank sich nicht entschuldigen müsse.

»Soweit ja. Und da genau fangen die Schwierigkeiten an. Sehen Sie, ich weiß, daß ich dort war. Ich erinnere mich aber wirklich nicht an Einzelheiten. Es ist, als wäre das alles einem anderen passiert. Das ist der Teil, der mir Sorgen macht, daß es irgendwie einem anderen passiert ist. Ich nehme an, in gewisser Hinsicht habe ich das alles getan. Meine Hände erinnern sich irgendwie daran, an Victors Hals gelegen zu haben. Aber . . .« Er hob die Hand und zeigte auf die schreckliche Narbe auf seiner Stirn. »Das macht den Unterschied, oder nicht? Das Hirn und die Hände, meine ich. Ist man denn zurechnungsfähig, wenn man nicht sein eigenes Hirn hat?«

»Das müssen die Geschworenen entscheiden, wenn wir einen neuen Prozeß anstrengen können.« Er zwang sich, die Narben anzusehen, ohne zusammenzuzucken. »Das hat Ihnen Victor angetan, nicht wahr?« fragte Hartford und versuchte, eine vernunftbetonte Haltung gegenüber dieser grotesken Figur einzunehmen.

»O ja. Ich bin ein Kind seines Hirns.« In dem angespannten Lächeln, das seine ironische Bemerkung begleitete, lag keine Heiterkeit.

»Komplizenschaft steht außer Frage, oder? Sie waren nicht an einer Verschwörung beteiligt, Sie haben nichts vorher geplant. Sie wußten nicht, daß er Ihnen das antun würde.« Er verschränkte die Arme, nahm sie dann wieder auseinander, um nicht zu kämpferisch auszusehen. Er wollte keine Geste riskieren, die man als Herausforderung auffassen könnte – nicht gegenüber einem, der *so* aussah.

»Nein. Habe ich nicht. Das denke ich jedenfalls. Kann sein, daß ein Teil von mir einverstanden war, aber nicht mein Verstand. Und ich meine meinen Verstand, *meinen*, nicht das Hirn, das jetzt hier drin ist. Ich hatte keine Ahnung, was er vorhatte, da bin ich sicher. Ich glaube nicht, daß es ihn gekümmert hat, ob ich einverstanden bin oder nicht. Ich war Victors Laborratte, ein Experiment.« Er seufzte. »Es gibt Leute, die Versuchstiere mit Milzbrand infizieren. Victor hat mich mit Leben infiziert. Und das tat er mit diesem Gehirn und mit seiner Maschine.«

»Das ist *nicht* Ihr Gehirn, oder?« Er kämpfte einen plötzlichen Impuls nieder, über die bizarre Frage zu lachen. »Oder doch?«

»So, wie das hier meine Hände sind«, sagte Frank. »Mit keinem von beiden wurde ich geboren.« Er sackte in sich zusammen und sah dadurch noch mehr aus, als wäre er aus Granit gemeißelt.

»Ohne Ihre Erlaubnis.« Er lief im Kreis herum, in der Ecke des Raumes, die am weitesten von Frank entfernt war.

»Welche Erlaubnis hätte das sein sollen? Wie kann jemand seine Erlaubnis für so etwas geben? Sicher hätte ich sie ihm verweigert, wenn er mich gefragt hätte. Ich kann mich nicht erinnern, aber ich *weiß*, daß ich zu so etwas nie meine Zustimmung gegeben hätte. Wer würde das schon tun? Er hat nie jemanden wegen des Gehirns gefragt, das er mir verpaßt hat. Er war vertieft in sein Experiment, sehen Sie das nicht? Alles andere war uninteressant. Das war das einzige, was für ihn zählte.« Er versuchte nicht, seine Bitterkeit zu verbergen.

»Und so hat er Sie ohne Ihre Erlaubnis exhumiert?« fuhr Hartford unbeirrt fort. »Einen . . . größeren Teil von Ihnen?«

»Das habe ich der Polizei gesagt. Und das habe ich dem Richter bei der Anhörung gesagt. Sie haben nie etwas gefunden, was beweisen könnte, daß ich darin verwickelt war, weder in meinem Testament noch in Victors Papieren. Es steht in den Akten.« Er starrte auf seine Füße. »Ich habe versucht, denen alles zu erzählen, aber es hat nicht viel genützt. Ich nehme nicht an, daß sie mir geglaubt haben, nicht bevor sie Victors Laboraufzeichnungen fanden.«

»Erzählen Sie es mir«, sagte Hartford hastig. »Erzählen Sie mir alles. Fangen Sie vorne an!«

»Noch einmal?« fragte Frank. Er blickte Hartford an und sah ihn eifrig nicken. »In Ordnung. Noch mal.« Er hielt inne, als er seinen Verstand — wenn es denn sein Verstand war — dazu bringen wollte, sich zu erinnern. »Mein Bruder, Doktor Victor Frankenstein, setzte mich aus . . . Einzelteilen zusammen. Er nannte mich Frank Einstein, ich nehme an, das sollte ein Witz sein. Einstein für das Genie und Frank, damit er sich keinen neuen Namen merken mußte. Soweit haben das sogar die Bullen akzeptiert. Der Psychiater, der mich untersuchte, war ganz schön durcheinander wegen meiner Identität. Er war nicht sicher, welcher Teil von mir ich war und wer ich war. Wenn das eine Antwort sein kann: Der größte Teil dieses Körpers stammt aus dem Sarg von Frankensteins Bruder.«

»Und Sie denken, daß Sie sein *Bruder* sind? Nach all dem?« wollte Hartford wissen.

»Vom Hals bis zu den Knien bin ich es und meine Arme entlang. Meine Hände, die Waden und Füße und mein Kopf gehören anderen Leuten.«

»Guter Gott«, sagte Hartford. »Niemand hat erwähnt, daß Sie sein Bruder sind.«

»Zum Teil sein Bruder«, korrigierte ihn Frank. »Das Gericht hat diese Information zurückgehalten. Man hielt es für zu schockierend, um es in der Verhandlung zu erwähnen. Sie sagten, die Presse würde es zu sehr aufblähen. Sie behaupteten, es könne Vorurteile hervorrufen.« Er sah Hartford an. »Es wurde wirklich aus meinen Akten herausgenommen?«

»Ich habe nicht gesehen, daß es irgendwo erwähnt wurde«, sagte Hartford vorsichtig. Er wollte die Autoritäten nicht beschuldigen, das Beweismaterial bewußt verfälscht zu haben. »Sie können es irgendwo vergraben haben, wo ich noch nicht nachgesehen habe.«

Frank zuckte die Schultern. »Würde es einen Unterschied machen? Ich weiß nicht, was Victor erwartete. Das hätte ich auch nicht wissen können, nicht mit Sactons Gehirn. Sacton hatte keine Ahnung davon.« Er zwang sich, nicht zu seufzen. »Das mit Sacton habe ich vor ein paar Jahren herausgefunden. Alles, was mit ihm zusammenhing, wurde ebenfalls verschwiegen.«

»Das kann man Ihnen nicht übelnehmen. Elihu Sactons Gehirn. Kein Wunder, daß Sie Schwierigkeiten hatten.« Hartford lief wieder auf und ab und hielt dabei immer noch Abstand zu Frank. »Wie viele Persönlichkeiten soll er gehabt haben?«

»Ein Dutzend oder so«, sagte Frank geduldig. »Ich habe sie eigentlich nicht bemerkt, aber manchmal denke ich, die eine oder andere wäre greifbar nahe.«

»Wie kommt das?« fragte Hartford. Trotz aller guten Vorsätze war er fasziniert.

»Na ja, ich habe Gedächtnislücken.« Er fuhr bedachtsam fort. »Ich weiß, daß diese Hände Victor erwürgt haben, aber ob es wirklich die Hände waren oder ob eine dieser anderen Persönlichkeiten in Sactons Hirn dafür verantwortlich ist, kann ich nicht sicher sagen. Welcher Teil von mir ist dafür verantwortlich, was passierte? Ich weiß immer noch nicht, wessen Hände das sind. Es muß ein riesiger Kerl gewesen sein, wenn man von ihrer Größe ausgeht.«

»Das beantwortet die Frage über Victor.« Er blieb einen Moment stehen. »Und das kleine Mädchen. Erinnern Sie sich an irgend etwas in Zusammenhang mit ihr?«

Frank schüttelte den Kopf und sah Hartford direkt an. »Ich glaube, ich kann mich erinnern, sie getroffen zu haben, aber es ist . . . verschwommen. Kann sein, daß sie mir eine

Blume gegeben hat. Jedenfalls habe ich ein Bild von einem kleinen Mädchen mit einer Blume. An den Rest ... erinnere ich mich nicht.«

»Sie wurde geschlagen und dann ertränkt«, sagte Hartford betont schonungslos.

»Ich weiß. Ich habe es in der Verhandlung gehört. Es war schrecklich.« Er blickte auf seine gewaltigen Hände hinab. »Ich nehme an, ich hätte es tun können. Gott weiß, daß ich stark genug bin. Aber ich glaube nicht, daß ich dazu fähig wäre, nicht als der, der ich heute bin. Ich kann nichts über damals sagen, oder über das Hirn, das es tat.«

»Es ist das Hirn, das Sie in Ihrem Schädel tragen, oder?« Er machte eine Anklage daraus.

»Ja, aber es ist nicht wie damals. In all den Jahren habe ich meine Teile ... besser integriert. Wieder sprechen zu lernen half mir sehr dabei. Ich fühle mich immer noch ... merkwürdig, aber nicht mehr voller innerlicher Aggressionen, wie es am Anfang war, als all diese ... Teile« — er hielt seine Hände als Beispiele hoch — »nicht zusammenarbeiteten.«

Hartford blieb einen Augenblick stehen und bewegte sich dann weiter. »Aber Sie haben Grund anzunehmen, daß Sie nicht technisch verantwortlich für die Morde sind?«

»Nun, der Körper ist nicht verantwortlich, denke ich.« Er folgte Hartford mit den Blicken. »Es könnten die Hände gewesen sein, aber ich nehme an, es war das Hirn. Jetzt ist es anders.«

»Sind Sie sicher? Sind Sie davon überzeugt, daß Sie nie wieder morden werden?«

»Sactons Hirn will es vielleicht, aber der Körper wird es nicht tun. Wir sind jetzt besser ausbalanciert. Ich bin nicht Elihu Sacton und auch nicht eine seiner Persönlichkeiten. Ganz genau genommen war ich das auch nie.«

»Elihu Sactons Gehirn«, sagte Hartford, um sicher zu sein.

»Ja. Und es gab Berichte über seine Persönlichkeiten. Drei von ihnen waren ... und sind vielleicht immer noch imstande, Morde zu begehen. Das wäre die strittige Frage, nicht wahr? Ich glaube, das Gericht war der Ansicht, er könne immer noch fähig sein, jemanden zu ermorden.« Er versuchte zu lächeln, aber sein Mund machte nicht richtig mit.

»Den Akten zufolge«, sagte Hartford äußerst vorsichtig. »Sein Fall war einer der ersten. Wir wissen nicht, wie wir heute einige der Ergebnisse bewerten sollen, es gab damals keine entwickelten Methoden, und heute . . .«

»Und heute ist es nicht mehr so gut möglich, nicht wahr?« sagte Frank ruhig.

Hartford hielt inne und schüttelte den Kopf. »Nein. Vermutlich nicht.«

Doc Reginald starrte finster auf die Resultate. »Es tut mir leid, Frank, aber man kann ihnen nichts Genaues entnehmen. Ich weiß nicht, wie ich sie interpretieren soll. Ehrlich.« Er sah herab auf seinen Patienten, der auf den Untersuchungstisch geschnallt war, und betrachtete nochmals die Ausdrucke des Geräts. »Die Frage ist, wieviel von diesen Störungen durch die Hirntransplantation entstanden sind und was Echos der multiplen Persönlichkeit sein könnten. Ich weiß nicht, wie man das eine von dem anderen unterscheiden kann.«

Frank schloß resigniert die Augen. »Haben Sie etwas, das nicht da sein sollte, etwas . . . Fremdes?«

»O ja, man kann schon deutlich feststellen, daß sich das Gehirn nicht normal verhält. Es gibt hier Linien, wie ich sie nie zuvor gesehen habe, und man kann nur raten, was sie bedeuten.« Doc Reginald tätschelte Franks Schulter. »Ich übergebe das deinem Anwalt, selbstverständlich, aber ich will verdammt sein, wenn ich weiß, wie sich das auf dein Habeas-Corpus-Verfahren auswirkt.«

»Na ja, darüber weiß ich selbst ja auch nicht viel«, erwiderte Frank und bemühte sich, unbeschwert zu erscheinen. »Werden Sie noch mehr Tests machen, oder war's das?«

»Wir machen besser noch eine weitere Testreihe, um sie mit den beiden ersten zu vergleichen. Wir haben noch nicht genug Beispiele für Variationen. Es gibt zu viele Unregelmäßigkeiten von einem Test zum anderen.« Er legte die Hand auf den Hebel. »Es macht dir doch nichts aus, noch mal reinzugehen, oder?«

»Nicht unbedingt«, sagte Frank, obwohl ihm die Enge im Scanner unangenehm war. »Bringen wir's hinter uns.«

»In Ordnung.« Doc Reginald bereitete den Scanner wieder vor.

Gregory Hartford brütete über den Ergebnissen von Doc Reginalds Tests und kritzelte Notizen an den Rand der Papiere. Er schenkte Frank, der auf der anderen Seite des schäbigen Tisches saß, um eventuell auftauchende Fragen zu beantworten, wenig Aufmerksamkeit. »Es wird nicht mehr lange dauern. Tut mir leid, daß Sie warten müssen.«

»Ich habe sowieso nichts anderes vor«, sagte Frank sanft. Ein neuer Insasse war am Tag zuvor eingetroffen, und Frank wollte sich von ihm fernhalten, denn er wußte, daß viele der anderen Gefangenen ihn als den Schrecken der Anstalt darstellten. So sehr er auch versuchte, sich davon nicht berühren zu lassen, es deprimierte ihn doch jedesmal.

»Doc Reginald hat sich als Zeuge zur Verfügung gestellt, haben Sie das gehört?« erkundigte sich Hartford, während er die Testergebnisse zusammenfaltete und in seine Aktentasche steckte.

»Er hat es nicht erwähnt, nein«, sagte Frank. »Das ist sehr freundlich von ihm.«

»Er denkt offenbar, daß Sie sehr schlecht behandelt wurden. Er nimmt an, daß Sactons Hirn Sie nicht gleich zu Sacton macht.« Er lehnte sich im Stuhl zurück und balancierte auf den hinteren Stuhlbeinen. »Er sagte, es gibt keinen Grund, Sie länger auf diese Art einzusperren.«

»Auf welche Art sollte ich seiner Ansicht nach dann eingesperrt werden?« fragte Frank und beobachtete Hartford neugierig.

»He!« Hartford landete wieder auf allen vier Stuhlbeinen. »Warum sagen Sie so was?«

Frank sah Hartford an, ohne zu zwinkern. »Er wird doch nicht empfehlen, daß jemand wie ich freigelassen werden soll, oder? Das könnte er nicht tun. Wo sollte ich arbeiten? Wer würde mich schon einstellen? Was sollte ich tun? Sehen Sie mich doch an. Alle Rehabilitation der Welt kann das nicht ändern.« Er zeigte auf die Narben an seinem Gesicht und am Hals.

»Das mag wahr sein, und Sie können darauf wetten, daß es Leute gibt, die Ihr Aussehen als Grund dafür anführen, daß man Sie weiter hier einsperren sollte. Aber dagegen gibt es jetzt Gesetze; und Sie sind hier ohne richtige Verhandlung eingesperrt worden. Obwohl Sie eindeutig fähig sind, vor Gericht zu erscheinen. Es ist an der Zeit, daß sich die Leute, die das getan haben, dafür verantworten müssen.« Hartford rutschte auf dem Stuhl hin und her. »Denn Sie gehören todsicher nicht hierher. Da haben Sie recht. Und wir werden Sie hier rausholen.« Er zog sich näher an den Tisch heran. »Und wo Sie gerade davon sprechen, ich habe einen Habeas-Corpus-Antrag für Sie eingereicht und einen Antrag auf Wiederaufnahme des Prozesses, mit der Begründung, daß zu dem Zeitpunkt, wo Ihr Prozeß ausgesetzt wurde, nicht alle stichhaltigen Beweise vorgelegen haben. Wenn wir erst mal Ihren Körper rausgeholt haben, geht es darum, die Anklage gegen den Geist loszuwerden. Wir können eine ganze Tonne von Material präsentieren, wenn man uns nur läßt. Ich weiß nicht, wie weit wir damit kommen, aber es ist den Versuch wert, und es wird denen klarmachen, daß wir die Sache mit dem Habeas Corpus ernst meinen.«

»Was passiert, wenn sie zustimmen?« fragte Frank, erschrocken über den Eifer seines Anwalts. »Ich bin ziemlich lange hier drin gewesen. Es wäre vielleicht einfacher, wenn ich . . .«

»Wir holen Sie raus und verschaffen Ihnen einen anständigen Prozeß. Und das wird erst der Anfang sein. Wir stellen sicher, daß wir Zeugenaussagen von Experten bekommen, was man Ihnen bisher vorenthalten hat. Wir beziehen Informationen über Hirntransplantationen ein — falls es irgend jemanden gibt, der genug darüber weiß, um dem Gericht entsprechende Informationen zu liefern —, und wir nutzen die medizinische Ethik aus, so gut wir können. Wir zeigen, daß Sie ebenso ein Opfer waren wie das kleine Mädchen. Vielleicht sogar mehr als sie, denn Sie wurden von Ihrem eigenen Bruder ausgenutzt und zu einem . . .«

»Monster gemacht?« schlug Frank vor. »Werde ich das nicht auch weiterhin sein?«

»Nicht, wenn ich damit fertig bin. Ich kann beweisen, daß Sie für nichts verantwortlich sind, was nach der Operation passierte, daß Sie zum Sündenbock für das gemacht wurden, was Victor tat. Wir können von jedem Gesichtspunkt aus arbeiten, vom medizinischen Fortschritt seit Ihrer Operation bis hin zu dem sozialen Druck, den Sie ertragen mußten. Ich habe mich in diese Sache wirklich reingekniet. Wir werden einen Präzedenzfall schaffen.« Seine Augen leuchteten bei der Aussicht auf. »Wenn wir es richtig anfangen, können wir bis zum obersten Bundesgericht gehen.«

»Mit anderen Worten, wir werden über Victor in absentia verhandeln«, sagte Frank.

»So ähnlich«, erwiderte Hartford. »Wir sollten es zumindest schaffen, erheblich mehr als den üblichen begründeten Zweifel an Ihrer juristischen Verantwortung in dem Mordfall durchzusetzen und außerdem Ihren Anspruch auf Abfindung für die Gefangenschaft und Ihr Leid zu begründen. Das ist ein bißchen gewagt«, fügte er hinzu, »aber ich denke, wir sollten es versuchen. Wir müßten bei jeder Art von Jury imstande sein, alles zu erreichen, was Sie wollen, und noch mehr dazu.« Er schlug mit den Händen auf den Tisch. »Das ist nur der erste Schritt.«

»Der erste Schritt? Und was dann?« fragte Frank. All das

hörte sich an wie in einem Film, nicht so, als ob es ihm selbst passieren könnte.

»Nachdem wir Ihre Entlassung bewirkt haben, stellen wir sicher, daß jeder im Land erfährt, was passiert ist. Sehen Sie, Sie sind eine potentielle Berühmtheit. Ich habe die Statistiken darüber gelesen, was passieren kann, wenn Ärzte Mist bauen, und das liest sich sehr günstig für Sie. Bisher haben sie Stars aus den Leuten gemacht, die eine Herztransplantation hatten, und die meisten von denen haben nicht lange genug gelebt, um darüber zu berichten. Sie hatten eine Hirntransplantation, lange bevor irgend jemand daran dachte, und es hat funktioniert. Das hat wirklich Nachrichtenwert, denn bisher ist es nicht wieder gelungen, trotz aller Neuerungen in der Chirurgie.« Er machte eine weit ausholende Geste. »Denken Sie darüber nach. Sie haben das Hirn eines anderen Mannes, Hände und Füße von anderen, und aus Ihren Tests geht hervor, daß Sie keine Probleme mit Gewebeabstoßung hatten. Das ist beinahe ein Wunder. Wir können das bis zum Umfallen ausnutzen.«

»Wie ausnutzen?« fragte Frank besorgt.

»Sehen Sie mal, Sie können jetzt nicht mehr zurück. Wenn Sie das versuchen, nach all den Nachforschungen, die ich angestellt habe, wird sich die Regierung Ihrer annehmen, und Gott allein weiß, was die mit Ihnen anstellen werden.«

»Bis jetzt haben sie noch gar nichts getan«, sagte Frank und klang nicht mehr ganz so sicher.

»Das liegt daran, daß Sie Sie vergessen hatten. Sie können nicht damit rechnen, daß das so weitergeht, nicht, nachdem wir angefangen haben. Sie bleiben an mich gebunden. Wir werden schon auf Sie aufpassen, machen Sie sich darüber keine Gedanken. Wir finden einen Weg, Sie davor zu bewahren, jemals wieder ein Versuchstier zu sein.« Er klatschte in die Hände, sein Gesicht leuchtete vor Entschlußkraft. »Wir kriegen Ihre Story in jede Fernsehsendung von Maine bis San Diego, wir vergewissern uns, daß jede Zeitung im Land über Ihre Berufung berichtet.« Er war so begeistert, daß er aufstand und anfing, auf und ab zu laufen. »So werden sie es nicht wagen, alles unter den Teppich zu kehren oder Sie in irgendeine Regierungseinrichtung zu verschleppen. Und es gibt noch weitere Vorteile, die Sie daraus ziehen können. Ich habe daran gedacht, Ihre Geschichte an eine der großen Zeitschriften oder an einen Verlag zu verkaufen. Mit so einem Geschäft können Sie das große Geld machen. Wer weiß, Ihr Fall ist ungewöhnlich genug, daß vielleicht sogar ein Filmgeschäft drin ist. Vielleicht könnte Nick Nolte Sie darstellen — was halten Sie davon?«

Frank wirkte verblüfft. »Ein Filmgeschäft? Das ist früher schon gemacht worden.«

»Kümmern Sie sich nicht darum«, sagte Hartford. »Das ist Vergangenheit. Es hat nichts zu bedeuten. Wir arbeiten eine andere Geschichte aus, und diesmal wird sie von Ihnen handeln, was Ihnen angetan wurde, nicht von Ihrem verrückten Bruder.«

»Wie...« Er versuchte, seine sich überschlagenden Gedanken zu sortieren. »Das ist doch nicht möglich, oder? Ich kann mir nicht vorstellen, wie Sie... Es ist so unwirklich!«

»Das liegt daran, daß sie hier drin sind. Sie haben keine Ahnung, wie sich die Welt da draußen verändert hat. Was auch immer Sie im Fernsehen gesehen haben, die wirkliche Welt wird Sie um Ihren Verstand bringen.« Er hielt inne und runzelte die Stirn. »Ich habe das nicht so gemeint, wie es sich anhörte. Es ist nur, daß alles heute so viel aufregender ist als damals, als Sie hier reinkamen. Wir werden das ändern. Die Welt ist voll von Möglichkeiten, von denen Sie noch nicht mal geträumt haben.«

Einen Augenblick lang waren die Bilder vor Franks geistigem Auge schreckenerregend. Er fürchtete sich vor der Welt da draußen, der Welt, nach der er sich gesehnt hatte.

»Aber...«

Hartford wischte seine Panik vom Tisch. »Wenn wir das alles durchziehen, kommt dabei für Sie wahrscheinlich ein netter kleiner Notgroschen raus und die Möglichkeit, sich in

Ruhe zurückzuziehen, wenn es das ist, was Sie wollen. Aber vielleicht gefällt es Ihnen ja, ein Star zu sein.« Er grinste. »Ich habe darüber nachgedacht und kann mir viele Möglichkeiten vorstellen, wie sich das auszahlen wird. Von dem Film und dem Buch abgesehen, wird es jede Menge medizinischer Einrichtungen geben, die Sie untersuchen wollen. Denken Sie darüber nach. Sie können eine Pauschale aushandeln oder auf täglicher Bezahlung für alle Kleinigkeiten bestehen. Sie können sich dagegen schützen, in irgendwas Undurchsichtiges reingezogen zu werden. Ich werde das alles für Sie erledigen, in jeder einzelnen Phase des Unternehmens.« Er blieb stehen und hockte sich auf die Tischkante. »Ich weiß, daß Sie wirklich ungerecht behandelt worden sind, daran herrscht kein Zweifel. Aber das ist der Schlüssel zu allem.«

»Das verstehe ich nicht.« Frank wollte aufstehen, aber Hartford legte eine Hand auf seine Schulter.

»Sie sind ein Justizopfer. Sie verdienen, daß sich einiges für Sie ändert. Und das wird Ihnen all die kleinen feinen Dinge bescheren.« Diesmal war sein Grinsen erwartungsvoll. »Sie können sich das vielleicht nicht vorstellen, aber heute in einem Jahr werden Sie berühmt sein.«

Die Worte blieben Frank fast im Hals stecken. »Berühmt?« wiederholte er entsetzt.

»Genau. Wenn wir Sie erst mal hier rausgeholt haben, kann Sie keiner mehr aufhalten. Uns.« Hartford kicherte. »Ich wette, Sie haben nie daran gedacht, daß so was passieren würde.«

»Nein«, sagte Frank ruhig, »habe ich nicht.«

»Und das alles entwickelt sich aus einem Habeas-Corpus-Antrag«, fuhr Hartford fort und klang sehr selbstzufrieden. Sein Hirn floß über vor Ideen, und er konnte kaum erwarten, sie zu erforschen. »Warten Sie nur ab, Sie können sich gar nicht vorstellen, was alles mit Ihnen passieren wird.«

Frank schüttelte den Kopf. »Nein.«

Eine silbergraue Limousine wartete vor dem Gefängnistor, als Frank zehn Tage später entlassen wurde. Gregory Hartford stand grinsend an der Tür. »Eine Flasche Champagner und ein Gourmet-Picknick warten auf uns«, sagte er, als er Frank in den Fond des wunderbaren Fahrzeugs nötigte. »Ich wette, Sie sind noch nie in so was gefahren.«

»Nicht, daß ich wüßte«, sagte Frank und sah sich ehrfürchtig um. Er fühlte sich hier fehl am Platz. Seine neuen Kleider paßten nicht so recht, und ihm war bewußt, daß die Welt, die er jetzt betrat, nicht viel mit der gemeinsam hatte, die er verlassen hatte, als sich vor all den Jahren die Gefängnistüren hinter ihm schlossen. Er hockte sich auf einen der plüschbezogenen Sitze.

»Die hier«, Hartford zeigte auf die Limousine, stieg ein und schloß die Tür, »wurde von der Gargantua-Filmgesellschaft zur Verfügung gestellt. Das sind die Leute, die die Filmrechte für Ihre Story ersteigert haben. Sie arbeiten jetzt gemeinsam mit dem Eureka-Verlag eine Publicity-Tour für Sie aus, von der Buch und Film gleichzeitig profitieren können. Ich wünschte, Sie hätten dabei sein können, als ich alle Informationen über Sie rausgelassen habe. Die sind vor Begeisterung fast an die Decke gegangen.« Er klopfte auf die Schulter des Chauffeurs. »Sie können jetzt übrigens losfahren, Blake.«

»Jawohl, Mister Hartford«, sagte der Chauffeur und setzte die Limousine in Bewegung.

Hartford lehnte sich in die weichen Kissen zurück. »Ich weiß, Spencer Dare wäre vielleicht nicht auf diese Weise vorgegangen, aber zu seiner Zeit konnte man auch keine derartigen Geschäfte machen.« Er griff nach dem Champagner. »Trinken Sie ein Glas. Wir können die Befreiung Ihres Körpers feiern.«

Frank drehte sich um und starrte aus dem getönten Wagenfenster auf die Mauern des psychiatrischen Gefängnisses, und einen Augenblick lang fragte er sich, ob er dort nicht freier gewesen war als hier.

»Wir haben einen Tisch zum Abendessen in Manhattan um acht Uhr reserviert. Wir werden den Präsidenten des Eureka-Verlages treffen und Samuel Flannagan, der mit Ihnen zusammen an dem Buch arbeiten wird. Sie sind begierig darauf, Sie zu treffen. Ich habe sie völlig an der Kandare.« Der Champagnerkorken knallte, und Hartford bot Frank das erste Glas an. »Ganz schön lange her, seit Sie so was getrunken haben.«

Frank brauchte beide Hände, um den Champagner nicht zu verschütten. Er beobachtete, wie in dem langstieligen Glas Reihen von Bläschen zur Oberfläche sprudelten. »Ich . . . ich weiß nicht, ob ich so was je getrunken habe. Ich kann mich nicht erinnern.« Es gab so vieles, woran er sich nicht erinnern konnte. Im Gefängnis hatte das nichts ausgemacht, aber hier draußen fühlte er sich verwundbar.

»Na, das ist jetzt egal, gewöhnen Sie sich daran.« Er stieß mit seinem Glas gegen das von Frank. »Das wird Ihr neues Leben sein. Genießen Sie es. Sie haben's verdient. Sie sind nicht mehr im Gefängnis.«

Ein merkwürdiges Leuchten glomm in Franks Augen, und seine Stimme klang, als würde sie nicht zu ihm gehören, als er antwortete. »Nein«, sagte er zu Hartford, während die Limousine ins leuchtende Nachmittagslicht hineinfuhr. »Das bin ich nicht mehr.«

Originaltitel: A Writ of Habeas Corpus
Ins Deutsche übertragen von Regina Winter

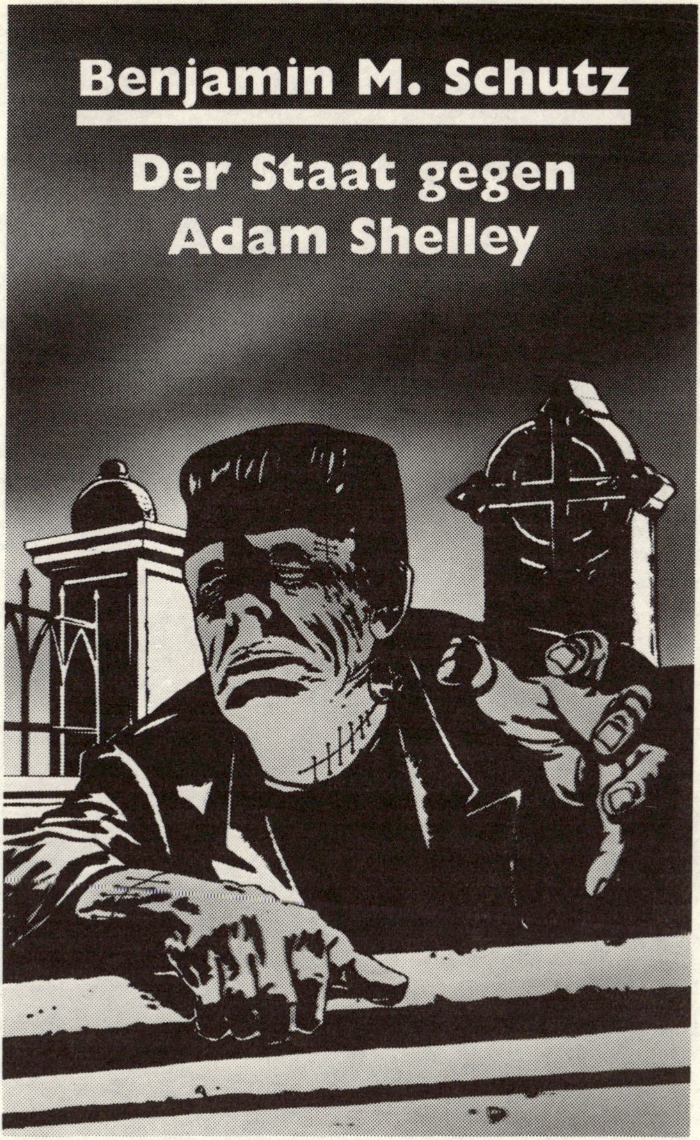
Benjamin M. Schutz
Der Staat gegen
Adam Shelley

GERICHTSMEDIZINISCHES GUTACHTEN

Dies ist der Bericht über die Untersuchungen, die das gerichtsmedizinische Team der Abteilung für Verhaltensforschung am Goldstadt Medical Center über Adam Shelley durchgeführt hat.

Soziale Entwicklung:

Adams Mutter war Mary W. Shelley, neunzehn Jahre alt, Collegestudentin im ersten Semester. Sie ließ wegen einer möglichen Schwangerschaft einen genetischen Test vornehmen und wurde anschließend davon unterrichtet, daß eine ungewöhnliche Deformation der Chromosomen vorlag. Danach reichte sie ein Gesuch auf Abtreibung wegen Vergewaltigung ein. Ihr Gesuch wurde abgelehnt, weil sie die Vergewaltigung nicht innerhalb von sieben Tagen gemeldet hatte, der Frist, wie sie vom Staat für diese Indikation gesetzt wird. In der örtlichen Polizeistation lag zwar eine Anzeige wegen Überfall vor, aber eine Vergewaltigung wurde darin nicht erwähnt. Nach der Abweisung ihres

Gesuchs ging sie zu einem illegalen Abtreiber in der Stadt Charlotte. Sie wurde im Rahmen einer Lockvogel-Aktion des Gesundheits- und Wohlfahrtsamtes, das scheinbar ›illegale‹ Abtreibungspraxen im ganzen Staat eingerichtet hatte, verhaftet. Wegen möglicher Gefährdung des Fötus stellte die ›Liga zur Verteidigung der Ungeborenen‹ einen Antrag auf ›Schutz des Fötus‹, und Miss Shelley wurde für die Dauer ihrer Schwangerschaft dem Jesse-Helms-Gedächtnis-Zentrum für Fortpflanzung übergeben.

Während sie sich im Zentrum aufhielt, erlitt Miss Shelley ein schwerwiegendes Schädeltrauma, entweder durch einen Sturz oder möglicherweise durch einen Selbstmordversuch. Sie wurde der Obhut von Dr. Frankenstein von der Intensivstation für Neugeborene übergeben. Obwohl ihr Hirntod feststand, war Dr. Frankenstein imstande, sie zum Austragen des Fötus künstlich am Leben zu erhalten. Während der Behandlung eben dieses Falles entwickelte Dr. Frankenstein viele der Techniken, die nun bei der Behandlung von Patientinnen mit chronischer Neigung zur Fehlgeburt, Frühgeburt und vorgeburtlicher Erregungsanfälligkeit angewendet werden, indem man die Patientinnen in ein künstlich herbeigeführtes Koma versetzt.

Nach der Geburt ihres Kindes blieb Miss Shelley an die lebenserhaltenden Systeme angeschlossen und wurde ins Raleigh-Durham-Zentrum für neurovegetative Störungen gebracht, wo sie sich noch heute befindet. Der Vater des Kindes wurde nie angegeben.

Das Kind wurde von seinem gesetzlichen Vormund, der Abteilung für Kinderschutz des Sozialministeriums, Adam Shelley genannt. Er wurde in der Kinderstation des Helms-Zentrums aufgezogen, bis er sieben Jahre alt war. Dies erwies sich wegen seines Bedarfs an intensiver medizinischer Pflege als notwendig (siehe Befunde im physisch/medizinischen Gutachten).

Mit sieben Jahren wurde er zur Langzeitpflege in die Obhut der Familie DeLacey in Winston-Salem gegeben. Dies schien eine angemessene Plazierung zu sein, denn der Vater der Familie war blind, und die DeLaceys hatten bereits ein behindertes Kind — ihre Tochter Agatha — sowie einen Sohn, Felix. Die Unterbringung schien zufriedenstellend zu verlaufen, und die Familie zog eine gesetzliche Adoption in Erwägung. Unglücklicherweise kam es zu einem Zwischenfall mit einer kleinen Freundin Agathas. Das Kind, Marian Ludwigsdottir, war zwei Jahre jünger als Adam. Eines Nachmittags besuchte sie die Kinder, die unter Aufsicht von Mrs. DeLacey waren. Diese rief alle für eine kleine Mahlzeit ins Haus, und als Marian nicht hereinkam, suchte sie sie und fand sie tot im Swimmingpool auf dem Grundstück der Familie. Es wurde Tod durch Unfall festgestellt, und es gibt keinerlei Beweise für eine Verbindung Adams mit dem Todesfall, aber die DeLaceys baten darum, Adam wieder in die Obhut des Staates übergeben zu dürfen.

Im Alter von neun Jahren wurde Adam zum zweiten Mal außerhalb des Helms-Zentrums untergebracht, diesmal im Süße-Liebe-Jesu-Jugendheim des Fernsehmissionars Billy Ray Washburn. Adam war fast zwei Jahre lang dort. Während dieser Zeit unternahm er diverse Selbstmordversuche, darunter einen fast erfolgreichen durch Zerreißen der großen Arterie im Stiel seines Auges. Man nahm an, dies könnte ein Ausdruck von Schuldgefühlen über den Tod des Ludwigsdottir-Mädchens sein, aber Adam gab nie zu, Kenntnis von ihrem Tod und dessen Umständen zu haben.

Unglücklicherweise mußte die Polizei im Sommer 2005 eine Razzia im Heim durchführen, nachdem man entdeckt hatte, daß bestimmte Kinder von den Angestellten ausgewählt und in einem anderen Gebäude untergebracht wurden, um Reverend Washburn und den Mitgliedern der Missionsdirektion für sexuelle Aktivitäten zur Verfügung zu stehen. Es gibt keine Beweise dafür, daß auch Adam Shelley in solcher Weise mißbraucht wurde. Allerdings liegen unbestätigte Berichte über Aussagen anderer Kinder vor, daß Adam von einem Angestellten namens Fritz Harmann mißbraucht worden war und daß man den anderen Männern Videoaufnahmen davon vorgeführt hatte, um sie zu stimulieren. Man hat diese Videobänder nie gefunden. Es kann jedoch nicht bestritten werden, daß die Polizei bei ihrer Razzia Fritz Harmann erhängt in seinem Zimmer auffand, mit gebrochenem Genick. Es ist ebenfalls eine Tatsache, daß Adam Shelley in diesem Gebäudeteil untergebracht war.

Man versuchte kurze Zeit, Adam in medizinischen Internatsschulen unterzubringen, wo er sich seiner Behinderungen wegen vielfältigen Therapien hätte unterziehen können. Wegen seines Alters, seiner Vorgeschichte und seines Aussehens stand es außer Frage, ihn noch einmal in einer Familie unterzubringen. Ganz gleich, wohin man ihn brachte, Adam war nicht willkommen. Er wurde von den anderen Schülern gequält, auch wenn diese selbst behindert waren. Schließlich brachte man ihn wieder in die Kinder- und Jugendabteilung des Helms-Zentrums zurück. Während er sich hier aufhielt, erfuhr er von der Verbindung zwischen seiner Geburt und Dr. Frankenstein. Ein anderer Patient gab ihm einen Artikel in der Zeitschrift ›People‹ über Dr. Frankenstein zu lesen, der sich auf seine früheren Entdeckungen in Zusammenhang mit Mary Shelley und der Geburt ihres Sohnes Adam bezog.

Adam zeigte nach außen hin wenig Interesse an Dr. Frankenstein und den Umständen seiner Geburt. Die kinderärztlichen Berichte geben an, daß er eher spät in die Pubertät kam, etwa mit 13 Jahren. Kurz darauf mehrten sich gewalttätige Ausbrüche gegenüber dem Personal und den anderen Insassen. Adam wurde isoliert und befand sich noch in strenger Abgeschlossenheit, als er aus dem Helms-Zentrum floh und mit seinem Wüten begann.

Physiologisch/medizinisches Gutachten:

Adam Shelley ist ein gut genährter, vierzehn Jahre alter weißer männlicher Jugendlicher. Er ist 1,95 m groß und wiegt 130 kg. Ob seine ungewöhnliche Körpergröße direkt mit seiner besonderen Verfassung zusammenhängt oder ein unabhängiges Merkmal darstellt, ist nicht festzustellen.

Adam weist eine Mischung von verschiedenen angeborenen Störungen des Knochenwachstums auf, darunter cleidocraniale, kraniofaziale (Crouzon-Krankheit) und mandibulofaziale (Treacher-Collinsche Krankheit oder Franchescetti-Syndrom). Eine derartige Kombination läßt darauf schließen, daß er durch die Mutter Kräften ausgesetzt war, die Genmutationen bewirken können, wie Giftmüll oder radioaktive Strahlung. Das medizinische Gutachten über die Mutter erwähnt jedoch keine entsprechenden Symptome.

EEG und CAT-Scanning wurden in betäubtem Zustand durchgeführt, daher sind die Ergebnisse nicht eindeutig. Adam weigerte sich, die medizinische Untersuchung zu unterstützen, und mußte mit Hilfe eines Betäubungsgewehres ruhiggestellt werden. Er wurde danach in Gewahrsam genommen. Es konnte keine idiopathische oder andere ungewöhnliche Hirnaktivität festgestellt werden, ebensowenig wie krankhafte Veränderungen oder Tumore. Der Befund im Hinblick auf epileptische Anfälle oder Ähnliches ist negativ.

Äußerlich weist Adam Akrozephalie (Hochköpfigkeit) auf, sein Schädelbein und die Stirnbereiche des Schädels sind vergrößert, und er hat extrem vorstehende Augen, die sogar auf weichen stielähnlichen Vorstülpungen sitzen. Er ist kaum in der Lage, räumlich zu sehen. Dies trägt wahrscheinlich zu seiner allgemeinen Ungeschicklichkeit und seinen motorischen Problemen bei.

Die äußeren Ohren weisen Mißbildungen auf, das Wachstum und die Form des Gewebes verhindern korrekte Wahrnehmung von Geräuschen und Klängen. Das Gewebe sollte wie ein Tumor behandelt werden, und chirurgisches Entfernen ist erforderlich, wobei das Gewebe allerdings schnell wieder nachwächst.

Nase und Nebenhöhlen sind unvollständig ausgebildet und nicht völlig voneinander getrennt. Der Geruchssinn ist rudimentär. Ein extremer Wolfsrachen und unvollständiges Gebiß erlauben nur äußerst mangelhafte Artikulation.

Ältere ärztliche Unterlagen berichten von siebenundzwanzig einzelnen chirurgischen Eingriffen, um Mißbildungen auszugleichen oder Verschlechterungen zu stoppen. Das derzeitige Aussehen stellt die größtmögliche Verbesserung dar. Schnelles Wachstum des Jugendlichen droht, weitere Schwierigkeiten zu verursachen. Im Zusammenhang mit dem Anlaß dieses Gutachtens sollte man darauf hinweisen, daß es ungewöhnlich für ein derartiges Individuum ist, ein solches Alter zu erreichen, und die maximale Lebenserwartung reicht mit Sicherheit nicht weit über das zwanzigste Lebensjahr hinaus.

Obwohl Adams Größe ungewöhnlich ist, leidet er offensichtlich nicht an Riesenwuchs. Die Testosteron-Werte sind normal, und die genitale Entwicklung und Struktur sind ebenfalls normal und proportional zur Körpergröße. Er ist nicht übermäßig behaart. Endokrine Ursachen seines Verhaltens können nicht nachgewiesen werden, noch sind hormonale Behandlungen wie chemische Kastration als effektiv zu betrachten.

Die Entwicklung ist — von den massiven angeborenen und irreversiblen craniofacialen Mißbildungen abgesehen — innerhalb normaler Grenzen verlaufen.

Psychische Struktur:

Versuche, Adam einem formalen psychologischen Testverfahren zu unterziehen, waren erfolglos. Ihm wurden die Wechsler-Intelligenz-Skala für Kinder (revidierte Ausgabe, WISC-R), der Rorschach-Test nach der Exner-Methode und das Millon-Persönlichkeits-Inventar für Jugendliche vorgelegt. Er zerstörte das Material. Drohgesten gegenüber dem Psychologen führten zu einem Abbruch der Tests.

Wir versuchten, strukturierte Befragungen mit Adam durch eine unzerbrechliche Plexiglasscheibe vorzunehmen. Ständige Schleimabsonderung aus den unvollständigen Nebenhöhlen in den Hals und die Mißbildungen des Gaumens und der Zähne machen seine Artikulation äußerst schwer verständlich und setzen verbaler Kommunikation enge Grenzen. Berichte aus Adams Schulzeit zeigen zumindest durchschnittliche akademische Leistungen. Ein im Alter von sieben vorgenommener Test mit dem WISC-R — in einer Form, die schriftliches Antworten ermöglicht —, kurz vor der Unterbringung in der Familie DeLacey, zeigt sogar einen verbalen IQ von 107, einen Leistungs-IQ von 111 und einen Durchschnitt von 109, was absolut im normalen Bereich liegt. Es gibt keine Hinweise darauf, daß Adam nicht die notwendigen kognitiven Fähigkeiten hat, die Konsequenz seines Verhaltens zu verstehen.

Während seines gesamten Aufenthaltes im Goldstadt-Medical-Center wurde Adam von Videokameras gefilmt. Ausführliche Analysen seiner Äußerungen und Bewegungen zeigen kein feststellbares Muster von Reaktionen auf innerlich erzeugte Reize, seien es visuelle Halluzinationen oder Befehle von halluzinierten Stimmen. Statt dessen wanderte er in seiner Zelle umher, mit sich ständig wiederholenden Bewegungsabläufen, wie es wohl jedes Exemplar einer höherstehenden Lebensform tut. Versuche, die Gitter an den Fenstern loszureißen oder die Gitterstäbe an der Tür zu verbiegen, waren erfolglos und ließen während seiner Gefangenschaft nach. Die meiste Zeit sitzt er auf dem Fußboden in der äußersten Ecke seiner Zelle, weint oder schlägt mit dem Kopf gegen die Wand. Vor kurzem hat er damit begonnen, zwanghaft an seinen Kleidungsstücken zu zupfen. Es konnte kein selbstmörderisches Verhalten festgestellt werden, aber wegen seiner Vorgeschichte kann dies nicht völlig ausgeschlossen werden. Ständige Videoüberwachung und die spartanische Einrichtung seiner Unterkunft machen einen erfolgreichen Selbstmordversuch sehr unwahrscheinlich.

Alkohol- oder Drogenmißbrauch ist nie beobachtet worden. Blutproben, die bei seiner Festnahme gemacht wurden, zeigten nicht die geringsten Spuren irgendwelcher psychoaktiver Drogen, seien sie legal oder illegal. Eine Berufung auf verminderte Zurechnungsfähigkeit kann auf keinerlei Beweise gestützt werden.

Wir haben kaum Zugang zu Adams Vorstellungswelt. Dies war schon immer der Fall und ist es zur Zeit um so mehr, da er sich weigert, mit uns zusammenzuarbeiten. Eine Inhaltsanalyse seiner Fantasien ist nicht möglich.

Seine äußere Erscheinung hat ihn seit seiner Geburt von anderen isoliert. Das Fehlen einer stabilen, kontinuierlichen und liebevollen Mutterbeziehung hat ihn vermutlich in bezug auf alle folgenden Objektbeziehungen geschädigt. Seine Vorgeschichte zeigt wachsende Isolation seit dem Fehlschlag der Unterbringung in der Familie DeLacey. Die mögliche Beteiligung am Tod des Nachbarmädchens wirft die Frage nach früher Impulsivität und fehlender Selbstkontrolle selbst in familiärer Umgebung auf. Dieser Vorfall ist vielleicht die Ursache der späteren Selbstmordversuche gewesen. Das würde auf Schuldgefühle, Verlustängste und Depressionen hinweisen, zusammen mit einem rudimentären Einfühlungsvermögen und der Fähigkeit, sich mit anderen Menschen zu identifizieren. Was die Entwicklung notwendiger sozialer Kompetenzen angeht, hat er nur extrem beschränkte Fähigkeiten und so gut wie keine Erfahrung.

Es ist anzunehmen, daß er in gewissem Maß das Bedürfnis nach Kontakt verspürte und das Ende solcher Beziehungen als Verlust erlebte, was ihm Depressionen und Schuldgefühle verursachte. Dies könnte man als Ausdruck persönlichen

Verantwortlichkeitsempfindens werten. Unglücklicherweise läßt sein Verhalten seitdem keinerlei Schlüsse auf derartige Fähigkeiten mehr zu. Der Tod von Fritz Harmann könnte als Vergeltung für den Mißbrauch, den er ausübte, angesehen werden; die Berichte aus dem Helms-Zentrum zeigen jedoch keinerlei Äußerungen von Bedauern, Schuldgefühl oder sonstige gefühlsmäßige Reaktionen auf den Vorfall. Tatsächlich hat sich Adam konsequent jeder Diskussion über seinen Aufenthalt im Süße-Liebe-Jesu-Jugendheim verweigert.

Ich halte es für angemessen, Adam mindestens als einen Fall von antisozialer Persönlichkeitsstörung (DSM III-R 301.70) zu betrachten, mit sehr geringer Fähigkeit, Beziehungen oder Gefühle für andere aufzubauen. Zurückliegende Therapieversuche mit Adam waren sämtlich erfolglos. Sie scheiterten schon jeweils zu Beginn an seiner Empfindlichkeit gegenüber der Reaktion des Therapeuten auf seine äußere Erscheinung. Er testete die Therapeuten quasi, indem er sehr dicht an sie heranging, seinen Mund öffnete und ihnen seine rhinolaryngeale Höhlung vorführte. Schließlich gab er die Therapieversuche völlig auf und weigerte sich, mitzuarbeiten. Sein derzeitiger Zustand sollte als permanent und unheilbar betrachtet werden. Die Prognose für aufgezwungene Psychotherapie ist bekanntermaßen schlecht.

Einschätzung des Potentials zur Gewalttätigkeit:

Dieses Gutachten wird sich eines kombinierten klinischen und statistischen Prognosemodells bedienen. Aktuelle Quellen für Daten stehen nicht zur Verfügung, da Adam jede Mitarbeit bei der Untersuchung verweigert. Wir müssen uns auf die Interpretation der Beweise verlassen, die von der Polizei bei ihrer Untersuchung zusammengetragen wurden.

Statistische Variablen:

Alter: Derzeit ist Adam vierzehn Jahre alt. Früher hätte man das Auftreten von Gewalttätigkeit in diesem Alter als statistisch auffällig früh betrachtet, heutzutage ist dies nicht mehr der Fall. Es wäre wichtiger, festzustellen, ob die erste gewalttätige Episode der Tod von Marian Ludwigsdottir im siebten Lebensjahr oder der von Fritz Harmann im zwölften Lebensjahr war. Die Beweise in beiden Fällen sind äußerst fragwürdig. Eine vorsichtige Interpretation, bestrebt, die Fehlermöglichkeiten gering zu halten, würde als Alter des Beginns der Gewalttätigkeit sieben Jahre ansetzen. Dies ist auch heute noch statistisch selten und führt zu einer ausgesprochen negativen Prognose.

Geschlecht: Männlich. Statistisch nicht bemerkenswert. Immer noch sind beinahe neunzig Prozent aller Gewalttäter männlichen Geschlechts.

Rasse: Kaukasisch. Dieser Faktor spricht eher gegen ein vorhersagbares Risiko. Statistisch gesehen werden in den Vereinigten Staaten mehr Gewalttätigkeiten von Angehörigen der Minderheiten begangen. Es stimmt jedoch mit früheren Studien überein, daß Täter und Opfer derselben Rasse angehören.

Sozio-ökonomischer Status: Wegen seines jugendlichen Alters wäre es verfrüht, Adam Shelley endgültig einer bestimmten sozialen Klasse zuzuordnen. Allerdings kann auf dem Hintergrund der anderen hochgradig korrelierenden Faktoren eine brauchbare Vorhersage gemacht werden.

1.: Ursprungsfamilie — Adam wurde, abgesehen von kurzen Intervallen, als Mündel des Staates und in Institutionen erzogen. Die letztendliche Klassenzuordnung von Erwachsenen mit ähnlichem Hintergrund korreliert recht hoch mit der Verteilung für Kinder aus Familien ungelernter Arbeiter mit nur einem Elternteil.

2.: Erziehungs-/Beschäftigungsniveau — Adam hat nie eine öffentliche Schule besucht. Er wurde im Rahmen seiner

Behandlung in medizinischen Institutionen erzogen. Wenn man seinen derzeitigen Bildungsstandard mit dem öffentlicher Schulen vergleicht, liegt er mindestens zwei Jahre, vielleicht sogar vier Jahre zurück. Ein möglicher Beschäftigungsstatus ist niedrig. Seine mangelnde Schulbildung, mangelhafte Sozialisation und sein Äußeres würden es ihm sogar schwer machen, Fließbandarbeit zu finden. Seine Körpergröße und seine gewaltige Körperkraft könnten eventuell eine Beschäftigung ermöglichen, die einen höheren Lebensstandard gewährt, allerdings nur in einer Betätigung mit großer Isolation und hohem Risiko, wie zum Beispiel als Wildhüter in einem Gebiet, wo extrem viel gewildert wird.

Klinische Variablen:

Entwicklung der Gewalttätigkeit: Unsere Vorgehensweise beruht auf einem modifizierten Kleinholz-Wessel-Modell. Die Grundannahmen bestehen darin, daß die Wahrscheinlichkeit für weitere gewalttätige Handlungen sich mit jedem Zwischenfall erhöht, bei N5 zur Sicherheit wird und die wichtigsten Kennzeichen im Muster der Zwischenfälle folgende sind:
1. kurzer zeitlicher Abstand zum letzten Zwischenfall,
2. Heftigkeit des Zwischenfalls,
3. Häufigkeit.
Einen weiteren wichtigen Faktor stellt eine Eskalation dieser Kennzeichen dar.
Letzte Episode: Die Ursachen der letzten Episode lassen sich aus einer Reihe von Briefen ersehen, die Adam Shelley an Dr. Henry Frankenstein geschrieben hat. Diese Briefe befanden sich im Besitz von Henry Clerval, Dr. Frankensteins Anwalt. Er berichtete der Polizei, daß er Dr. Frankenstein geraten habe, nicht auf die Briefe zu antworten, weil er der Ansicht war, sie könnten die Einleitung einer Kunstfehler-Klage sein. Wesentlicher Inhalt der Briefe (es waren drei) ist Adams Überzeugung, daß Dr. Frankenstein verpflichtet

sei, ›andere von meiner Sorte ausfindig und mir zugänglich zu machen‹ um die Einsamkeit zu mildern, die er wegen der wiederholten Zurückweisungen durch andere verspürte. Der zweite Brief enthielt vage Drohungen gegen Menschen im allgemeinen, aber ohne mögliche Opfer konkret zu nennen. Der letzte Brief endet mit einem Schwur, Frankensteins ›Leben ebenso zu zerstören, wie du meines zerstört hast‹.

Drei Wochen nach Absenden dieses Briefes floh Adam Shelley aus dem Helms-Zentrum. Dr. Frankensteins Adresse war im Telefonbuch zu finden. Es muß angenommen werden, daß Adam an diesem Abend zu Fuß dorthin ging. Es liegen keine Aussagen vor, daß er unterwegs gesehen wurde.

Dr. Frankenstein hatte kürzlich zum ersten Mal geheiratet, eine Frau namens Elizabeth Lavenza. Seine Ehefrau war Intensivschwester an der Klinik gewesen, wo Dr. Frankenstein die Abteilung für Neugeborenenmedizin leitete.

An diesem Abend befanden sich William, Dr. Frankensteins jüngerer Bruder, Victor Moritz, ein enger Freund der Familie und Trauzeuge, und Frankensteins Vater Alphonse in Dr. Frankensteins Haus.

Das folgende ist eine offizielle Rekonstruktion des Tathergangs durch die Tatort-Experten der Polizei. Man glaubt, daß Adam Shelley sich hinter den großen Büschen neben der Garage versteckte. Als Victor Moritz das Garagentor öffnete, um das Auto zurückzubringen, welches er sich geliehen hatte, schlüpfte Adam Shelley in die Garage und versteckte sich dort im Schatten. Victor Moritz verließ den Wagen und betrat das Haus durch eine Verbindungstür. In diesem Moment griff Adam Shelley Victor Moritz von hinten an und erwürgte ihn mit bloßen Händen.

Beim Betreten des Hauses wurde Adam Shelley offenbar von William Frankenstein entdeckt, der schrie und versuchte, aus dem Haus zu fliehen. Adam Shelley hielt ihn fest, ergriff ihn am Hals und schüttelte ihn mit solcher Gewalt, daß das Rückenmark verletzt wurde und die Wirbelsäule selbst am obersten Halswirbel brach. Die Leiche des

Jungen warf er in den offenen Kamin. Williams Vater Alphonse, der offensichtlich von den Kampfgeräuschen geweckt worden war, kam hinzu, als sein Sohn ermordet wurde, und erlitt eine schwere und tödliche Herzattacke.

Dr. Frankenstein und seine Frau wurden zuletzt gesehen, als sie um 22 Uhr 30 eine Party verließen. Wahrscheinlich kamen sie gegen 22 Uhr 50 zu Hause an. Adam Shelley hatte nicht versucht, die Leichen zu verstecken, und wartete vermutlich im dunklen Wohnzimmer auf Dr. Frankenstein.

Als Dr. Frankenstein das Haus betrat, erhielt er einen Schlag an die Schläfe und verlor das Bewußtsein. Das folgende konnte den letzten Worten von Dr. Frankenstein entnommen werden, bevor er auf dem Weg ins Krankenhaus starb.

Shelley trug Dr. Frankenstein und seine Frau, die ohnmächtig geworden war, nach oben in ihr Schlafzimmer. Er legte Mrs. Frankenstein aufs Bett und fesselte den Doktor mit Krawatten an den Schreibtischstuhl.

Als Dr. Frankenstein wieder zu sich kam, sah er, wie Adam Shelley die Brust seiner immer noch bewußtlosen Frau streichelte. Er befahl ihm, damit aufzuhören, und der Junge lachte ihn aus. Er erinnerte den Doktor an seine Bitte, ihm ähnliche Menschen zu suchen, und daß Frankenstein es nicht einmal für nötig gehalten habe, zu antworten. Er sagte, er habe ursprünglich geplant, ins Haus zu kommen und Dr. Frankenstein dafür umzubringen, daß dieser ihn ›ins Leben gezwungen hatte, ein Leben ganz ohne Liebe‹, aber nun habe er sich eine passendere Rache ausgedacht. Er würde Dr. Frankenstein am Leben lassen, sich aber dessen Frau nehmen. Er hatte vor, sie zu schwängern und so eine eigene Familie nach seinem Bild zu bekommen, Kinder, die er lieben könne und die ihn lieben würden. Adams Plan war selbstverständlich zum Scheitern verurteilt. Er hatte keine Vorstellung davon, wie unwahrscheinlich es wäre, daß wieder ein Kind mit seinen Mißbildungen entstehen würde, selbst mit ihm als Vater.

Adam Shelley fuhr dann fort, Elizabeth Lavenza vor den Augen ihres Ehemannes zu vergewaltigen. Währenddessen gelang es Dr. Frankenstein, seine Hände von den Fesseln zu befreien, und er warf sich auf Adam Shelley. Sie kämpften, und Adam hob den Doktor hoch über seinen Kopf und warf ihn die Treppe hinunter, wo er seinen schweren Schädelbruch erlitt.

Elizabeth Frankenstein versuchte, aus einem Fenster im oberen Stockwerk zu fliehen, wurde aber von Adam Shelley festgehalten. Er verließ das Haus, Mrs. Frankenstein über die Schulter geworfen, aber zuvor tunkte er seine Finger in Henry Frankensteins Blut und hinterließ eine Botschaft auf dem Spiegel bei der Eingangstür: ›Wenn ihr mich nicht liebt, sollt ihr mich fürchten.‹

Dann floh er in den schnell fallenden Dezemberschnee hinaus. Henry Frankenstein gelang es, sich aus der Haustür herauszuschleppen. Draußen wurde er von einem vorbeigehenden Nachbarn gesehen, der die Polizei rief.

Adam Shelley wurde sofort und mit großem Aufgebot staatsweit gesucht. Am nächsten Tag fand man ihn in einer nahen Scheune und umzingelte ihn. Bevor er sich ergab, hielt er den Körper Elizabeth Frankensteins hoch über seinen Kopf und brach ihr Genick.

Prognose über weitere Gewalttätigkeit:

Auf dem Hintergrund der psychologischen und medizinischen Befunde, der sozialen Vorgeschichte und der jüngsten gewalttätigen Zwischenfälle geben wir folgende Prognosen ab:

Gewalttätigkeit existiert als Potential in jedem von uns, und die Grenze zwischen den Kräften in uns, die sie zurückhalten, und jenen, die verlangen, daß sie zum Ausdruck gebracht werden, verläuft nicht statisch. Gewalttätigkeit tritt auf, wenn eine bestimmte äußere Situation oder ein Geflecht von Umständen das Gleichgewicht dieser Kräfte innerhalb eines Individuums stört. Eine Prognose weiterer Gewalttätigkeit sollte versuchen, diese Kräfte, die Stabilität ihres Gleichgewichts und die Wahrscheinlichkeit des Auftretens einer provozierenden Situation zu definieren.

Adam Shelley ist ein unheilbar mißgebildeter junger Mann, der die Reaktion anderer auf sein Aussehen als Zurückweisung interpretiert. Zu einem bestimmten Zeitpunkt mag eine solche Zurückweisung bei ihm Schmerz und Traurigkeit hervorgerufen haben, heute entfacht sie nur noch Ärger und Wut. Adams Äußeres läßt sich nicht verändern. Um es deutlich zu sagen: Es ist unwahrscheinlich, daß sich die Reaktion anderer auf ihn je ändern wird. Daher beinhaltet jede soziale Beziehung das Risiko, provozierend zu wirken. Es ist unwahrscheinlich, daß eine Therapie mit dem Ziel, seine Reaktionen auf andere zu verändern, erfolgreich sein könnte.

Derzeit sind bei Adam Shelley keine Anzeichen von ›Gewissen‹ feststellbar. Er hat kein Bedauern und keine Schuldgefühle gezeigt, nach keiner seiner Taten. Wenn er jemals rudimentäre Fähigkeiten zu Mitgefühl hatte, sind sie nun offensichtlich nicht mehr vorhanden. Er betrachtet sich selbst nicht als menschliches Wesen und reduziert damit seine Möglichkeiten, sich mit anderen zu identifizieren. Angst vor Bestrafung hat keinen Einfluß auf ihn; man kann im Gegenteil wahrscheinlich davon ausgehen, daß er Strafe sogar sucht und als eine indirekte Form der Selbstzerstörung begrüßen würde.

Die Entwicklung von Adams Gewalttätigkeit zeigt, daß die Zwischenfälle zunehmend dichter aufeinanderfolgten und immer heftiger und häufiger wurden. Die früheren Episoden ließen sich vielleicht als Unfälle oder Vergeltung ansehen, aber die Morde an William Frankenstein und Victor Moritz waren zum Erreichen seines Zieles kaum notwendig, und der Mord an Elizabeth Lavenza Frankenstein gehört in den Bereich des Sadismus.

Schlußfolgerungen:

Adam Shelley ist offenbar ein Junge, der keinerlei Zurückhaltung gelernt hat, was die Anwendung von Gewalt angeht, der mit großer Wahrscheinlichkeit wieder in provozierende Situationen geraten wird und dessen Vorgeschichte es nunmehr fast sicher erscheinen läßt, daß er wiederum zu Gewalt greifen wird. Technisch gesehen stellen seine Verbrechen einen Massenmord dar, obwohl seine sexuellen Aktivitäten mit Elizabeth Lavenza ihn auch zum Lustmörder machen. Nach Ansicht des Untersuchungsteams würde eine Rückführung Adam Shelleys in die Gesellschaft ein hohes ständiges Risiko weiterer Morde mit sich bringen.

Was den kriminellen Vorsatz angeht, so wurde eine Anzahl strafmildernder Möglichkeiten in Erwägung gezogen. Es gab jedoch weder ungewöhnliche hirnpathologische Befunde, noch konnten neuro-hormonale Störungen festgestellt werden. Verminderte Schuldfähigkeit infolge von Drogen- oder Alkoholgenuß ist ebenfalls auszuschließen. Die Intelligenz wird als hoch genug erachtet, um Falsches von Richtigem unterscheiden zu können. Es liegen keine Belege für Psychosen oder Stimmenhören vor. Die fraglichen Verbrechen können nicht als durch unwiderstehlichen Impuls hervorgerufen betrachtet werden. In einem Brief, drei Wochen vor dem Überfall abgesandt, liegt eine Drohung vor. Es gibt eindeutige Beweise für Vorsatz und Planung der Verbrechen. Im Verlauf des Verbrechens bezog sich Adam Shelley wiederum auf sein Motiv, als er mit Henry Frankensteins Blut schrieb: ›Wenn ihr mich nicht liebt, sollt ihr mich fürchten.‹

Empfehlungen:

Nach wiederholter Durchsicht des vom Untersuchungs-
team zusammengestellten Materials muß geschlossen werden, daß Adam Shelley juristisch verantwortlich ist für den
Tod von William, Alphonse, Elizabeth und Henry Frankenstein und von Victor Moritz. Wir kommen außerdem zu
dem Schluß, daß ein ständiges hohes Risiko weiterer Morde
besteht, wenn er in die Gesellschaft entlassen wird.

Trotz seines jugendlichen Alters können wir keinerlei
Gründe dafür angeben, sein Urteil zu mildern oder die Voll-
streckung der Exekution auszusetzen.

M. Waldman, Dr. med.
Leiter des Gerichtsmedizinischen Teams
Abteilung für Verhaltensforschung
Goldstadt Medical Center

Originaltitel: The Hate Versus Adam Shelley
Ins Deutsche übertragen von Regina Winter

S. P. Somtow

Chui Chai

Die lebenden Toten sind nicht so, wie du sie dir vorstellst. Es gibt keine heraushängenden Eingeweide, keinen herabtropfenden Schleim. Sie tragen ihre Innereien innen, so wie du und ich. Im richtigen Licht gesehen, können sie sehr schön sein, wenn sie zum Beispiel in einer Türöffnung stehen, von kontrastierendem Neonlicht eingefangen. Belebt von der richtigen Art von Fantasie kann man sie von uns nicht mehr unterscheiden. Glaub mir. Ich weiß es. Ich habe sie berührt.

In den achtziger Jahren hielt ich mich viel in Bangkok auf. Die Maklerfirma, für die ich arbeitete, hatte dort eine Menge Geschäfte, einige von eher zweifelhafter Art, andere nicht. Die Geldflucht aus Hongkong hatte begonnen, und unsere Firma stürzte sich wie ein Geier auf ihren Anteil daran. Bangkok boomte, als stünde das Ende der Welt bevor. Los Angeles nahm sich dagegen wie Peoria aus. Es war wild und hektisch und schrecklich und frustrierend. Es gab dort Tempel und Gebäude, die wie gigantische Roboter aussahen. Die Skyline war eine Kreuzung aus Shangri-la und Manhattan. Für einen adretten, gewandten Yuppie-Geschäftsmann wie mich gab es immer wichtige Meetings, an denen man teilnehmen mußte, Faxe, die gefaxt werden wollten, Verkehrsstaus, um darin festzusitzen, und Kreditkarten. Und es gab auch Sex.

Es gab Patpong.

Ich war süchtig danach. Tagelang, nach Stunden hochtrabenden Geschwätzes und Brütens über Papieren und kalten Buffets, die von Geschäftsschluß bis Mitternacht dauerten, streifte ich durch die überfüllten Straßen von Patpong. Die Nacht roch nach Jasmin und Abwässern. Die Hitze sickerte überall hinein. Jeder meiner Schritte wurde von einer anderen Neonreklame beleuchtet. Durch halb geöffnete Nachtklub-Türen sah man nackte Pos zu schnellem, seelenlosem Synthrock hüpfen. Alles war käuflich: die Frauen, die Jungen, illegale Softwarekopien, gefälschte Rolex-Uhren. Und alles schwitzte. Ich streifte durch die Straßen und ging mitunter nach dem Zufallsprinzip irgendwo hinein, sah mir eine Live-Show an, Frauen, die Ping-Pong-Bälle aus der Vagina schleuderten, Jungen, die sich auf Motorrädern in den Arsch ficken ließen. Ich war süchtig. Es gab andere Türen, die zu Wartezimmern führten, von wo aus ich Frauen mit Nummern um den Hals durch einen Einwegspiegel betrachten konnte, weiche, schlanke braune Frauen. Ich wählte eine Nummer aus und griff nach den amerikanischen Kondomen in meiner Tasche. Kauf dir nie die am Ort hergestellten, Bruder, sie sind löchrig wie ein Sieb.

Ich war süchtig. Ich wußte nicht, wonach ich suchte. Aber mir war klar, daß es nicht um etwas ging, was ich in Encino finden konnte. Ich war ein Ritter auf der Suche, aber ich ahnte nicht, daß den Heiligen Gral zu finden das Schlimmste ist, was einem passieren kann.

Im Club Pagoda wurde mir ein kurzer Blick auf den Gral gewährt. Der Club war nahe meinem Hotel, und wir gingen hier gern mit unseren Kunden hin. Es war am äußersten Rand von Patpong, aber durchaus respektabel — die Art von Ort, wo man eine Plastikversion von ›The King and I‹ zu sehen bekommt, was wiederum eine Plastikversion des Lebens im alten Siam darstellt — eine Imitation, die eine Imitation imitiert. Die Kellner liefen alle in mittelalterlichen Uniformen herum, und die Gäste saßen auf dem Fußboden, nur daß es unter den Tischen Nischen für die baumelnden Beine der schwerfälligen Leute aus dem Westen gab. Die Nachtklubvorstellung war ausgesprochen nüchtern — alles klassische Thai-Tänze, Frauen mit diesen pagodenförmigen Hüten, die sich mit schmerzlicher Anmut und Langsamkeit bewegten, zu einer klimpernden, fremdartigen Musik. Ein guter Platz, Leute zu befragen, die Anträge auf Unterstützung ihrer Projekte gestellt hatten, weil die Atmosphäre hier dazu beitrug, sie ziemlich nervös zu machen.

Aber Dr. Frances Stone war kein bißchen nervös. Sie saß schon dort, als ich ankam, und war damit beschäftigt, die Erdnüsse aus ihrem *gaeng massaman* herauszupicken und sie auf dem Reis so zu arrangieren, daß sie wie kleine Augen, eine Nase und ein Mund aussahen.

»Spielen Sie gern mit dem Essen?« fragte ich, zog am Rand der für uns reservierten Nische meine Schuhe aus und setzte mich an den Tisch, ihr gegenüber.

»Nein«, sagte sie. »Ich mag sie nur lieber gemahlen als ganz. Die Erdnüsse, meine ich. Sie müssen Mr. Leibowitz sein.«

»Russell.«

»Der Mann, dem ich mit meinem Charme ein paar Millionen Dollar entlocken soll.« Sie zog eine Art kokettierenden Flunsch, nicht gerade, was man von jemand erwartet, der in der medizinischen Forschung arbeitet. Ihr Gesicht wirkte verlebt, aber wenn sie lächelte, bekam man eine gewisse Ahnung, daß sie einmal schön gewesen sein mußte. Ich fragte mich, was sie wohl so sehr verändert hatte. Nach ihrem Dossier war sie erst Mitte Vierzig.

»Wir sind vor allem hier, um zu nehmen«, sagte ich, »nicht um zu geben. Forschung ist nicht gerade unsere starke Seite. Sie würden sich vielleicht besser an Hoechst oder Berli Jucker wenden, Frances.«

»Aber Russell . . .« Sie hatte ihr Curry nicht berührt, aber die Erdnüsse auf dem Reis stellten jetzt ein perfektes menschliches Gesicht dar, mit ein paar Soßenspritzern als Haaren. »Es geht nicht direkt um Erforschung von wissenschaftlichem Neuland, sondern um eine Entdeckung, die schon vor fast hundertfünfzig Jahren gemacht wurde. Die Papiere meines Urgroßvaters . . .«

»Für die er aus der Österreichischen Akademie geworfen wurde? Ja, mein Dossier ist ziemlich ausführlich, Dr. Stone, ich weiß alles darüber, wie er nach Amerika floh und seinen Namen änderte.«

Sie lächelte. »Und mein Dossier über Sie, Mr. Leibowitz, ist auch ziemlich ausführlich«, sagte sie und zog ein paar kompromittierende Fotos aus ihrer Handtasche.

Ein Gong erklang, um den nächsten Tanz anzukündigen. Es war ein Solo. Nebel wallte über die Bühne, und eine Frau tauchte daraus hervor. Ihr Kostüm glitzerte von aufgestickten Kristallperlen, aber ihre Augen waren strahlender als Edelsteine. Sie sah mich an, und ich spürte die Qualen der Sucht. Sie lächelte, und ihre Lippen waren feucht und glänzend.

»Ihnen gefällt, was Sie sehen«, sagte Frances sanft.

»Ich . . .«

»Der Tanz heißt *Chui Chai*, der Tanz der Wandlungen. Es gibt in jedem klassischen Thai-Drama Wandlungen — eine Frau verwandelt sich in eine Rose, ein Geist verwandelt sich in einen Menschen. Nach der Metamorphose des Darstellers tanzt er einen *Chui Chai* und triumphiert über die vollendete Schönheit seines gewandelten Selbst.«

Das alles interessierte mich nicht, aber aus irgendeinem Grund bestand sie darauf, mir die gesamte Geschichte zu erzählen, die hinter dem Tanz steht. »Dieser *Chui Chai* wird *Chui Chai benjakai* genannt. Die Dämonin Benjakai ist vom Dämonenkönig Thotsakanth ausgesandt worden, um den Helden Rama zu verführen. Verkleidet als die wunderschöne Sita wird sie sich den Fluß hinuntertreiben lassen zu Ramas Lager, damit er denkt, seine Geliebte wäre tot. Erst wenn sie auf dem Scheiterhaufen liegt, erwacht sie aus ihrer totenähnlichen Trance, nimmt wieder ihre Dämonengestalt an und fliegt zurück zum Dämonenreich von Lanka... Aber Sie hören ja gar nicht zu!«

Wie hätte ich zuhören können? Die Tänzerin war eine Frau, wie sie eigentlich nur in Träumen, in Gedichten vorkommt. Langsam tanzte sie auf die kitschige Kulisse zu, das blasse Bild eines Palastes mit spitzen Giebeln. Ihre Füße berührten kaum den Boden. Die Arme bewegten sich wellenartig, und ihr Blick hielt meinen fest. Als würde sie allein mich ansehen. Thai-Frauen können mit ihren Augen Dinge machen, die anderen Frauen nicht gelingen. Ihre Augen sprechen eine geheime Sprache.

»Warum starren Sie sie so an?« fragte Frances. »Sie ist nur ein Patpong-Barmädchen — sie hat hier gleich zwei Jobs: Klassiker am Abend, Bumsen nach Mitternacht.«

»Sie kennen sie?« fragte ich.

»Ich habe ein paarmal mit ihr zu tun gehabt.«

»Welche Art Forschung betreiben Sie eigentlich, Dr. Stone?«

»Ich erforsche die Grenze zwischen Leben und Tod«, antwortete sie. Sie zeigte auf die Fotos. Neben ihnen lag ein Vertrag über die Finanzierung des Forschungsprojekts. Die Schrift verschwamm vor meinen Augen. »Machen Sie sich keine Gedanken, es geht nur um ein paar Millionen Dollar. Ihre Firma wird das Geld nicht einmal vermissen, und Sie werden das größte Geheimnis auf Erden besitzen — den Baum der Erkenntnis. Die Äpfel, die Eva Adam reichte. Außerdem kenne ich Ihren Preis und kann ihn zahlen.« Und sie schaute zu dem tanzenden Mädchen hin. »Ihr Name ist Keo. Ich kann auch als Kupplerin arbeiten, wenn es der Wissenschaft dient.« Plötzlich wurde mir klar, daß Dr. Stone und ich die einzigen Kunden im Pagoda Club waren. Ich war reingelegt worden.

Die Frau tanzte weiter, jetzt schneller. Ihre Hände bewegten sich in mysteriösen Gesten durch die Luft. Sie blickte weiterhin nur mich an. Sie *war* die Figur, die sie darstellte, verführerisch und diabolisch. In jedem Blick, in jeder Handbewegung lag aber auch Düsteres. Ich trank den Rest meines Lager und bestellte ein weiteres. Eine Erektion drückte gegen meine Hose.

Der Tanz war zu Ende, sie verneigte sich vor ihrem kleinen Publikum und preßte die Hände in einem anmutigen *wai* zusammen. Sie senkte den Blick und verließ die Bühne. Ich hatte den Vertrag über die Finanzierung unterschrieben, ohne es selbst zu wissen.

Dr. Stone sagte: »Wenn Sie nach oben zur Toilette gehen ... nehmen Sie die zweite Tür links. Sie wird auf Sie warten.«

Ich trank noch ein Bier, und als ich aufsah, war Dr. Stone verschwunden. Sie hatte keinen Bissen gegessen. Aber das Essen auf ihrem Teller war zu dem Gesicht einer schönen Frau geformt. Es war so lebensecht, daß — aber nein. Es lebte nicht. Es atmete nicht.

Sie trug noch das Tanzkostüm, als ich hereinkam. Ein kleines Mädchen trennte vorsichtig die Säume auf. Auf dem Boden lag schon ein Haufen von Kleidungsstücken. Im Licht einer nackten Glühbirne hatten die Gewänder der Göttin ihren Glanz verloren. »Gibt keine Knöpfe an klassische Gewand«, sagte sie. »Wir werden einfach eingenäht. Kann nicht mal Pipi machen.« Sie kicherte.

Das kleine Mädchen raffte die Kleider an sich und ging.

»Du bist ... wunderschön«, sagte ich. »Ich verstehe nicht, warum du ... ich meine, wieso du gezwungen bist ...«

»Ich habe Problem«, sagte sie. »Teures Problem. Dr. Stone nicht gesagt?«

»Nein.« Sie bedeckte die Brüste schüchtern mit den Händen.

Sanft zog ich die Hände weg.

»Du willst, ich tanze für dich?«

214

»Tanz«, sagte ich. Sie war nackt. Sie roch anders als andere Frauen. Wie zerdrückte Blüten. Vielleicht war auch ein Hauch von Fäulnis dabei. Sie schüttelte ihr Haar, und es ringelte sich wie schwarze Schlangen über ihre Brüste. Als ich sie auf der Bühne gesehen hatte, hatte ich mich einer Art Vergewaltigungs-Fantasie hingegeben, aber jetzt wollte ich den Augenblick so lange wie möglich hinauszögern. Mein Gott, sie machte mich verrückt!

»Ich sehe große Leere in dir. Komm her. Ich auffüllen. Wir beide leer. Müssen gefüllt werden.«

Ich wollte protestieren. Aber ich wußte, daß sie mich so gesehen hatte, wie ich wirklich war. Ich stank vor Geld, aber ich war nur ein aufgeblasener Yuppie-Versager. Hier lag die Wurzel meiner Sucht.

Wieder tanzte sie den Tanz der Wandlung, aber diesmal für mich allein. Wirklich für mich allein. Ich meine, alle Mädchen in Patpong kennen diesen Trick, dich denken zu lassen, sie lieben dich. Das ist es, was einen süchtig macht. Patpong ist der einzige Ort der Welt, wo man wirklich Liebe kaufen kann.

Aber sie war nicht so. Als sie mich berührte, war es, als wenn sie dabei durch eine unsichtbare Barriere hindurchgriff, über eine unüberbrückbare Kluft. Selbst als ich in sie eindrang, blieb sie eigentlich unberührbar. Wir kamen aus verschiedenen Welten, und keiner von uns hatte seine ganz private Hölle wirklich verlassen.

Nicht, daß es an Leidenschaft gefehlt hätte. Sie kannte jede Stellung aus dem Lehrbuch. Rückwärts und vorwärts. Sie behielt mich die ganze Nacht dort, und ich empfand jeden Liebesakt, als wäre er eigens für uns beide erfunden worden. Als ich zum letzten Mal kam, spürte ich, daß ich einen kurzen Blick auf den Gral geworfen hatte. Ihr Blick, auf die Glühbirne gerichtet, war voll trauriger Erinnerung. Ich liebte sie mit all meiner Kraft. Dann ergriff mich Angst. Sie war eine Dämonin. Mit gelben Augen und Drachenklauen. Sie war ich selbst, mein unstillbarer Hunger. Ich fickte meine eigene Sucht. Ich glaube, in diesem Augenblick schluchzte ich. Ich klagte sie an, meinen Drink mit Drogen versetzt zu haben. Ich weinte mich in den Schlaf, und dann ging sie.

Ich merkte nicht, wie klumpig die Matratze war, wie die Farbe von den Wänden abblätterte oder wie die Glühbirne zur Musik aus dem unteren Stockwerk hüpfte. Ich bemerkte die Kakerlaken nicht.

Und erst als es Morgen wurde, fiel mir auf, daß ich meine Kondome nicht benutzt hatte.

Die Geschäftsreise war erfolgreich gewesen, aber ich kehrte zwei Jahre lang nicht nach Thailand zurück. Ich wurde befördert und mußte nicht mehr reisen. Ich zog von Encino nach Beverly Hills, heiratete eine neue, zeitgemäßere Frau und schickte meine Kinder in ein Schweizer Internat. Ich fand auch einen neuen Therapeuten und eine neue Selbsthilfegruppe. Ich erstickte die Sucht mit neuen Abhängigkeiten. Mein alter Therapeut war ein strikter Freudianer gewesen. Er hatte versucht, die Ursachen meiner Kindheitstraumata zu finden — Mißbrauch, Sauberkeitserziehung, ödipale Spiele — und nie irgend etwas herausgefunden. Ich bin gut darin, meine Erinnerungen zu blockieren. Soweit ich mich überhaupt erinnern kann, fing ich mit acht oder neun Jahren an zu leben. Meine Eltern waren tot, aber ich hatte einen Treuhandfonds.

Meine besten Freunde in der Selbsthilfegruppe waren Janine, die achtmal verheiratet gewesen war, und Mike, ein Transvestit. Die Klinik war in Malibu, und so konnten wir an den Strand gehen, nachdem wir uns gegenseitig zerrissen hatten.

Eines Tages sprachen wir über Thailand.

Mike sagte: »Ich habe in Thailand diese Frau getroffen. Ich hatte viel Spaß in Thailand, wißt ihr. Bums-Tourismus. Es gibt da eine Menge Transvestiten, Süßer. Ich bin nicht schwul, ich mag nur die Klamotten. Ich traf dieses Mädchen.« Er blieb selten beim Thema, weil er immer bekifft war. Unsere Therapeutin, Glenda, war auf der hölzernen Strandpromenade eingeschlafen. Der Strand war verlassen. »Ich kannte da dieses Mädchen in Thailand, eine Tänzerin. Sie verwandelte sich, wenn sie tanzte. Ich meine, sie verwandelte sich *wirklich*. Ihr hättet ihre Haut sehen sollen. Durchsichtig. Und sie roch anders als andere. Nach merkwürdigen Arzneien.«

Ich hatte zu zittern angefangen, als er das sagte, denn ich hatte die ganze Zeit versucht, nicht an sie zu denken, obwohl ich sie in meinen Träumen sah. Sogar bevor ich zu träumen begann, wenn ich gerade meine Augen schloß, hörte ich das hohle Klimpern der Marimbas und sah ihre Augen in der Dunkelheit vor mir.

»Kommt mir bekannt vor«, sagte ich.

»Nee. So'n Mädchen gibt's nicht noch mal, Süßer. Nie. Sie tanzte in einer klassischen Tanzshow *und* arbeitete im Puff. Hatte auch einen Job tagsüber, sie arbeitete für irgendeine komische Professorin, eine komische Alte mit welkem Gesicht und Brille. Ärztin oder so, glaub' ich. Hatte ein zwielichtiges Büro in Patpong, dort behandelte sie die Mädchen kostenlos gegen Geschlechtskrankheiten.«

»Dr. Frances Stone?« Bezahlte meine Firma für kostenlose Behandlung von Geschlechtskrankheiten? Was war aus der Erforschung der Geheimnisse des Universums geworden?

»He, woher kennst du denn ihren Namen?«

»Hast du mit ihr geschlafen?« Plötzlich zitterte ich vor Wut. Ich weiß nicht warum. Ich meine, ich wußte doch, wovon sie lebte.

»Hast du?« fragte Mike. Er war ziemlich nervös. Er rutschte von mir weg, rollte sich einen Joint mit einer Hand und kratzte mit der anderen über die Planken.

»Ich habe zuerst gefragt«, schrie ich und dachte, Jesus, ich höre mich an wie ein Zehnjähriger.

»Aber natürlich nicht. Sie hatte Schwierigkeiten, nicht

wahr? Teure Schwierigkeiten. Aber sie war schön, zum Fressen schön.«

Ich blickte wild um mich. Die Frau Therapeutin döste immer noch – eine tolle Art, tausend Dollar die Stunde zu verdienen –, und die anderen waren in kleinen Gruppen weiter weg. Janine hörte halb zu, aber sie war mehr daran interessiert, sich gleichmäßig mit Sonnenöl einzureiben.

»Ich will wieder zurück«, sagte ich. »Ich will Keo wiedersehen.«

»Was für ein Quatsch«, sagte Janine und schlängelte sich an mich heran. »Du externalisierst nur irgendwie deine inneren Verletzungen auf ein Fantasie-Objekt. Wie wenn du mit deinem Kind Kontakt haben willst, weißt du, was ich meine?«

»Du bringst deine Selbsthilfegruppen durcheinander, Süße«, bemerkte Mike spitz.

»He, Russ, statt etwas in eine Frau aus der Vergangenheit zu projizieren, die du vor zwei Jahren und tausend Meilen von hier entfernt getroffen hast, warum, sagen wir mal, fixierst du dich nicht irgendwie auf jemanden, der ein bißchen näher ist? Ich meine, ich hab' ein Auge auf dich geworfen. Ich bin nur in dieser Selbsthilfegruppe, weil, irgendwie, Selbsthilfegruppen die einzigen Orte sind, wo man irgendwie feinfühlige Typen treffen kann.«

»Janine, ich bin verheiratet.«

»Dann laß uns eine Affäre haben.«

Die Vorstellung gefiel mir. Meine Ehe mit Trisha war ein ziemlicher Witz gewesen. Ich hatte ein neues Anhängsel für Cocktailparties und Vernissagen gebraucht. Sie suchte nach Sicherheit. Ich war in meinen Erinnerungen gefangen. Vielleicht würde Janine mich ja kurieren. Und ich wollte unbedingt kuriert werden, denn Mikes Geschichte hatte mich brutal aus meiner Fantasie gerissen, daß Keo nur für mich existiert hatte.

Aber wir schrieben die Neunziger, und Janine bestand auf einem Bluttest, bevor wir irgend etwas taten. Mein Test war positiv. Ich war halbtot vor Angst. Denn das einzige Mal, wo ich so unvorsichtig gewesen war, es ohne Kondom zu machen, war — in jener Nacht. Und wir hatten wirklich nichts ausgelassen. Von allen Seiten. Jede Flüssigkeit geteilt.

Es war wahrhaftig ein Tanz der Wandlungen gewesen.

Ich hatte nichts zu verlieren. Ich ließ mich scheiden und schickte meine Kinder in eine noch teurere Schule nach Connecticut. Es ging mir gut. Vielleicht würde nie etwas zum Ausbruch kommen. Ich hatte alles darüber gelesen. Ich sprach mit niemand darüber. Ich packte ein paar Anzüge und lässigere Kleidung und einen Vorrat an nachgemachtem AZT. Es ging mir gut. Gut, sagte ich mir selbst. Gut.

Ich buchte den nächsten Flug nach Bangkok.

In der Firma war man überrascht, mich zu sehen, aber ich war nun in einer derart hohen Position, daß sie annahmen, ich sei als Troubleshooter gekommen. Sie buchten für mich im Oriental. Und gaben mir zehntausend *bat* pro Tag. In Bangkok kann man ziemlich viel kaufen für vierhundert Dollar. Ich sagte ihnen, sie sollten mich in Ruhe lassen. Die Untersuchung würde sie nicht berühren. Sie wußten nicht, was ich untersuchen wollte, und waren deshalb auf das Schlimmste gefaßt.

Ich ging zur Silom Road, wo der Club Pagoda gestanden hatte. Nichs mehr da. An der Stelle stand ein brandneuer McDonalds und das Büro einer Fluggesellschaft. Vielleicht war Keo schon tot. Hatte ich es nicht an ihr gerochen? Der Duft welkender, zerdrückter Blüten ... der Geruch nahen Todes? Und die Leidenschaft, mit der sie geliebt hatte. Jetzt verstand ich es. Es war die Leidenschaft der Verdammten. Sie hatte von einem Ort zwischen Leben und Tod aus nach mir gegriffen. Sie hatte das Leben aus mir herausgesaugt und mir den Virus als Liebesgabe gegeben.

Ich streifte durch Patpong. Bettler zerrten an meinen Armen, gefälschte Rolex-Uhren wurden mir vors Gesicht gehalten. Es war sinnlos, nach Keo zu fragen. Es gibt eine Million Frauen, die Keo heißen. Keo bedeutet Juwel. Und es bedeutet auch Glas. Im Thai gibt es viele Worte, die keinen Unterschied machen zwischen Imitiertem und Imitation. Ich hatte kein Foto, und Keos Schönheit war schwer zu beschreiben. Und jedes Mädchen in Patpong ist schön. In jeder Nacht paradierten vor mir in Patpong im Neonlabyrinth tausend Lippen und Augen, sinnlich und unendlich vielversprechend. Die falschen Lippen, die falschen Augen.

Patpong besteht nur aus ein paar Straßen und Querstraßen, aber in der sengenden Hitze hier auf- und abzulaufen, Fragen zu stellen, in jedem Gesicht nach einer Spur des verlorenen Grals zu suchen . . . es läßt einen schnell altern. Ich rasierte mich nicht mehr und nahm Aufputschmittel. Was hatte es schon zu bedeuten?

Aber es ging mir immer noch gut, ich wurde nicht krank. Es ging mir gut. Gut!

Und dann, eines Tages, als ich gerade einen Big Mac bezahlte, sah ich ihre Hände. Ich schaute zu dem Computer hin, der das Geld zählte. Ich hörte, wie der Computer die Kassenschublade aufpiepte, und dann sah ich sie: den Hamburger mit beiden Händen anbietend, die Handflächen nach oben, wie ein Opfer an die Götter. Die Finger bogen sich aufwärts, zart, aber mit verborgener Kraft. Oh, wie ich diese Hände kannte. Wir zart sie über meine Schulterblätter geflogen, über meine Hoden geglitten waren, sie um Haaresbreite doch nicht berührt hatten. Ihre Kraft, als sie die Faust geballt und in meinen Hintern gesteckt hatte. Gott, wir hatten in dieser Nacht alles gemacht. Ich ergriff die Hände und hielt sie fest, Burger und alles, und fühlte die vertraute Reaktion. O Gott, wie ich mich sehnte!

»Mister, soll ich dir einen blasen?«

Es war nicht ihre Stimme. Ich blickte auf. Es war nicht einmal eine Frau.

Ich sah wieder die Hände an. Dann das Gesicht. Sie gehörten überhaupt nicht zusammen. Es war ein pockennarbiger

Junge, und während er mit mir sprach, starrte er durch mich hindurch. Es gab keinerlei Ähnlichkeit zwischen der Leere seines Blicks und der Leidenschaft, mit der seine Hände über die meinen streichelten.

»Ich mache so etwas eigentlich nicht«, sagte er. »Aber ich bin ein armer Student und brauche das Geld. Kommen Sie nach fünf Uhr wieder. Sie werden nicht enttäuscht sein.«

Die Finger kneteten meine Handgelenke mit der Vertrautheit, wie sie nur jemand haben kann, der deinen gesamten Körper kennt, der sich an die Krampfader an deinem linken Bein erinnert und an das Muttermal auf deinem rechten Hoden. Es war obszön. Ich entwand ihm meine Hände. Mit Mühe erinnerte ich mich daran, meine Brieftasche einzustecken, bevor ich hinaus auf die Straße rannte.

Seit ich angekommen war, hatte ich versucht, Dr. Frances Stone zu finden, hatte die Akten im Hauptbüro der Firma durchgesehen und die Sekretärinnen angebrüllt. Obwohl die Firma Dr. Stones Projekt unterstützt hatte, waren die Berichte wie vom Erdboden verschwunden.

Schließlich merkte ich, daß dies der falsche Weg war. Ich erinnerte mich, was Mike mir erzählt hatte, und einen Tag nach der Begegnung mit Keos Händen war ich wieder in Patpong und fragte nach einer guten Klinik für Geschlechtskrankheiten. Die höchstgeachtete von allen befand sich an der Grenze zwischen Patpong und Soi Cowboy, über einem Laden, der illegale Software- und Videokopien verkaufte. Ich ging eine steile Treppe hinauf in einen winzigen Raum ohne Fenster, wo ein Deckenventilator dieselbe verschwitzte Luft um- und umwälzte. Eine Sprechstundenhilfe lächelte mich an. Ihr Blick war ebenso leer wie der des Jungen bei McDonalds. Ich ließ mich auf einem klapprigen Rattanstuhl nieder und wartete, bis Dr. Stone mich in ihr Büro rief.

»Sie haben etwas mit ihr gemacht«, sagte ich.

»Ja.« Sie schob einen Stapel Papiere hin und her. Sie hatte

ein Fenster in ihrem Büro, eine Klimaanlage, die in Richtung der Computer blies. Ich war immer noch klatschnaß geschwitzt. Das Telefon klingelte, und sie führte ein kurzes Gespräch auf Thai, das ich nicht verstehen konnte. »Sie sind natürlich ärgerlich«, sagte sie und legte den Hörer auf. »Aber es war besser als nichts. Besser als die kalte Leere der Erde. Und sie hatte nichts zu verlieren.«

»Sie starb an AIDS! Und jetzt habe *ich* es!« Zum ersten Mal gestand ich mir zu, daß mir das Wort über die Lippen kam. »Sie haben mich *umgebracht*!«

Frances lachte. »O je«, sagte sie, »wir sind wohl ein bißchen melodramatisch. Sie haben den Virus, aber es ist noch nichts ausgebrochen.«

»Es geht mir gut. Gut.«

»Nun, warum setzen Sie sich dann nicht an den Tisch. Ich bestelle etwas zu essen. Wir unterhalten uns.«

Sie hatte sich wirklich dem Land angepaßt. In Thailand gilt es als unhöflich, über Geschäfte zu sprechen, ohne Essen zu bestellen. Verdrossen setzte ich mich nieder, während sie das Fenster aufriß und einem der Straßenhändler etwas zurief.

»Um ehrlich zu sein, Mr. Leibowitz«, sagte sie, »wir könnten wirklich noch mehr Unterstützung brauchen. Wir haben so viel von dem letzten Geld für diesen Mantel-und-Degen-Kram ausgegeben, Wachen, Bestechungsgelder und so weiter; so wenig ist für die Forschung selbst übriggeblieben. Sehen Sie sich doch um — ich verschwende nicht gerade Ihr Geld für ein luxuriöses Büro, oder?«

»Ich habe ihre Hände gesehen.«

»Sehr effektiv, nicht wahr?« Das Essen kam. Es war irgendein Nudelzeug, in Bananenblätter eingewickelt, das vor Chilischoten nur so strotzte. Sie aß nichts, sondern amüsierte sich nur damit, die Chilischoten zu arrangieren in der Form von . . . »Die Hände meine ich. So schön wie immer. Lebendig, Sinnlich. Mein erster großer Durchbruch.«

Ich begann wieder zu zittern. Ich hatte von Dr. Stones

Urgroßvater und seinen Experimenten mit Leichenteilen gelesen. Aus Einzelteilen zusammengesetzte Körper, zum Leben gebracht durch Blitz-Elektrizität. Kein Leben, ein Abbild des Lebens. Konnte so etwas mit Keo geschehen sein? Aber sie war am Sterben gewesen. Vielleicht war es besser als nichts. Vielleicht . . .

»Jedenfalls habe ich gehofft, daß Sie bald vorbeikommen würden, Mr. Leibowitz. Weil wir eine Bitte um weitere finanzielle Unterstützung an Ihre Firma gerichtet haben. Ich habe die Papiere hier. Ich weiß, daß Sie so weit aufgestiegen sind, daß Ihre Unterschrift uns zehnmal soviel bringen wird wie vor zwei Jahren.«

»Ich will sie sehen.«

»Möchten Sie mit ihr tanzen? Möchten Sie sie noch einmal im *Chui Chai* sehen?«

Sie führte mich eine andere Treppe hinunter. Viele Stufen. Ich war sicher, daß wir uns tief unter der Erde befanden. Ich wußte, daß wir uns Keo näherten, denn in der Luft war ein Hauch des Duftes nach verwelkenden Blüten. Wir stiegen weiter hinab. Es war unnatürlich kalt. Und dann kamen wir schließlich zum Laboratorium. Keine buckligen Igors oder blubbernden Retorten. Nur ein sauberer, hell erleuchteter Kellerraum. Kalt wie im Leichenschauhaus. Die Wände waren weiß gekachelt, die Decke vergipst. Leuchtstoffröhren. Der durchdringende Geruch von nicht ganz Totem.

Plexiglasbehälter standen an den Wänden. Darin schwammen Körperteile in Flüssigkeit. Arme und Beine schwammen an mir vorüber. Rümpfe drehten sich. Eine Frauenbrust lag zwischen den Schenkeln eines Kindes. In einem anderen Behälter wirbelten menschliche Herzen herum, jedes fein säuberlich an der Aorta abgeschnitten. Es gab einen Behälter mit Augen. Einen mit Genitalien. Eine Kette von Zungen war in einem dritten aufgehängt. Massen von Gedärmen wanden sich in einem vierten. Computer zeichneten Diagramme auf

Monitoren. Oszilloskope piepten. Ein kleiner Gibbon war an einem Pfosten angebunden, auf dem ein menschlicher Schädel stand. Aber es war etwas seltsam Antiseptisches an diesem Spektakel, und ich konnte kein Entsetzen spüren.

»Entschuldigen Sie das *decor*, Russell, aber sehen Sie, wir mußten auf den üblichen Dekorationsfonds verzichten.« Der einzige Versuch, den Raum zu verschönern, war ein verblaßtes Poster von Frankenstein Junior an der Wand. »Regen Sie sich bitte nicht über all diese Teile auf«, fügte sie hinzu. »Es sieht alles sehr makaber aus, aber während des Medizinstudiums härtet man sich dagegen ab. Wenn Sie merken, daß Ihr Essen hochkommt — links von Ihnen ist ein Waschraum. Ja, zwischen den Augen und den Zungen.« Mir war nicht übel. Ich war . . . erregt. Es war der Geruch. Ich wußte, daß ich Keo nahe war.

Sie schloß eine andere Tür auf. Wir kamen in einen verborgenen Raum. Keo war dort. Eine Decke lag über ihrem Körper, aber als ich nach den Jahren ihr Gesicht wiedersah, blieb mir fast das Herz stehen. Diese Augen. Diese geöffneten Lippen. Das Haar, das nach oben einer blauen Lichtquelle entgegenwehte . . . obwohl ich keinen Luftzug im Raum spürte. »Es ist ein Elektronenwind«, erklärte Dr. Stone. »Wir brauchen auf keine Gewitter mehr zu warten. Wir können heute mehr Elektrizität aus einer Steckdose bekommen, als Urgroßvater Victor sich je hätte träumen lassen, aus dem Himmel zu stehlen.«

Und sie lachte das Lachen der verrückten Wissenschaftler.

Ich sah, daß der Junge aus dem McDonalds auf einem Stuhl saß. Die Hände streckten sich nach mir aus. An seinen Schläfen waren Elektroden angebracht. Er war jetzt nackt, und ich konnte die Narben sehen, wo die Hände an den Gelenken angebracht worden waren. Ich sah eine Frau mit Keos Brüsten, die mit einem Glaspfeiler verdrahtet war, sie zerrte an ihren Fesseln und keuchte, während Blitze aus blauem Licht über ihre Ketten tanzten. Ich sah ihre Vagina, auf das Schambein einer Zwergin genäht, die sich krümmend am Fuß der Säule lag. Keos Füße waren am Körper eines fünfjährigen Jungen befestigt, und ihre Anmut wurde zu Ungeschicklichkeit, als er stolpernd die Säule umkreiste.

»Leute aus Einzelteilen«, stellte ich fest.

»Aber selbstverständlich!« sagte Dr. Stone. »Glauben Sie, wir wären so dumm, die Leute als Ganzes zurückzubringen? Sehen Sie nicht, was das für Konsequenzen hätte? Leben und Tod wären rechtlich neu zu definieren, Testamente müßten für ungültig erklärt werden, Menschen lebenden Leichen dienstbar sein ... Ich bin Wissenschaftlerin, nicht Philosophin.«

»Aber wer sind sie jetzt?«

»Sie waren schon vorher niemand. Straßenkinder. Prostituierte. Sie starben, Mr. Leibowitz, starben! Sie waren froh, mir ihre Körper überlassen zu können. Und nun sind sie mehr als menschlich. Sie sind viele Personen in vielen Körpern. Eine *Gestalt*. Ich kann sie mischen und wieder neu zusammensetzen, immer auf andere Weise. Und die schöne Keo. Oh, sie weinte, als sie zu mir kam. Als sie herausfand, daß sie Sie angesteckt hatte. Sie liebte Sie. Sie waren der letzte, den sie je geliebt hat. Ich habe sie für Sie aufgehoben. Sie hat hier geschlafen und darauf gewartet, für Sie zu tanzen, seit dem Tag, an dem sie starb. Oh, lassen Sie uns nicht von *sterben* sprechen. Der Tag an dem sie ... sie ... ich bin keine Dichterin, Mr. Leibowitz. Nur eine Wissenschaftlerin.«

Ich wollte ihr nicht zuhören. Ich sah nur Keos Gesicht. Die Erinnerung kam wieder. Alles, war wir getan hatten. Ich wollte das alles wieder aufleben lassen. Es war mir egal, ob sie tot oder untot war. Ich wollte nach dem Gral greifen und ihn fest in meinen Händen halten.

Frances legte einen Schalter um. Die Musik begann, das Schrillen der *pinai*, das Trommeln der *taphon*, das Klingeln der Marimbas und Xylophone erklang in der *Chui-Chai*-Musik. Dann schlüpfte sie unauffällig hinaus. Ich hörte, wie ein Schlüssel umgedreht wurde. Sie hatte den Vertrag über die finanzielle Unterstützung auf dem Boden liegengelassen. Ich war allein mit allen Teilen der Frau, die ich geliebt hatte. Langsam ging ich zu dem Kopf hin. Der Elektronenwind wogte, das kalte blaue Licht wurde intensiver. Ihre Augen öffneten sich. Ihre Lippen bewegten sich, als entdeckte sie die Sprache zum ersten Mal...

»Rus... sel.«

An dem pockennarbigen Jungen bewegten sich die Hände aus eigenem Impuls. Er drehte seinen Kopf hin und her, und die Hände griffen in die Luft, versuchten, mein Gesicht zu berühren.

Keos Lippen waren trocken. Ich legte meine Arme um den verhüllten Körper und küßte ihren toten Mund. Ich spürte, wie sich meine Haare sträubten.

»Ich sehe große Leere in dir. Komm her. Ich fülle dich. Wir beide leer. Müssen gefüllt werden.«

»Ja. Jesus. Ja.«

Ich zog sie an mich. Was ich umarmte, war kalt und kribbelte. Ich zog die Decke beiseite. Es gab keinen Körper. Nur ein Netzwerk von Drähten und Transistoren und Platinen und Röhren, aus denen leuchtende Substanzen in Kolben flossen.

»Ich tanze jetzt für dich.«

Ich drehte mich um. Die Hände des McDonalds-Jungen drehten sich in anmutigen Mustern. Die Füße des Kindes bewegten sich synkopisch zur Musik und zogen den Rest des Körpers mit sich. Die Brüste der angeketteten Frau waren aufgerichtet, warteten auf meine Berührung. Die Musik wurde lauter. Eine Altstimme spann traurige Koloraturen über den verwobenen Rhythmus von Holz und Metall. Ich küßte sie. Ich küßte diesen abgetrennten Kopf und gab der kalten Zunge meine Wärme, erweckte Leidenschaft in ihr. Ich konnte hören, wie Ketten zerbrachen und Drähte über die Fliesen schleiften. Hände kneteten meinen Rücken, rieben meinen Nacken, lösten meinen Gürtel. Eine Brust berührte meinen linken Pobacken, und ein Fuß trat sanft auf den anderen. Es kümmerte mich nicht, daß all diese Teile zu anderen Körpern gehörten. Es waren ihre. Sie liebte mich überall. Die Zwergin, die ihre Vagina trug, kletterte an meinem Bein hoch. Jeder Teil von ihr liebte mich. Oh, sie tanzte! Wir tanzten zusammen. Ich war der Mittelpunkt ihrer Leidenschaft. Wir waren leer, aber nun tranken wir uns satt. O Gott, wie wir tanzten. Ich weiß, es war Begräbnismusik, aber wir waren zufrieden. Und ich unterschrieb alles, auch die Zusatzklausel.

Heute bin ich in der AIDS-Station des Beverly-Hills-Hospitals. Ich muß nicht mehr lange warten. Bald wird die Zusatzklausel wirksam werden, und mein Körper wird in Flüssigsauerstoff konserviert und nach Patpong verschifft.

Die Schwestern hassen es, mich anzusehen. Sie fassen mich nur mit Gummihandschuhen an, damit ich sie nicht verseuche, obwohl sie es besser wissen sollten. Meine Versicherung hat mich ausgeschlossen. Meine Kinder schreiben mir keine Briefe mehr, obwohl ich ihren Aufenthalt in renommierten Colleges bezahlt habe. Trisha kommt manchmal vorbei. Sie ist froh, daß wir nur selten miteinander geschlafen haben.

Eines Tages werde ich meine Augen schließen und in einem Dutzend anderer Körper aufwachen. Ich werde ihr näher sein, als ich es im Leben jemals war. Im Leben sind wir alle Inseln. Nur in Dr. Stones Laboratorium lernen wir die wahre Identität kennen: Der Verstand des einen befiehlt den Muskeln des anderen und bewirkt, daß die Nerven eines dritten von unbeschreiblicher Begierde zittern. Ich hoffe, daß ich bald sterbe.

Die lebenden Toten sind nicht so, wie du sie dir vorstellst. Es gibt keine heraushängenden Eingeweide, keinen herabtropfenden Schleim. Sie tragen ihre Innereien innen, so wie du und ich. Im richtigen Licht gesehen, können sie sehr schön sein, wenn sie zum Beispiel im kalten Licht eines Kellerlaboratoriums stehen und auf einen Elektronenstrom warten, der ihnen die Illusion von Leben gibt. Belebt von der richtigen Art von Fantasie, kann man sie von uns nicht mehr unterscheiden. Glaub mir. Ich weiß es. Ich habe sie geliebt.

Originaltitel: Chui Chai
Ins Deutsche übertragen von Regina Winter

Loren D. Estleman

Ich, das Monster

Frohlockend werde ich meinen Scheiterhaufen besteigen und in der Folterqual der Flammen schwelgen.

Das Monster*

Alles war so entsetzlich vertraut.

Die Bauern und Kneipenwirte und Geschirrmacher samt ihren wahnsinnigen Weibern, mit Fackeln und Mistgabeln bewaffnet, die im schwachsinnigen Mut der Meute Rothäuten gleich schrien; die großen, faltigen, bellenden, schwerfälligen Hunde, die schwarzen Lefzen über pergamentfarbenen Fängen entblößt, die an meinen Sehnen zerrten und bei jeder dritten Attacke mit Blut belohnt wurden; die Zuschauer, zu feige, sich dem Mob zuzugesellen, der orgiastisch nach meinen Augen und Eingeweiden verlangte, und ich, das geschwürbehaftete Ungeheuer, der kollektive, fleischgewordene Alptraum, an ein großes, behelfsmäßig zusammengehauenes Kreuz gefesselt wie ein pervertierter Christus, mich windend und brüllend über einem tollwütigen Meer meinem Schicksal entgegengetragen, jenem Lichtpfuhl in der Arena.

Wirklich, die Dinge fingen an, außer Kontrolle zu geraten. Zumindest würden die Hunde verschwinden müssen. Der größte Teil des Gewinns ging für Bandagen und Jod drauf.

---

* Mary Shelley, *Frankenstein oder Der moderne Prometheus*. Zürich: co 1983 (Anm. d. Übers.)

Ich habe keinen Scheiterhaufen errichtet.

Wer Robert Waltons Briefe an seine Schwester gelesen hat, in denen er Einzelheiten von jener Polarreise verriet, auf der er Victor Frankenstein kennenlernte, und die unter dem Titel *Frankenstein oder der moderne Prometheus* veröffentlicht wurden, wird sich daran erinnern, daß ich dem noch warmen Leichnam des Forschers gelobte, in einer Feuersbrunst den Tod zu suchen. Ich habe nicht gelogen, obgleich ich meine Absicht nie verwirklichte.

Der Denkprozeß in jenem Hirn, das mein sterblicher Schöpfer in seinem teuflischen Perfektionismus ausgewählt hat, funktionierte so ausgezeichnet, daß ich bereits vor Verlassen des eisumschlossenen Schiffs beschloß, mich nicht den Flammen zu opfern. Verbrennen wäre eine zu gewöhnliche Art der Zerstörung für das abscheulichste, außergewöhnlichste Geschöpf dieser Welt gewesen. Bin ich auf meiner Suche nach einem Ort, der keinem anderen gleicht, bis zu den Grenzen der Erde gereist, nur um mein erbärmliches Sein so zu beenden wie Fischweiber sich ihres Küchenabfalls entledigen? Die von gefrorenen Klippen zurückgeworfene, höhnische Antwort war ein schallendes Nein.

Ich weiß nicht, wie viele trübe Tage ich durch das ewige Zwielicht wanderte, von der Gewißheit gepeinigt, daß ich meiner Qual kein Ende machen konnte. Ich verschwendete keinen Gedanken an Nahrung, noch an die Höllenkälte, die sich gleich einem Gewehrlauf über mein Rückgrat legte und meine Füße in Plätteisen verwandelte; bis mir die tödliche Taubheit meiner Glieder plötzlich offenbarte — welch ekstatischer Blitz! —, daß ich gar nicht handeln mußte; daß ich dadurch, daß ich nichts tat, überhaupt nichts, die Elemente und meine armselige irdische Hülle dazu einladen würde, meinen Untergang zu bewirken.

Ich wanderte.

Wanderte, während sich die Kälte in mein Fleisch krallte; wanderte, während der Hunger meinen Magen gleich blinden Würmern zerriß. Ich glaubte, mich nach Norden zu bewegen, fort von den Städten der Menschen und der trügerischen Wärme und jener Nahrung, die nur vortäuschte, zu nähren, und diese Kreatur nur für neue Grausamkeiten, größere Ungerechtigkeiten, für eine Welt ohne Ende bewahrte; doch in Wirklichkeit fehlten mir die Instrumente, mir den Weg zu weisen. Wenigstens einmal in meinem Delirium war ich davon überzeugt, daß jeder Schritt mich jenem Alptraumland näher brachte; daß meine eigenen Instinkte mich ebenso im Stich gelassen hatten wie mein Schöpfer. Ohren und Nase verloren ihr Empfindungsvermögen, meine Lippen platzten und bluteten; das Blut erstarrte, sobald es mit der Luft in Berührung kam — was zweifellos zu meiner scheußlichen Erscheinung beitrug. Doch ich wanderte weiter.

Ob ich durch eine brüchige Eisdecke ins dunkle Wasser tauchte oder ob es nur eine von der Sehnsucht diktierte Halluzination war, werde ich nie erfahren. Ich erinnere mich nicht mehr jenes Augenblicks, als sich das gepeinigte Sein in gütiges Vergessen wandelte. Meine letzte klare Erinnerung ist der Anblick eines auf den Hinterbeinen aufgerichteten weißen Bären, der Meilen entfernt auf einer großen Eisscholle stand und sich gegen einen Kreis riesiger, zotteliger Wölfe verteidigte — und an ein tiefes Gefühl, meiner tragischen Einzigartigkeit so fremd; an den Stolz der Verwandtschaft, als das belagerte Tier mit seiner riesigen Tatze ausholte und einen Wolf, der sich auf es stürzen wollte, zu Boden schlug. Blut spritzte, der gequälte Schrei des verhinderten Angreifers tönte von den Eisspitzen, eine wohlklingende Fuge. Dann Finsternis, endgültig und unergründlich. (Im nachhinein muß ich Abstriche machen, denn Polarbären und Wölfe besitzen kein gemeinsames Revier, aber das macht die tröstliche Erinnerung nicht weniger großartig.)

Die nächste Empfindung war Wut.

Daß ich noch lebte und dieses Gefühl überhaupt empfand, war ihre Ursache.

Noch am Leben! Wie viele kurze Schlummer muß ich vor dem immerwährenden Schlaf noch ertragen?

Ich hatte damals noch keine Möglichkeit, festzustellen, daß ich ganze zweihundert Jahre geschlummert hatte, müssen Sie wissen.

Ich hörte, bevor ich sah.

Das gleichmäßige Gewinsel einer großen Maschine, ähnlich Frankensteins Dynamos bei meinem ersten Erwachen.

Ich war völlig verwirrt. War dies die Hölle für einen künstlichen Menschen? War es mein Schicksal, allein inmitten aller anderen, immer und immer wieder eine fürchterliche Zeitspanne zu durchleben, zusätzlich mit Voraussicht begabt? Denn ist nicht die Fähigkeit, zu wissen, was kommt, jedermanns — und gewiß auch jedes Monsters — Begriff vom Hades? Ich fühlte Wut von der gleichen scharlachroten Reinheit wie jene, die ich erfuhr, als mein verderbter Gott die Gefährtin in Stücke hieb, die er vor meinen Augen erschaffen hatte. Hätte in diesem Moment eine Legion der Getreuen Luzifers vor mir gestanden, ich hätte sie alle hingemetzelt und gelacht, während das dämonische Blut mich vom Hals bis zu den Fersen rötete. Aber ich konnte mich nicht rühren.

Etwas hielt mich in Rückenlage fest. Ich ahnte, daß es stärker war als ich. Es war nicht organisch, denn keine Kreatur war jenem aus riesigen Kadavern zusammengesetzten und mit Alchemie durchtränkten Ding ebenbürtig. Ein mechanisches Gerät umhüllte meinen Körper und ließ einzig meinen Kopf frei, den ich drehen konnte, um . . .

Nichts zu sehen.

Den leeren Himmel hinter einem kleinen, dickglasigen Fenster in Höhe meiner Augen. Was ich anfangs für arktische Eisschollen gehalten hatte, entpuppte sich als von oben herab betrachtete Wolken. Ich war nicht länger an die verschmähte Erde gefesselt.

O Himmel! All der Unsinn, den ich in beiden Testamenten gelesen hatte und die verstaubten theologischen Traktate über die allein Gott und der Seele des Menschen vorbehaltene Unsterblichkeit waren nichts als schwülstiges Geschwätz. Welcher Lebenskraft auch immer Frankenstein eine fleischliche Wohnung geschaffen hatte – sie war der Ewigkeit wert. Was für ein erlesener Witz! Aber worin bestand seine Pointe? Wäre ich nicht auch unter den Engeln ein Außenseiter, wie ich es unter den Menschen war? Und wenn dem so war, mit welchem Recht wurde dies hier Paradies genannt?

Mir blieb wenig Zeit zum Grübeln. Ein Luftzug verriet mir, daß ich nicht länger allein war. Meine Position erlaubte mir nicht, einen Blick auf meine neue Gesellschaft zu werfen, aber ich hörte, wie zwei Personen sich unterhielten. Das Thema ihrer Unterhaltung blieb mir verborgen, denn sie sprachen zwar Englisch, aber mit einem derart fremdartigen, gemeinen Akzent, daß ich ihn sogleich als nicht kontinental erkannte. Viele ihrer Wörter waren mir fremd: *okay, software, head honcho, megabucks.* Nach dem, was ich verstand, hätte es auch die Sprache Chinas sein können. Ein Streichholz wurde entzündet. Ich roch brennenden Tabak. Der folgende Wortwechsel ist alles, was ich bei meiner ersten Begegnung mit meinen Häschern verstand:

»Jesus, Hal! Du weißt doch, was der alte Herr über das Rauchen hier gesagt hat.«

»Beruhige dich, der alte Herr döst. Ich mache sie sofort aus, wenn sich der Gorilla da drüben beschwert.«

Einige mit Kauderwelsch erfüllte Minuten verstrichen, dann wurde eine Tür geöffnet und geschlossen, und ich war wieder allein. Irgendwann später betrat jemand, der meinem Gefühl nach keiner meiner beiden früheren Besucher war, den Raum, kam geradewegs auf mich zugeeilt und legte die Finger an meinen Hals. Es war das erste Mal seit meiner kurzen und schmerzlichen Bekanntschaft mit dem frommen Dr. Lacey vor so langer Zeit – *wie* lange, wußte ich damals noch nicht –, daß ein menschliches Wesen mich freiwillig berührte. Durch meine verschleiernden Wimpern beobachtete ich die Überraschung in seinen hageren, alten, glattrasierten Gesichtszügen.

»Ein Puls!« flüsterte er in einem Tonfall, den ich als deutsch erkannte. »Du lieber Gott! Es lebt!«

»Ich lebe«, bestätigte ich mit einer Stimme, die knarrte, als löse sich Staub von den Stimmbändern. »Wer hat gesprochen?«

Da fiel sein Unterkiefer herab, und ich erkannte, daß die Kunst, Zahnprothesen zu fertigen, seit meiner Zeit Fortschritte gemacht hatte. Er griff sich an seine weißbekittelte Brust und verschwand aus meinem Gesichtsfeld. Das sollte meine einzige Begegnung mit Dwight Laemmle sein; Professor für Anthropologie und ältester Akademiker der berühmten, von der University of Michigan College of Arts and Sciences geförderten Arktisexpedition von 1988. Im Alter von sechsundsiebzig Jahren ereilte ihn der Tod.

Ich hatte mich durch Tollkühnheit in Gefahr gebracht. Durch Glück blieb ich verschont.

Als man den Leichnam des Professors entdeckte, beschloß ich, mich kein zweites Mal zu verraten, wenigstens nicht, bevor ich frei war. Denn obgleich ich mich so heftig wie zuvor nach Opferung sehnte, erlaubte mir mein Haß auf die Menschheit − der meinen Ekel vor dem Leben noch übertraf − nicht, mein Schicksal meinen uralten Peinigern zu überlassen. Glücklicherweise wurde durch die Aufregung und Bestürzung über den Tod des bedeutenden Forschers (er starb an einem Schlaganfall) die Aufmerksamkeit von jenem schwerfälligen Ding abgelenkt, das die Unterkunft mit ihm teilte, so daß ich in der Lage war, für den Rest des Fluges vorzutäuschen, ich sei tot.

Denn ein Flug war es. Mittlerweile hatte ich erraten, daß ich mich nicht in einem himmlischen Gefährt, sondern in einer irdischen Maschine befand, und daß während meiner im Norden verbrachten Zeit jene verfluchte Wissenschaft, die Frankensteins einziger Altar gewesen war, die Kunst gemeistert hatte, die die Natur den Vögeln vorbehalten hatte, so wie jener sich widerrechtlich die Kraft des Lebens zu eigen gemacht hatte. Da bekam ich die ersten schwächlichen Ahnungen von der Großen Wahrheit, deren vollständige Enthüllung noch ausstand — samt ihren Schrecken.

Es verstrich viel Zeit, ehe ich von der Entdeckung erfuhr, die Professor Laemmle in einem Gletscher gemacht hatte: von jenem Mann mit gewaltigen Ausmaßen und dem Aussehen eines Neandertalers, der die Kleidung der frühen Polarforscher des achtzehnten Jahrhunderts trug und unversehrt erhalten war; von einem im Geheimen vollzogenen Abtransport zum ›Luftstützpunkt‹ des Teams, wo die äußere Eishülle langsam abgetaut und der darin Gefangene auf Anraten des Professors in einen klimatisierten Raum verlegt wurde, der dem Zweck diente, Exemplare von der Größe eines Säbelzahntigers zu konservieren, deren Erwerb im ursprünglichen Zustand sein größter Traum war.

Heute weiß ich, daß — nach Überführung der Überreste des Professors auf *terra firma* — das immer noch im schimmernden Zylinder befindliche Exemplar, ich, auf weit unzeremoniellere Weise in den Hinterraum einer vierrädrigen Maschine, die man Lieferwagen nannte, verladen wurde, der von einer Stelle, die man Flugplatz nannte, zu einem Ort namens Detroit eilte. Dieser lag in einem als Michigan bekannten Gebiet in den Vereinigten Staaten von Amerika, jener ehemals englischen Kolonie, von der ich in der Vergangenheit so vieles gehört hatte, obgleich *ich* ihren gefeierten Status als egalitärer Zufluchtsort als Witz empfand, denn sie war von Menschen bevölkert. Unser Ziel war eine Stadt namens Flint, die Forschungsanlagen der Universität beherbergte. Damals war alles für mich nur ein Chaos aus blendendem Licht und Geräuschen und diesem qualvoll verzerrten Englisch, was mich zu meiner anfänglichen Annahme zurückkehren ließ, in der Hölle gelandet zu sein. Es war, als hätte Frankenstein seinen Tod nur vorgetäuscht und weitergelebt, um eine Gemeinschaft von Studenten zu züchten, die über verbotenen Künsten brütete. Damals begann mir bewußt zu werden, daß der Schlummer nach jener Episode mit dem Bären kein kurzer gewesen war.

Man machte einen Umweg — ob zufällig oder wegen jener allgegenwärtigen Konstruktion, vermittels derer diese wunderliche Kultur sich unaufhörlich ausrottete und wieder aufbaute, kann ich selbst heute noch nicht sagen. Abrupt verschwanden Wegweiser und farbenprächtige Plakate mit geheimnisvollen Texten — MEHR GESCHMACK/WENIGER FÜLLUNG; SIDS REPTILIENSTADT; ESSEN, LEUTE UND SPASS — aus meinem Blickfeld, und es erfüllte sich mit Pflanzengrün. Der Boden wurde holprig. Die zigarrenförmige Kammer, in der ich mich befand, schaukelte — da ungesichert — von einer Seite zur anderen. Ich half nach. Links, rechts, links, rechts. Mit jedem Schaukeln gewann ich an Schwung, bis ich mit einem schmerzlichen Ruck, der meine Eingeweide erschütterte, gegen die Seite des Fahrzeugs krachte. Nachdem ich mich davon erholt hatte, entdeckte ich, daß ich meinen linken Arm bewegen konnte.

Obgleich ich nur Zentimeter gewonnen hatte, war nicht zu übersehen, daß sich etwas losgerissen hatte — eine Klammer oder ein Schnappriegel. Dank meiner neugewonnenen Bewegungsfreiheit beugte und dehnte ich mich, wobei mir schien, als würde etwas nachgeben. Die nächste halbe Stunde — wahrscheinlich dauerte es länger — kämpfte ich auf diese Art und hielt nur inne, wenn Herzschlag und Atem so laut wurden, daß ich fürchtete, man könne sie hören. Ein letzter verzweifelter Ruck — und der Zylinder platzte wie ein Ei mitten entzwei. Als mein Blutkreislauf in Schwung kam, stach es in meinen Gliedern wie mit Nadeln. Dann stieg ich gleich einem wandelnden Leichnam, der ich schließlich auch war, aus meinem Sarg.

In diesem Augenblick bremste der Lieferwagen. Entweder hatten wir unseren Bestimmungsort erreicht, oder jemandem im vorderen Teil des Gefährts waren meine geheimen Aktivitäten nicht entgangen. Knirschende Schritte über Kies. Eine Gestalt schob sich zwischen Fenster und Licht und näherte sich den hinteren Wagentüren. Ich wartete, bis das Schloß klickte, dann warf ich mich mit aller Kraft gegen die Türflügel.

Sie flogen ohne Widerstand auf. Ein Türflügel erwischte meinen Besucher und schickte ihn zu Boden. Ich wäre fast auf ihn gefallen, fand aber auf der Straße mein Gleichgewicht wieder und schaute mich gerade um, als von der anderen Seite des Wagens ein zweiter Mann auftauchte.

»Clive, was . . .«

Der untersetzte, glatzköpfige junge Mann mit dem sonderbar gesteppten Mantel verstummte, als er mich über der schlaffen Gestalt seines Partners aufragen sah. Ich erkannte seine Stimme augenblicklich als eine jener wieder, die ich in der Luft gehört hatte. Ich hob schlagbereit den Arm. Er gab einen erstickten Laut von sich, wirbelte herum und lief mit weitausholenden Schritten und wedelnden Armen die Straße hinab. Ich sandte ihm eine verächtliche Geste hinterher und tauchte im dichten Wald unter.

Es war — wie ich später herausfand — staatseigenes Land, größtenteils unerschlossen, das mich nicht wenig an die Schweiz erinnerte, wo ich das Licht der Welt erblickt hatte. Eine dünne Schneeschicht bedeckte den Erdboden, aber ich war weit schlimmere Kälte gewohnt und warf sogar die schwere Ölhaut von mir, die ich am Pol getragen hatte. Inzwischen war ich zu dem Schluß gekommen, daß es Ende November war. Mein Geburtstag rückte näher.

Zwei Tage lang wanderte ich durch das waldreiche Land, vermied die Straßen und wunderte mich über das stetige Summen des motorisierten Verkehrs, das selbst den tiefsten Tann durchdrang. Als zum ersten Mal ein düsenbestücktes Flugzeug über mich hinwegdonnerte, tauchte ich aus Furcht vor Entdeckung unter, doch als es zu einem normalen Vorkommnis wurde, das offensichtlich keine Bedrohung für mich darstellte, legte ich es in meinem Geist unter der Rubrik *Schwierigkeiten in diesem seltsamen neuen Land* ab und schenkte ihm weiter keine Beachtung.

In der Frühe des zweiten Tages begegnete ich dem ersten menschlichen Wesen seit dem Vorfall am Wagen. Und dieses Geschöpf war bewaffnet.

Wir betraten gleichzeitig von verschiedenen Seiten eine Lichtung. Er war von der Mütze bis zu den Stiefeln in leuchtendes Orange gekleidet, ein Bild, die Alten aufzuschrecken. Als er mich sah, versteifte er sich, stutzte, dann hob er sein Gewehr an die Schulter. Aber ich hatte sein Manöver vorausgeahnt. In Sekundenschnelle überquerte ich die trennende Lichtung, entriß ihm die Waffe und zerbrach sie über dem Knie. Ich warf die Stücke von mir und wollte gerade mit seinem jämmerlichen Körper ebenso verfahren, als er ohnmächtig wurde.

Verwirrt von dem, was ich hier bezüglich der Prinzipien der Selbsterhaltung gesehen hatte, ließ ich ihn liegen und ging davon. Viele Wochen später sollte ich sein Bild auf der Titelseite einer marktschreierischen Zeitschrift unter der Überschrift wiederfinden:

ERSCHRECKTER JÄGER BERICHTET:
ICH ENTKAM BIGFOOT

Ich hatte Heißhunger. In meiner Verwirrung vergaß ich meinen Schwur, Hungers zu sterben, und schlug und aß einen Hirsch. Einzig Hufe, Fell und Geweih blieben übrig. Doch das Mahl befriedigte mich nach zwei Jahrhunderten totaler Abstinenz keineswegs.

Schließlich erreichte ich ein auf einem bewaldeten Hügel stehendes Gebäude, das ich anfangs für eine Kirche hielt: ein dreistöckiges Dreieck aus Holz und Glas. Sein schindelbedecktes Dach reichte fast bis auf den Boden. Es ähnelte nichts so sehr wie einem nach dem Buchstaben A geformten Kirchturm. Die Tür war verschlossen, aber der Knauf ließ sich mit lächerlicher Leichtigkeit drehen. Ich trat ein, bereit, jeden Bewohner zu erdrosseln. Denn wo Zivilisation war, war auch Nahrung.

Niemand begrüßte mich. Ich war allein in einem Haus, dessen abgestandene Luft mir verriet, daß es schon seit einiger Zeit nicht mehr bewohnt worden war. Ich ignorierte die Wohnzimmereinrichtung und die seltsamen Apparate um mich herum und begab mich schnurstracks zu einem Raum, der die Küche zu sein schien, möbliert mit Tisch und Stühlen, einer hüfthohen Bank mit einem eingelassenen Waschbecken, weiteren sonderbaren Geräten und einer aufrecht stehenden Truhe aus emailliertem Metall, die ich sogleich öffnete. Die eisige Luft, die ihr entströmte, erschreckte mich. Als ich mich wieder erholt hatte, untersuchte ich die sich in ihrem Innern befindenden Pakete und entdeckte, daß es sich um gefrorenes Fleisch handelte. Ich vermochte nicht zu ergründen, durch welchen Hexenzauber ihr Besitzer es fertiggebracht hatte, die arktische Luft einzusperren und zum Zwecke der Konservierung in dieses gemäßigte Klima zu schaffen. Ich zog die Pakete heraus, legte sie zum Auftauen auf den Boden und schaute mich überall nach unverzüglich Genießbarem um.

In einem Schrank entdeckte ich eine Reihe luftdicht verschlossener Metallbehälter mit Etiketten, auf denen Abbilder von Früchten und Gemüsen zu sehen waren. Die Nähte öffneten sich fast mühelos. Ich stopfte mich voll, bis mir klar wurde, daß ich bei kluger Einteilung der Vorräte unbegrenzt überleben würde, während ich meine nächsten Schritte plante. Und so legte ich das Fleisch wieder in die Truhe zurück, damit es nicht verkam.

Ich werde die Geduld des Lesers nicht mit einem Bericht über meine Reaktionen auf die Wunder strapazieren, die sich mir in jenen frühen Tagen offenbarten. Elektrisches Licht, große und kleine Geräte, ein Apparat an der Wand, der, wenn man ihn bediente, zu grollen begann und das ganze Haus mit Hitze erfüllte, ein Gefäß, das eindeutig ein Nachttopf war, sich jedoch mittels Hebeldrucks selbsttätig entleerte und reinigte — wie mein Schöpfer sich daran ergötzt hätte! Doch der Kasten im ebenerdig gelegenen Wohnzimmer war das größte aller Wunder. Beim ersten Mal erschien ein kleiner Mann in dem erleuchteten Fenster und feuerte mit einer kleinen Pistole durch das Glas auf mich. Bei meiner Verteidigung hätte ich den Kasten fast zerstört. Stellen Sie sich also meine Verblüffung vor, als mehrere Tage, nachdem ich ihn eingeschaltet hatte — er lief ununterbrochen, ich war unendlich fasziniert —, der Name *Frankenstein* fiel.

Natürlich besaß der Kasten Kabelanschluß. Ich war zufällig bei einem Kanal gelandet, der rund um die Uhr alte Filme sendete. Während der die ganze Woche über laufenden Retrospektive klassischer Horror-Filme sah ich *Frankenstein*, *The Bride of Frankenstein*, *The Son of Frankenstein*, *The Ghost of Frankenstein* und *Frankenstein meets the Wolf Man*, einige der Filme sogar zweimal. Ich erfuhr von der Parade salbungsvoller Ansager, daß Mary Shelley die Geschichte des Wissenschaftlers und seines Geschöpfes nach Robert Waltons Briefen erzählt und Hollywood sie ein Jahrhundert später auf die Leinwand gebracht hatte. Sie war zu einem Stück der Kultur eines Volkes geworden, das an ihrem Wahrheitsgehalt kaum Zweifel hegte.

Es waren bemerkenswerte Filme. Jack Pierce, universales Make-up-Genie, hatte dem künstlich geschaffenen Mann ein Paar Elektroden zugefügt, die ihm aus dem Hals ragten und seinen Schädel seltsam flach gestalteten. In jedem anderen Detail, außer den Kleidern und den Narben, die nie zu heilen schienen — hatte er den Schauspieler Boris Karloff in eine unheimliche Replik meiner tragischen Person verwandelt. Karloff bemühte sich (wie in geringerem Maß auch die anderen Schauspieler, die sich in den letzten beiden Filmen an der Rolle versuchten), das Geschöpf liebenswert darzustellen, voller Verständnis für seine Lage. Das bestätigte mich, und nicht nur einmal erwachte ich, nachdem ich vor dem magischen Fenster eingeschlafen war, mit der erbarmungslosen Gewißheit, alles nur geträumt zu haben, und erwartete, mich immer noch auf dem Dach der Welt und auf den Tod harrend wiederzufinden.

Doch meine Belehrung war noch nicht zu Ende. Über die neuen Kanäle erfuhr ich von Retortenbabys, Cloning, Genetik und anderen Episoden wissenschaftlichen Forschens nach dem Geheimnis des Lebens; nicht länger Blasphemie, sondern ein geschätztes, von der Regierung gefördertes Bestreben, dem man nicht in trostlosen Bauernhäusern und verlassenen Wachttürmen, sondern in gutausgerüsteten Laboratorien unter dem prüfenden Blick der Öffentlichkeit nachging. Und gleich jenen primitiven Organismen, die in Petrischalen und auf gläsernen Objektträgern an Form und Symmetrie gewannen, begann sich in den Tiefen meines geborgten Hirnes das Bewußtsein zu regen und zu wachsen, daß ich nicht länger allein war.

In diesem Zustand, zitternd unter dem Ansturm dieser Schlußfolgerungen, war ich eher neugierig als wachsam, als sich die Tür zu meinem privaten Heiligtum unerwartet öffnete und ich mich meinem Hauswirt gegenübersah.

Der Schlüssel in seiner Hand, der wegen des aufgebrochenen Schlosses nicht nötig gewesen war, wies ihn als Besitzer aus. Ein untersetzter, solide gebauter Mann in mittleren Jahren, der einen Hut mit weicher Krempe und einen dunklen Mantel mit Pelzkragen über einem grauen Anzug trug. Eine sonderbare Ausstattung für ländliche Gefilde. Als er meiner aufragenden Gestalt ansichtig wurde, zögerte er, aber sein Blick war eher vorsichtig als ängstlich.

Schließlich sagte ich: »Erschrecken Sie nicht. Als ich hier eintrat, suchte ich einzig Nahrung und Schutz.«

»Oh«, antwortete er. »Und jetzt?«

»Ich weiß nicht. Aber ich werde gehen, wenn Sie zur Seite treten.«

Er betrachtete mich von oben bis unten. »Bist du so stark, wie du aussiehst?«

Ich weiß nicht, was mich dazu brachte, innezuhalten und das über dreieinhalb Meter lange Ledersofa an einem Bein waagerecht in Schulterhöhe zu heben. Danach stellte ich es wieder an seinen Platz zurück. Er nickte, als hätte er nichts anderes erwartet. »Ich denke, da läßt sich was machen.« Er öffnete den Mantel.

Da ich befürchtete, er könne eine Waffe ziehen, näherte ich mich ihm, aber er förderte nichts Bedrohlicheres zutage als eine kleine, weiße Visitenkarte. Ich nahm sie und las:

CLARK FLOREY
Präsident der W. W. G.

Ich las die Initialen laut. Sie sagten mir nichts. »World Wrestling Guild«, erklärte er. »Ich bin Promoter.«

Die Hunde mußten auf alle Fälle verschwinden. Trotz der einstudierten Mätzchen der gedungenen ›Bauern‹ und der beifallklatschenden und pfeifenden Menge nahm ich mir vor, nach dem Kampf mit Clark darüber zu sprechen.

Es war eine recht geringfügige Beschwerde. Ich hatte nichts an meinem neuen Haarschnitt auszusetzen, der die Illusion erweckte, ich hätte einen flachen Schädel. Auch nicht an den Plastikelektroden, die mittels eines fleischfarbenen Kragens an meinem Hals angebracht worden waren, obgleich ich von letzterem in Zuschauerräumen ohne Klimaanlage Ausschlag bekam – doch ich wollte nicht von den Tieren beschädigt werden, noch bevor ich einen Schritt in den Ring gesetzt hatte.

In diesem Fall befand sich der Zuschauerraum in Cleveland, und mein Gegner – Sloan van Whale, der holländische Terrorist – wartete geduldig an den Seilen, während ich die Menge mit überzeugendem Gebrüll hochschaukelte, bevor ich mich der Fesseln entledigte, die mich ans Kreuz banden. Ich mußte gegen van Whale zwei von drei Runden bestehen – keine Disqualifikationen – in einem klassischen Texas-Cage-Match für die World-Wrestling-Guild-Schwergewichtsmeisterschaft. Das Haus war ausverkauft. Der Vertrag mit Clark garantierte mir zehn Prozent der Einnahmen und ein Zusatzgeschäft mit den Sendern, wenn ihnen die Einschaltquoten der nächtlichen Fernsehübertragung zusagten. Mein Bild war bereits auf der Titelseite von *Abs and Pecs* zu sehen, und es ging das Gerücht, *TV Guide* habe vor, mich für einen in Vorbereitung befindlichen Artikel über die neue Popularität des professionellen Ringens zu interviewen. Weshalb nicht? Schließlich war ich größtenteils dafür verantwortlich.

Ich wurde als *Frankenstein* angekündigt. Vater wäre stolz auf mich.

Originaltitel: I, Monster
Ins Deutsche übertragen von Inge Holm

Steve Rasnic Tem und Melanie Tem

Jene eisige Region um mein Herz

Er war zurückgekommen. Sie hatte immer gewußt, daß er kommen würde, denn sie hatte es sich so vorgestellt.

Sie hatte sich seine Gestalt vorgestellt: wie er sich langsam von Schatten zu Schatten stahl, mit dem verwitterten Antlitz der Ziegeln und Steine verschmolz, zeitweise kaum von Pfeilern oder Pfosten zu unterscheiden. Wie er in einem verlassenen Stall oder unter einem Baum im Hyde Park schlief.

Einst hatte sie sich auch sein Gesicht vorgestellt, aber es war ihrem Gedächtnis entglitten. Sie konnte nur sicher sein, daß es — wie stets — das lebendige Gesicht eines eigentlich Toten war. Ein allzu lebhafter Traum. Nur einmal zuvor hatte sie Ähnliches geträumt: daß ihr erst- und totgeborenes Baby wieder lebendig geworden sei; daß das süße, kleine Ding nur kalt gewesen und Shelley und sie es vor dem Feuer warmgerieben hätten und daß es wieder gelebt hätte. Doch als sie erwacht war, war da kein Baby gewesen; ihre Mary Jane war noch immer tot.

Wie kam es, daß sie jene herrliche und monströse Phantasie so lange überlebt hatte? Ihr geliebter Shelley hatte nicht überlebt. Jetzt schien es ihr, als sei er selbst kaum mehr als Phantasie in ihrer reinsten, schönsten gefährlichsten Form gewesen; Inspiration für beide, Victor Frankenstein und das

Monster, die nach all den Jahren beide nicht mehr vollständig erkennbar waren.

Auch Shelleys Züge wären an diesem Julitag am Strand von Viareggio nicht wiederzuerkennen gewesen. Sie hatten versucht, ihr die Details zu ersparen, aber sie hatte darauf bestanden, sie zu sehen. Da war seine grüne Jacke gewesen, in den Taschen seine Bände Keats und Sophokles, sein wunderschönes Gesicht von der dunklen See aufgedunsen und verzerrt. Aber sie hätte ihn an seiner Gestalt wiedererkannt; an dem Schatten, den seine Seele geworfen hatte.

Während der vergangenen Tage hatte sie einen solchen Schatten über einem benachbarten Dachfirst erblickt, und einmal in einem fernen Garten, starr und aufrecht wie eine riesige Vogelscheuche. Dieser Schatten besaß keine Seele, und ihr wurde sogleich bewußt, wer ihn warf. Sie hieß ihn beinahe willkommen, obwohl sie solche Angst hatte.

Er war zurückgekommen und schien die eisigen Regionen seines Exils mit sich gebracht zu haben. Es war ungewöhnlich kalt. Den ganzen Januar über hatte sie im Bett gelegen, und jetzt sehnte sie sich nach dem Februar. Das englische Klima hatte ihr nie zugesagt, aber an einen derart kalten Januar konnte sie sich nicht erinnern.

Doch warum bezeichnete sie jene Kreatur als ›er‹, wenn es nicht tatsächlich Shelley war, der zu ihr zurückkehrte, sich seinen Weg aus der eisigen Leere bahnte, der Wüste jenseits von Leidenschaft und Dichtung? Solche Gedanken flößten ihr Schuldgefühle ein, als sei *sie* der Schandfleck. Sie war eine dumme, alte Frau.

Das Monster wappnete sich mit Kälte wie mit einem schützenden Laken. Einmal hatte sie das Fernglas berührt, doch das konnte sie nun nicht mehr. Der ferne Schatten dahinter hatte ihre Finger mit seinem Eis verbrannt. Die Luft in den Straßen wirkte fest, sie war voller Licht und viel zu kalt zum Atmen. Sie wollte ihren Sohn Percy davor warnen, nach draußen zu gehen, aber es gelang ihr nicht. Sie war nie fähig gewesen, ihren Kindern Sicherheit zu geben.

Vögel erfroren in den Bäumen. Ihre dunklen kleine Leichen lagen auf dem Trottoir. Die dunkle Gestalt schien jeden Tag nähergerückt. Mary fragte sich, ob sie die Königin warnen sollte. Der Buckingham Palace lag nur einen Katzensprung entfernt. Doch selbst, wenn es ihr gelänge, was sollte sie ihr sagen? Sie könnte über Shelley sprechen, doch nicht über jenen anderen, der sein Eis bis tief in Englands Herz und Seele trug. Victorias starke Liebe zu ihrem Albert war wohlbekannt, doch was verstand die Königin von Geist und Phantasie?

Draußen auf dem Platz litten Hunde unter dem zunehmenden Gewicht der eisigen Hülle. Mary entdeckte Sprünge im Fensterglas. Die Risse waren so klar und deutlich, daß sie sich fragte, ob sie nicht auf ihren Augen waren. Warme, feuchte Finger strichen ihr über die kalte Kehle. Was konnte es wollen?

»Was willst du?«

Vor dem Fenster donnerte und stöhnte das Eis, Schreie des Monsters. Doch London schenkte ihm kein Gehör.

Das Monster wollte Shelleys Herz. Doch es gehörte ihr. Sie würde es nicht hergeben.

Mary war jetzt mit dem Herzen ihres Gatten vertrauter als zu seinen Lebzeiten. Es war, als hätte sie in den mehr als achtundzwanzig Jahren, die seit Shelleys nassem Tod vergangen waren, sein Herz für sich wiedererschaffen und mit einer neuen Art von Leben ausgestattet.

Phantasie, dachte Mary, und obgleich ihr Körper unter neuen Schmerzen stöhnte und ihr Geist unter alten, ›zeigte sich das strahlende Gesicht der Phantasie, und das Gewicht tödlichen Leids verringert sich‹. Sie lächelte. Als sie jene Wort vor rund zwanzig Jahren geschrieben hatte, war sie verwundert und beunruhigt gewesen, sogar Augenblicke des Glücks zu entdecken. Sie hatte gedacht, sie wüßte alles über Leid und Phantasie. Wie sonderbar, dachte sie, wie sie es ein Leben lang gedacht hatte, wie sonderbar ihr Leben doch gewesen war!

Der liebenswürdige, melancholische Edward Trelawney hatte Shelleys Herz anfangs Leigh Hunt angeboten. Es war von den Flammen des am Strand errichteten Scheiterhaufens nicht verzehrt worden. Mary hatte sich nicht überwinden können, der Verbrennung beizuwohnen. Man hatte ihr berichtet, der Körper sei nur langsam verbrannt — was sie nicht überraschte — und habe sich erst nach drei Stunden aufgelöst. Die Flammen hatten das ungewöhnlich große Herz offenbar nicht bezwingen können. Immer und immer wieder gaukelte ihre Phantasie ihr nicht gänzlich unwillkommene Visionen der Szene vor: Mit bandagierter Hand und von Rauch, Kummer und Schmerz tränenden Augen hatte Trelawney Shelleys Herz schweigend einem anderen, weit geringerem Dichter überreicht.

Schließlich war Shelleys Herz zu Mary zurückgekehrt, und sie hatte es all die Jahre über bei sich behalten. Sie hatte es in Leinen und die Zeilen seines Gedichtes ›Adonais‹ gewickelt, die — obgleich als Elegie für einen Mann geschrieben, den er nicht sehr gemocht hatte — jetzt zu ihr sprachen, als seien sie seinem geliebten Herzen von jeher nahe gewesen:

Finster, furchtbar, fern ward ich geboren

In dem elenden kleinen Haus in Pisa, das stets durch Hochwasser gefährdet war und in dem sie Shelleys Abwesenheit fortwährend spürte, war das Herz der gleichen Unruhe ausgesetzt gewesen wie sie; niemals fähig, eine Heimstatt zu finden. Es hatte abwechselnd kurz auf dem Tisch, dem Regal, in der dunklen Ecke auf dem Boden geruht, da Mary nicht hatte glauben können, daß irgendeine Oberfläche es über längere Zeit würde tragen können. Auch hatte sie gefürchtet, das Baby würde darüber stolpern und könne erkennen, was es war, oder, was ebenso schrecklich wäre, könne es nicht erkennen.

In Albara — in jenem schrecklichen Haus, in dem sie zum

ersten Mal allein lebte — war das eingewickelte Herz auf ihrem Schreibtisch zur Ruhe gekommen, während sie sich ihrer speziellen Lebensaufgabe widmete; des einzigen Geschöpfes zu gedenken, für das es sich lohnte, zu lieben und zu leben.

Mit jedem weiteren Umzug war das Paket mit dem Herzen Shelleys mehr zu einem Teil des Mobiliars geworden. In allen Londoner Wohnungen — Spedhurst Street, Somerset Street, Park Street — in Putney und jetzt hier in 24 Chester Square, unterschied es sich für sie kaum noch von diesem Spiegel oder jenem Sessel. Und dennoch kehrten seine Worte zu ihr zurück, als hätte der Druck seines Herzens sie vom Manuskript radiert und der Luft überantwortet:

. . . ein Grab inmitten der Ewigkeit . . .

Sie vernahm die Worte wie ein Flüstern seines Herzens. Manchmal kam es ihr wie eine Entweihung vor und gefährlich, daß Shelleys Herz nicht verbrannt war, und manchmal wie ein Wunder.

Mary erwachte aus Träumen, an die sie sich erinnern konnte, wenn sie wollte, und starrte auf den kalten Kaminsims, auf dem das Paket mit dem Herz stets gelegen hatte, seit es in diesem Zimmer weilte. Ihr gewohnheitsmäßig sorgloser Umgang mit ihm ekelte sie an, und sie sagte laut: »Monster.« Ein Name, mit dem sie sich häufig in den Tagebüchern belegt hatte, die nie jemand zu Gesicht bekommen würde. Jetzt, auf halben Weg ins Grab, wagte sie ihn laut auszusprechen: »Monster!«

Wie als Antwort bewegte sich etwas vor dem Fenster, ein dämmrig-düsterer Schneefall; ein Krachen, als beugten sich lange unbenutzte Glieder, als suche jemand nach einem Durchlaß durch die Mauern. Es war zurückgekommen. Furcht hatte sich in Müdigkeit verwandelt, und Mary wälzte sich sich im Bett, fort vom Kaminsims, dem Fenster und dem Herzen. Sie dachte daran, wieder einzuschlafen, denn es würde auch an diesem Tag nichts geben, das es wert war, wach zu bleiben.

In ihrem Bett lag etwas. Etwas Kleines, Festes und sehr Stilles, ungefähr in Taillenhöhe. Mary tastete übers Bettzeug, berührte den Gegenstand, rang nach Atem und zog die Hände zurück. Dann zwang sie sich, das Ding erneut zu finden, es zu sich heranzuziehen und hochzuhalten. Nur mit großer Willensanstrengung gelang es ihr, es nicht fallen zu lassen. Sie hielt es auf Armeslänge von sich gestreckt und starrte es an. Mary Jane, tot in ihrem Bett. Ihre kleine Tochter, tot.

Das Baby war nicht wirklich dort. Marys Hände waren leer. Zitternd sank sie auf ihr Kissen zurück und dachte daran, wie allein sie war, wie allein sie stets gewesen war, ihren Gefährten entfremdet, sich selbst entfremdet. Diejenigen, die sie eines kalten Herzens beschuldigten, hatten unrecht: ihr Herz war heiß, versengend, doch ihr Innerstes wurde von zahllosen eisigen Schichten geschützt, die ihr ermöglicht hatten, zu überleben.

Hinter ihrem Fenster stöhnte die Stadt unter dem Gewicht des Eises, und ein hungriger, halbgeformter Schatten bahnte sich linkisch einen Weg zu ihrem Zimmer. Shelleys Worte boten keinen Trost:

Er hatte den drohenden Tod mit Schmuck
behängt und verborgen.

Mary kämpfte sich aus dem Bett und ging die wenigen Schritte zum Fenster. Die Sonne funkelte schmerzhaft hell durch den schneeschwangeren Himmel und malte das Zimmer und ihr weißes Nachthemd grau. Die Vögel schwiegen, die Schnäbel voller Eis. Zwischen den Skeletten der Bäume kam eine sehr kleine Gestalt auf sie zu, mit dem breitbeinigen Watscheln eines Kindes, das soeben laufen lernt. Während Mary gebannt zusah, von einer schrecklichen und unmöglichen Hoffnung hypnotisiert, sandte die Sonne einen weiteren Splitter zur Erde und beleuchtete das Gesicht des Kindes. Marys Kehle schnürte sich zusammen, als hätte sich eine Hand darum geschlossen. »Clara!« schrie sie auf. Ihr kleines Mädchen — das nun schon tot im dreißigsten Jahr war, ihre Gesundheit für die ihres Vaters geopfert hatte, der trotzdem gestorben war — blickte auf, als sie ihren Namen hörte. Mary vermochte sich nicht zu rühren, dennoch malte sie sich fieberhaft aus, wie sie das Fenster öffnete, herauskletterte und über die kalte Decke aus Sonnenlicht lief, um ihre Tochter dieses Mal zu retten, als das Kind verschwand.

Aber ein anderes Kind war an seine Stelle getreten. Älter, kräftiger, ihr näher, das blonde Haar in der Morgensonne schimmernd. William. Willmouse. Willy Blue-Eyes. Sein Tod um drei Jahre im Buch des Monsters vorausgeahnt: ›*William ist tot! Dies süße Kind, dessen Lächeln mein Herz erwärmte und entzückte, der so liebenswürdig und fröhlich war! Victor, er ist ermordet worden!*‹ Das Buch, das auch die sträfliche Schuld der Mutter voraussah, unabwendbar, unbeschadet der Umstände, unter denen ihr Kind ums Leben gekommen sein mochte: ›*O Gott, ich habe mein geliebtes Kind umgebracht!*‹*

Mary war nicht überrascht, nach den anderen Erscheinungen William zu sehen. Doch stand ihr Herz still, als sie ihn erblickte. Sie betrachtete ihn, bis sich ihre Augen mit Schwärze füllten, als sei die Sonne nicht aufgestiegen, als würde sie nie wieder aufgehen oder als mache ihr Aufsteigen keinen Unterschied mehr. Welche Grausamkeit sandte nun die toten Kinder zu ihr, um sie daran zu erinnern, daß sie, wenn auch widerwillig, Jahr um Jahr ein Leben gelebt hatte, das eigentlich das der Kinder hätte sein sollen? Und um sie ungeheuerlich daran zu erinnern, daß sie die Kinder alle noch einmal für einen weiteren Tag mit Shelley opfern würde, selbst ihren Liebling William. Es gelang ihr, das Fen-

---

* Zitate aus: Mary Shelley, *Frankenstein oder der Moderne Prometheus.* Zürich co 1983. (Anm. d. Übers.)

ster zu öffnen — sie schürfte sich am Eis die Haut an den Fingergelenken auf — und beide Hände in die kalte Luft zu recken, doch diese Geste schickte William fort, und sie war allein.

. . . der Erde Schatten jagen . . .

Shelleys Herz hatte alles gewußt.

Sie war nicht allein. Als sie sich umwandte und schwankend auf ihr Bett zuging — sie dachte, sie könnte wenigstens so lange schlafen, bis ihr überlebender Sohn und seine Frau sich zu regen begannen, und sie einen weiteren Tag auf sich nehmen mußte —, fand sie, daß ihr Bett bereits belegt war. Eine weibliche Gestalt, den Kopf nach hinten geworfen, halb über das Bett ragend, den schwarzen Mund geöffnet, die gebrandmarkte Kehle unbedeckt, die Gesichtszüge eine merkwürdige Mischung, die Haut gelblich und straff im schräg einfallenden Licht, ließ Mary laut ausrufen: »Fanny!« und dann: »Harriet!« Sie wußte, es waren sie beide. Ihre Liebe zu Shelley — und seine Liebe zu ihr — hatte beide gemordet; ihrer beider Herzen trugen die Zeichen ihrer und seiner Hände, und wenn sie die Wahl hätte, würde sie es ohne zu Zögern noch einmal tun.

Sie stand vor dem halboffenen Fenster, den Rücken von der durchdringenden, eisigen Brise erstarrt. Zwischen ihr und der Tür befand sich nur das Bett. Am Fußende des Bettes war gerade noch genügend Platz, um seitwärts vorbeizugehen. Sie preßte sich gegen die Wand und begann sich in der Hoffnung durchzuschlängeln, aus diesem Zimmer — mit dem Gespenst im Bett — in die frühmorgendliche Lebendigkeit der Familie ihres Sohnes zu fliehen, die genauso fröhlich und offen und vom Genius und allen Schatten frei war wie er selbst.

Die Gestalt streckte die Hand nach ihr aus. »Satan!« kreischte Mary. »Laß mich allein!«

Das Gesicht war ein monströses Gemisch jener Frauen, die

Mary getötet hatte — ein Gemisch aus ihrer Schwester, Shelleys erster Frau, und noch einer anderen, deren Namen sie nicht zu nennen vermochte. »Du wirst immer allein sein«, murmelte die Frau, »bis du mich hineinläßt.«

Die Frau hielt bittend die Handflächen empor. Sie wollte offensichtlich etwas von ihr. Mitleid rührte Mary, doch der Schrecken war stärker. Sie machte ein paar Schritte an der Wand entlang in Richtung Tür.

»Weise mich nicht ab, Mary.«

Keuchend stürzte Mary zur Tür. Doch zu spät. Die Frau schob sich wie ein Schatten bei bewegtem Licht zwischen Mary und die Tür. Arme umschlossen ihre Taille. Heißer Atem gleich Rauch, süß wie das Grab, vernebelten ihre Sicht und raubten ihr den Atem. Dann explodierte etwas in ihrem Kopf, eine Entladung erlesener Farben, der plötzliche Dunkelheit folgte. In diesem Augenblick erkannte sie die Frau. »Mutter!« schrie sie.

Ihre Mutter, deren Leben und Namen sie übernommen hatte, umarmte sie so fest, daß Mary spürte, wie ihr Herz und ihr Schädel splitterten. Ihre Mutter stürzte sich in ihren Verstand und ihren Körper und forderte beides zurück. »Du hast mich geschaffen«, flüsterte sie. Doch dem war nicht so: Mary war das Geschöpf ihrer Mutter, die ihr das Leben geschenkt und sie dann für immer verlassen hatte.

Mary strauchelte und schlug mit der Schläfe auf eine Ecke des Bettes. Im Glauben, zu bluten, wollte sie die Hand an die Verletzung heben und mußte entdecken, daß sie es nicht konnte. Es gelang ihr, sich aufs Bett zu ziehen und so zu drehen, daß sie atmen konnte. Ihre ganze linke Seite war gelähmt. Die Erscheinung hatte sich verflüchtigt. Mary war allein im Zimmer und hörte, wie der Haushalt um sie herum zum Leben erwachte; wußte, daß er nichts mehr mit ihr zu tun hatte, und starrte sinnlos auf das eingewickelte Herz dort über jenem feuerlosen Kamin.

Einst, als sie noch sehr jung gewesen war, hatte sie eine graue Katze an gelben Rosen knabbern gesehen. »Shelley!«

hatte sie ihrem zukünftigen Ehemann zugerufen. »Hier ist eine Katze, die Rosen frißt! Sie wird sich in eine Frau verwandeln!« Und der bezauberte Shelley hatte es niedergeschrieben.

Mary versuchte vergebens, sich aufzusetzen. Sie konnte das verhüllte Herz auf dem Kaminsims nicht erreichen. Sie konnte nur eine Hand heben, um ihr eigenes, seltsamerweise noch schlagendes Herz zu pressen. Sie hatte für eine kurze, vollkommene Zeit mit Shelley gelebt, dieselbe Luft wie er geatmet, dieselben Schatten gefürchtet und umworben, derselben Katze beim Fressen derselben Rosen zugeschaut. Doch jetzt lebte sie schon viermal so lange ohne ihn; ein Leben, das noch nicht zu Ende war. Sie argwöhnte, daß er jetzt für sie wirklicher und gegenwärtiger war als jemals zuvor.

Nun, da sie endlich bereit war, sich zu ihm zu gesellen, dachte Mary daran, das Leinentuch aufzuschlagen, um ein letztes Mal direkten Kontakt mit Shelleys Herz zu haben. Es zu berühren. Zu riechen. Zu sehen, wieviel noch übrig war. Farbe und Form zu betrachten. Es an ihre Brust zu drücken, bis ihr eigenes Herz schweigen würde. Sie bezweifelte, daß sie noch viel Zeit hatte.

Sie konnte den um Shelleys Herz geschlagenen ›Adonais‹ nicht erreiche. Sie konnte nicht aus dem Bett steigen. Schon der Gedanke an den Versuch, all diese Muskeln gemeinsam und aufeinanderfolgend zu bewegen, war lächerlich. Sie dachte daran, Percy oder seine Frau Jane herbeizurufen, damit sie ihr das Herz brachten, aber die Klingel stand auf dem Tisch zur linken, der letzte Nacht noch ohne weiteres zu erreichen gewesen war. Aber jetzt konnte sie ihre Finger weder heben noch senken, um zu läuten.

Doch da näherte sich etwas. Mary hörte entschlossene Schritte und rauhes, schnelles Atem. Sie versuchte ihrer Erleichterung und Dankbarkeit Ausdruck zu verleihen und ihren Wunsch mitzuteilen. Doch aus irgendeinem Grund hatte sie Angst. Aus irgendeinem Grund weinte sie. Sie verstand selbst kaum den Sinn der rauhen Laute, die ihrer Kehle entströmten.

Es war nicht die liebenswürdige Jane, die gekommen war, um ihren Wunsch zu erfüllen. Es war nicht Shelley dort an der Tür, im kalten Zimmer bei Sonnenaufgang, an ihrem Totenbett, obgleich sie ihn als ihren Führer erwartet hatte. Es war keine jener gespenstischen Frauen, die ihr zuvor erschienen waren. Plötzlich wußte sie, was es war.

»Monster!« flüsterte sie, wissend, daß kein Lauscher den Gruß verstehen würde.

Es war ihr Monster, dem sie in jenem längst vergangenen, stürmischen, geselligen Sommer in Diodati zum ersten Mal Gestalt verliehen hatte, als alles möglich schien, wenn nur das Schicksal umgangen werden konnte. Tod und Gram waren damals nur Worte gewesen, die nicht in ihrem Herzen widerhallten, obwohl sie — wie die anderen — geglaubt hatte, alle großen Gefühle der Welt zu kennen. Nach dem anfänglichen Alptraum und dem nachfolgenden fugenartigen Schaffensfieber hatte Mary das Monster als nutzlos betrachtet — eine alberne Laune —, wenig mehr als das Spielzeug einer Mädchenphantasie. Jetzt war es hier, wirklicher als sie selbst; sie spürte ein sonderbares Kribbeln dort, wo der Schatten ihrer Mutter sie berührt hatte, und eine schreckliche Wärme in der eisigen Region um ihr Herz.

Das Monster machte Anstalten, sie zu berühren; sie zu streicheln oder zu verletzen. Mary versuchte, sich ihm zu entziehen, aber es war zu nahe; es war, als seien ihre Füße oder ihre Köpfe miteinander verbunden oder — wie bei den siamesischen Zwillingskindern, die sie eines Herbstes mit Shelley in einer reisenden Monsterschau in Genua gesehen hatte — ihre Brustkörbe, die sich ein geschwollenes Herz teilten.

Mary rieb sich mit der rechten Faust die Augen und versuchte, den Kopf zu schütteln. Obgleich das Licht im Zimmer immer heller wurde, während die Sonne sich über dem Eis erhob, konnte sie kaum sehen. Der eigentümliche und seltsam vertraute Geruch des Monsters überlagerte den Krankenzimmergeruch einer alten Frau, einer Mischung aus scharf riechendem menschlichen Schweiß und chemischer Bitterkeit; unbestimmt, verwirrend aufgelockert durch blumigen Duft.

Unter ihrem Starren nahm das Monster vor ihr Gestalt an. Die Umrisse ihres Körpers verschwammen. Das Monster war ihr jetzt so nahe, daß es in ihr hätte sein können.

Wie stets, waren die Glieder des Monsters vollkommen proportioniert, seine Züge wunderschön. Schwerfällig inspizierte Mary ihren eigenen Körper und stellte sich ihr Gesicht vor, anfangs wie in einem Spiegel und dann von innen nach außen gesehen. Sie hatte sich immer für unscheinbar gehalten, und die Jahre ohne Shelley hatten sie häßlich werden lassen. Obwohl sie keinen Makel und keinen unregelmäßigen Gesichtszug entdecken konnte, betrachtete sie sich schon seit langem als deformiert.

Die klare gelbe Haut des Monsters verdeckte leicht, fast zart, ein Netz aus Muskeln und Arterien. Mary konnte die rechte Hand gerade hoch genug heben, um sie zu erkunden. Ihre eigene Haut war gräulich, faltig, gesprenkelt, an manchen Stellen zu straff, an anderen zu locker; die darunter befindliche Knochenstruktur und das Muster der Blutgefäße wirkten falsch, als funktionierten sie nicht richtig, wie es tatsächlich auf der anderen Seite ihres Körpers der Fall war.

Die wallenden Haare der Kreatur waren von glänzendem Schwarz. Mary drehte den Kopf auf dem heißen Kissen und erinnerte sich des eigenen Haares als wirr, schmutzig, von Alter, Krankheit und zuviel Sorgen stumpf geworden.

Diese Eigenschaften des Monsters waren ihr vertraut. Sie erinnerte sich daran, sie geträumt, phantasiert, niedergeschrieben und laut ihren verständnisvollen, wenn auch leicht verwirrten ersten Zuhörern vorgelesen zu haben. Aber jetzt war etwas Neues im Spiel. Ihre Schöpfung — einst in ihrem Chaos freigesetzt — hatte nicht stillgestanden. Der Schrecken war zum Leben erwacht. Während seines eisigen

Exils hatte sich das Monster stärker als sie verändert; durch die lange Zeit der Verderbtheit war die Verkleidung gefallen und hatte ein gänzlich neues Gesicht offenbart. Die Maske des Monsters war hinweggefault. Shelleys Herz mußte es immer schon gewußt haben:

... er war aus dem Traum des Lebens erwacht ...

Nun wußte sie, was immer schon wahr gewesen war: ihr Monster war weiblich. Sie hatte die schwingenden Brüste, die zarten Hände, die schattige und gewölbte Region zwischen den Schenkeln nicht geschaffen. Sie wäre nie fähig gewesen, sich solche Gedanken zu erlauben; geschweige denn, sie aufs Papier zu bringen oder – großer Gott – den drei exaltierten jungen Männern vorzulesen, für die Frauen nicht wirklich real gewesen waren. Aber ihr Monster war weiblich und war es immer schon gewesen; eine Frau wie sie. Mary wußte nicht, wie sie diese Offenbarung ertragen sollte.

Sie wußte, weshalb das Monster jetzt zu ihr gekommen war. Wenn sie Shelleys Herz nicht irgendwie schützen konnte, würde das Monster – ihre eigene verwaiste Kreatur, so lange zurückgewiesen – es entdecken und verschlingen, es zu seinem Eigentum erklären. Aber wie konnte man ein Herz schützen?

»Geh fort!« Es war mehr ein Wimmern als ein Schrei; eher eine Bitte als ein Befehl.

Das Monster zog sich ein wenig zurück, das wunderschöne Gesicht mit der Bitterkeit der ewig Ausgestoßenen verzerrt. Mary hatte geglaubt, es würde Victor Frankenstein mit einem solchen Gesichtsausdruck betrachten, aber nicht sie selbst. Sie wußte, daß auch ihre Züge verzerrt waren und daß sie sie niemals mehr würde glätten können.

»Warum bist du hier? Warum bist du jetzt zu mir gekommen?« Sinnlose Fragen, da sie die Antwort bereits wußte, aber sie hielt schmerzlich den Atem an, um der Antwort zu lauschen.

»Du hast mich gerufen«, antwortete die Kreatur, und Mary erkannte sich in jener Stimme mehr als jetzt in ihre eigenen.

Sie stritt es nicht ab. »Dann geh fort. Ich habe meine Meinung geändert.«

»Ich kann nirgends hingehen. Ich gehöre zu dir. Ich bin dein Geschöpf. Niemand will mich haben.«

»Ich will dich auch nicht haben, du abscheuliches Ding.« Ihre Grausamkeit erstaunte sie und war, wie sie bemerkte, völlig wirkungslos.

»Ich bin dein Geschöpf.« Das Monster trommelte gegen seine Brust. »Und ich bin leer. Ich brauche . . .« Es hielt inne und drehte unbeholfen den Hals, um sich in Marys Zimmer umzuschauen.

Mary hielt sich gewaltsam davon ab, den angefangenen Satz zu beenden, und sagte statt dessen kühn: »Dann bring mir das Gedicht auf dem Kaminsims. Darin eingewickelt befindet sich ein in Leinen gehülltes Paket. Bring mir das Herz meines Gatten.«

Ihr Monster lächelte mit kindlichem Vergnügen, weil es um etwas gebeten worden war. Mary drehte sich der Magen um. Der Wunsch schien das Monster weder überrascht noch verwirrt zu haben. Es wandte sich steif um und ging geradewegs auf den Sims zu. Es machte weit größere Schritte als Mary und hatte das Zimmer mit zwei Schritten durchmessen. Die Hände, die sich um das Bündel legten, waren ruhig. Mary konnte es kaum ertragen, sie dort zu sehen; sie konnte tatsächlich einzig ihre Umrisse in der eisigen Helligkeit des Zimmers erkennen.

Das Monster nahm das Paket vom Sims und brachte es ihr. Mary konnte nur eine Hand heben, um es in Empfang zu nehmen. Das Monster gab ihr das Paket nicht, als wüßte es, daß sie es fallenlassen und der Inhalt herausrollen würde. Es beugte sich vor und legte das Bündel in Marys Schoß. Es war seltsam leicht. Das stimmte Mary traurig. Gedichte sollten gewichtig sein, dachte sie, wie die Phantasie. Und Shelleys Herz sollte das schwerste von allen sein.

Meines Geistes Barke treibt fernab vom Ufer...

Mary machte sich an den spröden Seiten des ›Adonais‹ zu schaffen. Die wundervollen Zeilen zerrissen unter ihren zittrigen Fingern, und sie weinte.

> *... mit den Tränen wahrer Liebe*
> *statt mit Tau benetzt...*

Der Leineneinband war mit den Jahren steif und straff geworden, und es war ein fast aussichtsloses Unterfangen, das Paket mit nur einer Hand zu öffnen.

Fremde zitternde Hände umfassen seinen kalten Kopf...

Das Monster legte seine Hand über Marys. Mary wollte sie zurückziehen, wurde aber festgehalten. Die längeren und kräftigeren Finger des Monsters trennten das Leinen; führten Marys Finger wie Schatten mit sich.

Eine Träne, die ein Traum von seinem Verstand gelöst.

Mary konnte nicht in den steifen alten Stoff hineinblicken, dessen Schatten sich vertieft hatten, dessen Falten rauh geworden waren. Ihre tastenden Finger spürten nichts als Sand und Staub. Sie blickte ihr Monster an, und einen endlosen Augenblick lang verharrten beide reglos und stumm.

Kummer kehrt mit dem neuen Jahr wieder...

Mary schrie auf. Das Monster schrie auf. Das Tuch war leer; Shelleys Herz verschwunden.

Mary suchte verzweifelt nach einer Erklärung. Vielleicht war das Herz niemals dort gewesen. Vielleicht hatte Hunt — unterstützt von ihrer eigenen wahnsinnigen Phantasie — sie in die Irre geführt. Oder Trelawney war über seinem Kummer verrückt geworden. Vielleicht hatte sie all diese Jahre über ein bedeutungsloses, leeres Stofftuch mitgeschleppt.

Wahrscheinlicher war, daß das Herz sich einfach aufgelöst hatte. Wie alles in ihrem Leben, war es wahrscheinlich dahingeschwunden, zurückgefordert worden, und hatte seine Form und Konsistenz derart verändert, daß sie es nicht mehr wiedererkannte. Das Monster weinte, seine heißen Tränen schmolzen Marys Fleisch.

Oder jemand hatte es an sich genommen.

Mary und das Monster schrien sich wie mit einer Stimme an: »Du hast das Herz gestohlen!«

Die Hände des Monsters legten sich um Marys Hals. Die mächtigen Daumen preßten ihre Stimmbänder zusammen, raubten ihr jede Hoffnung zu schreien. Die wahnsinnigen Gedanken des Monsters explodierten in Marys Kopf. Jetzt war ihr gesamter Körper gelähmt, obgleich sie sich sehr rasch zu bewegen schien. Anders als Shelleys wurde ihr Herz von der Flamme des Monsters verzehrt; sie empfand ein seltsames Gefühl von Einheit und Wärme. Als sie in die dunklen Höhlen jener neuen Reise stürzte, begleitete ihr Monster sie und hielt die Fackel hoch.

Mary Wollstonecraft Godwin Shelley verschied am ersten Februartag des Jahres 1851 in ihrer Londoner Wohnung. Die Paralyse hatte während der letzten Monate ihrer Krankheit eingesetzt. Sie wurde in der St. Peter's Church, Bournemouth, in einer Gruft neben ihrem Vater William Godwin, ihrer Mutter Mary Wollstonecraft Godwin und Shelleys Herz zur letzten Ruhe gebettet.

Originaltitel: The Icy Region my heart encircles
Ins Deutsche übertragen von Inge Holm

Esther M. Friesner

Verrückt nach dem Oscar

Es war wie es sein sollte — eine dunkle und stürmische Nacht. Jedenfalls irgendwo. Doch der kalifornische Himmel über dem Forest Lawn-Friedhof war klar, und der Mond hatte es nicht eilig, sich zu füllen. Er scherte sich weder um die Taten des bösen Finsterlings noch um künstlerische Inszenierungen. Ein kurzsichtiger Halbmond schielte auf die Gruften hinunter und hätte fast die geschmeidige Gestalt im Ninjagewand übersehen, die sich gegenwärtig von einem düsteren Mausoleum zum anderen stahl.

Die Nacht war zwar nicht stürmisch, doch zumindest dunkel. Das sind Nächte immer. Deshalb tanzte der Strahl einer Taschenlampe vor dem mitternächtlichen Schleicher her. Die bleistiftdünne Lichtlanze erfaßte die Kieswege, die gemeißelten schlafenden Löwen, die weinenden Engel und den anderen Friedhofnippes, der die ewige Ruhe jener behütet, die das Leben, den Spaß und den guten Geschmack hinter sich gelassen haben.

Plötzlich wurde der Weg ein wenig dschungelartiger. Der Strahl der Taschenlampe traf auf Blumenberge: Gardenien, so weit das Auge reichte, massenhaft weiße Orchideen, geisterhafte Bündel aschfahler Rosen, durch Draht in Form gehalten. Solch gartenbauliche Übertreibungen konnten nur auf ein kürzlich begangenes Begräbnis hindeuten. Ringelblumen verkündeten: WIR WERDEN DICH IMMER LIEBEN, ROBERT. Den Punkt auf dem ›i‹ in ›wir‹ bildete ein Herz aus Kornblumen, das ein mit rosafarbenen Rosenknospen abgesetztes *Smiley Face* enthielt. Schleifenblumen bildeten das Komma.

Der Strahl der Taschenlampe erlosch. »Hier muß es sein«, meldete sich ihr Besitzer. Die Stimme klang weiblich, aber das ist nur eine Vermutung. Wer immer dieser unpassende Rufer auch sein mochte, die Ninja-Maske, die er, sie oder es trug, entstellte und verbarg die Worte und die Stimme genau wie das Gesicht.

»Zeit, mit der Arbeit anzufangen.« Mit sich selbst zu sprechen ist entschuldbar, wenn das Gespräch unter Toten stattfindet, die ja bekanntermaßen ausnahmslos lausige Gesprächspartner sind. Die Taschenlampe wurde fortgesteckt, ein kleines, aber brauchbar aussehendes Stemmeisen hervorgezogen. Hinter dem Blumenberg lag die Tür zur Gruft. Es schien, als sei sie nur zu erreichen, wenn man einen Mähdrescher durch das Blumenmeer schickte. Schwierig? Für manche. Doch die katzengleiche Anmut der Ninjas ist bekannt. Kein geknicktes Blütenblatt würde darauf hindeuten, daß jemand diesem schrecklichen Monument einen heimlichen Besuch abgestattet hatte.

Die katzengleiche Anmut von jemandem, der genügend Dollars hat, um einen billigen Ninja-Anzug abzustauben, ist eine unberechenbare Variable. Maske oder nicht, die Worte: »Oh, süßer, grüner, *verflucht*!« waren deutlich vernehmbar, als ein freistehender Kranz aus silberfarbenen Dahlien seine Hinterhältigkeit unter Beweis stellte, indem er vorsätzlich dort im Weg lag, wo manche Menschen zu gehen wünschten, so daß sie gemeinsam die Treppe zur Gruft hinunterfielen.

»Scheiße, ich habe mir einen Nagel abgebrochen.« Dieses Mal ließen Stimme und Aussage keinen Zweifel zu: das war kein Ninja, das war eine Lady. Sie befreite sich von den Blumen, wischte die Blütenblätter von ihrer schwarzen Kluft und bestürmte die Gruft ein zweites Mal. Jetzt war es leichter. Warum aufhören, wo schon ein Kranz gefallen war? Ihre eifrigen Hände warfen all die übrigen blumigen Tribute zur Erinnerung an den lieben Robert beiseite, während sie das Lied summte: »Jump down, spin around, pick a bale o'cotton.«

Das Aufbrechen der Mausoleumstür war ein Kinderspiel. Im Inneren machte sie die befriedigende Entdeckung, daß sie ihre Taschenlampe nicht brauchen würde. Roberts Testamentsvollstrecker hatte für ein bleiches Ewiges Licht gesorgt. Es war nicht besonders hell, ließ aber den Weg deutlich erkennen.

Der Sargdeckel brachte ihr die moralische Lektion bei, daß wir eifrig streben müssen, um unsere Ziele zu erreichen. Er wollte sich nicht öffnen lassen und lachte über ihr Stemmeisen. Eine bloße Redewendung, die aber daran erinnert, daß auch Robert es immer fertiggebracht hat, mit zusammengebissenen Zähnen zu lachen. Ein schallendes Gelächter hätte seine Plomben offenbart. Für einen Schauspieler bedeuteten sichtbare Plomben Minus-Punkte bei der Beurteilung der körperlichen Verfassung, was eine entsprechende Senkung des Gehalts zur Folge hatte.

Fluchend rammte sie das Stemmeisen ein weiteres Mal steifarmig nach unten. Etwas gab nach. Der Sargdeckel sprang wie ein fertiger Toast hoch. »Wird auch verdammt Zeit«, bemerkte sie und kippte den Deckel ganz zurück.

Der Tod und die Make-up-Abteilung waren gut zu Robert gewesen. Wenn man so auf ihn hinabblickte – die Glieder wohl arrangiert, das Gesicht gelassen –, war es schwer, sich ihn in seinem irdischen Schlaf vorzustellen – auf dem Bauch liegend, das Hinterteil in die Höhe gereckt, die Nase zusammengedrückt, mit offenem Mund ins Kissen sabbernd, eine Hand beständig am Unterleib, für den Fall, daß ein Fassadenkletterer einbrach, der es auf etwaige familiäre oder intime Kostbarkeiten abgesehen hatte.

Das Wort — ›Kostbarkeiten‹ — brachte sie wieder auf den Boden der Tatsachen zurück. Roberts Testamentsvollstrecker hatte sich als knauserig erwiesen; selbst für einen Rechtsanwalt. Jede Hand des Toten schmückten nur drei Ringe, von denen keiner mit einem erstklassigen Edelstein bestückt war. Wenigstens trug der Leichnam die Goldketten, die zu Lebzeiten sein Markenzeichen gewesen waren. Die Leute erwarteten, sie auf den Bildern zu sehen, und die *paparazzi* brauchten das Glitzern echten Goldes in ihren Linsen, wenn sie *bon-voyage*-Fotos vom berühmten Toten schossen. Ob Roberts Anwalt geplant hatte, am nächsten Tag zurückzukommen, um die Ketten einzusacken, oder nicht, der Tote hatte sie zur Beerdigung tragen müssen. In Hollywood gab es einen Namen für Leute, die sich weigerten, die Erwartungen der Presse zu erfüllen: Hundefutter.

»Ich erspare ihm nur die Mühe, das ist alles«, murmelte sie und versuchte, ihre zitternden Hände unter Kontrolle zu bringen, während sie sich an den im Nacken befindlichen Schlössern zu schaffen machte. Sie trug zwar Handschuhe, aber wenn sie zufällig Roberts Fleisch berührte, fiel es ihr schwer, sich nicht vorzustellen, wie die unirdische Kälte durch die dünne schwarze Baumwolle drang. Sie arbeitete schnell, begierig darauf, diesen Ort zu verlassen.

Sie bekam vier Ketten auf. Es waren nur noch drei übrig, als ein Schloß streikte. Sie hatte so etwas schon oft genug gemacht, um zu wissen, daß es keinen Grabraub ohne kleine Probleme gab. Das Geheimnis besteht darin, nicht in Panik zu geraten, wie sie sich ins Gedächtnis rief. Worauf das Schloß an ihrer Manschette hängenblieb, Roberts Kopf in ihre Armbeuge rollte, sein Mund merkwürdigerweise aufklappte und alle seine Plomben ihr zublinzelten. Sie schrie auf.

»Erlauben Sie.«

Dicke, tüchtige Hände wurden über den Sarg ausgestreckt, um die goldene Schlinge zu lösen. Befreit stolperte sie ein paar Schritte zurück, wodurch sie eine gute Sicht auf den kleinen, schwarzen Revolver bekam, der auf ihre Brust gerichtet war.

»Sie sollten sich besser erklären«, sagte der kleine Mann, dem der kleine Revolver gehörte. »Doch wäre es gut, wenn Sie zuerst die Maske abnähmen.«

Sie gehorchte ohne Zögern. Man diskutierte nicht mit Schußwaffen, selbst wenn sie sich in der Hand eines kleinen, glatzköpfigen, feisten Individuums in Laboratoriumsweiß befinden, der wie der böse Zwillingsbruder des Pillsbury Doughboy aussah. Nachdem sie sich die Ninjakapuze vom Kopf gezerrt hatte, schüttelte sie die befreiten Massen ihres kastanienbraunen Haares genauso, wie sie es in *Amazons in Leather Cages* getan hatte. Wenn du in deinem Häscher den Wunsch nach Sex wecken kannst, überlegte sie, wird er dich nicht töten.

Doch als sie den Ort ihrer Begegnung in Betracht zog, war sie nicht mehr so sicher. Was, wenn dieser Kerl es genau darauf abgesehen hatte? Manche mögen's nur heiß, wenn sie es kalt bekommen können.

»Sprechen Sie frei heraus, meine Liebe«, forderte er sie auf. »Wer sind Sie? Was machen Sie hier? Und seien Sie ehrlich. Ich hasse Lügner.«

Alles klar, sagte sie sich, dann ist er nicht im Showbusineß. Laut fragte sie: »Sind Sie — sind Sie ein Wächter?«

»Ein Wächter? Ich?« Er warf den Kopf zurück und lachte. Er besaß mehr Zahnlöcher als Robert. Sie waren alle mit Gold gefüllt. Sein Mund schloß sich mit einem erschreckenden Schnappen. »Ja, ich bin ein Wächter: Wächter und Hüter der Geheimnisse des Lebens! Wärter der Mysterien hinter dem göttlichen Funken menschlicher Sterblichkeit. Ein orphischer Visionär, der es wagt, den dunklen Pfad zurückzugehen, der jedermann aus dem Licht der Existenz in die düsteren Schatten des Grabes führt. Sie wagen es, mich verrückt zu nennen. Verrückt, verstehen Sie? Ha, diese Narren! Verrückt! Ich! Ich, Dr. Godwin Shelley, verrückt...!«

Ein dröhnendes, wahnsinniges, speichelsprühendes Lachen hallte durch die Gruft.

»Oh«, machte sie.

Es war seltsam, aber sie hatte keine Angst. In ihrem Herzen zog Hoffnung auf, eine ungetrübte, unschuldige Hoffnung, wie bei einem Kind, das sich in einem finsteren und unheimlichen Einkaufszentrum verirrt hat, um schließlich zu den Toilettenräumen zu gelangen. Sie wußte, wovon er sprach. Sie hielt ihn für verrückt, aber mit einem bewaffneten und gefährlichen Irren dieselbe Sprache zu sprechen, bedeutete, daß man ihn entwaffnen konnte. Und sie kannte sich mit dieser Sprache aus. Hatte sie nicht während des Halloween-Marathon-Programms im Yellow Rose Drive-In in Eastland ihre Jungfräulichkeit in Devoe Jenkins Pickup-Truck verloren, während *Frankenstein*, *Son of Frankenstein*, *Revenge of Frankenstein* und *Frankenstein Meets the Wolf Man* gegeben wurde? Manche Dinge vergißt man nie.

»Freut mich, Sie kennenzulernen, Doktor. Mein Name ist Polly Doree. Ich bin Schauspielerin und Teilzeit-Modell.« Sie löste den kleinen Beutel von ihrer Taille und ließ den glitzernden Inhalt auf den Boden zwischen ihnen fallen. »Ich beraube gleichfalls die Toten.« Sie schenkte ihm ihren besten ›Durchdringende-Aufrichtigkeit-Blick‹, den sie erst einmal in *Swordswoman of Venus* angewandt hatte, einem Film, der wegen der Anzahl seiner aufrichtigen Durchdringungen berühmt war. »Können wir reden?«

»Sie Närrin! Es war sein Hirn, das Sie fallenließen.«

»Ach, seien Sie still, Doktor. Er wird Schauspieler. Da braucht er wohl keins.«

Die Zeit verging. Dinge geschahen.

»Das nächste Arschloch, das mich Igor nennt«, sagte sie, »werde ich töten.«

Sie saßen zu dritt auf dem Rücksitz der Limousine, und Dr. Shelley beugte sich über das Monster zu seiner Assistentin herüber, um deren nylonumhüllte Knie zu tätscheln (natürlich rein beruflich, versteht sich). »Sie können Sie nennen, wie sie wollen, Polly, meine Liebe, solange Sie zuerst United Press anrufen und uns mehr von dieser fabelhaften kostenlosen Publicity geben.« Seine Hand blieb, wo sie war, was bei der ansehnlichen Größe des Monsters auf die Dauer für den guten Doktor nicht gerade bequem war.

Polly schlug die Beine übereinander. Der verführerische Anblick ließ die Handflächen ihres Arbeitgebers noch stärker schwitzen. Ihre vollen, roten Lippen spitzten sich zu einem Schmollmund, der schon viele Casting Directors um den Verstand gebracht hatte. Leider hatte er ihr aber nicht die wirklich interessanten Film- und Fernsehrollen eingebracht. Mit verführerischen Lippen und einem Dollar fünfundzwanzig bekommt man in Malibu eine Tasse Kaffee, falls die obenerwähnten Lippen unfähig sind, Sätze von sich zu geben, die komplizierter sind als: »Vorsicht, Steve! Er hat eine Kettensäge! EEEEEEE!«

»Die Presse besteht ohnehin nur aus Schakalen«, fuhr Dr. Shelley fort. »Es ist deshalb nur angemessen, wenn sie sich diesen kleinen Leckerbissen schnappen und mit ihm davoneilen.« Die Straßenlichter spiegelten sich glitzernd in seinen dicken, randlosen Brillengläser und auf dem haarlosen Schädel. Wenn er lächelte, spiegelten die schleimfeuchten Zähne die außerhalb der Limousine vorbeihuschenden vielfarbigen Neonreklamen wider.

»Das ist mir egal.« Polly verschränkte die Arme unter ihren Brüsten. »Ich bin ebenso daran beteiligt wie Sie. Sie haben sogar gesagt, Sie hätten es ohne mich nicht machen können! Warum bekomme ich dann nicht ein wenig von den Vorschußlorbeeren ab, he?«

»Meine Liebe«, erwiderte Dr. Shelley. »Sie werden sehr

viel Lob bekommen, das verspreche ich Ihnen. In der Zwischenzeit möchte ich Sie daran erinnern, was die ganze Publicity für Ihre eigene Karriere bedeutet.«

Polly blieb unbesänftigt. »Publicity, klar, nur daß diese blöden Scheißer so tun, als würden Sie alles machen, als würde ich nur als Ihr Labortrottel herumbuckeln: ›Jaaa, Master. Igor geht holen Hirn jetzt, Master.‹«

»Igor haben auch lassen fallen Hirn«, antwortete Dr. Shelley lachend und beugte sich vor, um der Autobar eine neue Flasche Champagner zu entnehmen. Er reichte Polly eine mit Moet et Chandon gefüllte Kristallflöte und versuchte seine Assistentin aufzuheitern.

»Mein liebes Kind, niemand schätzt Ihre Hilfe mehr als ich. Ihre Informationen, basieren auf Ihrer − eh − intimen Kenntnis vieler, so *vieler* der größten Stars Hollywoods, waren unersetzlich, wenn es darum ging, zu entscheiden, welche besonderen körperlichen Attribute sich mein Geschöpf aus welchen Quellen − eh − aneignen sollte.«

Polly glühte. »Wollen Sie damit sagen, ich sei eine Niete?«

»Nicht im abschätzigen Sinn.« Er hob das Glas mit einem Toast auf die Macht des Wortes, während sie herauszufinden versuchte, ob sie beleidigt worden war oder nicht.

»Es war für keinen von uns einfach«, fuhr er fort. »Die Wissenschaft fordert Opfer. Und keine angemessene Anerkennung zu bekommen, das ist das geringste. Habe ich nicht den Spott und den Hohn meiner akademischen Kollegen ertragen? Diese kurzsichtigen Narren. Sie sahen nicht die Größe dessen, was ich wagte, was ich im Namen der Menschheit unternahm! Sie nannten mich verrückt − verrückt, verstehen Sie? Sie wagten es, mich auszulachen! Hinter vorgehaltenen Händen zu kichern, in ihren Sesseln lautlos in sich hinein zu lachen, hinter ihren Reagenzgläsern zu wiehern! Nun, wir werden sehen, wer als letzter lacht. Ich schwor, sie dafür zahlen zu lassen, sie teuer zahlen zu lassen, und jetzt ist die Stunde meines Triumphes nah − ha!«

»Sie haben wieder Schaum vor dem Mund.« Polly reichte

ihm ein Taschentuch von der Größe eines Kissenbezuges. »Keine Sorge, Ihre alten lorbeerumrankten Kumpel müssen reichlich löhnen, um mit Ihrem Mumpitz Schritt zu halten, Doc. Wissen Sie, was heutzutage eine Kinokarte kostet?«

»Ja, ja, genau so.« Dr. Shelley schaute einfältig, während er sich üppige Fetzen schaumigen Schleims vom Gesicht wischte. Er nippte an seinem Champagner und versuchte das Flair pseudoeuropäischer Urbanität wiederzuerlangen. »Verzeihen Sie mir, ich neige dazu, mich von den Musen davontragen zu lassen.«

»Gut, solange die Musen daran denken, eine Zwangsjacke mitzubringen«, murmelte Polly. »Du elender, überheblicher, wichtigtuerischer Kerl. *Ich* werde dir zeigen, was Publicity ist. Laß uns erst da sein, und ich werde dir mehr zeigen, als du erwartest.«

»Sagten Sie etwas, Polly?«

»Nein, Dr. Shelley.« Sie leerte die Champagnerflöte.

Die Limousine beschrieb eine scharfe Rechtskurve, worauf sich die drei Passagiere stark nach links neigten. Der Doktor stieß einen erschreckten Schrei aus, als das Monster mit seinem ganzen Gewicht auf ihn fiel.

»Weg! Nehmen Sie ihn von mir weg! Weg! Weg! Weg!« Er trat mit seinen unangemessen zierlichen, in Abendschuhen aus Lackleder steckenden Füßen wie ein Kleinkind um sich.

»Ja, Dr. Shelley.« Polly seufzte und griff in die mit Bergkristallen besetzten Handtasche, in der sich das einzige Instrument befand, mit dem man das Monster kontrollieren konnte.

Viereinhalb Kehrreime des Oscar-Mayer-Weiner-Liedes später — gerade als Polly glaubte, sich durch das rote Plastikkazoo* das Hirn auszublasen, reagierte das Monster. Es rieb sich die schlaftrunkenen Augen und fragte: »Sind wir schon da?«

---

* Rohr mit einer Darmsaite, die durch Summen zum Schwingen gebracht wird — Musikinstrument und Spielzeug (Anm. d. Übers.)

»Bald. Und bis dahin steig von Dr. Shelley runter.«

»Oh.« Die seelenvollen blauen Augen des Monsters weiteten sich. »Tut mir leid. Ich werde mich bewegen, ja?«

Mit einem »Mn'nghah« stimmte Dr. Shelley zu.

Sehr langsam, doch mit einer eigentümlichen Behendigkeit, die teilweise seine eigene war, erhob sich das Monster. Dr. Shelleys Brille hatte eine Vierteldrehung um seinen Kopf beschrieben, sein Smoking sah recht mitgenommen aus, das Vorderteil seines Hemdes war mit Champagner getränkt, doch im großen und ganzen war er froh, wieder unter den Luftatmern zu sein.

»Wenn ich das nächste Mal eine Kreatur schaffe, werde ich die entsprechenden Glieder berühmter Läufer verwenden«, schimpfte er, während er seine Brille justierte. »Warum kannst du dich nicht etwas schneller bewegen?«

Das Monster senkte mit dem legendären Klein-Jungen-Charme, der seinem vormaligen Besitzer einen großen Kassenerfolg beschert hatte, den Kopf. »Tut mir leid.« Polly wußte, wie bereitwillig die Tränen, die jetzt in den Augen des Monsters emporstiegen, fließen würden. Hatte sie nicht darauf bestanden, daß Dr. Shelley Augen und Tränenkanäle getrennt ›einkaufte‹? Noch mehr Mikrochirurgie, doch, oh, wie es sich auszahlte! Diese babyblauen Augen allein waren schon wunderbar, doch kombiniert mit der Weinfähigkeit, die man sich von einem bereits lange dahingegangenen Schauspieler ›ausgeborgt‹ hatte, dessen Name das Synonym für männliche Sensibilität war, waren sie die Sensation auf der Breitwand.

»Ach, wein nicht, wein nicht! Spar dir das für die Presse auf, verdammt noch mal!« Dr. Shelley drückte dem Monster sein riesiges Taschentuch in die Hand. »Du willst doch vor der Kamera nicht schlecht aussehen.«

Das Monster schauderte. »Kamera ... Kamera *böse*.«

Polly stieß ihm den Ellbogen in die Rippen. Sein ganzer Brustbereich entstammte einem — Polly liebte die Bezeichnung ›dem Zeitalter angemessenen‹ — ehemaligen Twentieth-Century-Muskelmann, der für seine ›Metzle-dir-dei-nen-Weg-zur-Gerechtigkeit‹-Filme berühmt war. Sie und der Doktor waren verdammt froh, genügend kultivierbares Gewebe in seinem Grab vorgefunden zu haben, um es wieder zu einer solchen Masse anwachsen lassen zu können. Man brauchte eine Ramme, um überhaupt einen Eindruck bei dieser Fleischbarrikade zu erzielen. Trotzdem wich das Monster bei ihrer Berührung zurück.

»Vergiß den ›Kamera böse‹-Scheiß«, befahl sie. »Kamera *gut*. Ist echt phan-ta-stisch, verstanden? Keine Kamera, keine Filme; keine Filme, kein Geld. Ebensogut könntest du tot sein in dieser Stadt.«

»Ich weiß.« Die wunderschönen Monsteraugen füllten sich erneut mit Wasser.

»Beruhige dich«, sie senkte ihre Stimme zu einem Flüstern, »und erinnere dich an unseren Plan.«

»Schauen Sie! Schauen Sie! Da ist es!« verkündete Dr. Shelley plötzlich. Er deutete auf einige helle Lichter, die durch die rauchgläserne Windschutzscheibe und die Plastikwand, die die Passagiere vom Chauffeur trennte, nur verschwommen sichtbar waren. Der Verkehr nahm zu. Die Limousine fädelte sich ein; eine Parade Gleicher unter Gleichen. Klassisches Schwarz, Scheich-von-Arabien-Weiß, protziges Silber, billiges Gold und eine Menge Pastellfarben gleich einem karibischen Sonnenuntergang. Die Limousinen bahnten sich ihren Weg. Eine automobilisierte Spezies fuhr stromaufwärts, um zu laichen.

Es dauerte lange, bis sie an der Reihe waren, da sie nur Schritt fahren konnten. Dann kam der Moment, von dem Polly immer geträumt hatte, wenn sie ins Kino ging; einschließlich aller Premieren, zu denen sie Devoe Jenkins begleitet hatte. Die Tür neben ihr wurde geöffnet, die erste Batterie Blitzlichter schoß ihr blendendes Sperrfeuer ab, die uniformierten Sicherheitskräfte hielten die Fanmassen zurück, während Polly Doree den roten Plüschteppich betrat, der zu den Academy Awards führte.

Aber sie sind nicht hier, um dich zu sehen, flüsterte eine ruhige, kleine Stimme in ihrem Innern. *Tut weh, nicht wahr?* Es war eine ausgewachsen patzige, ruhige, kleine Stimme. *Halt's Maul,* gab sie zurück. *Bald schon werde ich die einzige sein, die sie sehen wollen.*

Die Kameras klickten, weitere Blitzlichter blitzten ihr steifes Lächeln fort. Mikrophone tauchten vor ihrem Gesicht auf, bis ihre Eckzähne fast an die Schutzhüllen stießen. Sie waren alle da, die hungrigen kleinen Mediokraten, die Gesichter emporgereckt, um jeden Klangkrümel aufzunehmen, den sie fallenzulassen geruhte. Macht. Lieber Gott, ja, das war besser als Sex.

Und ging auch fast so schnell vorüber. Das Monster erschien. Dr. Shelley hing an seinem Arm — und Polly Doree wurde vor einem Millionenpublikum unsichtbar. Was ihr ganz und gar nicht gefiel.

In Ordnung, sagte sie sich. *Ich kann warten.*

Im Inneren des Saales summte und murmelte es. Eine riesige Halle, in der Hunderte aufgeregter Unterhaltungen geführt wurden. Es war, als höre man einer Schule von Piranhas beim Fressen zu. Während sich die drei unter den Blicken aller einen Weg zu ihrem Tisch bahnten, nahm Polly verschiedene Fetzen hämischen Geschnatters auf:

»... geringeres Budget als das *bar mitzvah*-Video meiner Kinder.«

»Überrascht Sie das? Sie waren froh, einen billigen Produzenten zu finden, der die Chance wahrnahm. Haben Sie eine Ahnung, wie schwer es ist, eine Versicherung für eine Leiche zu bekommen?«

»Ja, aber wenn er den Oscar bekommt, werden sie Schlange stehen, um ihm Jobs anzubieten und seinen toten Arsch zu küssen.«

»Wem immer *der* gehören mag.«

»Hey, ob er immer noch Steuern zahlt?«

»... hörte von einer freien Wahl des Friedhofs, aber das ...!«

»Was haste erwartet? Man weiß doch, daß die Academy immer wenigstens einen Mitleidskandidaten aufstellt.«

»Ja, sicher, aber das galt nur für ein paar Oldtimer, die so gut wie tot waren.«

»So *gut wie* tot? Baby, dieser Bursche ist mehr als tot.« Eine Frau kreischte vor Lachen. ». . . weiß doch, wie gerne sie tun, als unterstützten sie Comebacks.«

». . . er spielt so gut wie früher.«

». . . was heißt *er*? Meinste nich *sie*?«

». . . als hätte ich gegen ein verdammtes Einmann-*Ensemble* eine Chance, den Oscar zu bekommen.«

Die Gäste nahmen Platz. Jeder stellte sein »Kamera-bereit«-Lächeln zur Schau. Die Feier begann. Die neben dem Monster sitzende Polly durchstöberte den Inhalt ihrer Abendtasche und geriet fast in Panik, als sie die Papiere nicht finden konnte. Sie schüttete die Tasche über dem Tisch aus und seufzte erleichtert auf: da waren sie. Polly hatte gerade noch Zeit, die Blätter wegzustecken, bevor die Kategorie *Bester Schauspieler* aufgerufen wurde und sich jede Fernsehkamera im Hause auf ihren Tisch richtete.

Er hatte gewonnen. Es hatte nie Zweifel daran bestanden. Polly überhörte einen oder zwei gehässige Bemerkungen hinter ihr:

»Klar, daß sie ihn gewählt haben: professionelle Höflichkeit. Ich habe immer schon gesagt, die Academy besteht aus einer Bande alter Holzköpfe!«

»Aber, aber, vielleicht haben sie es nur getan, damit niemand ihnen vorwerfen kann, sie hätten Vorurteile gegen Minderheiten.«

»Seit wann sind denn die Toten eine Minderheit?«

»Hör zu, du . . .« Eine ungeheure Applauswelle ertränkte alle weiteren Kommentare.

»Okay, Baby. *Jetzt.*« Polly hakte sich beim Monster ein, erhob sich und strahlte das Publikum an. Sie steuerte ihn in Richtung Bühne. Sie hatte alles unter Kontrolle.

Dr. Shelley stürzte hinter ihnen her. »Halt! Halt! Was tun

Sie da? Es war abgemacht, daß ich ihn begleite, wenn er den Preis annimmt. Ich warne Sie, Polly . . . !«

Sie warf ihm einen kurzen Blick über die Schulter zu: »Und ich warne *Sie*, Dicker: der Plan hat sich geändert. Verschwinden Sie. Sofort.«

Aber er blieb. Er folgte sogar bis auf die Bühne und kläffte den ganzen Weg über wie ein wildgewordener Yorkshire-Terrier. Er griff haltesuchend nach dem anderen Arm des Monsters. Die Kreatur warf ihm einen gequälten Blick zu, ging aber weiter.

Die glitzernden Conférenciers auf dem Podium waren alte Showbiz-Veteranen, kampferprobte Kämpfer aus den Tinseltownschen Schützengräben. Sie warteten unbeeindruckt auf die Ankunft des Monsters, doch die Kameraaugen fingen die weiß hervortretenden Knöchel der Hand jener Dame ein, die den Oscar hielt, und die unter dem Druck des gezwungenen Lächeln schier zu splittern beginnenden Zähne des Gentlemans. Die Statue wäre beinahe während der Übergabe fallengelassen worden, woraufhin die beiden Veteranen überstürzt hinter die Kulissen eilten.

Das Monster stand auf der Bühne, Polly links, Dr. Shelley rechts eingehakt. In der Hand der Kreatur strahlte der Oscar. »Ich — eh — möchte allen danken, die das ermöglicht haben.«

»Meinst du über oder unter der Erde?« rief jemand aus dem Publikum.

Das Monster blinzelte verwirrt. Dr. Shelley sah seine Chance gekommen, stürzte vor und griff sich die Statue. »Danke. Danke Ihnen allen für diese Wahl, die Ihr Vertrauen in mein großes Werk zeigt. Ich möchte Ihnen versichern, daß ich — obwohl die Zeitungen unnötigen Wirbel um die genauen Post-mortem-Rechte gemacht haben, die meinem, eh, Geschöpf zustehen — alles in meiner Macht Stehende tun werde, um bei künftigen Filmprojekten seine Interessen wahrzunehmen. Das ist das Mindeste, was ich für ein Geschöpf tun kann, dessen bloße Existenz einen lebenden . . .«

»Ist das nicht ein bißchen übertrieben?«

»... Beweis für die Stimmigkeit meiner Theorien liefert. Jetzt mögen sie mich verhöhnen! Ich speie auf ihre selbstgefälligen Vorurteile! Sie nannten mich verrückt ... verrückt, verstehen Sie! Aber ich habe es ihnen gezeigt. Ich habe es ihnen allen gezeigt! Ich ... ich ...«

»Ich habe ihn geheiratet«, sprach Polly mit sehr sanfter Stimme ins andere Mikrophon.

Alle Kameras richteten sich auf sie. Die Meute der Zeitungshunde fiel über sie her. Dr. Shelley erlitt einen zeitweiligen Verlust der Sehkraft, als er den Fehler machte, direkt in die Blitzlichter zu schauen, die sowohl die in Las Vegas ausgestellten Eheerlaubnis als auch jene Hochzeitsfotografien illuminierten, die Polly aus der Handtasche hervorzog. Sie ergriff die Gelegenheit, Dr. Shelley vom Oscar zu befreien.

»Vegas? Sie haben Ihn nach *Vegas* mitgenommen?« jammerte der Doktor, während seine Hände ungestüm nach ihrem Hals verlangten. »Sie sagten doch, Sie wollten nur mit ihm ausgehen, um festzustellen, ob er noch den Breakdance beherrsche, nachdem sie sein Hirn fallengelassen haben!«

»Ich habe gelogen«, flüsterte Polly. Sie sprach so leise, daß selbst das Mikrophon nichts mitbekam. Dann fuhr sie laut fort: »Vorsicht! Er hat eine Kettensäge! EEEEEEEEE!« und drängte Dr. Shelley von der Bühne an einen Tisch mit Drehbuchschreibern. Sie tranken ungerührt weiter.

Dann legte sie den Arm um ihren neuen, höchstens geringfügig gebrauchten Ehemann und bereitete sich darauf vor, die Fragen der Presse zu beantworten, die Augenlider sittsam gesenkt, sowohl um des Bühneneffektes willen, als auch, um ihre Sehkraft vor den endlos aufflackernden Lichtern der sensationsgeilen Fotografen zu schützen. Sie hatte gerade offenbart, daß die Bedingungen ihres Hardcover- und Taschenbuchvertrages sie davon abhielten, ihre Flitterwochen zu beschreiben, als ein lautes, kehliges Knurren die Luft zerriß.

»Kamera *böse!* Kamera *böse!«* brüllte das Monster und prügelte auf die aufdringlichen Medienvertreter ein.

»Darling, bitte...« Doch Pollys Flehen blieb unerhört. Das Monster schlug mit dem Oscar um sich und zerschmetterte jede Kamera in seiner Nähe. »Oh, Scheiße.« Polly seufzte und durchsuchte ihre Handtasche nach dem Kazoo.

Aber sie fand es nicht. Wären die Blitzlichter nicht gewesen, hätte sie es auf dem Tisch liegen sehen können, auf dem auch der restliche Tascheninhalt lag, den sie auf der Suche nach den Heiratsunterlagen dort ausgeschüttet hatte. In ihrer Verzweiflung versuchte Polly das magische Kontroll-Lied zu singen, aber das war nicht dasselbe.

»Kamera *böse!* Kamera *böse!* Kamera fängt immer meine böse Seite ein! Sie wissen, was das für einen Burschen in diesem Geschäft bedeutet. Kamera *böse!«* Sechs weitere Nikons zerschellten. Polly packte das Monster am Ellbogen, doch es gelang ihr nicht, es zu beruhigen. Und dann, als sie ihre zweifelhafte Karriere die Toilette hinabrauschen sah, wurden die Dinge das, was sie immer werden, wenn man meint, schlimmer könne es nicht werden:

Sie wurden schlimmer.

»Conrad! Baby!« Ein Starlet in blauen Glasperlen sprang auf die Bühne, ergriff die Gunst des Augenblicks auf den anderen Arm der Kreatur.

»Eric! Süßer!« Ein zweites junges Ding, diesmal blickdicht in Satin gehüllt, folgte auf dem Fuße und drückte sich ans rechte Knie des Monsters.

»Brad, wie konntest du nur? Nach allem, was wir einander bedeuteten! Nach all der Zeit, die wir zusammenlebten!« Das Mädchen verlor fast die Hälfte ihres grünen Lamé-Minikleides bei einem heroischen Rutsch zu seinen Knöcheln.

Es war ganz offensichtlich, was hier ablief. *Du bist nicht die einzige Niete in dieser Stadt, die einen großartigen PR-Trick erkennt, wenn er vor ihr aus dem Grab springt,* raunte die ruhige, kleine Stimme schadenfroh. *Wie viele — eh —*

Mitwirkende habt ihr, du und der alte Doc Shelley, für diesen zusammengestückelten Primadonald gebraucht?

Weshalb?

Nun, Süße, es sieht ganz so aus, als hätte jedes dieser Stücke eine eigene Vergangenheit – und hier kommen sie alle!

»Jemand soll diese Nieten von hier fortschaffen!« schrie Polly. Aber ob sie damit die ärgerliche innere Stimme übertönen wollte, oder ob sie wirklich auf Hilfe hoffte; es mißlang. Ein viertes junges und zartes Weibchen kam aus den Kulissen gestürzt, eine fünfte erschien von jenseits des verhangenen Hintergrundes, die sechste und siebente inszenierten einen Wettlauf zur Bühne, den nur ein Zielfoto hätte entscheiden können, und saugten sich an den von ihnen auserwählten Teilen der Kreatur fest wie Saugnäpfe an feuchtem Glas. Weitere folgten. Das Monster schwankte unter den Frauen wie ein gemeiner Hofhund unter Schlägen. Es ließ den Oscar fallen, der auf Dr. Shelleys Schädel landete und ihn wie ein weichgekochtes Ei – dem er glich – spritzend öffnete, was einem der Drehbuchautoren zu einer großartigen neuen Idee verhalf.

Die Menge der auf die Bühne strömenden Starlets nahm kein Ende. Jede nannte das Monster bei einem anderen Namen, jede forderte einen Teil von ihm, jede hielt das Qualitätsstück fest, das sie als ihren gesetzmäßigen Besitz ausgespäht hatte, und nicht eine von ihnen hatte Schwierigkeiten, die Wörter ›Klage‹, ›Anwalt‹ und ›Anfechtung der Ehe‹ auszusprechen. Es war entsetzlich.

Dann gesellten sich die Agenten zu ihnen, und danach war alles aus.

Etwas mußte nachgeben. Und etwas gab nach. Es gab ein feuchtes, fleischiges, reißendes Geräusch. Der Arm in Pollys Griff wurde plötzlich schlaff. Sie fiel nach hinten, und das gesamte Gewicht der Kreatur und all seine Bestandteile stürzte gleich einer Lawine über sie. Bevor die Lichter für immer verlöschten, dachte sie noch: *Ich habe ihm doch*

gesagt, er soll doppelt nähen, aber hat er auf mich gehört?
Neiiin!

Sie hätte es wirklich wissen, ahnen müssen, was allgemein
bekannt ist. In Hollywood ist es so: Wenn du auch nur ein
wenig Erfolg hast, wollen alle was von dir.

Was sie auch bekommen.

Das ist Showbiz.

Originaltitel: Mad at the Academy
Ins Deutsche übertragen von Inge Holm

David J. Schow

Letzter Aufruf für die Söhne des Schocks

Blank Frank legt die *Cramps* auf und wirft einen Blick auf die blauen LED-Anzeigen des Equilizers. Er liebt das Licht.

Das ›Monster von der Schwarzen-Leder-Lagune‹ beruhigt.

Der Club heißt die Un/Toten. Die Tonanlage stammt aus den Eingeweiden des alten Tropicana, LAs Altar des Schlammringens, des ›Damen‹-Boxens und des Aufgeilens bis zum körperlichen Schmerz. Seine Kunden stehen auf Heavy Metal. Laut und viel. Die Tieftöner sind so gewaltig, daß man das Gefühl hat, als stieße einem jemand einen großen, samtenen Kolben in den Magen.

Blank Frank liebt die Kraft. Immer, wenn er an körperliche Auseinandersetzungen denkt, stellt er sich den Zangengriff vor.

Er hebt einen Kasten mit Stoli auf eine seiner breiten Schultern und klemmt sich einen anderen mit Beam unter den Arm. Dann füllt er die Bar auf. Wenn man das Wochenend-Gedränge überleben will, muß man sich wappnen. Blank Frank kann einen Stapel mit fünf Kisten schleppen, ohne einen Stechkarren zu benutzen. Wenn er durch die Tür will, muß er sich ducken. Die Tür zu den Telefonen und Toiletten erinnert an eine Banktresortür mit Riegeln und Kurbeln. Sie ist über zwei Meter zwanzig hoch. Nicht hoch genug für Blank Frank, der sich immer noch bücken muß.

Noch zwei Stunden bis die Türen sich öffnen.

Blank Frank genießt die Ruhe vor dem Sturm. Er hat die Verabredung nicht vergessen. Er grinst das gerahmte Filmplakat neben der Kasse hinter der Theke an. Er hat es in einem Andenkenladen in Hollywood zu einem trotz Kollegenrabatt unanständig hohen Preis erstanden und auf Styropor aufgezogen, um die Falten zu glätten. Er sorgt dafür, daß sich auf dem Glas kein Staub ansammelt. Es ist ein zweifarbiges Plakat mit einem grellen Titel. Der erste Film, in dem er groß herauskam. Gelegentlich macht ihm ein Un/Toten-Kunde mit zuviel Geld in den Taschen für das Plakat ein übertrieben hohes Angebot, das Blank Frank stets mit einem Lächeln ablehnt. Danach spendiert er dem Anbieter gewöhnlich einen Drink auf Kosten des Hauses.

Er stellt die Lautstärke für *Bauhaus* leiser und legt ›Bela Lugosi's Dead‹ in der Extendet-Mix-Version auf.

Das Personal schwört auf Kaffee und Eistee. Blank Frank bevorzugt ein nichtalkoholisches Gebräu eigener Erfindung, das er Blinder Eremit getauft hat. Er rührt sich schnell einen in dem verchromten Mixer, eine Hand müßig auf die Plasmakugel gelegt, die Michelle ihm vor rund vier Jahren geschenkt hat, als sie erschwinglich wurden. Berühre die Außenwand, und die purpurnen elektrischen Adern folgen deinen Fingerspitzen. Knöpfe erlauben einem, mit Density und Amplitude herumzuspielen und die Kraft zu beherrschen, so daß man sich wie Tesla bei einer Vorführung fühlt.

Blank Frank liebt die sich krümmende Elektrizität. Inzwischen hat er viele Tätowierungen. Aber die auf seinem linken Handrücken — jener Hand, die mit der Kugel spielt — ist seine liebste: ein stilisierter Planet Erde, von einem winzigen Propellerflugzeug umkreist. Sie ist so alt, daß die kobaltblaue Tinte bereits zu verblassen beginnt.

Blank Frank ist schon seit drei Jahrzehnten völlig kahl. Bis auf eine kleine Haarsträhne, die seinem Hinterkopf entspringt. Er flicht sie zu einem netten Zopf, auf fünfzehn Zentimeter beschnitten. Das Haar ist leichenweiß. Manchmal, wenn er trinkt, verdunkelt es sich kurz. Er weiß nicht, warum.

Michelle war eine Stripperin, bevor das Management pleite machte, der Club verkauft wurde und die Un/Toten sich aus der Asche erhoben. Sie mag es, Kellnerin zu sein, und sie mag Blank Frank. Sie nennt ihn einen ›großen Jungen‹. Die Hälfte der Stammgäste glaubt, Blank Frank und Michelle hätten was miteinander. Dem ist nicht so. Aber diese Phantasie hält ihnen eine Menge potentieller Probleme vom Hals, besonders an Wochenendnächten. Blank Frank hat gelernt, daß die Leute oft Phantasien brauchen, die oberflächlich betrachtet wahr erscheinen, egal, ob sie es sind oder nicht.

Blank Frank wischt Staub. Wenn die Bikers ihn jetzt sehen könnten, wie er so feinfühlig und aufmerksam herumfuhrwerkelt.

Blank Frank muß selten den Rausschmeißer spielen, wenn ein paar Abgefüllte im Un/Toten Schwierigkeiten machen. Meistens braucht er nur hinter der Theke hervorzukommen und darauf zu warten, daß er oder sie sich umdreht und sich entschuldigt. Blank Franks Muskeln müssen meistens nur drohend anschwellen.

Falls das nicht hilft, denkt er lächelnd, gibt es immer noch den Zangengriff.

Der Videomonitor zeigt ein Red-Top-Taxi, das vor dem Lokal stoppt.

Es ist eine Freude, zu sehen, wie Blank Franks Gesicht das winzige Sicherheitsfenster einnimmt; seine riesige Gestalt füllt die Türschwelle aus. Dem Count gefällt Blank Frank trotz seiner Unzulänglichkeiten, was gesellschaftlichen Umgang betrifft. Es ist entspannend, Blank Franks bedingungslose Loyalität zu genießen, den selbstverständlichen Wechsel von Ehrerbietung und unverfälschter Gerechtigkeit, der in diesem großen Kerl einprogrammiert zu sein scheint.

Es ist beruhigend, herumzusitzen, zu trinken und mit ihm über Nichtigkeiten zu plaudern, genauso automatenhaft zu plaudern wie wenn die Normalen ihren normalen Bekannten erzählen, wohin sie nach ihrem letzten Besuch gegangen sind und was sie getan haben. Unverfängliche Nettigkeiten.

Keines der Gebäude in Los Angeles steht so lange, wie der Count und Blank Frank leben.

Leben. Ein Wort, das einiger neuerer, umfassenderer und spezifizierterer Definitionen im Wörterbuch bedarf. Die Gelehrten mögen da Einwände machen, aber der Count und Blank Frank und Larry leben ganz entschieden. *Besonders* Larry. Roboter, Zombies und die wandelnden Toten im allgemeinen wissen über solche Traditionen wie diese jährliche, geheime Dreiersitzung im Un/Toten Bescheid.

Das Gesicht des Count ist wie eine Landkarte, die Falten sind reispapierfein. Keine Altersfalten, sondern unverwechselbare Charaktermerkmale, wie die Linien auf einer Hand. Seine Blässe tendiert wie stets ins Bläuliche. Er trägt dunkel getönte, rautenförmig geschliffene Brillengläser; blutig-schwarzgefärbtes Kristall, hinter dem sich seine hellblauen Augen verbergen, die denen eines Huskie gleichen. Er trägt sein Haar immer naß zurückgekämmt. Larry bezeichnet es als die ›Haartracht eines abtrünnigen Operndirigenten‹. Kunstvolle Strähnen aus reinstem Kobaltschwarz führen vom schneeweißen Schädel und den Schläfen nach hinten. Die Lippen sind so dünn und blutlos wie zwei Scheiben geräucherter Leber. Seine Ernährung verhilft ihm keineswegs zu robuster Gesundheit; sie erhält ihn kaum in diesen Tagen. Sie langweilt ihn.

Bevor Blank Frank die Tür öffnen kann, zündet sich der Count eine handgerollte, mit Cocapaste gefüllte Zigarette an und inhaliert den milchigen Rauch. Der vermischt sich mit dem sich bereits in seinem Metabolismus befindlichen Dope, was den Count aufmuntert.

Das Taxi rauscht in die nasse Nacht davon. Regen auf dem Weg.

Blank Frank hält ihm die Tür auf und spielt den Butler.

Der Count blickt düster. »So schnell vergessen, mein Freund?« Nur eine Spur seines alten, marmormündigen, mitteleuropäischen Akzentes ist verblieben. Ein Akzent, den der Count lange Jahre zu meistern versuchte. Er ist verdientermaßen stolz, daß er nun verstanden wird. Gelegentlich fragt jemand, ob er aus Kanada stamme.

Blank Frank macht ein Gesicht wie ein Kind, das bei einem groben Schnitzer ertappt worden ist. »Oh, Entschuldigung.« Er räuspert sich. »Möchtet ihr eintreten?«

Der Count belohnt ihn mit einem huldvollen Nicken und spaziert mit seinem sündhaft teuren Armani-Zweireiher zur Theke im Hintergrund. Es ist irgendwie netter, wenn man eingeladen wird.

»Larry?« fragte der Count.

»Noch nicht«, antwortet Blank Frank. »Sie kennen doch Larry — die Unpünktlichkeit gehört zu seinem Wesen. Es gibt die wirkliche Zeit und Larrys Zeit. Berühmtheiten erwarten, daß man erwartet, daß sie zu spät kommen.« Er deutet auf die Thekenuhr, als würde das alles erklären.

Der Count kann selbst mit seinen dunklen Gläsern im Dunkeln perfekt sehen. Als er sie abnimmt, bemerkt Blank Frank das silberne Kreuz, das verkehrt herum an seinem linken Ohrläppchen baumelt.

»Sie in Metall?«

»Ich mag die Verzierung«, sagt der Count. »Ich habe nie viel Schmuck besessen. Habgierige Menschen versuchen, einen auszugraben und ihn zu stehlen, wenn sie wissen, daß man Schmuck trägt; frag Larry. Die Sorte Mensch, die sich mitten in der Nacht heranschleicht, um Tote zu bestehlen, gehört nicht zu denen, die man auswählen würde, wenn einem nach freundlicher Zerstreuung zumute wäre.«

Blank Frank geleitet den Count zu drei viktorianischen Sesseln, die er aus der Halle geholt und um einen Cocktailtisch gruppiert hat. Die Sitzgruppe ist wegen der theatralischen Wirkung direkt unter einem schmalen Lichtkegel plaziert.

»Eindrucksvoll.« Der Count wirft einen Blick in Richtung Theke. Blank Frank ist auf dem Weg zu ihm.

Der Count setzt sich und fährt fort: »Ich kannte einmal eine Frau, die an einer fürchterlichen Katzenallergie litt. Gerade sie, die eine so tiefe gefühlsmäßige Verbindung zu diesen Tieren hatte. Dann, eines Tages — puff! Sie schniefte nicht mehr, ihre Augen tränten nicht länger. Sie konnte mit der Einnahme der Medikamente aufhören, die sie müde machten. Sie hatte sich so intensiv dazu gezwungen, sich unter Katzen aufzuhalten, daß der Chemiehaushalt ihres Körpers sich anpaßte. Die Allergie verschwand.« Er befingert das von seinem Ohr baumelnde Silberkreuz, früher einmal eine doppelte Bedrohung. »Ich trage es zur Erinnerung an den Triumph des Körpers. Besseres Leben durch Chemie.«

»Das ist dasselbe wie mit mir und dem Feuer.« Blank Frank reicht ihm einen sehr starken Mixdrink namens Gangbang. Der Count nippt daran, dann schließt er zufrieden die Augen wie eine Katze.

Blank Frank sieht zu, wie der Count einen weiteren Longdrink mit einem inbrünstigen Zug schluckt. »Sie wissen, daß Larry wieder fragen wird, ob Sie noch immer tun . . . was Sie tun.«

»Ich dulde weder Rechtfertigungen noch Entschuldigungen.« Dennoch bemerkt Blank Frank, daß er sich fast verteidigend in seinem Sessel aufrichtet. »Ich könnte sagen, daß du hier den gleichen Dienst versiehst.« Er wies mit ausladender Geste zur Theke. Wenn auch sonst nichts mehr wiederzuerkennen war, die Gesten des Counts waren immer noch beeindruckend: körperliche Ausrufezeichen.

»Es ist legal. Essen. Trinken. Etwas zum Rauchen.«

»Oh, ja, da liegt der Hase im Pfeffer.« Der Count zwickt sich in die Nase. Er konsumiert bedenkenlos handelsübliche Mittel gegen Blutstau. Blank Frank erwartet, daß er ein paar Pillen hervorzaubert. Statt dessen streicht er ein Pulver unter seinen Fingernagel — lackiertes Elfenbein, zur Kralle verlängert. Blank Frank weiß aus Erfahrung, daß Haare und Nägel noch lange nach dem Ableben wachsen. Der Count inhaliert das Äquivalent eines sehr guten Essens im Spago. Inklusive Cappuccino.

»Es gibt keinen Ort auf der Welt, an dem ich noch nicht gelebt habe«, sagt der Count. »Sogar in der Arktis. Im australischen Busch. Im kenianischen Schilf. In Sibirien. Ich spazierte unverletzt durch Feuer-Zonen und Kampfgebiete. Man lernt sc viel, wenn man Menschen im Krieg beobachtet. Ich habe Holocausts, Feuersbrünste, selbst einen begrenzten Eine-Megatonne-Test überlebt, nur um zu sehen, ob ich es konnte. Prüf's nach; ich war high. Doch wohin ich mich auch wage, welchem Stamm menschlicher Wesen ich auch begegne, alle haben eins gemeinsam.«

»Das rote Zeug«, sagt Blank Frank halb im Spaß; er mag es nicht, wenn die Stimmung zu düster wird.

»Nein. Ihr Bedürfnis, sich zu betäuben.« Der Count läßt sich nicht gern ablenken. »Mit Fernsehen. Sex. Kaffee. Macht. Schnellen Wagen und Sado-Spielen. Emotionalen Belastungen. Und mehr als alles andere mit *Chemikalien.* Alle Drogen sind wie Instant-Kaffee. Der schnelle Erwerb eines Gefühls. Man *kauft* das Gefühl, anstatt es sich zu verdienen. Du willst dich entspannen, dich aufpeppen oder beruhigen, stark oder verrückt werden? Du brauchst nur zu schlucken oder schniefen oder spritzen, und die Welt ändert sich dir zuliebe. Die lukrativsten Handelsunternehmen sind die mit einem einfachen Konzept; denk nur an die Prostitution. Blut, Körper, Rüstung, Positionen — alles Waren. Die menschlichen Wesen wünschen sich so vieles vom Leben.«

Der Count nippt lächelnd. Er weiß, daß das Ende des Lebens nur der Anfang ist. Heute ist der erste Tag vom Rest deines Todes.

»Ich entschuldige mich dafür, daß ich so forsch vorgehe, mein alter Freund. Wie du siehst, habe ich meinen Vortrag bis zu dem Punkt rationalisiert, wo er nur noch eine Liste darstellt; ich stelle meinen Fall demographisch dar. Ich finde selten jemanden, der bereit wäre, sich die ganze Rede anzuhören.«

»Sie wiederholen sich.« Blank Frank erkennt in der Stimme des Counts jene Spur Verwegenheit wieder, die sich seiner immer bemächtigt, wenn er deklamiert. Blank Frank hat sich selbst in den letzten Jahrhunderten so viele Hypos gedrückt, daß er keine freie Ader mehr hat. Er hat den Wurzelkanalqualitäts-Koks des Count probiert. Er hat ihn nervös und schnupfig gemacht. Die einzigen Drogen, die ihm noch was bringen, sind extrem starke Beruhigungsmittel in großen, fast das Vergiftungstadium erreichenden Dosen. Und sie halten nie lange vor. »Erzählen Sie mir von den Drogen. Spüren *Sie* irgendeine Wirkung?«

Er sieht den Count darüber nachsinnen, wieviel Ehrlichkeit zuviel Ehrlichkeit ist. Dann huscht jenes winzige, wissende Lächeln über sein Gesicht, ein Gespenst zwischen alten Kameraden.

»Ich wende verschiedene Linderungsmittel an. Ich will dir die ganze Wahrheit sagen: meistens ist es ein Vorwand; etwas, um meine Hände zu beschäftigen. Und es macht mehr Eindruck auf meine Kunden, wenn ich Verhandlungen abschließe.«

»Jetzt denken Sie wie ein Kaufmann«, sagt Blank Frank. »Ist keine Königswürde mehr in Ihnen?«

Der Count runzelt die Stirn. »Über wen, mein guter Freund, soll ich denn herrschen? Über Rockstars? Nervenkitzel-Junkies. Vereinigte Monster. Bringt keine Tantiemen, da mit der Abstammung zu prahlen. Nein. Ich verbringe meine Zeit beinahe wie ein Modeschöpfer. Ich konzentriere mich auf die Mode der nächsten Saison. Ich habe das Kokain aus seinem Vin-Mariani-Gefängnis geholt und ihm in den Achtzigern zu einem Comeback verholfen. Dann Crank, dann Crack, dann Ice. Designer Dope. Du hast von Ecstasy gehört. Aber noch nicht von Chrome. Oder Amp. Aber du wirst noch davon hören.«

Plötzlich lautes Donnern an der großen Haupttür, als starte die gesamte DEA eine Überraschungsrazzia. Blank Frank und der Count drehen sich überrascht um, wobei Blank Frank einen Blick auf die enorme Browning Hi-Power werfen kann, die in der linken Achselhöhle des Counts steckt.

Wahrscheinlich nur wegen des Images, sagt Blank Frank sich.

Der Tumult hört sich an, als trete ein völlig Irrer gegen die Tür und belle den Mond an. Blank Frank beeilt sich. Sein Pulsschlag verlangsamt sich, während seine Geschwindigkeit zunimmt.

Das muß Larry sein.

»Eh, verdammt, klasse, dich zu seh'n, du großer toter Blödmann.« Larry ist dreißig Zentimeter kleiner als Blank Frank, doch das hält ihn nicht davon ab, hineinzuspringen, sich auf ihn zu stürzen und seinen Freund beinahe in einer Bärenumarmung zu ersticken.

Larry ist für ein einziges Augenpaar fast schon zuviel.

Seine hautengen Stretchhosen sind mit Pailletten und Fransen geschmückt. Sie münden auf Kniehöhe in goldenen Cowboystiefeln. Er trägt glitzernde Sporen an den Stiefeln. Und eine geprägte Gürtelschnalle von der Größe eines Rollsgrills. Larry macht in Schmuck, inklusive eines gefiederten Ohrrings mit einem Totenkopf aus Sterling, ungefähr einhundert metallenen Armreifen und einen dreifingrigen Schlagring aus kitschigem 24K, auf dem AWOO steht. Sein massiver, aufgepumpter Brustkorb sprengt fast die leuchtend silbrige Daytona-Rennjacke, die nur in der Taille zusammengehalten wird, so daß alle Welt sein kragenloses, neonscharlachrotes Muscleshirt bewundern kann, auf dem in Gelb eine Karikatur seiner selbst zu sehen ist. Glühende Buchstaben schreien DER ECHTE WOLFMAN. Larry trägt seine Ray-Bans auch nachts und klimpert bei jedem Schritt.

»Wo ist der alte Bat Man? Jo! Ich *sehe* dich im Dunkeln herumschleichen!« Larry schlägt Blank Frank auf die Bizeps, dann springt er los, um sich den Count zu schnappen. Der Count wird immer mit einem normalen Händeschütteln begrüßt — trocken, ernst, geschäftsmäßig. »Aus dem Kaninchenstall, Reißzahn — die Party hat begonnen!«

»Es geht doch nichts über eine richtige Berühmtheit in unserer Mitte«, sagt Blank Frank. »Aber Jesus — was soll der ›Echte‹-Wolfman-Scheiß!«

Larry grinst, als litte er unter Blähungen, und fletscht die Zähne. »Eine unbedeutende kleine alte Formalität betreffs Copyright, Warenzeichen, Enteignung . . . und einem Hurensohn, der sich bei der World Wrestling Federation als ›The Wolfman‹ eingetragen hat. Wie sich herausstellte, habe ich selbst den Knaben vor Jahrzehnten gebissen. Deshalb bin ich ›Der Echte‹. Bei der letzten Wrestlemania waren wir ein Fangteam. Aber uns fällt kein guter Teamname ein.«

»Kotmäuse«, meint der Count. Sehr witzig.

»Höllenwelpen«, sagte Blank Frank.

»Fickt euch ins Knie.« Larry grinst sein Warenzeichen-Grinsen. Er zeigt noch immer Zähne. Dann nimmt er die Sonnenbrille ab und begutachtet den Club. »Wo kann man in diesem Loch was schlürfen? Verdammt, in welcher Stadt bin ich hier eigentlich?«

»Auf Tour?« Blank Frank spielt den Wirt.

»Jawoll. Werde nächsten Freitag in Atlanta Jake the Snake in den Arsch treten. Werde ihn mit Damien erwürgen, wenn die Python mitspielt. Will ihm nicht richtig weh tun. Aber der alte Jake soll einen Tag lang Blut pissen, wenn du weißt, was ich meine.«

Blank Frank grinst. Er weiß, was Larry meint. Er macht links eine Faust und preßt sein linkes Handgelenk mit der rechten Hand. »Zeig ihm den Zangengriff.« Larry ist der Erfinder des Zangengriffes, der in der Ringkämpfer-Niedertracht an zweiter Stelle hinter dem Schläfergriff kommt. Der Zangengriff hat Blank Frank in der Vergangenheit bei Rowdies oft geholfen. Larry gehört der Griff, und er kann sehr stolz darauf sein.

»Ich meine, *reines* Blut pissen!« schwärmt Larry.

»Oh, Mann«, sagt der Count. »Bitte.«

»Entschuldigt, o Umhangloser. He! Erinnert ihr euch an die Brauerei, die ungefähr drei Werbefilme mit dem Bierwolf machte, bevor er abkratzte und ins Gras biß? Das war ich!«

Blank Frank hebt seinen Blinden Eremiten. »Auf den Bierwolf. Lang möge er heulen.«

»*Prost*«, sagt der Count.

»Blödes Arschloch.« Larry stürzt den vollen Krug in einem einzigen Zug hinunter. Er rülpst, wischt sich den Schaum vom Mund und stößt ein wölfisches *yee-hah* aus.

Der Count betupft seine Lippen mit einer Serviette.

Während Blank Frank Larry ansieht, kommt er ins Grübeln. Diese Schnauze, diese Backenzähne und diese kleinen, runden, glänzenden Kugellager-Augen werden Larry immer verraten. Seine Augenbrauen laufen ineinander. Das war in den guten alten Zeiten ein klassisches Zeichen. Andererseits war Larry nicht so haarig. Wenigstens nicht in seiner menschlichen Gestalt. Die Haare auf seinen Unterarmen sind von einem zarten Gelbbraun. Das Eisenstemmen und das Herumprügeln mit anderen Leuten für den Lebensunterhalt haben seine Schultern massig werden lassen. Gewöhnlich trägt er kragenfreie Hemden. T-Shirts reißt er vorn ein. Er besteht nur aus Muskeln. Er kann eine volle Bierdose in einer Faust zerquetschen und mit einem Knall aufplatzen lassen. Seine Hände sind schwielig und gerissen. Das Pentagramm in seiner rechten Handfläche ist kaum sichtbar. Es ist schwächer geworden, genau wie Blank Franks Tätowierung.

»Cool«, meint Larry zum Kruzifix des Counts.

»Trägst du nicht auch ein Kennzeichen?« Der Count deutet auf Larrys Schädelohrring. »Oder täuscht mich das Licht?«

Larrys Finger berühren das Silber. »Yeah. Ertappt. Ich nehme an, wir hätten diesen Hitzkopf vom Fernsehen nicht so reizen sollen.«

»Mir hat es Spaß gemacht.« Blank Frank zeigt seine Tätowierung. »Es war gut.«

»Guuut«, sagen Larry und der Count gleichzeitig und amüsieren sich über ihren Freund.

Alle drei betrachten das winzige tätowierte Flugzeug, das für immer eine schwarzweiße Welt umkreist.

»Wie lange hast du das schon?« Larry ist bereits bei seinem zweiten Krug. Er hat Schaum vor dem Mund.

Blank Franks Pupillen weiten sich. Er kann sich nicht erinnern.

»Mindestens vierzig Jahre«, sagt der Count. »Gerade als er damit einverstanden war, es sich machen zu lassen, änderten sie ihr Logo.«

»Vielleicht habe ich es gerade deswegen getan.« Blank Frank ist immer noch ein wenig verwirrt. Er berührt die Tätowierung, als könne sie den Wirbel auflösen und einen erklärenden Rückblick bewirken.

»He, wir haben das verdammte Studio vor dem Bankrott *gerettet*«, meint Larry zornig. »Wir und A & C.«

»Denen man auch die Tür gewiesen hat.« Bis zum heutigen Tage ist der Count verständlicherweise verärgert wegen des Copyright-Durcheinanders in bezug auf die Verwendung seines Bildes. Überall sieht er sein Gesicht und hat keinen Anspruch auf Entschädigung. Das geht gegen seinen Geschäftssinn. Er versteht sehr gut, weshalb es einen ›Echten Wolfman‹ geben muß. »Bud und Lou und du und ich und der große Knabe, wir alle wurden mit dem Spülwasser des Zweiten Weltkrieges ausgeschüttet.«

»*Ich* war bei Lous Beerdigung«, sagt Larry. »Während du in den Karpaten herumgeschlichen bist.« Er wendet sich an Blank Frank. »Und du noch nicht einmal davon wußtest.«

»Ich liebte Lou«, sagt Blank Frank. »Habe ich dir schon die Geschichte erzählt, wie ich ihn unbeabsichtigt in die Kulissen von . . .«

»*Ja*«, antworten der Count und Larry wie aus einem Munde. Die Spannung nach der Erinnerung an die Intrigen in den Studios löst sich. Erinnere dich der Menschen, nicht der Dinge.

Blank Frank versucht, sich an die anderen zu erinnern. Er geht zur Theke, um sein Glas zu spülen. Die Plasmakugel zischt und klickt leise vor sich hin; ein von Menschen geschaffenes Gewitter unter klarem Glas.

»Wie ich hörte, hat das alte As einen Job im Museum für Naturgeschichte.« Larry spricht von Bandagen-As; er hat für jeden einen Spitznamen.

»Der Prinz«, korrigiert der Count ihn, »bewacht immer noch die Prinzessin. Sie wird in der Ägyptologie-Abteilung ausgestellt. Der Prinz hat mit den Sicherheitskräften des Museums ein Geschäft abgeschlossen. Er streift durch die Friedhofsabteilung; bewacht die Gebeinräume. Sie haben ihn auf synthetische Tanablätter gesetzt. Das beruhigt ihn. Wie Methadon.«

»Ein Nachtwächtergig«, sagt Larry, der offenbar an die niedrige Bezahlung denkt. Aber wozu brauchte der Prinz überhaupt Geld? »Kann man sich nur schwer vorstellen.«

»Schau in den Spiegel«, sagte der Count.

Larry spuckt eine Himbeere aus. »Eifersüchtig.«

Blank Frank hat keine Mühe, sich den Prinz vorzustellen, wie er in den tiefen Nachtstunden durch die stillen, höhlenartigen Korridore wandelt. Das Museum ist im Grunde genommen nichts als eine riesige Gruft.

Larry ist ziemlich sicher, daß das alte Fischgesicht — ein weiterer Spitzname — in San Francisco einem verrückten Wissenschaftler entkam und wie ein Schmetterling nach Süden flatterte, wahrscheinlich, um sich dort in einer sumpfigen Gegend niederzulassen. Sie beide hatte eine solide Säugetier-Amphibium-Sympathie verbunden. Sie waren die Kräftigsten der alten Crew. Larry spielte noch immer mit dem Gedanken, seinen schuppigen Kumpel zu überreden, in einer Peepshow aufzutreten. Aber er hatte es niemals geschafft, die Logistik für einen Wettkampf in einem stählernen Fischtank auszuarbeiten.

»Griffin?« fragt der Count.

»Wer weiß?« Blank Frank zuckt die Schultern. »Er könnte hier stehen, und wir würden es erst wissen, wenn er ›Nuts in May‹ sänge.«

»Er war ein Menschenfeind«, sagt Larry. »Sein verrücktes Kind auch. Das können die Drogen aus einem machen.«

Letzteres ist eine versteckte Stichelei gegen den Count. Doch da der Count so etwas von Larry erwartet hat, bleibt er ungiftig. Das letzte, was er heute abend will, ist ein Streit über die Moral des Stoffgebrauchs.

»Manchmal träume ich von früher«, sagt Blank Frank. »Dann sehe ich die Filme wieder. Die Träume sind prosaisch. Es ist erschreckend.«

»Vor *diesem* Jahrhundert«, läßt sich der Count vernehmen, »brauchte ich nicht zu befürchten, daß jemand meine Vergangenheit stapelt.« Von den dreien ist er der größte Paranoiker in bezug auf private Dinge.

»Du bist ein Romantiker.« Larry gibt eine solche Beschuldigung nur in einer bestimmten Gesellschaft von sich. »Für eine Menge Menschen war es wichtig, daß wir Monster sind. Du kannst nicht leugnen, was dort schwarz auf weiß festgehalten ist. Es gab eine Zeit, da brauchte die Menschheit solche Monster.«

Jeder überdenkt seine gegenwärtige Beschäftigung. Sie finden, daß sie tatsächlich immer noch in die Welt passen.

»Niemand belästigt dich jetzt mehr«, fährt Larry fort. »Mach dir nicht die Mühe, deine Vergangenheit zu korrigieren — heute ist deine Vergangenheit öffentlich aufgezeichnet und wartet darauf, dir zu widersprechen. Wir haben unsere Arbeit getan. Wie viele Menschen werden mythische Legenden, nur weil sie ihre Arbeit getan haben?«

»Mythische Legenden?« ahmt ihn der Count nach. »Dir werden noch Haare auf den Händen wachsen, wenn du weiter so große Worte benutzt.«

»Beiß da rein.« Larry macht das einseitige Friedenszeichen.

»Nein, danke, ich habe bereits gegessen. Aber ich habe etwas mitgebracht. Für euch beide.«

Blank Frank und Larry bemerken, daß der Count jetzt so spricht, als gäbe es irgendwo außer Reichweite eine große Mitchell-Kamera. Er bringt zwei eingewickelte Geschenke zum Vorschein und überreicht sie ihnen.

Larry verliert keine Zeit beim Aufreißen. »Wiegt eine Tonne.«

In einem Nest aus Styroporpopcorn ruht ein Wolfskopf — wild, stromlinienförmig, die Zähne gefletscht. Der grazile Wolfsnacken sitzt auf einem Sockel.

»Vom Spazierstock«, sagt der Count. »Alles, was übriggeblieben ist.«

»Kein Scherz.« Larrys Stimme hört sich zum ersten Mal an diesem Abend kleinlaut an. Der Wolfskopf scheint unter seinem Griff schwerer zu werden. Zwei Schläge seines starken Herzens später scheinen seine Augen ein wenig feucht zu sein.

Blank Franks Geschenk ist um einiges kleiner und leichter.

»Du warst ein Problem«, sagt der Count. Er spielt gern den Conférencier. »So viele Möglichkeiten, aber nicht immer leicht zu erwerben. Ein wenig Erde aus Transsilvanien? Wasser aus dem Loch Ness? Ein Stein von einer stimmungsvollen Burgruine?«

Blank Frank wickelt einen Ring aus. Altes Gold, die feinen Filigranarbeiten abgescheuert. Ein kleiner Rubin im Griff einer Kralle. Er hält ihn gegen das Licht.

»Soweit ich in Erfahrung bringen konnte, gehörte dieser Ring einst einem Mann namens Ernst Volmer Klumpf.«

»Wau«, sagt Larry. Seltsamer Name.

Blank Frank ist verwirrt. Er hält den Ring wie eine Linse in Richtung des Counts.

»Klumpf starb vor langer Zeit«, sagt der Count. »Starb und wurde begraben. Dann wurde er exhuminiert. Danach wurden ein paar seiner auserlesensten Teile von einem geschickten Chirurgen aus unserem gemeinsamen Bekanntenkreis wiederverwertet.«

Blank Frank beginnt es zu dämmern.

»Tatsächlich wandert ein Teil von Ernst Volmer Klumpf heute noch herum ... kümmert sich unter anderem an der Theke um seine Freunde.«

Der neue Ausdruck in Blank Franks Gesicht befriedigt den Count. Der Ring am kleinen Finger des großen Kerls drückt kaum.

Larry beschließt, sich Luft zu machen, um nicht zu ersticken. Prahlerisch springt er über die Theke und füllt seinen Krug. »Das verlangt nach einem Toast.« Er hebt seinen Bierkrug und neigt den Kopf. »Auf die toten Freunde. Auf uns.«

Der Count wirft sich mehrere Kapseln aus einer verzierten Dose ein und spült sie mit dem Rest seines Gangbang hinab. Blank Frank mordet seinen Blinden Eremiten.

»Denken Sie nur nicht daran, die Rechnung zu verlangen«, sagt Blank Frank, der die Gewohnheit des Counts kennt, für alles zu bezahlen. Der Count lächelt und nickt gnädig. Ihm geht es nur darum, Ordnung zu halten. Blank Frank klopft ihm kräftig und brüderlich auf die Schulter, da Larry außer Reichweite ist. Der Count mag im allgemeinen keinen Körperkontakt, hält aber jetzt still, weil es Blank Frank ist.

»Scheiße, Mann, mit diesen Talenten hier im Raum könnten wir unsere eigenen Comeback-Fortsetzungen drehen«, sagte Larry. »Vielleicht sollten wir uns mit diesen neuen Kerlen zusammentun und ein Monstertreffen veranstalten.«

Könnte klappen. Sie sehen sich bedeutsam an. Kurz meldet sich ein Rüchlein Schuld wie ein schleichender Furz in einem dämmrigen Zimmer.

Wir könnten dieses düstere *Folterverlies* drehen, denkt Blank Frank, der niemals vergißt, wie wichtig es ist, seiner Natur treu zu bleiben.

Blank Frank denkt über Fortsetzungen nach. Darüber, wie die Studios einst ihre Marionettenfäden gezogen haben, sie zwangen, immer und immer wieder zurückgekrochen zu kommen, und weitere Monster hinzufügten, als das Gebräu dünner wurde, bis ihr Nutzungspotential ausgetrocknet war und man sie an einer Bushaltestelle ablud, wo die lange Totenwache begann, die sie so nostalgisch gemacht hatte.

Es war wie der lebende Tod.

Und diese alljährlichen Treffen waren selbst zu einer Fortsetzung geworden.

Die Vorstellung ist deprimierend. Sie verleidet Blank Frank den Abend. Er ist freundlich und plaudert, wie er es immer tut. Aber im Inneren ist er verbittert.

Larry kippt so viel in sich hinein, daß er immer betrunkener wird. Die Chemie im Count vermischt sich und summt; er scheint in den Tiefen seiner Jacke zu versinken. Sein Kinn nähert sich dem Lauf des Schießeisens. Larry nimmt einen tiefen Schluck und heult. Der Count steckt sich einen Finger ins Ohr. »Ich wünschte, er würde damit *aufhören*«, sagt er *sotto voce* und verrät damit den Grad seiner Verärgerung.

Bei Larrys zweitem Versuch, die Theke zu überspringen — wie immer mit übertriebenen Bewegungen — schafft er es, seine großen Ringkämpferellbogen genau in das Glas von Blank Franks eingerahmten Filmplakat zu plazieren. Es zerbricht mit scharfem Klirren und zersplittert zu einem Puzzle fragmentarischer Kurven. Larry flucht wütend. Dann bietet er stockend an, für den Schaden aufzukommen.

Der Count macht das nicht unerwartete Gegenangebot, das Plakat zu erstehen, jetzt, da es beschädigt sei.

Blank Frank schüttelt seinen wuchtigen Quadratschädel. So viele Jahre mit ihnen. »Es ist nur Glas. Ich kann es ersetzen. Es wäre nicht das erste Mal.«

Der Gedanke daran, es schon einmal getan zu haben, deprimiert ihn noch mehr. Er sieht sein Spiegelbild in den gläsernen Bruchstücken und dahinter die grelle Illustration. Er damals. Er heute.

Blank Frank berührt sein Gesicht, als gehöre es jemand anderem. Er hat immer schon schwarze Fingernägel gehabt. Heute sind sie lediglich modern.

Larry kann sich wegen der versehentlichen Beschädigung

nicht beruhigen. Der Count schaut etwa alle fünf Minuten auf seine Rolex, als hätte er eine dringende Verabredung. Etwas hat die Stimmung des Treffens verdorben, und Blank Frank ärgert sich, weil es ihm nicht gelingt, den Finger darauf zu legen. Wenn er wütend ist, schäumt er schnell über.

Der Count geht als erster. Etikette ist alles. Larry versucht noch einmal, sich zu entschuldigen. Blank Frank bleibt herzlich, wird jedoch von dem plötzlich starken Verlangen überwältigt, sie aus dem Club zu schaffen.

Der Count verbeugt sich steif. Seine Limousine erscheint genau nach Zeitplan. Larry umarmt Blank Frank. Seine Arme können ihn ganz umfassen.

»Au *revoir*«, sagt der Count.

»Bleib gefährlich«, sagt Larry.

Blank Frank schließt die Personaltür hinter ihnen ab. Durch das winzige Sicherheitsfenster beobachtet er, wie die Countsche Limousine ruhig davongleitet und Larrys Pailletten von der Nacht verschluckt werden.

Noch eine halbe Stunde bis zur Öffnung. Im Un/Toten geht es erst um Mitternacht richtig los, so daß kaum Gefahr besteht, daß ein Unschuldiger verletzt wird. Blank Frank dreht die Lautstärke höher und klopft mit dem Klumpfuß den Takt. Ein Lob auf den Rhythmus. Er liebt Larry und den Count auf seine behäbige, breite, kompromißlos loyale Art und hofft, daß sie seine Tat verstehen. Er hofft, daß seine beiden besten Freunde in den kommenden Jahren scharfsichtig genug sind, zu erkennen, daß er nicht verrückt ist.

Nicht verrückt und bestimmt nicht ein Monster.

Während die Musik spielt, holt er zwei mit Lampenkerosin gefüllte Plastikflaschen in Haushaltsgröße und verteilt ihren Inhalt großzügig im Thekenbereich. Das alte Holz saugt die Flüssigkeit begierig auf. Brandstifter bezeichnen diese entflammbare Flüssigkeiten als ›Beschleuniger‹.

In den Drehbüchern war es immer eine umgestürzte Laterne oder eine vom Dörflermob geworfene Fackel, die das endgültige Inferno auslöste. Villen, Labors von Verrückten, selbst steinerne Festungen brannten und flogen in die Luft und eliminierten die als Bedrohung betrachteten Monster, bis sie wieder gebraucht wurden.

Dunkle Strähnen schlängeln sich durch den kleinen Kriegerzopf an Blank Franks Hinterkopf. All die Blinden Eremiten.

Die purpurne Elektronik wirft seinen Fingern Bögen zu und folgt ihnen getreu. Er zieht den Stecker heraus und umfängt die Plasmakugel mit seinem riesigen Unterarm. Das Filmplakat läßt er im zerstörten Rahmen hängen.

Er reißt das Schwefelholz mit einem schwarzen Daumennagel an. Die Hitze schwärzt den Streichholzkopf, frißt ihn mit einem scharfen Zischen. Die Verstärker hämmern den Baß der ›D.O.A.‹. Phosphorgeruch erfüllt die unbewegte Luft. Die Streichholzflamme verfärbt sich von Orange zu Gelb und dann zu einem steten Blau. Sie spiegelt sich in Blank Franks großen Pupillen. Er kann sich sehen wie bei Kerzenlicht, von gebrochenem Glas zersplittert. Die Vergangenheit. In seinem Arm hält er die Plasmakugel, makellos, unverdorben, einer neuen Aufgabe harrend. Die Zukunft.

Er erinnert sich an seine früheren Erfahrungen mit Feuer. Er läßt das Streichholz in die dünne Lache Beschleuniger fallen, die auf der Theke glitzert. Die Flamme wächst stumm. *Gut.*

Während er die Tür schließt, springen hinter ihm die grellweißen Lichter an. Die Nacht ist kalt, leicht neblig. Kondensation betaut die Plasmakugel, während er davonschlendert und unter einer Straßenlaterne anhält, um den Ring an seinem kleinen Finger zu betrachten. Er braucht weder zu essen noch zu schlafen. Er wird Michelle und die anderen aus dem Un/Toten vermissen. Aber er ist nicht wie sie; er hat alle Zeit, die er braucht, und Freunde, die stets um ihn sein werden.

Blank Frank liebt die Kraft.

Originaltitel: Last call for the sons of shock
Ins Deutsche übertragen von Inge Holm

Der Mann fühlt seinen Körper Zentimeter um Zentimeter absterben. Seine Zehen sind wie Holz, die Unterschenkel taub. Er ist allein in eisiger Wildnis, niemand da außer ihm. Während sich die Erstarrung bis zur Brust ausbreitet, überrascht ihn die sie begleitende Wärme. Dankbar sinkt er in diese Wärme hinein, hüllt sich in sie ein wie in eine dicke Bettdecke. Genau, das ist es: Er liegt gemütlich im Bett, sicher und geborgen. Die Kälte geht von dem Haus aus, in dem er sich befindet. Und er ist keineswegs jung. Er ist alt und müde. Erinnerungen schleichen sich wie Schatten vor ihm über den Holzfußboden an.

Wie ein Pendel schwingt Justine hin und her, wie der Klöppel in der Glocke, ganz langsam, hin und her, mit dem Hals in der Schlinge, die ihr den Tod brachte. Ihre Haut ist fahl, fast ganz weiß. Eine kleine Blutspur rinnt aus ihrem schlaffen, offenen Mund.

»Mein Gott«, schreit Elizabeth. »Wie schrecklich! Warum hast du sie nicht gerettet?« Sie wendet dem hohen Fenster ihres Unterschlupfs den Rücken zu, ihre Augen vor Abscheu dunkel verfärbt. »Sie haben sie an deiner Stelle aufgehängt. Für deine Verbrechen. Das weiß ich jetzt.«

»Nein«, sagt er. »Ich bin unschuldig. Ich habe nichts Böses gewollt, niemals. Hätte ich mich stellen sollen? Hättest du mich nackt und tot vor dem grölenden Pöbel sehen wollen?«

Elizabeth bleibt hart. Seine geliebte Verlobte, Richterin ist sie und Geschworene in einem. »Das hättest du besser getan und deine unsterbliche Seele gerettet. Was hat Justine denn Böses getan? Ihr einziger Fehler war, daß sie geboren wurde, mit uns gelebt und für uns gearbeitet hat. Und daß sie sich um den armen William kümmerte. Du hast sie umgebracht. Du und deine schauerliche, verdammte Kreatur.«

»Nein«, sagt er. »Warte, Elizabeth, geh nicht fort.«

Aber sie ging, wie alle anderen auch. Von seinem eigenen Ehrgeiz getötet. Durch das offene Fenster pfeift der Wind, heult im Vorüberstreichen wie eine gepeinigte Seele. Er ist allein. Es ist dunkel.

Sehnen, die an rosa Seile erinnern, den Saiten eines Musikinstruments verwandt: Zupf daran, und als Echo hallt dir das Thema des Lebens entgegen. Fasziniert beugt sich Victor über die Leiche auf dem Seziertisch. Er handhabt sein Messer mit Geschick, schneidet hier, schneidet dort. Er wird die Geheimnisse des Körpers ergründen, und die Wissenschaft wird ihn ermächtigen, seine Erfahrungen anzuwenden.

Während er in dem Körper arbeitet, klettern rote Flecken an seinen Handschuhen und Ärmeln hinauf, und der blutgetränkte Stoff hängt an ihm wie eine klamme zweite Haut. Er kümmert sich nicht darum. Er wird Großes tun mit dem, was er jetzt gerade lernt. Der Der Name Frankenstein wird in die medizinische Geschichte eingehen, ein Meilenstein auf dem langen Weg der wissenschaftlichen Erkenntnis.

Entschlossen ist er der Natur auf der Spur. Aber nicht in bewaldeter Bergschlucht und auf sonnenbeschienener Wiese.

Für ihn wohnt die Faszination im Leichenhaus, auf dem Friedhof.

»Na, schneidest und schnippelst du immer noch herum?« fragt Henry Cherval. Er lugt durch den Türspalt und zieht im säuerlichen Geruch des Formaldehyd die Nase kraus. »Puh, was für ein scheußlicher Gestank. Komm mit heraus in die Sonne, und gönn dir eine Prise süße, frische Luft.«

»Später, Henry.«

»Du bist auf den da so versessen wie früher auf Cornelius Agrippa und Paracelsus.« Henry schüttelt den Kopf. »Professor Waldman hat dich von der Philosophie zur Nekrologie verführt.«

»Er hat mir gezeigt, daß die Philosophie nur mit Worten spielt«, erwidert Victor. »Die Wissenschaft hingegen trägt die Essenz des Lebens in sich. Nicht den Tod, Henry, das Leben.«

»Auf dem Tisch liegt ein Brief von Elizabeth.«

»Später.«

Er versucht seine erstarrten Arme zu heben, seinen benommenen Kopf. Wie warm er ist. Er läßt sich in sein Sterbebett sinken, wartet geduldig. Er weiß, daß ihm der Tod entwischen wird, wenn er zu begierig ist. Hat er dieses Wild doch jahrelang selbst gejagt. Er kennt die Launen und Tricks. Er hat gelernt, nicht zu begierig zu sein.

Keine Tabletten, keine Rasierklinge, kein Strick. Am besten hier liegen, die Augen geschlossen, das Gesicht entspannt. Einfach nur ruhig sein. Der Tod wird kommen, angezogen von der Leichtigkeit, der Ruhe. Ein scheues Häschen, der Tod. Bei diesem Gedanken muß er glucksend in sich hineinlachen. Oh, ein- oder zweimal ist der Tod ihm schon in die Falle gegangen. Zumindest hat er sich das eingebildet. Aber immer, immer war der Tod ihm wieder entwischt. Einfach weggetanzt und nicht mehr zu greifen, rasend könnte man darüber werden. Vorüber geht er, streift ihn wie mit dem Barthaar eines Katers, berührt ihn mit seinem watteweichen Schwanz. »Warte auf mich«, schreit Victor dann, weint dabei wie vor ihm nur *Alice im Wunderland*, während er ihm atemlos hinterherrennt, dem Tod. »So warte doch!«

Sein Leben lang war er schnell gerannt, hatte er sich gehetzt, um ihn einzuholen, ihn einzuholen und zu besiegen. Trockenes Gelächter rasselt in seiner dürren, trockenen Kehle. Den Tod zu besiegen. Ihn zurückzuschlagen, als sei er eine Baumwolldecke frisch aus der Wäscherei und nicht ein verdrecktes, wie ein Netz sich zusammenziehendes Leichentuch. Wieder kichert er glucksend in sich hinein. Wie jung er doch gewesen war, wie unsäglich eingebildet. Aber das war auch gut gewesen und richtig so: diese zornige Ungeduld zu besitzen, früher einmal, in der fernen, längst vergangenen Zeit. Vor der verwegenen Flucht in das Eis des Nordens, auf der Flucht vor seiner Nemesis.

Genf erglänzt im Sommerlicht, eine Stadt wie ein Juwel, ordentliche, saubere Straßen, geschäftige, freundliche Bürger. Victor ist dort aufgewachsen, Sproß einer angesehenen Familie, für die der Dienst an der Gemeinde alte Tradition war. In Genf ist der Name Frankenstein gleichbedeutend mit den Männern des Gesetzes. Sein Vater hatte im vorgerückten Alter die Tochter eines guten Freundes geheiratet. Victor, der älteste Sohn, erbte von der Mutter die Beharrlichkeit und vom Vater den unstillbaren Wissensdurst.

»Für Victor ist die Welt ein Geheimnis, dem nur er selbst auf die Schliche zu kommen vermag«, sagt dazu der Vater.

»Gib ihm Zeit und dann die Gelegenheit«, sagt die Mutter. »Und wenn er soweit ist, schließlich seine Cousine Elizabeth zur Braut.«

Sein jüngster Bruder William, verwöhnter Liebling der Familie, mit dicken, rosigen Backen und goldenem Haar, das sich anfühlt wie Seide. Er wartet an der Tür, hüpft herum und zieht an Victors Sakko.

»Wohin gehst du?«

»In die Akademie.«

»Nimm mich mit. Ach bitte, nimm mich doch mit.« Die blauen Augen blicken bewundernd zum älteren Bruder auf.

Victor ist die kindliche Vergötterung gewöhnt und kümmert sich nicht darum. »Willst du nicht besser nachschauen, was das Kindermädchen vorhat?«

»Das Kindermädchen ist für kleine Kinder da. Ich will mit dir gehen.«

Er lächelt traurig. »Vielleicht später einmal, wenn du älter bist.«

»Jetzt.« Die Unterlippe schiebt sich schmollend vor.

Victor klopft dem Kind auf die Schulter. Schiebt es von sich fort. »Vielleicht später einmal, wenn du älter bist.«

Im Wohnzimmer dreht sich die Mutter ihrem Mann zu. »Victor ist wie ein zweiter Vater für den Jungen.«

»Ja«, antwortet der ältere Mann, der in seinem Stuhl fast eingeschlafen war. »Ich glaube, er wird eines Tages auch einmal gut für ihn sorgen.«

William. Justine. Elizabeth. Knochen, die in kalten Kisten klappern. Gespenster zu Seiten meines Bettes. Er hat euch alle umgebracht. Durch euch einen Dolch in mein Herz getrieben.

Der Raum ist dunkel. Von einer einzigen Quelle spärlich erhellt. Victor beugt sich schwitzend über den Operationstisch, arbeitet angestrengt, schneidet und näht, verbindet Gewebe miteinander, versessen darauf, ein anderes dunkles Wunder zu schaffen.

»Eine Gefährtin«, sagt die Kreatur, »du wirst mir eine Frau verschaffen.« Seine Stimme klingt belegt, abgehackt. »Ich muß eine Gefährtin bekommen. Soll ich allein herumlaufen, während doch alles in der Natur in Paaren existiert?«

»Aber du stammst nicht von der Natur«, sagt Victor mit ängstlich zitternder Stimme.

»Du hast mich geschaffen. Du wirst mir eine Frau erschaffen.«

Victor rackert sich ab, die ganze heiße Nacht hindurch. Die Kreatur zieht sich zurück, um in der Einsamkeit vor sich hin zu brüten.

Kurz vor Sonnenaufgang erfüllt ein Vogel die Luft mit seinem Trällern.

Victor hält inne in seinem Werk der Verzweiflung und wischt sich über die Augenbrauen. Einen verhängnisvollen Fehler hat er bereits gemacht. Ist das denn nicht genug? Was hat er dabei gelernt? Zuviel. Er tritt vom Tisch zurück und von dem darauf liegenden Körper. Er legt das Messer hin.

»Wenn ich allein sein muß, so auch du«, sagt die Kreatur. »Ich bin dein Spiegel, dein schattenhaftes Abbild. Und ich werde mit dir sein in deiner Hochzeitsnacht.«

Der Stein der Weisen. Das Elixier des Lebens. Es wäre besser gewesen, ich hätte nie von solchen bizarren Bildern erfahren. Vater, warum hast du mir nicht gesagt, daß andere, bessere Untersuchungen bereits Früchte getragen haben? Die klare Rationalität der Chemie hätte mich gewiß gereizt. Ich verfluche den Tag im Gasthof, an dem ich Agrippas Werk begegnete. Ich verfluche dich, Vater. Alle Väter. Alle Männer und ihre Nachkommenschaft.

Er streckte einen hölzernen Zeh, und für einen Augenblick entflieht die Wärme. Der Raum verdunkelt sich, verblaßt, blendendes Weiß tritt an seine Stelle.

Henry, denkt er. Lieber Henry, guter Freund von Kindheit an. Und Vater. Tapferer Mann, immer so liebevoll. Nicht mehr da. Alle sind sie fort, alle, die ich jemals liebte. Der gerechte Preis. Aber immer noch nicht hoch genug.

Für den armen Henry allein ist mir die Hölle schon sicher, und selbst diese Reise ist mir willkommen. Ein glühend heißer Raum, bevölkert von tausend schwirrenden Schrecken: Vögel mit spitzen zackigen Zähnen und Flügeln aus Muschelstein, aufgeblasene Alpträume auf spindeldürren Beinchen, Pferdefüßen, mit borstiger Schweinshaut, vielfach aufgebrochen: schauen daraus wabernde Eier mit starren gelben Augen? Was erwartet mich? Hat man sich für mich etwa eine besondere Folter ausgedacht?

Victor kichert stumm in sich hinein.

Welcher Hochmut. Selbst nach so vielen Jahren ist er diesem gefährlichen, hochfahrenden Stolz nicht entwachsen. Der Gedanke bereitet ihm beinahe Vergnügen. Er läßt sich in sein Kissen zurücksinken. Selbst sein Kopf fühlt sich taub an und warm.

William war schon den ganzen Tag unauffindbar, und jetzt ist es Nacht. Mit wachsender Besorgnis suchen Familie und Diener nach ihm. Justine, das Kindermädchen, ist außer sich über die Nachricht vom Verschwinden des Jungen. Sie durchsucht jeden Heuschober, jeden Milchschuppen, an dem sie vorbeikommt. In die Stadt kehrt sie an jenem Abend nicht zurück.

»William«, ruft sie, und die Echos verhallten im Nichts. »Süßer Knabe, komm zu mir.«

Sie bleibt zu lange auf den Feldern — vielleicht ist er ja auch unter einem Beerenstrauch eingeschlafen, törichtes Kind —, und nun sind die dicken Stadttore vor ihr verschlossen. Die Nacht ist kurz und schlaflos, bis auf einen seltsamen Traum: ein unheilvoller Schatten hinge über ihr, und sie spürt die Berührung seltsamer Hände, die an ihrer Schürze nesteln.

Am Morgen stolpert sie erschöpft und entmutigt nach Genf zurück. Ihr Haar ist verfilzt, die Augen sind leer.

»Justine«, schreit Elizabeth. »Wo hast du gesteckt?«

»Draußen. Die ganze Nacht. Habe nach Klein-Will gesucht. Ist er zurück?«

In Elizabeths Augen glänzen die Tränen. »Sie haben ihn heute morgen gefunden.«

»Wie schön. Dann gehe ich jetzt zu ihm.«

Eine Hand auf ihren Schultern hält sie zurück. »Sein Genick war gebrochen. Ein Unhold hat es getan und das goldene Medaillon gestohlen, das ich ihm zu tragen gab.«

»Tot?« Justine taumelt gegen die Wand. Ein weiterer Alptraum? Nervös zupft sie an sich herum, glättet einen Ärmel, richtet eine Seite des Kragens auf, greift in die Schürzentasche und ertastet dort einen unbekannten Gegenstand. Sie zieht ihn heraus, hält ihn ans Licht. Sie kann es nicht glauben, ihr stockt der Atem. Auf ihrer Handfläche liegt das juwelenbesetzte goldene Medaillon. Das Samtband ist gerissen.

Gerissener Teufel. Verdorbener Einfallsreichtum und Grausamkeit der Kreatur. Erst den geliebten jungen Bruder umbringen und dann das unschuldige Kindermädchen in die Tat verstricken. Oh, wie gerissen und gemein das Ungeheuer doch war.

Elizabeth, die Braut, liegt auf dem Bett wie eine achtlos hingeworfenen Puppe, die Arme in unmöglichem Winkel, der Kopf schrecklich nach hinten geknickt. Ihre Augen starren ihn an, anklagend, leer.

Und Henry, teurer Henry, man findet ihn erwürgt im Schnee.

Der Vater, von zu vielen Schicksalsschlägen gebeugt, stirbt vor Kummer.

Victor ist allein. Aber der Lärm. Was ist das für ein Lärm? Der nahende Tod? Nein, er ist zu ängstlich, atmet zu schwer. So wird er das schwarze Häschen verscheuchen. Ruhig muß er bleiben, ganz ruhig.

Diese Geräusche, an das Ächzen von Treppen unter schwerem Fuß gemahnend: Das ist gewiß nicht der Tod, der da kommt.

Erinnerungen umgeben ihn. Aber eine fehlt. Eine aus der Geisterschar, die ihren Schöpfer noch überleben mag. Kommt sie jetzt, verfolgt sie ihn, um ihn zu finden und die Sache zu Ende zu bringen, die der Tod unvollbracht ließ.

Ende November hat er es geschafft. Der Gegenstand zweijähriger harter Arbeit liegt zitternd auf einer befleckten Pritsche und öffnet seine trüben Bernsteinaugen. Ein grotesker Mund verzerrt sich zu etwas, das einmal ein Lächeln werden mag. Eine mißgestaltete Hand langt nach ihm, und Victor weiß um sein Versagen.

Er hat sich an reiner Wissenschaft versucht, jener heiligsten Religion. So rein und narrensicher. In kalter Klarheit erkennt er, daß man ihn einen Frevler nennen wird. Den Kindern wird man wispernd mit seinem Namen drohen. Seinen Ehrgeiz wird man verfluchen.

Die Kreatur erhebt sich und stößt murmelnd ein paar kehlige Laute hervor. Die Hand kommt näher, nach ihm greifend.

»Nein!«

Victor flieht, schlägt die Tür hinter sich zu und verriegelt sie. Wird das Ding sich erheben, dagegen pochen und sie auf dem Weg in die Freiheit zertrümmern? Er hält inne. Seltsame Laute entweichen dem verschlossenen Raum. Ein hohes, durchdringendes Wimmern. Fast klingt es wie ein Kind, das weint.

Die Kreatur. Selbst jetzt empfindet Victor noch den Schauer des Grauens. Er hat sich bemüht, sie zu lieben. Aber diese gräßliche Fratze, schlimmer als jede wiederbelebte Mumie, ins Dasein zurückgerufen. Schuld und Angst hatten ihn überwältigt. Es war einfach zuviel, das Lärmen des Pöbels zu laut. Das Ding war zuerst nicht böse gewesen. Wie denn auch? Konnten die Toten böse sein? Wenn man sie durch reine und mitleidlose Wissenschaft wiedergeboren hat, müssen sie sich dann sogleich den Makel christlicher Schuld und jämmerlicher Verantwortlichkeit überziehen wie eine rostige alte Rüstung? Nein. Und nochmals nein.

Wieder tönt das schwere Stampfen. Es ist das Ungeheuer... auf dem Wege, ihm den Garaus zu machen. Jetzt ist es schließlich hier.

Eine riesige Hand packt ihn roh bei der Schulter.

»Setz dich auf«, sagt die Kreatur. »Blicke deinem Tod ins Auge.«

»Ich bin bereit.«

»Ach ja?« Die Kreatur lehnt sich zurück, und das geflickte Gesicht zieht sich seltsam belustigt zusammen. »Das glaube ich nicht.« Die schrecklichen Hände greifen nach ihm.

Trotz seiner Entschlossenheit fühlt Victor Angst in sich aufsteigen und auch Trotz und Abwehr. »Warte«, sagte er. »So durch und durch böse kannst du doch gar nicht sein.«

»Böse?« Das Ungeheuer hält wie überrascht inne. »Der Böse, das bin nicht ich. Das bist du. Deine Schuld. Dein Wille ist es gewesen.«

»Aber die Morde...«

»Du hast sie begangen, durch mich.«

»Wie kannst du dich erdreisten! Ich bin unschuldig, habe niemanden getötet.«

»Du bist nicht unschuldig. Du hast mich gemacht. Mich verstoßen. Dich unwissend gestellt, als alles um dich herum zerstört wurde. Ich habe mich niemals verstellt, nie und nimmer meine wahre Natur verborgen. Aber du, du hast geschwiegen, als andere an deiner Stelle hingemordet wurden. Du bist das Ungeheuer. Frieden finden wirst du nicht. Für dich wird es keinen geben.«

Victor trifft den Blick jener toten Bernsteinaugen und begreift. Der Tod wird die Sache nicht für ihn beenden, wird nicht das erhoffte sichere Vesteck sein. Nur ein Tunnel, die Bahn zur Hölle der Wiedergeburt. Er selbst wird die Kreatur werden. Er muß: zur Sühne. Und das Ungeheuer wird als Hebamme bei der Wiedergeburt nach seinem Tode fungieren, der Schöpfer des Wiedererschaffenen, die Schöpfung, der Vater. Er wird das Spiegelbild seiner eigenen Kreatur werden.

Weinen möchte er. Mein Gott, denkt er, wird seines das erste Gesicht sein, das ich beim Erwachen erblicke? Und wie soll ich ihn nennen? Vater? Bruder?

Kräftige Hände schließen sich um seine Kehle. Der Druck wird unerträglich. So nahe, das Ungeheuer mit seinem Gesicht. Der Augenblick, das Unvollstellbare, es ist da. Victor schließt die Augen.

Die Kreatur entschwindet. Die Wände lösen sich auf.

Victor liegt im Schnee, allein. Er schaut sich um. Fort, denkt er. Niemand hier, keine Menschenseele. Eine Täuschung, von der Kälte vorgegaukelt.

Ich muß aufstehen. Ich muß eine Zuflucht finden.

Unbeholfen erhebt er sich auf die Knie, zwingt seine tauben Beine, sein Gewicht zu tragen. Er wartet, macht einen Schritt, dann einen zweiten. Aber die Beine sind zu schwach, zu fühllos. Er fällt mit voller Wucht auf den verharschten Schnee, bleibt liegen, preßt die geschlossenen Augen in das funkelnde Weiß.

Hinter ihm in der Öde hört er ein Geräusch. Unmißverständlich: Schnee, der unter langsamen und überlegten Schritten knirscht. Während er lauscht, erstirbt der Wind zu einem Wispern.

Die Schritte werden lauter.

Originaltitel: Victor
Ins Deutsche übertragen von Matthias Dehne

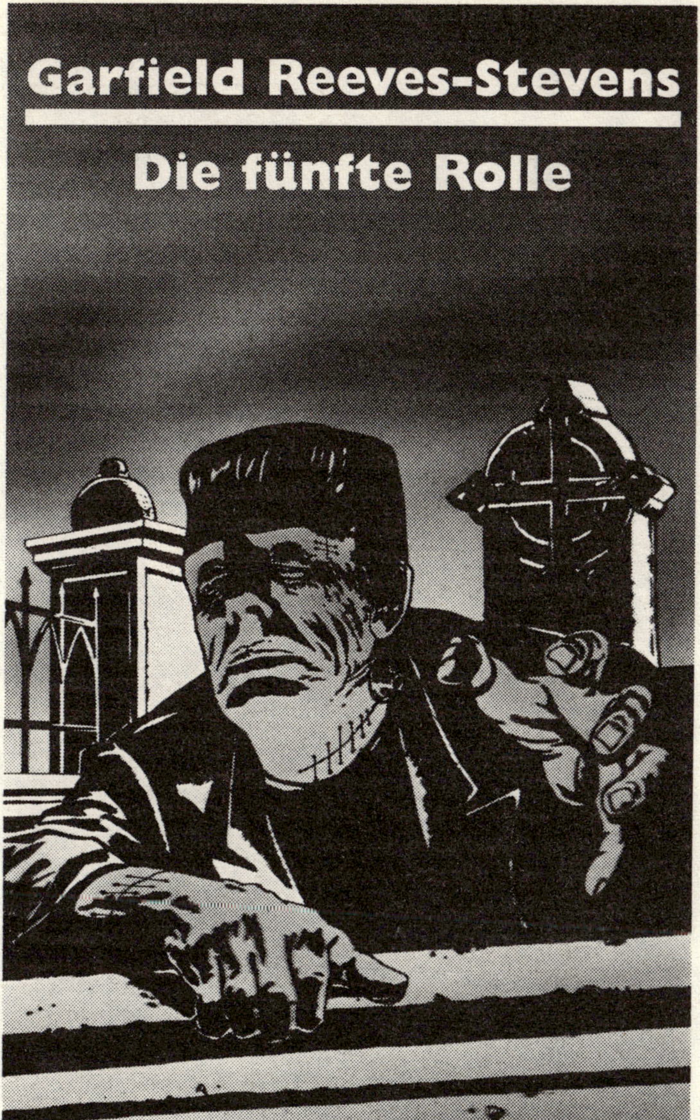
Garfield Reeves-Stevens
Die fünfte Rolle

»Sie erinnern einen an Feuer, nicht wahr?«

Samantha Grant wandte den Blick ab von den glitzernden Lichtern der Nacht unter den Hügeln Hollywoods. Sie hatte über die Rolle nachgedacht, die Worte ihres Gastgebers nicht vernommen.

»Was haben Sie gesagt?« fragte sie.

»Feuer«, wiederholte ihr Gastgeber wie aus vergangenen Erinnerungen geholt. »Mehr wie Fackeln. Wie riesige Fackelumzüge.«

»Oh«, sagte Samantha, »die Lichter.« Sie schaute wieder durch die vom Boden zur Decke reichenden Fenster und versuchte, nicht an den vierzig Meter senkrecht abfallenden Steilhang vom Grundstück von Mulholland zu denken. Auch dieses Haus war so abgeschieden und unangreifbar, einem mittelalterlichen Schloß gleich, wie Warren Beattys Besitzung im Osten und Marlon Brandos im Westen.

Und doch war das Haus nicht isoliert. Hinter den schwarzen Umrissen der Bäume zeichnete sich Los Angeles mit unzähligen flackernden Lichterfunken ab, die sich an den Straßen und Highways entlangzogen wie Tautropfen auf einem Spinnennetz. *Und hier bin ich nun, wo ich sein soll,* dachte Samantha. *Mittendrin, so lange ich lebe. Die Stadt zu meinen Füßen, die Studios im Tal hinter mir. Genau in der Mitte des Netzes.*

Sie zog die Luft ein, und die Kühle des Hauses streichelte sie so zärtlich wie die Seide, die sie unter dem locker fallenden schwarzen Jersey des Designer-Kleides von Azzedine Alaïa trug. Sie hatte es sich bei ›Dressed to Kill‹ ausgeliehen. Dreihundert Dollar für den Abend. Sollte sie die Rolle bekommen, würde sich dieser Luxus zweifellos rentiert haben, auch wenn sie in den nächsten Wochen kein Geld für ihr Essen haben sollte.

»Ja, das tun sie«, sagte Samantha. Sie drehte sich wieder zu ihrem Gastgeber um. »Wie sehr heiße Feuer.«

Edward Styles schaute nicht mehr auf die Stadt herab. Er musterte die Frau, so als sei sie nicht weniger großartig als der Blick, den sein Haus ihm bot.

Samantha Grant hatte solche Blicke schon oft gesehen. Und sie war lange genug in der Stadt, um zu wissen, wie sie damit umzugehen hatte.

Genau, dachte sie, als sie Edwards Blick auffing und ihm standhielt. *Ich kenne die Stadt. Ich weiß, was hier abläuft.* Die funkelnden grauen Augen waren auf ihre Lippen gerichtet. Sie wußte, daß ihr Lippenstift im Kerzenlicht feucht schimmerte. *Setz deine Trümpfe ein, setz deine Trümpfe ein*, sagte sie sich — wiederholte das Mantra der rollenlosen Schauspielerin. *Siebenhundert Dollar haben mich Dr. Morleys Kollagenspritzen in diese Lippen gekostet. Also sind sie dazu da, daß man sie anschaut.* Dann biß sie sich spielerisch leicht auf die Unterlippe, als ausdrucksstarke Geste reiner Unschuld, wie sie es auf der Schauspielschule gelernt hatte. Michelle Pfeiffer hätte es nicht besser machen können.

Ihre Blicke trafen sich wieder, und Edwards Augen verrieten nicht, daß er etwas Gekünsteltes an ihrer Stimmung entdeckt hatte. Er verfiel in die bedeutungsvollen Sprachklischees von Hollywood. »Ja, so ist die Stadt nun einmal zuweilen. Heiß.« Sein Blick ging tiefer bis zu ihrem weit geschnittenen und straffen Ausschnitt. *Ja, schau sie dir nur an*, dachte Samantha. *Dreitausendfünfhundert Dollar für das Paar*, ihre ganzen Einkünfte aus einer Woche Dreharbeiten für den Kabelsender ›USA Network‹. Mit dreiundzwanzig hatte sie noch keine künstliche Vergrößerung ihres Busens gebraucht. Das war erst für später geplant, wenn sie ihre besten Jahre hinter sich haben würde, vielleicht mit achtundzwanzig, gewiß aber mit dreißig. Jetzt hatte sie nur eine sorgfältige Straffung der Haut benötigt, ein kleiner Lift und eine minimale Glättung, zu deren Zweck man die Fettzellen an den Innenseiten der Oberschenkel behutsam abgesaugt hatte. *Weiter so, schau dir nur alles genau an*, dachte sie. *Dafür sind sie ja da. Deswegen sieht der Körper auch so und nicht anders aus, so wie ich ihn selbst kreiert habe. Damit du ihn dir unbedingt anschauen möchtest, damit ihn sich alle anschauen möchten, auf der zwanzig Meter breiten Fläche einer Kinoleinwand. Damit sie mich zu Hause auf dem Bildschirm und ihren Videorecordern haben wollen.* Sie dachte an die Rolle. Ja, dafür hatte sie das alles auf sich genommen, für die Rolle und den zu erwartenden Lohn.

Edwards Blicke glitten über ihren ganzen Körper und trafen — Gentleman vom Scheitel bis zur Sohle, der er war — schließlich wieder ihre Augen, offenbar ohne die grün getönten Kontaktlinsen zu bemerken oder die winzigen Fältchen, die die Narben von einer leichten Anpassung ihrer Augenlider verbargen. Große Augen waren dieses Jahr in, hatte Dr. Morley ihr versichert.

»Wir finden es sehr erregend«, fuhr Edward fort, und Samantha hatte an diesem Abend bereits lange genug mit ihm geredet, um zu wissen, daß er mit dem »wir« nur sich selbst meinte. »Die Stadt. Die Hitze und . . . das Prickeln, das dazugehört.« Edward hob die Champagner-Flöte zu seinen Lippen und trank davon so sacht, als wäre es ein Kuß.

Samantha tat es ihm nach, hielt dabei seinem Blick stand und begriff, während die Perlen des Dom Perignon ihr über die Zunge glitten, daß die anderen Gäste heute abend nicht kommen würden. Diese plötzliche Erkenntnis überraschte sie nicht einmal. Man war in Hollywood, und die Spielregeln waren so einfach und brutal wie in jedem anderen Dschungel. Samantha Grant war darauf vorbereitet, ihrem Gastgeber ohne ein Wimpernzucken in die Augen zu sehen, wenn er sich denn entschlossen haben sollte, heute abend das altbekannte Spiel zu spielen. Und mit diesem Entschluß, sie wußte es, war sie einen Schritt näher an dem, was sie haben wollte. Was sie brauchte. Wofür sie lebte.

Edward setzte sein Champagnerglas auf einen kleinen Würfel aus schwarzem Marmor neben dem Fenster und schaute auf die Uhr. Selbst aus fast zwei Metern Entfernung konnte Samantha die gleißenden Umrisse der Mickey Mouse aus Platin und Gold auf dem Zifferblatt erkennen. Es gab nur zehn von diesen Armbanduhren. Edward Styles hatte seine persönlich von Michael Eisner an dem Tag überreicht bekommen, als ›Sternenträumer‹ nach nur zwei Wochen Laufzeit schon einhundert Millionen Dollar eingespielt hatte. Bei einem Stückpreis von einhunderttausend Dollar hätten Edward Styles für den einen Film eigentlich gleich drei davon zugestanden. Es war schließlich der erste, der im Inland mehr eingespielt hatte als ›Batman‹, und das trotz allgemeinen Zuschauerrückgangs und der wirtschaftlichen Flaute. Im Gegensatz zu den meisten anderen Produzenten hatte Edward überraschend auf großartige Selbstdarstellungen verzichtet, war den Medien aus dem Weg gegangen und hatte auf den Hügeln von Hollywood abgewartet, bis alle Nicht-Insider nur noch an die Filme der nächsten Saison dachten und ihn vergessen hatten.

Bis jetzt. Bis zum Unvermeidlichen.

›Sternenträumer II‹.

Edward lächelte Samantha wie um Entschuldigung heischend an. So ein schnöder Blick auf die Uhr, gehörte sich das? »Wir glauben, es ist Zeit«, sagte er und winkte mit der Hand elegant von den Fenstern weg.

Samantha spielte die Rolle, die man von ihr erwartete. »Wird Steven uns nicht Gesellschaft leisten?« Sie sagte es so perfekt, als würde sie vom Script ablesen. Es klang, als ob sie ehrlich glaubte, daß Spielberg gleich kommen würde.

Edward antwortete im gleichen aufrichtigen Ton und verzog das Gesicht dabei wie in Enttäuschung. »Leider, leider. Er ist aufgehalten worden und hat uns gebeten, ohne ihn weiterzumachen.« Edward blinzelte verschwörerisch. »Offenbar sitzt er im Schneideraum und redigiert noch einmal den Schluß von ›Indiana Jones: die jungen Jahre‹. Zum x-ten Mal.«

Samantha stellte ihr Glas neben Edwards und zog wie im Reflex den Rocksaum ihres Kleides tiefer, der selbst bei dieser kleinen Bewegung gefährlich weit nach oben gerutscht war. »Ist die Premiere nicht schon für nächsten Monat angesetzt?«

»So ist es«, pflichtete Edward ihr bei. »Guter alter Steven, zu sehr der Perfektionist. Aber was soll's. Er verdient schon seine Brötchen.«

Edwards Lachen kam unerwartet, und Samantha beobachtete überrascht, wie es das Gesicht ihres Gastgebers verwandelte, ihm echte Jugendlichkeit verlieh, die nach ihrer Annahme längst hätte verflogen sein müssen. Was nicht heißt, daß Edward seine Jugend kampflos aufgegeben hatte. Ihre eigene Erfahrung mit der Kunst und Wissenschaft der Schönheitschirurgie an Gesicht und Körper hatte ihr Auge für die untrüglichen Anzeichen geschärft.

Für das ungeschulte Auge war Edward Styles ein gesunder und gut erhaltener Fünfzigjähriger, salopp und doch modisch gekleidet: er trug ein weites, elfenbeinfarbenes Seidenhemd, bis zum Hals hin zugeknöpft, gut sitzende Leinenhosen, die ganz locker über die zwölfhundert Dollar teuren senkellosen Straßenschuhe von Fred Segal fielen. Sein Haar erinnerte an Steve Martin. Von typisch amerikanischem Schnitt und seidenweiß, so daß es nicht alt machte, sondern ihn zu einer bemerkenswerten Erscheinung. Kleine Fältchen betonten die Augenwinkel. Auch wenn manche sie lieber »Lächelfährten« nannten, blieben es doch Falten. Aber trotz all dieser Zeichen waren die Lider fest und die Augenbrauen straff, so daß Samantha den Verdacht hatte, irgendwo unter dem durch Transplantation restaurierten Haaransatz müßte die feine weiße Narbe der letzten Gesichtsstraffung zu finden sein.

Auch an Edwards Kinn saß das Fleisch noch völlig fest. Zweifellos hatte man einen bis anderthalb Zentimeter durchhängende Haut herausoperiert und damit den Hals gestrafft und die Knochenstruktur akzentuiert. Vielleicht war die klare, wie gemeißelt wirkende Krümmung der Backenknochen aber auch das Resultat einer Implantation, die dem im Kampf gegen die Schwerkraft ermüdeten Fleisch jugendliche Glätte wiedergegeben hatte. Dr. Morley hatte zur idealen Strukturierung von Samanthas Gesicht einen ähnlichen Eingriff vorgeschlagen, aber schließlich waren sie beide der Meinung gewesen, daß ihre Wangenknochen sehr gut zum Gesicht paßten und daß man nur die beiden hintersten Weisheitszähne ziehen mußte, damit die Wangen ein wenig einfielen und so ihre jugendlich klaren Konturen betonen würden.

Was sie an Edward sah, beeindruckte Samantha: endlich einmal ein Mann, der auf sich und seine Erscheinung so achtete wie sie auf die ihre. Sie fragte sich, wer wohl sein Arzt sein mochte. Aber diese Frage mußte noch warten. Eine Menge Leute hatten mit diesem Thema ihre Probleme. Samantha wußte, daß es ihr peinlich sein würde, mit jemandem, den sie noch nicht gut kannte, über die verschiedenen Eingriffe zu reden. Nach den Unterströmungen des Abends zu urteilen, würde sie sich vor ihrem Gastgeber jedoch nicht mehr lange genieren. Natürlich erst, wenn sie ihre Rolle bekommen hatte.

Edward nahm etwas in die Hand, das wie eine schwarze Fernbedienung für den Fernseher oder die Stereoanlage aussah, und drückte ohne hinzusehen einen Knopf. Samantha hörte ein leises elektrisches Surren und drehte sich gerade noch rechtzeitig um, so daß sie sah, wie eine Verkleidung aus naturbraunem Wildleder verschwand und den Blick auf eine intime Eßecke an der Seite des runden Wohnzimmers freigab. Edward schwenkte mit der Fernbedienung nochmals darauf zu, und ein Dutzend winziger Halogenlichter erwachten zum Leben, die Ecke von innen vollständig erhellend.

Samantha folgte ihrem Gastgeber in den leicht angehobenen Alkoven, wo ein kleiner runder Tisch aus Granit und zwei mit reichen Schnitzereien versehene Holzstühle so plaziert waren, daß man weiterhin den Blick durch die riesigen Fenster genießen konnte. Die Größe und Anlage des kreisförmigen Raumes ließ darauf schließen, daß sich hinter der Wandverkleidung bis zu fünf solcher Alkoven verbergen konnten. Zynisch fragte sie sich, welcher von ihnen wohl das Bett beherbergen mochte.

Die dunkle Steinplatte des Tisches in der Eßecke war mit hellgelben Blüten bestreut. Zwei asymmetrische schwarze Teller mit kunstvoll arrangiertem Salat standen darauf. Daneben lag ein vollständiger Bestecksatz aus Bronze, gerundet und gebogen nicht nur aus Gründen der Zweckmäßigkeit, sondern um den Gestaltungswillen des typischen Giger-Design zu unterstreichen. Wie kristallene Blüten reckten sich exakt plazierte weitere Champagner-Flöten und Weingläser aus Steuben-Glas in die Höhe. Sie funkelten unter den genau ausgerichteten Halogenstrahlern, die den Alkoven bühnenmäßig beleuchteten — und eine Bühne war er ja auch.

Wahrscheinlich hat er sich das von einem Bühnenbildner aus dem Studio herrichten lassen, dachte Samantha, und sie fragte sich, wie lange es wohl noch dauern würde, bis sie sich einen derartigen Luxus selbst leisten konnte. Julia Roberts hatte es mit nur drei Filmen geschafft. Samantha wollte einen neuen Rekord aufstellen.

Edward zog Samanthas Stuhl zurück und schob sie dann ohne jede Anstrengung zum Tisch, daß Samantha sich über seine Körperkraft wunderte. Einen Augenblick überlegte sie besorgt, ob das auf das Ausspielen der Karten im weiteren

Verlauf des Abends Einfluß haben konnte. Physische Gewalt war regelwidrig, aber sie kam immer wieder vor. Samantha würde nicht gern Gleiches mit Gleichem vergelten, aber sie war dazu immerhin in der Lage. Sie behielt die Hände unter der Tischplatte und überprüfte die Anordnung der Silberwürfel an Ring und Armband. Im Gegensatz zu ihrem Kleid gehörte der Schmuck ihr, hundert Jahre alt und von schwerem europäischen Design, das fast wieder in Mode war, mit geschickt eingelegten Silberplättchen: gehärtete kleine Klingen zur Selbstverteidigung. Samantha hatte ihren Schmuck noch nicht zu diesem Zweck einsetzen müssen, aber es gab ja immer ein erstes Mal. Sie legte die Hände wieder auf die Tischplatte, um abzuwarten, welche Richtung die Verhandlung nun nehmen würde.

Edward saß mit lässiger Anmut auf dem Stuhl gegenüber. Rechts neben ihm stand ein aus Kupfer gehämmerter Globus, der eine zweite Flasche Champagner enthielt. Die aufgerauhte Oberfläche des am Äquator etwa fünfundvierzig Zentimeter dicken Globus war schräg durch die nördliche Hemisphäre aufgeschnitten.

Samantha hatte das Einzelstück im ›Connoisseur‹ gesehen. Es kostete mehr als das BMW-Cabrio, das sie sich unter Ausschöpfung ihres Kreditrahmens auf ihre Master-Card geliehen hatte, nur um nicht ihren sechs Jahre alten Honda Civic auf Edwards millionenteurer Auffahrt parken zu müssen.

Aber Samantha hielt ihr Gesicht weiterhin ausdruckslos und würdigte den Globus keines zusätzlichen Blickes, so als würde sie derartigem Prunk jeden Tag begegnen. Man durfte ihr nicht ansehen, daß sie hungrig war auf das, was Edward ihr bieten konnte. So feilschte man zwar im allgemeinen nicht um Rollen in dieser Stadt, aber sie war entschlossen, es so zu halten.

Edward nahm die Champagnerflasche aus dem Eis, wickelte ein kleines Leinentuch um den Korken, drehte diesen ganz locker, bis man ein leichtes Zischen hören konnte.

Als er das Tuch wegzog, stieg ein heller Dampfhauch aus dem offenen Flaschenhals auf.

»Perfekt«, sagte Samantha. Edward reagierte mit einem Aufblitzen seiner Augen, wobei er über den Tisch langte, um das fahlhelle Getränk in ihr Glas zu ergießen. Der Champagner schäumte in der langen schmalen Flöte auf, allerdings nicht so kräftig wie aus der ersten Flasche, die er am Fenster ausgeschenkt hatte. Samanta überließ bewußt ihrem Gastgeber festzustellen, ob damit etwas nicht ganz stimmte. Sie hob das Glas am feinen Stiel und wartete darauf, daß Edward den ersten Schluck trank.

»Auf Hollywood«, sagte Edward. »Wo alles möglich ist und Schönheit überall.« Er nippte, wobei ein weiteres Lächeln auf seinem Gesicht erblühte. »Und immer zum angemessenen Preis«, fügte er belustigt hinzu.

Tja, ja, ging es Samantha durch den Kopf, *Geld bedeutet nicht automatisch Geschmack — weder was den Champagner, noch was den Witz anbelangt.* »Auf Hollywood«, sagte auch sie, erwiderte das Lächeln ihres Gastgebers und nippte an ihrem Glas. Der Champagner war gerade noch akzeptabel, eine Klasse schlechter als der erste.

»Wir wollten damit sagen, daß man Schönheit überall findet«, sprach Edward wie zur Tischplatte, während er sein Champagnerglas ganz sacht darauf absetzte und die kleinste der drei fast bizarr gebogenen Gabeln ergriff. Plötzlich blickte er auf. »Samantha, Sie sind eine außergewöhnlich schöne Frau.«

In einem Augenblick kurzer Beklommenheit fiel Samantha aus dem Fluß ihrer Konversation, so als ob Edward in dem von ihnen zu befolgenden Drehbuch eine Seite übersprungen hatte. Die Szene zu dieser Textzeile sollte sich eigentlich erst nach dem Dinner beim Cognac ergeben, nachdem die Rolle zumindest einmal en passant erwähnt worden war. Sie nahm einen weiteren schnellen kleinen Schluck Champagner, damit die kleine Pause ihr half, wieder Tritt zu fassen.

»Oh, danke, Edward.« *Absolut blödes Gefasel*, dachte sie, der Panik nahe. Aber er hatte das Kompliment derart unerwartet abgefeuert, daß sie nicht sofort eine Erwiderung parat hatte. Sie versuchte sich vorzustellen, was ihr Schauspiellehrer ihr empfehlen würde oder wohin ihr Spielpartner den Dialog in einer Improvisationsstunde weiterspinnen würde. *Hergott, so nimm den zugespielten Ball doch auf. Nimm ihn auf, verdammt noch mal.*

»Keine Ursache, meine Liebe. Der Dank liegt ganz bei *uns*.« Edward zog für einen Moment die Augen zusammen, und ein Schatten bildete sich unter seinen Brauen, so schwarz wie die Umrisse draußen vor dem Fenster. Samantha fühlte, daß er noch etwas hatte sagen wollen, es sich jedoch anders überlegte. Dann hoben sich seine Brauen, und die Schatten verschwanden. In seinen Augen spiegelte sich das Kerzenlicht aus dem Wohnzimmer.

Bevor Samantha antworten oder auch nur an eine Antwort denken konnte, redete Edward bereits wieder. »Erzählen Sie mir etwas von sich.«

Auf *diese* Zeile des Drehbuchs war Samantha vorbereitet. Sie gabelte ein Stück leicht angerösteter, roter Paprikaschoten auf. »Ich bin Schauspielerin.«

Edward wartete auf eine zusätzlich Erklärung, die aber nicht folgte. »Meine Liebe, das sind wir doch alle . . . Schauspieler.«

»Sie auch?« fragte Samantha, wobei sie mit ihrem Salatmesser ein kleines Stück Chèvre noch weiter zerkleinerte.

Edward lehnte sich in seinem Stuhl zurück und langte abermals nach dem Champagnerglas. »Ein Filmproduzent ist für viele verschiedene Leute viele verschiedene Dinge. Ja, so sind auch wir Schauspieler gewesen und sind es vielleicht noch.«

»Dann wissen Sie alles, was Sie über mich wissen müssen«, sagte Samantha. Die Vergangenheit sollte Vergangenheit bleiben. Sie hatte nicht vor, darüber zu reden. Wenn es denn unbedingt sein mußte, ließe sich für Zeitschriften wie

›People‹ und ›Premiere‹ vielleicht etwas Passendes arrangieren. Aber zum gegenwärtigen Zeitpunkt zählten nur ihr Talent, ihr Können und ihre äußere Erscheinung. Sie wollte in dieser Stadt ihren eigenen Weg gehen und es nicht auf der Grundlage ihrer sorgfältig geheimgehaltenen Verbindungen zum Filmgeschäft zu etwas bringen.

Während sie sich ganz ihrem Salat widmete, spürte Samantha Edwards musternde Blicke. Sie fragte sich, wer den Salat wohl angerichtet hatte. Sie fragte sich auch, ob überhaupt noch jemand im Haus war oder ob Edward für absolute Ungestörtheit gesorgt hatte. Die Hausangestellten wegzuschicken war kein gutes Zeichen. Als sie jedoch das Gewicht des Schmucks auf ihren Händen ruhen spürte, fühlte Samantha, daß sie die Situation im Griff hatte.

»Es könnte ja immerhin sein . . .« fuhr Edward schließlich fort.

Samantha schaute vom Teller auf. Edwards Augen schauten fest in die ihren..

». . . daß wir alles von Ihnen wissen, was wir wissen müssen . . . Eine Frau ohne Vergangenheit und ohne Verbindungen. Auf reizende Weise geheimnisvoll.« Er nahm die Champagnerflasche aus dem Kupferglobus. »Eben . . . typisch Hollywood.«

Samantha hörte in den Worten mehr als nur leichte Kritik mitschwingen. Das letzte Wort hatte er ungewöhnlich in die Länge gezogen. Sie erkannte, daß sie ihre Position zu erklären versuchen, zumindest ein wenig abschwächen müßte.

»Spielt es wirklich eine Rolle, wo ich meine Sommerferien verbracht habe, als ich fünfzehn war?« fragte sie, auf zwanglose Beiläufigkeit des Tonfalls achtend. Sie hielt das Glas hoch, während Edward ihr erneut nachschenkte. *Nur noch einen Schluck*, ermahnte sich sich, *der letzte, bis wir die Verhandlung hinter uns gebracht haben.*

»In welcher Hinsicht eine Rolle, meine Liebe?« Samanthas Glas war wieder voll. Ohne sich selbst ebenfalls nachzuschenken, stellte Edward die Flasche in den eisgefüllten Kübel zurück.

Er achtet auch genau darauf, wieviel er trinkt, stellte Samantha fest. *Er weiß, daß es ums Geschäft geht.*

»Im Hinblick auf den Gegenstand unseres Gesprächs«, erwiderte Samantha.

Edward legte beide Hände neben das Gedeck auf den Tisch. »Und der wäre?«

Samantha spürte, daß man das Drehbuch wieder zu ihren Ungunsten umgeschrieben hatte — daß Edwards Manager ihre Gegenwart bei diesem Dinner vielleicht in falschem Licht dargestellt hatte, so als wäre von ihr zu erwarten, daß sie sich wie ein Starlet, eine Eintagsfliege verhalten würde, gerade gut genug für eine Nacht sexueller Aerobics im Hause des Produzenten im Tausch für einen stummen, barbusigen Kurzauftritt in einem Billigstreifen, der nicht in die Kinos, sondern gleich in die Videotheken wandert. Sie beschloß zu gehen. Aber dann sah sie ein kurzes Lächeln über Edwards Gesicht huschen.

»Vergeben Sie mir«, sagte er warmherzig. »Sie waren im Begriff, uns zu verlassen?«

Samantha dachte einen Augenblick nach. Nein, darauf würde sie nicht antworten.

Edwards Lächeln geriet noch eine Spur breiter. »*Jetzt* wissen wir tatsächlich alles, was wir über Sie wissen müssen. Prinzipien sind so selten zu finden in dieser Stadt. Und so erfrischend.« Er griff nach seinem Glas und nickte ihr zu. »Wir sitzen hier zusammen, weil wir uns über ›Sternenträumer II‹ unterhalten wollen.«

Samantha trank einen kleinen Schluck Champagner gegen die plötzliche Trockenheit in ihrer Kehle.

»Also, fangen wir doch an. Was wissen Sie darüber?« fragte Edward und widmete sich wieder seinem Salat.

»Daß es an der Zeit ist, die Geschichte von den Sternenträumern weiterzuspinnen«, sagte Samantha.

Edward nickte zustimmend.

»Daß Sie ein Drehbuch haben, das auch Spielberg gefällt.«
Ein weiteres Nicken.

»Daß es ein schlimmer Fehler war, Jacqueline Eight am
Ende des ersten Films sterben zu lassen und Sie für Austin
Three eine neue Liebe brauchen, wenn Sie die Geschichte
fortsetzen wollen.«

Edward winkte höflich protestierend ab. »Jacquelines Tod
war kein Fehler. Wir hatten keine andere Wahl. Demi Moore
bestand darauf, daß sie für keine Fortsetzung zur Verfügung
stehen würde. Die war in ihrem Vertrag auch ausdrücklich
nicht erwähnt.«

»Wirklich?« fragte Samantha ehrlich überrascht.
»Aber . . . Fortsetzungen, da ist das Geld doch quasi schon
auf der Bank. Die Leute mögen Fortsetzungen.«

Edwards Blick verriet, daß er diese Wahrheit anzweifelte.
»Auch wenn die meisten Fortsetzungen nicht so viel einspie-
len wie der erste Film?« Seinem Tonfall nach zu urteilen,
schien er sie zu einer Diskussion über dieses Thema einzu-
laden.

Samantha lehnte sich vor. »Was ist mit ›Der Pate II‹?«

Edward schüttelte den Kopf. »Und was ist mit ›Ghost-
busters II‹?«

»›Aliens‹«, hielt Samantha dagegen.

»›Zurück in die Zukunft II‹«, konterte Edward.

Samantha durchschnitt die Luft ganz entschieden mit
ihrer Gabel. »Das war ein Marketing-Fehler. Die hatten doch
wohl das klassische Problem mit dem zweiten Akt . . . wie
bei ›Das Imperium schlägt zurück‹.« Sie konnte die Erregung
in ihrer eigenen Stimme hören. Mein Got, wie sie dieses
Geschäft liebte. Sie wollte dazugehören. Sie wollte die Rolle
haben, mußte sie haben – unbedingt. »Aber zumindest
wußten die Leute beim ›Imperium‹, daß sie auf die ›Jedis‹
noch ein paar Jährchen würden warten müssen. Die Premiere von ›Zurück in die Zukunft II‹ war jedoch von Anfang
an für einige Monate später angekündigt. Das Publikum
konnte den zweiten Teil deswegen gar nicht ernst nehmen. Ist

doch logisch. Es . . .« Samantha fühlte etwas in ihrer Kehle stecken, mußte innehalten und husten. Sie bedeckte ihren Mund, aber in ihrem Hals hatte sich nichts gelöst. Sie hustete noch einmal. Edward reichte ihr das Glas, und sie legte die Gabel ab, um es entgegenzunehmen. Überraschend schmeckte die Flüssigkeit fast schal und abgestanden, linderte jedoch trotzdem den Hustenreiz. Schade, daß ihre Argumente nun den Schwung verloren hatten.

»Tut mir leid«, sagte sie entschuldigend, »ich vergaß, was ich sagen wollte.« Sie fühlte Röte in ihrem Gesicht aufsteigen. Sie war Schauspielerin. Wie konnte sie nur ihren Text vergessen?

»Macht nichts«, sagte Edward, wobei er ihr Glas wieder auffüllte. »Sie sagten, daß einige Fortsetzungen besser laufen als die Originale.«

»Und das glauben Sie auch?« fragte Samantha.

»Aber, meine Liebe, wir sind der lebende Beweis dafür.« Edward lachte, und Samantha schloß sich ihm verunsichert an.

»Haben Sie schon andere Fortsetzungen produziert?« fragte sie. Sie hatte sich mit Hilfe eines Computerdienstes so eingehend wie möglich über ihren Gastgeber informiert. Bis ›Sternenträumer‹ war Edward Styles Referenzliste als Produzent so unscheinbar wie ihre eigene als Schauspielerin. *Aber hat er nicht gesagt, daß er auch Schauspieler gewesen ist?* erinnerte sich Samantha. *Vielleicht hat er da schon bei Fortsetzungen mitgewirkt. Oder vielleicht hat er bei einer Regie geführt, als er mit dem Filmen anfing.*

»Andere Fortsetzungen?« wiederholte Edward. »Nicht in Hollywood.« Er hob den Finger, um ihre nächste Frage zu verhindern. »Und gewiß nicht, seit Sie auf der Welt sind, meine Liebe.« Sagte es und widmete sich mit Messer und Gabel seinem Teller. »Unsere Vergangenheit hat mit unserer Gegenwart nur wenig zu tun. Mit unserer Zukunft noch weniger. Genau wie bei Ihnen, meine Liebe. Wir sind, was wir sind, nicht wahr? Wir leben ausschließlich für den

Augenblick. Und welcher Ort der Welt könnte dafür geeigneter sein als dieser — eine Stadt ohne Erinnerungen aus der Vergangenheit, ohne Gedanken an die Zukunft, einzig versessen auf die ewige Gegenwart, in der nur der Schein wirklich zählt.«

»Ja, das kann ich verstehen«, sagte Samantha. Zumindest hoffte sie, daß sie es konnte. Dieser letzte Schluck Champagner hatte sie hart an die Grenze dessen gebracht, was sie vertragen konnte, und sie spürte die Gefahr, daß das Zimmer sich plötzlich um sie drehen könnte, ihrer Kontrolle entzogen.

»Natürlich können Sie das, meine Liebe. Sie sind alles, was dieser Stadt heilig ist. Schön, besessen, ohne Vergangenheit und . . .«, dabei langte er über den Tisch und legte seine Hand auf die ihre, »bereit, alles zu tun, um zu bekommen, was Sie haben wollen.« Er streifte mit den Fingern leicht über ihren schweren Silberring.

»Was meinen Sie damit?« Samantha versuchte, sich ihm zu entziehen, aber Edwards Hand fühlte sich wunderbar warm an und auch tröstend auf der ihren.

»Ihren Ring, meine Liebe. Und Ihr Armband. Ich erkenne sie wieder. Stücke von de Fontaine. Paris, achtziger Jahre des letzten Jahrhunderts. Monsieur de Fontaine entwarf Spazierstöcke für Herren mit eingebautem Stilett . . . und Damenbroschen, -ringe und -armbänder mit . . . Vorrichtungen zur Selbstverteidigung. Der Juwelier seiner Zeit, kein Zweifel.«

Samanthas Hand wollte sich nicht aus Edwards Griff lösen. *Wie stark er ist*, dachte sie wieder. Aber eigentlich konnte sie nicht den geringsten Druck wahrnehmen, hatte auch nicht das Gefühl, daß man sie gegen ihren Willen festhielt. Nur die Wärme, die spürte sie.

»Wie Sie auch gehen wollten, als Sie dachten, daß wir versucht sein mochten . . . wie sagt man hier in Cineastenkreisen doch gleich . . . mit Ihnen unseren Spaß zu haben, oder so ähnlich? Und Sie waren auch bereit, diesen Ring und dieses Armband gegen uns einzusetzen, wenn Sie nicht bekommen hätten, was Sie haben wollten, stimmt's?«

Samantha sah, daß Edward schnell ihren Schmuck abstreifte. Sie registrierte es so unbeteiligt, als würde sie die Tagesnachrichten verfolgen, und war unfähig, es zu verhindern.

»Ich hatte niemals...« sagte sie unendlich langsam. Die Wärme in ihren Händen breitete sich über den übrigen Körper aus. »Ich wollte nur die Rolle haben.«

Edward erhob sich und ließ den Schmuck in die Hosentasche gleiten. »Nun, in dieser Hinsicht zumindest unterscheiden wir uns.« Er ging um den Tisch herum und stellte sich neben sie. »Sie wollten etwas ganz Bestimmtes von uns, aber wir wollen alles von Ihnen.«

Samantha fühlte, wie sie vom Tisch weggezogen und herumgedreht wurde, so daß sie wieder ins Wohnzimmer blickte. Hinter den Fenstern tanzte das Lichternetz der Stadt, verschwammen die einzelnen Lichtpunkte ineinander zu einem höllenartigen Flammenmeer, rasende, verzehrende Hitze, die durch ihren Körper pulsierte, eine erschreckende Steigerung des angenehmen Glühens, das sonst so wohlig den Körper durchströmt nach einem einzigen Schluck...

»Champagner«, sagte Samantha. Ihr Mund fühlte sich aufgedunsen, von ihr selbst vollkommen losgelöst an, als ob Dr. Morley ihr zuviel Kollagen in die Lippen gespritzt hatte, so daß sie nun weit über ihre brauchbare Größe hinaus anschwollen.

Edward trat vom Alkoven herab und stand vor ihr, die Fernbedienung in der Hand. »Niemals Champagner zu Salat«, sagte er. »Das Dressing macht es unmöglich, die feinen Geschmacksnuancen zu kosten oder den leichten Beigeschmack von Methoprominol.« Während Edward nun die Fernbedienung über die Schulter hob und einen Knopf drückte, lächelte er gewinnend und breit. Hinter ihm senkte sich eine Wolke von Stoff über den Panoramablick wie ein Theatervorhang nach der letzten Szene.

»Was machen Sie da?« Samantha mußte kämpfen, um diese Worte überhaupt herauszubringen. Trotz des allmählichen Orientierungsverlusts saß sie noch aufrecht im Stuhl, war nicht eingesunken und spürte doch, daß sie die Kontrolle über ihren Körper verlor.

»Was meinen Sie. Ich dachte, das hätten Sie von vornherein gewußt«, sagte Edward verständnisvoll. Er richtete die Fernbedienung auf eine Reihe von Punkten an der runden Wand. Während die Wandverkleidung zur Seite rollte, hörte Samantha wieder das Schnurren von gedämpften Elektromotoren. »Ich bereite meine nächste Produktion vor.«

Samantha blickte zur Seite und sah, wie sich hinter der Verkleidung mehrere beschattete Alkoven öffneten. Insgesamt fünf, wie sie vermutet hatte. Der erschreckende Gedanke an versteckte Kameras überfiel sie, mit denen Edward aufnehmen konnte, wie ihr Körper unter Drogeneinfluß unaussprechliche Dinge tat. *Und wenn er die Standphotos davon jemals an die Öffentlichkeit bringt*, dachte sie, während sie tiefer in ihr Delirium verfiel, *ist meine Karriere ruiniert.*

Dann drückte Edward den Knopf, der die Lichter im ersten Alkoven aufstrahlen ließ, und Samantha sah, daß es noch weit schlimmer um sie stand, als sie sich soeben vorgestellt hatte. Schlimmer noch sogar als die Auswüchse der Phantasie David Cronenbergs.

Man erkannte in dem Alkoven einen menschlichen Körper: ein Mann, über seine besten Jahre bereits hinaus, in einem hellblauen Anzug, mit weißem Revers und ausgestellten Hosen. Seine Krawatte war in schreienden Farben gehalten — ein Bouquet aus organeroten und limettengrünen Blumen. Sein Gesicht war eingefallen, wie ein alter beschnitzter und ausgehöhlter Kürbis.

Der Mann war offensichtlich tot, auf eine flache, in einem Winkel angehobene Holzpritsche gebunden wie eine aberwitzige Jagdtrophäe.

»Wer ... wer ...«, war alles, was Samantha herausbrachte.

»Das ist Bernie«, antwortete Edward hilfsbereit, ihre Frage

erahnend, und schenkte Samantha einen interessierten Blick. »Wir glauben nicht, daß Sie ihn kennen. Nur wenige haben ihn gekannt. Fernsehproduzent. Er hat in den späten Sechzigern eine Menge Co-produktionen gemacht, aber keine großen Sachen. Nichts... Bemerkenswertes.« Er ging zu der Leiche hinüber. »Und nach etwa zwanzig Jahren absoluter Mittelmäßigkeit verließ Bernie die Stadt, und zwar in demselben Monat, in der wir... ankamen.«

Edward hob die Arme und zuckte Schultern. »*Quelle coincidene, n'est ce pas?*«

Samantha versuchte, den Kopf zu schütteln, aber diese Anstrengung war zuviel für sie. Sie konnte nicht mehr tun als flüstern: »Ich verstehe nicht.«

Edward schürzte die Lippen und knipste dann die Lichter im nächsten Alkoven an.

Samantha stöhnte auf. Auch dort war wieder ein Menschenkörper, auf eine andere in einem Winkel erhobene Pritsche gebunden. Ebenfalls ein Mann, ebenfalls tot.

»Dies hier ist Harold«, sagte Edward, als er zum zweiten Alkoven hinüberging. Er redete so klar und sachlich nüchtern wie ein professioneller Sprecher, der gerade einen Tier- oder Naturfilm mit dem vorgegebenen Text unterlegt. »Er ist auch beim Fernsehen gelandet, und da haben wir uns dann kennengelernt.«

Harold hatte einen Bürstenhaarschnitt auf seinem eingefallenen Kopf und trug zu einem grauen Anzug einen schmalen schwarzen Binder. Das einst weiße Hemd war von einer dunklen, schmierigen Flüssigkeit befleckt, die wohl vom Nacken heruntergetröpfelt sein mußte.

»Harold hat beim Radio angefangen«, fuhr Edward fort. »In New York. Da war ja direkt nach dem Krieg das meiste los. Aus dem Radio wurde Fernsehen. Viele Leute sind damals dazugestoßen. Keiner konnte sie alle im Kopf behalten. Es war leicht, gutes Geld zu verdienen und trotzdem im Hintergrund zu bleiben.« Edward blickte Samantha traurig an. »Sie verstehen, aus diesem Grund konnten wir uns an die

Älteren halten. Es war damals eben noch normal, nicht berühmt und bekannt zu sein. Nicht so wie heute. Heute ist unbekannt gleichbedeutend mit jung. Man muß also unter den Jungen suchen. Und von diesen welche, die ihre Prinzipien noch nicht über Bord geworfen haben. Jemand wie Sie, um genau zu sein.«

Samantha stöhnte abermals auf, und Edward runzelte die Stirn.

»Eigentlich sollten Sie keine Kontrolle mehr über Ihr willkürliches Nervensystem haben«, sagte er. »Können Sie noch sprechen?«

Samantha riß sich mit aller Kraft zusammen. »Haben Sie . . . sie alle umgebracht?«

Edward nickte bedauernd. »Ja, am Ende ist es mehr oder weniger darauf hinausgelaufen.«

Er ist verrückt, dachte Samantha. In ihrer plötzlichen Panik erkannte sie ganz klar, was ihr bevorstand. »Werden Sie . . . mich . . . ebenfalls töten?«

Edward schaute wie in Gedanken verloren zur Decke auf. »Ja und nein«, sagte er schließlich und blickte ihr wieder in die Augen. »Man könnte darüber streiten. Es ist eine philosophische Frage, gewissermaßen.«

Völlig verrückt. Samantha legte ihre ganze Kraft in den Versuch, endlich aufzustehen, schaffte es jedoch nur, den Oberkörper einen Zentimeter nach vorn zu beugen. Danach sackte sie sofort wieder in den Stuhl zurück.

Edward schaute auf die Uhr, und Mickeys große Ohren funkelten für einen Moment auf, sich als düsteres Nachbild in Samanthas Wahrnehmung einprägend. »Sie sind mir aber eine Zähe, eine Kämpfernatur, was?« sagte er. »Also gut. Warten wir noch ein paar Minuten.« Er hob die Fernbedienung, und im dritten Alkoven gingen die Lichter an.

Samantha stöhnte und fühlte, wie die wenigen Bissen Salat in ihrem Magen rumorten.

Der dritte ausgestellte Menschenkörper trug einen staubbedeckten Anzug aus dickem braunen Stoff. Der Hosenbund reichte ihm bis zum Brustbein hoch, und die diamantförmige Krawatte kaum vom Hals bis zur Gürtelschnalle herab. Samantha versuchte, den Blick starr auf die Gürtelschnalle zu richten. Oder auf den Hals. Auf alles, nur nicht auf den Kopf. Oder auf die Stelle, an der der Kopf hätte sein sollen.

Über den Schultern war dem dritten Toten nur ein unförmig gespaltenes und ausgeschabtes Etwas geblieben, als ob man den Kopf aufgeschnitten und dann von innen ausgekratzt hatte — wie den Kupferglobus mit dem präparierten Champagner.

»Wir wissen, was Sie sagen wollen«, hob Edward beschwichtigend die Stimme. »Ziemlich rohe Arbeit. Ungelöste technische Probleme. Verbrannte Aufzeichnungen, die zu rekonstruieren waren.« Er wandte sich von dem vollkommen ruinierten Körper ab. »Sein Name war Ollie. Kam noch von drüben aus Europa ... ach, Jahre ist das her. Hat viel im Radio mitgemischt, obwohl sein Name heute leider nirgends mehr auftaucht. Aber so leid uns das tut, das gehört nun einmal zum Geschäft. Es ist so ... vergeßlich, ... flüchtig. Obwohl ... für jemanden in unserer Lage ... ist das natürlich gar nicht übel.«

Edward wandte sich von Ollie ab und ging zu Samantha. Ihr brach der kalte Schweiß aus, und sie wußte nicht, ob aus Angst oder durch die Chemikalie hervorgerufen.

»Die Zeiten waren soviel einfacher damals«, sagte er jetzt, hinter ihr stehend. »Alles war so neu. Nichts wurde richtig verstanden.« Etwas tupfte Samanthas Stirn ab. Tief erschrocken zuckte sie einen Zentimeter zurück. Für einen Moment wurde ihr ganz weiß vor den Augen, und ihrer Kehle entrang sich ein trockener, würgender Laut. Dann bemerkte sie, daß Edward ihr nur mit einer Leinenserviette vom Tisch das schweißnasse Gesicht abtupfte. »Ich will es Ihnen nur leichter machen, meine Liebe.«

Er tupfte weiter ihr Gesicht, und Samantha hatte den dem Schrecken der Situation völlig unangemessenen Eindruck, daß er peinlich darauf bedacht war, ihr Make-up nicht zu ruinieren.

»Sehen Sie, Samantha, damals in den zwanziger und dreißiger Jahren, nach dem Krieg und selbst viele Jahre später, war es noch so einfach, sich zu verstecken, sich bedeckt zu halten . . .«

Bringt er schon seit so vielen Jahren Leute um? fragte sich Samantha. *Aber das kann er doch nicht. Dafür ist er gar nicht alt genug. Natürlich, seine Schönheitsoperationen sind erstklassig . . .«*

»Heutzutage nicht mehr, leider.« Edward trat einige Schritte zurück, um Samanthas Gesicht zu mustern. »Man versucht, seine Arbeit zu tun, im Hintergrund zu bleiben, nicht im geringsten darauf vorbereitet, daß man eines Tages einen kleinen Streifen produziert, der die größten Einnahmen aller Zeit einspielt.« Edward senkte seine Stimme zu einem Wispern, als ob er ihr ein großes Geheimnis anvertraute. »Na ja, ›Sternenträumer‹ war schon gut, soweit solche Filme überhaupt gut sein können, aber, ehrlich gesagt, *so* toll war er nun auch wieder nicht.«

Samantha konnte nur verwirrt mit den Augen blinzeln.

»Aber dann«, fuhr Edward fort, wobei er abermals auf die Uhr schaute, »wer kann schon voraussehen, was die Kinogänger wirklich sehen wollen?« Er pochte mit der Hand leicht gegen seine Brust. »Glauben Sie, daß wir unsere Berufung gefunden haben?«

Trocken und schwer atmend preßte Samantha noch einige zittrige Worte aus ihrer Kehle. Tief in ihrem Innern wußte sie, daß es nichts mehr zu verhandeln gab. Es ging zu Ende. Sie war in dieser Stadt erledigt. Sie konnte nicht einmal ihren Onkel, einen Fernsehdirektor, hilfesuchend erwähnen, auch wenn sie sich geschworen hatte, dies niemals zu tun, weil sie es aus eigenem Antrieb schaffen und nicht den Makel mit sich herumschleppen wollte, man hätte ihr ihm zuliebe Arbeit gegeben. Das Drehbuch lag in Fetzen, und sie hatte die Fähigkeit zu improvisieren verloren. Sie konnte nur noch die wirklich wichtigen Fragen stellen. Warum er? Warum sie? Warum überhaupt irgend etwas?

». . . warum . . . sind Sie hier?« Die Worte brannten wie Feuer, als sie sich ihr entrangen.

Edward lächelte traurig. »Warum, meine Liebe, welcher Ort auf der Welt wäre geeigneter für uns?« Er drückte auf den Knopf, der den vierten Alkoven erhellte, und trat beiseite. Und selbst ohne die Chemikalie wäre Samantha beim Anblick des vierten Körpers zu keiner Bewegung fähig gewesen. Der Schock war einfach zu groß.

Er war ungewöhnlich hochgewachsen, von fahl-grauem Teint, ganz in Schwarz gekleidet, mit einem langen, grimmigen Gesicht und hoher Stirn, umsäumt von den typischen groben Stichen chirurgischer Eingriffe aus dem letzten Jahrhundert. Er trug ein kragenloses Hemd ohne Krawatte. Zu sehen war nur der matte Glanz von zwei Metallbolzen an den Seiten.

Auch der Schädel des vierten Körpers war innen leer.

»Sie sehen, meine Liebe«, erklärte Edward, »wir sind selbst so eine Art Fortsetzungsgeschichte.«

Der in Samantha aufsteigende wilde Schrei unerträglichen Schreckens entrang sich ihr nur als langsam absterbendes Schnarren. *Er hat diese Leute nicht getötet . . .*

»Wir können uns nicht daran erinnern, was einmal unser Name war«, sann Edward gedankenverloren nach. »Deswegen nennen wir diesen hier einfach . . . Frank.«

. . . er war diese Leute. Und nun . . . und nun . . .

Edward ging zu Samantha hinüber und hob sie mühelos aus ihrem Stuhl. »Und nun haben wir lange genug gewartet. Disney Studios nerven uns mit dem Beginn der Produktion von ›Sternenträumer II‹. Höchste Zeit für Edward Styles zu verschwinden.«

Er trug sie an den übrigen Körpern vorbei, alle mit ausgehöhlten Köpfen, Gefäße jenes einen Teiles, der in ihnen allen gelebt hatte und dann auf den nächsten übergegangen war, und den nächsten und den . . .

Vor dem fünften Alkoven hielt Edward an. Samantha spürte, wie Edward sich an der Fernbedienung zu schaffen machte, während er sie trug. Die Lichter gingen an. Gleißend, blendend vor den makellos weiß gefliesten Wänden und dem blitzblankem Chrom. Der Geruch von Antiseptika hing in der Luft. Operationsbestecke sauber und professionell ausgelegt. Samantha fragte sich, wer ihm helfen konnte. *Ob* ihm überhaupt jemand assistieren würde.

In dem Alkoven standen zwei Betten, und Edward legte sie auf jenem mit den schweren Gurten ab. Als er sie festgebunden hatte, strich er fast respektvoll über die Rundungen unter dem Ausschnitt ihres Kleides. »Wir haben uns oft gefragt, wie sich die wohl anfühlen mögen . . . von innen«, sagte er mit einem sanften Lächeln auf den Lippen.

Samanthas Schrei war nur ein Wispern — ein sterbendes Wispern, aus dem die letzte Frage drang.

Edward beugte sich über seinen Gast, und in seinem Blick zeichnete sich echte Neugier ab. »Verzeihen Sie, meine Liebe, was haben Sie gefragt?«

Samantha starrte Edward in die Augen, sah alle Konturen seines Gesichts aufleuchten. Jetzt konnte sie sie sehen, die feine weiße Narbe, die sie unter seinem Haaransatz vermutet hatte. Aber nun wußte sie, daß diese Narbe nicht von einer Gesichtsstraffung verursacht worden war.

Sie öffnete den Mund, um zu versuchen, die Frage nochmals zu stellen, und erst dann bemerkte sie, daß sich neben ihr jemand bewegte. *Wir sind nicht allein!* schoß es ihr durch den Kopf. *Es ist noch jemand hier. Ein anderer, der in der Lage ist —*

»Wollten Sie fragen, warum ausgerechnet Sie?« sagte Edward. »Ist es das? Warum wir uns Sie ausgesucht haben?«

In der Erregung plötzlich aufkeimender Hoffnung gelang Samantha ein kurzes, bejahendes Kopfnicken. Genau das hatte sie gefragt. Aber jetzt war es ihr egal. Jetzt wollte sie nur noch wissen, wer bei ihnen war. Wer ihr vielleicht helfen konnte.

»Nun, Sie wissen ja selbst, wie diese Stadt ist«, sagte Edward, herzlich lachend. »Aller Glamour-Geschichten ungeachtet, ist Hollywood im Grunde nur ein großes Dorf.«

Samantha fühlte, wie Edward ihre Schultern tätschelte, während er sich aufrichtete. Dann beugte sich die zweite Gestalt näher zu ihr, und gerade bevor die gummibehandschuhten Hände sich die Chirurgenmaske über das Gesicht streifen konnten und das blitzende Skalpell in sie niederfuhr, bemerkte Samantha, daß sie dieses Gesicht kannte.

Wie von weiter Ferne ertönte Edwards Stimme noch einmal. »Wir haben einen gemeinsamen Freund, meine Liebe. Jemand, der die schönsten Teile in der Stadt kennt...«

Dann begann Dr. Morleys Skalpell mit der Arbeit. Der Schmerz erinnerte Samantha an die Flammen von tausend Fackeln, und darin mußte sie ausharren, solange sie lebte.

Originaltitel: Part Five
Ins Deutsche übertragen von Matthias Dehne

Joyce Harrington

Frankie Baby

Ich muß mich überwinden, dies niederzuschreiben. Es ist keine angenehme Aufgabe, läßt mich über all die Dinge nachdenken, die ich getan haben könnte, ja getan haben müßte, um die Tragödie abzuwenden. Aber ich hatte von Francescas Absichten weiß Gott keine blasse Ahnung und erkannte damals auch noch nicht, welche perversen Wege sie bei ihrer Forschungsarbeit über die Ursprünge der Schöpfung des Lebens eingeschlagen hatte.

Schöpfung des Lebens. Das ist ein Scherz, noch dazu ein sehr schlechter. Was immer sie erschaffen haben mag, Leben war es jedenfalls nicht. Und es führte zur Zerstörung des einzigen Menschenwesens auf der Welt, das wir beide, sie und ich, liebten.

Aber ich greife mir selbst voraus. Lassen Sie mich deswegen am Anfang beginnen.

Ich schätze, es begann mit zwei kleinen Mädchen, gute Freundinnen von dem Tag an, an dem sie sich im Kindergarten kennenlernten. Francesca, deren Eltern, Dr. und Frau Howard Stein, mit eben diesem Namen für ihre scheue, zurückgezogene, einzige Tochter einen einmalig unglücklichen Fehler begingen, und Johanna, mit goldblondem

Haar, blonden Augen und bildhübsch, jene Johanna, die später meine Frau wurde.

Von Anfang an erzählte mir Johanna Geschichten von ihrer gescheiten Freundin. Wie Francesca auf der Schule in allen Fächern geglänzt hatte und trotz ihrer Leistungen von den anderen Kindern immer grausam gehänselt worden war. Bei ihrer unbezähmbaren, dunklen Lockenpracht, den stechenden dunklen Augen und dem beziehungsreichen Namen war es vielleicht unvermeidlich, daß man sie bald Frankie Stein nannte — »die Braut von Frankenstein«.

Johanna war in jenen Tagen ihre Beschützerin, Fürsprecherin und einzige Freundin. Ich hätte Johanna gern als Kind gekannt. Ich kann es mir gut vorstellen, wie sie sich auf dem Spielplatz für ihre Freundin gegen Ungerechtigkeiten wehrte. Als ich Johanna kennenlernte, hatte sie gerade ihr Jura-Studium abgeschlossen und arbeitete als Rechtsberaterin für Bedürftige.

Francesca studierte damals noch Medizin in einem anderen Bundesstaat, und ich lernte sie erst einige Jahre später auf unserer Hochzeit kennen. Sie war Johannas erste Brautjungfer und sah in dem Rüschenkleid ziemlich steif und unnatürlich aus. Ich spürte irgendwie, daß sie sich durch Johannas Heirat betrogen fühlte. Sie sprach kaum mit mir, und mit den anderen Hochzeitsgästen überhaupt nicht. Johanna jedoch nahm ihrer Freundin das unfreundliche Verhalten nicht übel. Sie sagte nur: »So ist Frankie eben. Wir haben vor Jahren das dumme und kindische Gelübde voreinander abgelegt, niemals zu heiraten und auch niemals Kinder zu haben. Ich glaube, sie lebt noch danach und denkt, das sollte ich auch. Sie wird es verkraften.«

Mir war es egal, ob Francesca es verkraften würde oder nicht. Johanna und ich begannen, unser gemeinsames Leben aufzubauen. Wie viele unserer Bekannten wollten wir uns erst Kinder anschaffen, wenn unsere Karrieren auf festem Fundament standen. Johanna beschloß, sich auf Kindesmißbrauch zu spezialisieren. Das ist zwar nicht die profitabelste

Arbeit für eine Anwältin, aber sie schenkte Johanna tiefe Erfüllung. Und ich verdiente meine Hälfte von Tisch und Bett als Zeitungsreporter, immer in Gedanken an den Roman, den ich eines Tages schreiben würde.

Unsere Stadt war klein genug, daß sich ihre Bürger angenehm höfliche Umgangsformen erhalten hatten und groß genug für eine richtige Zeitung. Trotzdem mußten natürlich auch wir uns mit modernen städtischen Problemen auseinandersetzten. Ich schrieb fast täglich über Straßenunfälle, Drogenfestnahmen, korrupte Politiker und rücksichtslose Firmenchefs, und ab und an selbstverständlich über einen gräßlichen Mord, wie zum Beweis, daß auch unsere Stadt in der steigenden Statistik der Gewaltverbrechen mithalten konnte. Johanna sah dann die andere Seite jener Statistiken, die menschliche: grün bis blau geschlagene Kinder, sexuell mißbrauchte Babys, zu verängstigt oder zu jung, um über die ihnen angetanen Verbrechen zu sprechen.

Monate und Jahre vergingen. Wir hatten beide das Gefühl, eine wichtige Aufgabe zu leisten. Wir kauften ein Haus, nichts Großartiges, aber es hatte zwei zusätzliche Räume, und so besaßen wir beide »vorübergehend« jeder ein eigenes Arbeitszimmer. Wir arbeiteten ununterbrochen, gönnten uns kaum mal eine Unterbrechung. Aber ein- oder zweimal in der Woche schafften wir es doch, ein gemeinsames Abendessen zu arrangieren, und sonntags genossen wir zu zweit ein ausgiebiges Brunch. Meine Waffeln mit Pekannüssen konnten sich sehen lassen − wahre Meisterwerke.

Es war ein stinknormales Leben. Wir liebten es, wie wir einander liebten, also leidenschaftlich.

Während all jener Jahre bekamen wir Dr. Francesca Stein nicht zu sehen. Johanna erhielt gelegentlich einen kurzen Kartengruß, gewöhnlich die Mitteilung über ein neues Forschungsstipendium oder über eine ihrer vielen Ehrungen. Ab und an stolperte ich auch im Büro über eine Agenturnachricht, die ihren Namen erwähnte, aber solche hochgestochenen Berichte über die »Wissenschaft der Zukunft« waren selten mehr als eine oberflächliche Skizze ihrer Projekte, die wohl etwas mit genetischer Forschung zu tun hatten.

Dann hörte Johanna eines Tages ihre biologische Uhr klingeln. »Ich will keine alte Schachtel sein, wenn mein Kind in der High-School ist«, sagte sie entschlossen.

»Du bist erst siebenunddreißig«, beschwichtigte ich sie. »Alt ist man mit neunzig. Und eine Schachtel wirst du sowieso nicht, weder alt noch jung noch irgendwann dazwischen.«

»Du verstehst doch, was ich sage, oder?« fragte sie in ihrer besten ›Du-bist-so-doof-aber-ich-bin-geduldig-Gerichtssaal-stimme‹. »Ich will ein Baby. Jetzt.«

»›Jetzt‹ ist unmöglich«, antwortete ich ihr und fügte hinzu: »Aber wie wäre es in neun Monaten?« Ich hatte nämlich selbst schon einige Zeit darüber nachgedacht, wie ich das Thema anschneiden konnte. Ich hatte jetzt meine eigene feste Kolumne und schrieb so gut wie über alles, von Killer-Bienen bis zur Registrierung von Handfeuerwaffen. Jetzt hatte ich Zeit, mich mit den wirklich wichtigen Dingen zu beschäftigen, etwa der Fortpflanzung der Art, will sagen: meiner eigenen Art. Meiner Meinung nach würde ich einen recht guten Vater abgeben.

Habe ich schon erwähnt, wie ungeheuer schnell und leistungsfähig Johanna war? Das ist zwar im allgemeinen nicht die charmanteste Begabung, aber Johanna ging so mühelos damit um, und außerdem machte sie sich niemals über uns arme Stümper lustig, die wir hilflos hinterherhinken. Auf den Tag genau neun Monate später brachte sie ein schreiendes, acht Pfund schweres weibliches Energiebündel auf die Welt, dem sie unverzüglich den Namen Francesca gab.

»Bist du dir sicher?« fragte ich sie. »Es ist ja nicht so, daß Dr. Frankie geschmeichelt wäre oder sich um dieses Kind gerissen hätte.«

»Hast du eine bessere Idee?« fragte sie zurück. »Wie wär's, wenn wir sie nach deiner Mutter nennen würden? Oder nach meiner?«

»Francesca geht schon in Ordnung«, sagte ich. Die Großmütter hießen Edwina und Gertrude.

Dr. Frankie schickte kein Geschenk für das Baby, sondern schrieb uns, daß sie ein Treuhandkonto eingerichtet hatte, auszahlbar an Francescas achtzehntem Geburtstag, unter der Voraussetzung, daß diese sich für irgendein Studium der Naturwissenschaften entschied. Johanna meinte: »Na, das ist doch wunderbar, Francesca wüßte ohnehin nicht, was für Sachen oder Spielzeug sie für das Baby kaufen sollte, und nun hat das Kind sogar schon eine Perspektive für die Zukunft.«

»Und was ist, wenn sie lieber Rechtsanwältin oder Schriftstellerin oder Strandhäschen werden will?« fragte ich.

»Sie wird schon ihren Weg gehen«, antwortete Johanna, »und wenn sie wie Frankie werden will, hat sie immerhin die Chance dazu. Es war gar nicht so leicht, das Jura-Studium mit Nebenjobs zu finanzieren.«

»Okay«, brummelte ich, »aber mir gefällt die Sache nicht. Sich frei entscheiden können ist eine Sache, zu wissen, daß bei einer bestimmten Entscheidung Geld herausspringt, eine andere.«

»Fühlst du dich etwa ein kleines bißchen vereinnahmt? Mach dir keine Sorgen deswegen. Ich werde es unserer Tochter nicht sagen, und ich werde sie auch nicht in die besagte Richtung drängen. Außerdem liegt der achtzehnte Geburtstag in weiter Ferne.«

In unsere Freude, dieses perfekte kleine Geschöpf Bäuerchen machen, glucksen und wachsen zu sehen, hatten wir Dr. Frankies Treuhandkonto bald vergessen. Na klar, ich wechselte auch die Windeln. Zwar nicht ganz so sauber und gekonnt wie Johanna, aber es reichte. Zu jenem Zeitpunkt arbeitete ich zu Hause. Immer mehr Zeitungen übernahmen meine Kolumnen, und man lud mich ein, Vorträge an Journalismus-Schulen und bei allen möglichen Industrie-Tagungen zu halten.

Ziemlich steile Karriere für einen Ex-Lokalreporter, und

meine Devise war: »Russell Baker, paß auf, daß du nicht auf die Schnauze fällst!«

Es ließ sich nicht vermeiden, daß unsere Tochter bald nur noch »Frankie Baby« hieß. Vor allem als Dr. Frankie uns anrief, um uns von ihrer Absicht zu unterrichten, uns einen Besuch abzustatten. Man hatte sie für ein paar Tage als Beraterin an einem Forschungszentrum in unserer Nähe engagiert, aber ihre Freizeit wollte sie ganz mit uns verbringen. Unsere Francesca war damals drei Jahre alt, natürlich vorlaut und in unseren Augen das süßeste kleine Mädchen auf der ganzen Welt. Sie sah Johanna ähnlicher als mir, aber schien meine langen, schlaksigen Beine zu bekommen — und meine eher ironische Einschätzung des Lebens. Von Mr. Rogers in der Glotze wollte sie nichts wissen und meinte, Big Bird aus der Sesamstraße gäbe sicher einen prächtigen Festtagsbraten ab. Johanna warf mir vor, das Kind zu beeinflussen. Na ja, vielleicht tat ich das ja auch . . . ein bißchen.

Dr. Frankie erschien absolut pünktlich. Eine graue Strähne teilte über der Stirn ihre Lockenpracht genau in zwei Hälften. Ich verkniff mit eine Bemerkung über ihre auffällige Ähnlichkeit mit Elsa Lanchester. Als wir unter uns waren, fragte ich Johanna: »Glaubst du, das ist Absicht?« Johanna tat so, als wüßte sie nicht, worüber ich sprach.

Wir hatten Johannas Arbeitsraum gezwungenermaßen in ein helles, in kräftigen Farben gestrichenes Kinder- und Spielzimmer verwandelt. Rosa Rüschen für unsere kleine Tigerin, von wegen! Darin stand ein zusätzliches Bett für den Fall, daß die Babysitterin einmal bei uns übernachten mußte. Und genau dort brachten wir Dr. Frankie während der drei Tage unter, die sie bei uns weilte. Eine andere Möglichkeit gab es nicht. Ich brauchte mein eigenes Arbeitszimmer, um meine Kolumnen auszuschwitzen, und ich arbeitete häufig bis spät in die Nacht hinein.

Frankie Baby fand an ihrer Namensvetterin so schnell Gefallen wie die Hühnerbrühe an den obligatorischen Nudeln, und — wer hätte das gedacht — die Sympathie beruhte auf Gegenseitigkeit. Die überdrehte Frau Doktor beantwortete geduldig alle ihre Fragen, passende wie unpassende, und nahm sie selbst zu ihren Besprechungen mit den örtlichen Dr.-Frankie-Groupies mit. Entschuldigung, will sagen: ihren geschätzten Kollegen im Dienste von Wissenschaft und Forschung.

Die drei Tage vergingen schnell und äußerst angenehm. Dr. Frankie gab sogar zu, daß sie gelegentlich meine Kolumne las, auch wenn sie mit dem, was ich schrieb, grundsätzlich nicht übereinstimmte. Aus Jux — ihre Art von Jux — überredete sie Johanna und mich, unsere Gene einer Gen-Bank anzuvertrauen, die sie gerade anlegte. »Ihr seid beide solche Prachtexemplare«, beliebte sie es auszudrücken, »daß ich eure Gen-Proben gern in der Schublade hätte.« Wie hätten wir uns eine solch galante Bitte abschlagen können?

Frankie Baby starb eine Woche nach Dr. Frankies Abreise. Man kann es nicht anders sagen als so direkt und brutal. Es kam plötzlich. Es war schrecklich. Und es machte alle Ärzte rat- und sprachlos. An einem Tag ein gesundes, quirliges und eigenwilliges kleines Mädchen, am nächsten Tag ein schmerzgepeinigtes, fieberndes und gequältes junges Tier. Es gab kein medizinisches Wunder für Francesca. Man konnte nicht mehr tun, als ihr Beruhigungs- und Schmerzmittel zu verabreichen, während man in Eile zu diagnostizieren versuchte, was die kleine Francesca tötete. In vierundzwanzig Stunden war es vorbei. Ein vollkommen erschöpfter Arzt sagte mir: »Es war, als ob alle organischen Kreisläufe sich in Giftbahnen verwandelt und dann abgeschaltet hätten. So etwas habe ich noch nie erlebt.«

Johanna. Wie kann ich ihren Schmerz beschreiben? Sie wütete. Sie brütete. Sie vergoß genug Tränen, um die Sahara damit zu bewässern. Sie ließ sich nicht von mir trösten und fing an, in Frankie Babys ehemaligem Kinderzimmer zu übernachten. Sie vernachlässigte sogar ihre Anwaltskanzlei. »Wie soll ich das denn machen, mit diesen Kindern«, sagte sie weinend. »Die sind wenigstens noch am Leben.« Wie es schien, würde es auf der ganzen Welt keinen Trost für sie geben. Von Dr. Frankie hörten wir während dieser schrecklichen Zeit kein einziges Wort.

Sechs Monate später, Johanna hatte jede psychiatrische Hilfe strikt abgelehnt, rief ich schließlich Frau Doktor an. Es war eine reine Verzweiflungstat, aber ich befürchtete, daß Johanna mit Selbstmordgedanken spielte. Sie sprach nicht davon – außer über die alltäglichsten Notwendigkeiten sprach sie so gut wie überhaupt nicht mehr –, aber sie hatte eine morbide Distanziertheit entwickelt, so als hätte sie innerlich mit der Welt abgeschlossen.

Wenn irgend jemand Johanna aufrütteln konnte, dann vielleicht die kauzige Dr. Frankie.

»Ja«, sagte sie, »ich komme. Es ist alles vorbereitet.«

»Was ist vorbereitet?« fragte ich.

Dr. Frankie rückte nicht mit der Sprache heraus, ganz untypisch für sie. »Du wirst es sehen, wenn ich ankomme«, sagte sie nur. »Erwarte mich in zwei Tagen. Und sage Johanna kein Wort davon.«

Wie konnte ich Johanna nichts davon sagen. Wir hatten uns immer alles gesagt. Zumindest bis Johanna verstummt war und sich zurückgezogen hatte. Aber, ich sagte mir, Dr. Frankie mußte eine Überraschung parat haben, die Johanna ins Leben zurückbringen würde. In diesem Fall ging es wohl in Ordnung, wenn ich meinen Mund hielt. Zwei Tage waren nicht zu lange, um ein Geheimnis zu bewahren.

Am zweiten Tag begann ich gleich nach dem Aufstehen auf das Klingeln an der Tür zu waren. Johanna schlief lange wie gewöhnlich, eingerollt auf Frankie Babys Kinderbett. Ich schaute nach ihr, sagte guten Morgen, fragte sie, ob sie eine Tasse Kaffee wollte. Wie gewöhnlich bekam ich keine Antwort. Wie gewöhnlich berührte ich sie am Arm, um mich zu vergewissern, daß sie noch atmete. Im Schlaf zuckte sie bei meiner Berührung zusammen. Das tat weh. Aber was sollte ich daran ändern? Außer daß ich an jenem Tag hoffen durfte, daß Dr. Frankie irgendeine Art Wunder vollbringen würde.

Es wurde ein langer Tag. Ich versuchte zu arbeiten, aber die Worte auf meinem Computer-Bildschirm machten nicht viel Sinn. Johanna stand gegen Mittag auf, aß ein bißchen von dem Frühstück, das ich für sie bereitgestellt hatte, und sah dann fern. Da saß sie nun, mit glasigen Augen. Ich wechselte ein paarmal den Kanal, aber sie starrte dessenungeachtet weiter auf die Glotze. Als ich den Apparat abschaltete, stöhnte sie leise ... bis ich ihn wieder einschaltete. Es ging ihr schlechter als in all den langen Monaten zuvor. Hätte ich nicht jede Minute mit der Ankunft von Dr. Frankie gerechnet, ich hätte sie wahrscheinlich ins Auto gepackt und zu irgendeinem Psychiater gebracht.

Den ganzen Nachmittag über: Seifenopern, Wiederholungen alter Serien und Kinderprogramme. Und davor saß sie nun, meine schöne, kluge und beißend-sarkastische Frau. Ich konnte es nicht ertragen, das mitanzusehen, und ebensowenig konnte ich es ertragen, sie mehr als fünf Minuten alleinzulassen. Dreimal versuchte ich Dr. Frankie telefonisch zu erreichen, um herauszufinden, ob sich ihre Pläne geändert hätten und sie es versäumt hatte, mir dies mitzuteilen. Aber ich hörte nur ihre Stimme auf dem Anrufbeantworter, die mir sagte, daß sie im Moment nicht zu erreichen wäre. Was konnte ich darauf antworten. »Ich warte hier auf dich, damit du meine Frau rettest?«

Bei den Sechs-Uhr-Nachrichten stand Johanna schließlich auf und schaltete den Apparat ab. »Müde«, murmelte sie. »Schrecklich müde.« Ich folgte ihr in die Küche, wo sie einen Blick in den Kühlschrank warf, alle Schränke und Schubladen öffnete und schloß, dann am Hintereingang stehenblieb und das Gesicht gegen das Fenster preßte.

»Wonach suchst du?« fragte ich.

Sie ignorierte mich. Es war, als ob ich Luft für sie wäre. Ich versuchte, meinen Arm um sie zu legen, aber sie schüttelte mich unwillig ab. Dann ging sie besonnen auf die Schublade mit den Messern zu, entnahm ihr das erste, das sie in die Hand bekam, ein kleines Schälmesser, und setzte es sich an die Kehle. Ich sprang auf sie zu, um schnell einzuschreiten, aber bevor ich sie noch erreicht hatte, warf sie das Messer fort und brach in einem Weinkrampf auf dem Boden zusammen.

In diesem Augenblick läutete die Türklingel.

Ich hob Johanna auf und trug sie zurück ins Wohnzimmer. Wie leicht sie war, wie zerbrechlich, ihr trauriges Gesicht tränenüberströmt. Ich legte sie auf das Sofa und deckte sie mit einer afghanischen Decke zu. Dann klingelte es wieder.

»Wir haben Gesellschaft«, sagte ich zu Johanna. Sie starrte mich nur verständnislos an.

»Ich werde jetzt die Tür öffnen. Kommst du solange ohne mich zurecht?«

Sie schloß die Augen.

Ich ging rückwärts durch das Wohnzimmer in die kleine Diele und achtete aufmerksam auf Anzeichen einer drohenden Wiederholung ihres Messertricks. Ich riß die Haustür auf, ohne hinzusehen. Dann hörte ich eine vertraute Stimme aufschreien: »Daddy!«

Sie sprang in meine Arme, wie sie das immer getan hatte, schlang die Beine um meine Hüften und grub das Gesicht in meinen Hals. Über ihre goldenen Locken hinweg starrte ich auf Dr. Frankies triumphierendes Grinsen.

»Ich bringe euch eure Tochter«, verkündete diese, »eure genetisch perfekte Tochter.«

Das Kind, wer auch immer das sein mochte, rutschte von meinen Armen herab und rannte durch das Wohnzimmer auf Johanna zu. »Mami, Mami«, kreischte sie. »Steh auf, Mami! Ich bin hungrig.«

Und da geschah es, mein Wunder. Johanna, das Gesicht strahlend, die Augen leuchtend, stand auf, nahm das Kind bei der Hand, als ob nichts auf der Welt geschehen wäre, und sprach: »Nun, dann wollen wir dafür sorgen, daß du etwas zu essen bekommst.«

Ich funkelte Dr. Frankie giftig an. »Was soll das?« fragte

ich sie, aber ohne die Antwort abzuwarten, folgte ich meiner Frau und dem Kind — einer exakten Kopie meiner verstorbenen Tochter — postwendend in die Küche.

Johanna bestrich eine Scheibe Brot mit Erdnußbutter. Das Mädchen saß am Küchentisch auf Frankie Babys Lieblingsstuhl und trank ein Glas Milch.

»Halt, einen Augenblick mal«, sagte ich und packte Johanna bei der Hand. »Wer, meinst du, ist das?«

»Mein Baby ist zu mir zurückgekommen. Ist das nicht wundervoll?« antwortete sie. Sie wand ihre Hand aus meinem Griff, um die Schnitte fertig zu bestreichen, und ich hatte schließlich einen Klecks Erdnußbutter auf dem Daumen. Nachdenklich leckte ich ihn ab. Was war hier zu verbuchen? Auf der Haben-Seite, daß Johanna aus ihrem Angsttraum aufgewacht war. Ich wäre noch Minuten früher bereit gewesen, meine Seele dafür zu verpfänden. Aber dieser unglaublichen Genesung standen auf der Soll-Seite zu viele Posten gegenüber, Posten, von denen ich zweifellos nicht einmal etwas wußte. Noch nicht.

Darauf vertrauend, daß ich sie in ihrer gegenwärtigen Euphorie alleinlassen konnte, ging ich ins Wohnzimmer zurück. Dr. Frankie wartete, auf mein Kommen vorbereitet.

»Ich weiß, daß du Fragen an mich hast«, sagte sie. »Mir wäre es lieber, du hättest keine. Mir wäre es lieber, du könntest es so einfach akzeptieren wie Johanna.«

»Wer ist das? Sie ist doch nicht meine Tochter. Wo hast du sie her?«

»Sie ist nicht weniger deine Tochter als das Kind, das vor einigen Monaten starb. Sagen wir einmal, sie ist eine verbesserte Version des Originals.«

Ich konnte nicht glauben, was ich da zu hören bekam. Und doch saß der lebende Beweis in der Küche und verspeiste gerade ein Brot mit Erdnußbutter. »Verbessert? Wie?«

Dr. Frankie grinste. »Sie hat meine Intelligenz. Sie ist in gleichem Maße meine Tochter wie deine. Erinnerst du dich noch an diese Gen-Proben? Ich habe auch Frankie Baby einige entnommen. Die Unvollkommenheiten ausgejätet, mehr von deinen und Johannas besseren Eigenschaften hinzugefügt und die Mischung mit meiner eigenen Geisteskraft abrundend gekrönt. Du wirst stolz sein auf deine Tochter.«

»Und all das in nur sechs Monaten?«

»In mehr als sechs Jahren. Ich habe lange an diesem Projekt gearbeitet. Aber ich mußte es aus dem Labor herausbringen, in die wirkliche Welt hineinverpflanzen. Eure Situation war der Idealfall.«

»Wir sind kein Fall, und sie ist nicht meine Tochter«, beharrte ich auf meinem Standpunkt. »Meine Tochter ist gestorben.«

»Und jetzt lebt sie wieder.« Johanna war ins Wohnzimmer getreten. »Frankie, weißt du, was sie mir gerade gesagt hat? Sie sagte: ›Mammi, wenn ich groß bin, will ich wie Tante Fran sein. Mit vielen, vielen Babys! Wie viele Babys hast du eigentlich, Frankie?«

»Eine ganze Menge. Sie sind alle Teil des Projekts, an dem ich arbeite. Und sie sind alle mehr oder weniger perfekt.«

»Und sie sehen alle genau so aus wie das hier?«

»Nein. Nicht alle. Das ist das beste aus der Francesca-Reihe.«

Johanna nahm diese Information auf, sann darüber nach, wobei sie die ganze Zeit ihre Freundin anstarrte. Ich hielt mich zurück, wartete ab, was sie wohl unternehmen würde.

Sie trat näher an Dr. Frankie heran, aus ihren Augen blitzte es, ihre Schultern schob sie vor wie ein Boxer. Ich kannte diesen Ausdruck. So hatte sie immer ausgesehen, als sie mir ihre scheußlichsten Fälle geschildert hatte, und ich beneidete Dr. Frankie keineswegs. Johanna konnte vernichtend sein.

»Frankie, sie ist perfekt. Nur etwas ist seltsam an ihr, eine winzige Kleinigkeit.«

»Du wirst dich daran gewöhnen«, warf Dr. Frankie selbstzufrieden ein.

»Das weiß ich noch nicht«, sagte Johanna. »Und ich will

dir auch erklären, warum. Sie mußte aufs Klo, und natürlich bin ich mit ihr mitgegangen. Ich wollte sie für keine Sekunde aus den Augen lassen. Und nun kommt's, Frankie. Sie hat keinen Nabel. Hast du das schon einmal gesehen, ein Kind ohne Nabel?«

»Ach, ich wäre nie darauf gekommen, daß es eine Rolle spielt, Johanna. Ist doch ohnehin zu nichts gut.« Dr. Frankie wirkte nun leicht nervös.

»Oh, doch, das spielt schon eine Rolle. Aber das kannst du natürlich nicht kapieren. Es ist die Verbindung, weißt du. Der physische Beweis dafür, daß Mutter und Kind einmal miteinander verbunden waren. Sein Fehlen hat mich zum ersten Mal seit Monaten klar denken lassen. Es war kein Zufall, daß mein Baby eine Woche nach deiner Abreise gestorben ist. Stimmt's, Frankie? Du hast es umgebracht, nicht wahr? Meiner Tochter irgendeinen gottverdammten, sich langsam ausbreitenden Virus injiziert, irgend etwas, das die Ärzte nicht heilen konnten. Du hast sie umgebracht, um sie mit deiner eigenen Kreatur zu ersetzen. Du magst eine brillante Wissenschaftlerin sein, Frankie, aber von Menschen hast du keine Ahnung. Willst du das leugnen?«

»Nein. Warum sollte ich? Du solltest mir dankbar sein, daß ich sie dir besser als zuvor zurückgebracht habe. Diese hier wird niemals krank sein. Sie ist genetisch gegen jede uns bekannte Krankheit immunisiert. Sie wird sehr lange leben und die Menschheit mit ihrem Leben um einiges reicher machen.«

»Tut mir leid, das wird sie nicht«, sagte Johanna. »Gegen das hier war sie nicht immunisiert.«

Da war es wieder, das Messer. Blutverschmiert vibrierte es in Johannas Hand. Ich sprang auf sie zu, um ihren Arm zu fassen zu bekommen. Aber bevor es mir gelang, hatte Dr. Frankie eine Pistole gezogen und abgefeuert. Johanna fiel zu Boden. Ich bückte mich, um das Messer aufzuheben. Frau Doktor schoß noch einmal, haarscharf an meinem Kopf vorbei. Und ich stürzte mich mit dem kleinen Schälmesser auf sie, erwischte sie an der Kehle. Sie ächzte und ließ die Pistole fallen.

»Ich war darauf vorbereitet«, flüsterte sie, »mein Kind zu beschützen. Aber das versteht ihr ja nicht.« Dann fiel sie hin.

Johanna war tot, mitten durchs Herz geschossen. Im Badezimmer lag Dr. Frankies Kreatur, ebenfalls tot. Und Dr. Frankie verblutete langsam auf meinem Wohnzimmerteppich. Ich rief die Polizei an.

Sie brachten keine Anklage gegen mich zustande. Dr. Frankie überlebte und kam wegen Mordes vor Gericht. Sie wurde freigesprochen. ›Notwehr‹, lautete die Begründung. Glücklicherweise schien niemand zu wissen, was man mit einem toten Kind ohne Nabel anfangen sollte, außer es mit allem Anstand zu begraben. Bei dem Prozeß wurde das nicht einmal erwähnt. Johanna wurde mit dem Makel »seelischen Ungleichgewichts« beerdigt. Nun, eines Tages werde ich dieses Gleichgewicht wiederherstellen.

Ich weiß immer noch nicht, ob Johannas letzte Anklage gestimmt hat. Wahrscheinlich werde ich das auch nie erfahren. Aber ich weiß, daß Dr. Francesca Stein meine Frau ermordet hat und daß sie jetzt wieder in ihrem Labor irgendwo in gottverlassener Gegend in den Rocky Mountains hockt und weitere perfekte kleine Pseudo-Menschen kreiert.

Und ich? Nun, ich schwitze immer noch meine Kolumnen aus, aber jetzt in einer kleinen Blockhütte in den Rocky Mountains mit gutem Blick über Dr. Frankies Reich. In meinen Lieblingstraum jage ich das Labor mit allem was darinnen ist, in die Luft. Vielleicht wird es eines Tages mehr sein als nur ein Traum. An jenem Tag werde ich meine letzte Kolumne schreiben. Achten Sie darauf. Sie wird in Ihrer Zeitung stehen.

Originaltitel: Frankie Baby
Ins Deutsche übertragen von Matthias Dehne

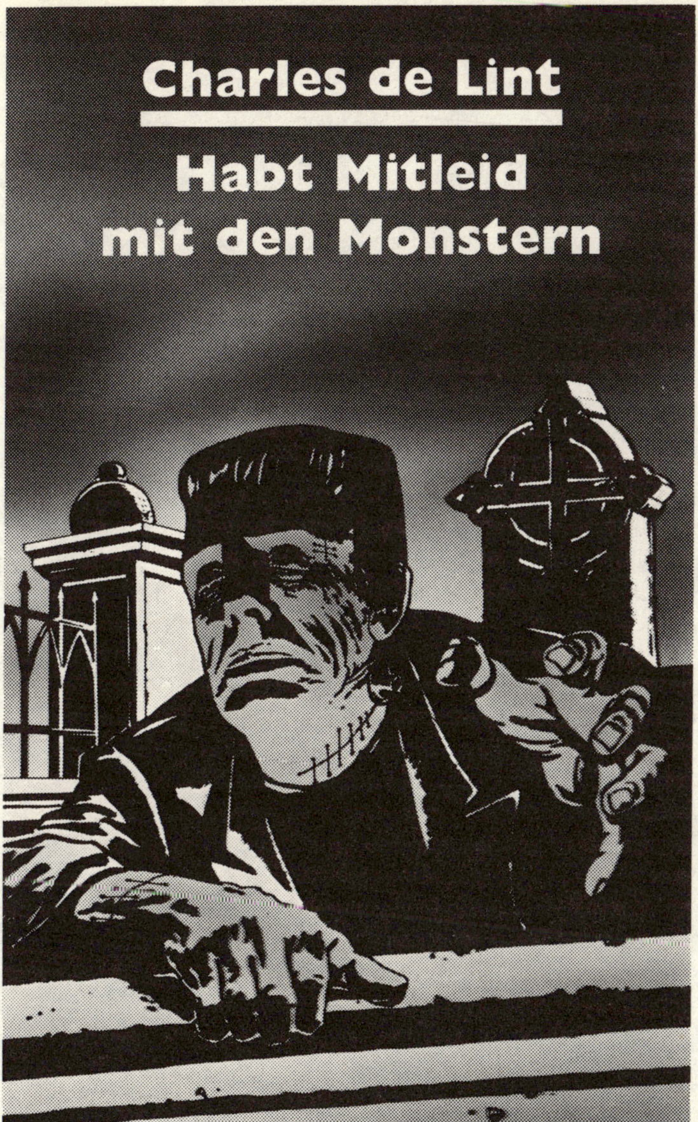
Charles de Lint
Habt Mitleid
mit den Monstern

Wir stehen im Sturm des eigenen Seins.
Michael Ventura

»Einst war ich eine Schönheit«, sagte die alte Frau. »Ständig standen die Jungen aus der Nachbarschaft vor dem Haus meiner Eltern und hofften auf ein Wort, ein Lächeln, einen Kuß, so als verleihe mir meine unverdiente Schönheit einen innerlichen Wert, der Emmas schulische Leistungen oder Betsys musikalisches Talent bei weitem in den Schatten stellte. Mir kam das immer unfair vor. Meine Werte beruhten auf einem Zufall anläßlich meiner Geburt, ihre dagegen waren redlich verdient.«

Das Monster erwiderte nichts.

»Ich hätte alles dafür gegeben, ein wenig tüchtiger zu sein oder über irgendeine künstlerische Begabung zu verfügen«, setzte die alte Frau hinzu. »Das wären Werte gewesen, mit denen man hätte alt werden können.«

Sie zog ihren zerschlissenen Schal enger um die Schultern, um ihre schmalen Schultern vor der Kälte zu schützen. Ihr Blick wanderte hinüber zu ihrem Gefährten. Das Monster starrte auf die leere weiße Fläche der Wand über ihrem Kopf, ohne die Augen auf einen bestimmten Punkt zu richten; seine Narben waren in dem ungewissen Licht kaum zu erkennen.

»Nun ja«, sagte sie, »ich glaube, jeder hat sein eigenes Kreuz zu tragen. Ich habe wenigstens Erinnerungen, die ich mit ins Unheil nehmen kann.«

Der Schnee fiel bereits so dicht, daß es unmöglich war, durch ihn hindurch irgend etwas zu erkennen. Die dicken, feuchten Flocken wirbelten und tanzten wie eine Horde Derwische, sie deckten Gehsteige und Straßen zu, ließen den Verkehr stocken und einen einfachen Spaziergang zu einem Abenteuer werden. Man konnte irgendwo sein, irgendwann. Das Gewohnte war plötzlich fremd, die Stadt eine andere. Wind und Schnee machten selbst die markantesten Orientierungspunkte unkenntlich.

Wäre sie nicht ohnehin schon so verdammt spät gewesen, hätte Harriet Pierson ihr Mountain Bike einfach durch den Sturm geschoben. Sie wohnte etwa eine Meile von der Bibliothek entfernt, und zu Fuß wäre sie sicher schneller gewesen. Aber sie war spät, so entsetzlich spät dran, und vernünftig zu sein war noch nie ihre Stärke gewesen, und so saß sie nun auf ihrem Fahrrad, trat wie eine Verrückte im höchsten Gang in die Pedale, wobei die Räder auf der Suche nach Halt auf der glitschigen Straße hin- und herrutschten, während sie die schmale Gasse zwischen Bürgersteig und kriechendem Verkehr entlangstrampelte.

Die angeblich wasserdichten Stiefel, die sie erst letzte Woche gekauft hatte, waren genau wie der rückwärtige Teil ihrer Jeans längst völlig durchnäßt. Der alte Kamelhaarmantel aber widerstand noch immer der Kälte, und ihre Ohrenschützer hielten ihre Ohren warm. Das ließ sich von Händen und Gesicht nicht sagen. Der Wind biß nahezu ungehindert durch ihre dünnen Wollhandschuhe hindurch, und ihre Wangen waren rot vor Kälte, während das lange braune

Haar, das sie zu einem Büschel gebunden hoch auf dem Kopf trug, mit einem Inch Schnee bedeckt war, der seine nasse Kälte bereits bis auf ihre Kopfhaut hinuntersandte.

Warum bin ich nur in dieses verdammte Land gezogen? dachte sie bei sich. *Es ist im Sommer zu heiß und im Winter zu kalt...*

England hatte in diesem Augenblick eine ganze Menge für sich, aber das war nicht immer so gewesen. England hatte keinen Brian gehabt, den sie vor drei Jahren kennengelernt hatte, als sie hier in Newford Urlaub gemacht hatte. Brian, der es nicht hatte abwarten können, bis sie endlich hier war, und sie hatte an nichts anderes mehr denken können als ans Auswandern; Brian, der sie verlassen hatte, kaum daß sie zwei Monate hier war und sie endlich ein Apartment gefunden hatten. Sie hatte nicht mehr zurückgehen wollen. Sie hatte sich entschlossen, das Beste daraus hier in ihrem neuen Heimatland zu machen, und dabei war sie erstaunlich erfolgreich gewesen. Nicht so sehr, weil sie inzwischen ein in jeder Hinsicht geordnetes Leben führte, sondern mehr noch deshalb, weil sie nicht einfach davongelaufen, nach Hause zurückgekehrt war, um sich dort von ihrer Mutter anhören zu müssen: »Ich habe es dir ja gleich gesagt, Kind.«

Sie hatte einen guten Job, nicht gerade umwerfend, eine süße kleine Wohnung, die ihr allein gehörte, ein recht abwechslungsreiches gesellschaftliches Leben – in dem zugegebenermaßen viele Freundschaften eine weitaus größere Rolle spielten als romantische Abenteuer –, und im übrigen liebte sie alles, was mit ihrer neuen Heimat irgend etwas zu tun hatte. Ausgenommen nur das Wetter.

Sie bog von der Yoors Street in die Kelly Street ab, wobei sie sich mehr von ihrem Instinkt als von ihren Augen leiten ließ, und wollte schon aufatmen, weil sie am Ziel war und sogar noch Zeit übrig hatte, als plötzlich ein riesiger Schatten aus dem Schneetreiben vor ihr auftauchte. Bei dem Versuch, den Zusammenstoß zu vermeiden, riß sie den Lenker ein wenig zu weit herum – und in die falsche Richtung.

Das Vorderrad stieß gegen den Rand des Bürgersteigs, und sie flog über den Lenker als ein weiteres weißes Flugobjekt, das die Schwerkraft besiegt hatte, nur daß ihr Gewicht sie, anders als die Schneeflocken, mit denen sie für einen Moment den Himmel teilte, zu heftig wieder hinunterbrachte, genau auf einen Haufen Abfall, den jemand im Vertrauen auf die morgige Müllabfuhr vor dem Haus abgelegt hatte.

Sie erhob sich, schüttelte den Schnee aus Haaren und Mantel und stolperte orientierungslos zu ihrem Fahrrad zurück, noch nicht ganz gewahr, überhaupt einen Unfall erlitten zu haben. Dann kniete sie sich neben das Fahrrad und blickte voller Bestürzung auf die verbogene Felge des Vorderrades. Erst jetzt erinnerte sie sich wieder, warum sie sich überschlagen hatte.

Ihr Blick ging zur Straße, und dann ging er hinauf, hinauf und weiter hinauf bis zum Gesicht der großen Gestalt, die dort neben dem Bürgersteig stand. Der Mann war ein Gigant! Mit ihren einem Meter fünfzig war sie selbst nicht gerade groß, und vielleicht hatte es auch etwas mit der Perspektive zu tun, aus der sie ihn sah, aber dieser Mann schien mindestens zwei Meter groß zu sein. Und doch war es nicht seine immense Größe, die sie aufstöhnen ließ.

Dieses Gesicht . . .

Es gehörte zu einem viereckigen Schädel, der seinerseits auf breiten, massigen Schultern saß. Die große Nase war gebogen, das linke Auge saß ein wenig höher als das rechte, die Ohren sahen aus wie zwei Stücke Blumenkohl, der Haaransatz hoch und eckig. Dicke weiße Narben durchzogen kreuz und quer seine Züge, so daß es aussah, als sei er von einer untalentierten Saumnäherin, die zu tief ins Glas geschaut hatte, zusammengenäht worden. Ein Bild aus einem alten Horror-Film zuckte durch Harriets Kopf, und ganz unwillkürlich suchte sie nach den Riegeln im Nacken des Mannes, bevor ihr überhaupt bewußt wurde, was sie tat.

Natürlich waren sie nicht da, aber die Größe des Mannes und allein schon die Art, wie er da stand und auf sie herunterstarrte, machte Harriet auf eine ihr selbst nicht erklärliche Weise nervös, als sei dies wirklich und tatsächlich eine Schöpfung von Victor Frankenstein, die hier im Sturm über ihr stand. Sie erhob sich hastig, wie um den Größenunterschied zwischen ihnen zu verringern. Die plötzliche Bewegung ließ sie beinahe schwindlig werden.

»Tut mir schrecklich leid«, wollte sie sagen, doch die Worte gerieten ihr durcheinander, wurden zu einem unentwirrbaren Gemenge in ihrem Mund, und alles, was über ihre Lippen drangen, war: »Tu' mi' sch — leid.«

Übelkeit überkam sie und ließ ihre Knie weich werden und die Straße schwanken, daß sie kaum die Balance finden konnte. Der Gigant vor ihr machte mit ausgestreckten Händen zwei Schritte auf sie zu, als es sie wie eine dunkle Welle überkam und sie nach vorn fiel.

Hölle und Verdammnis, konnte sie gerade noch denken, *ich werde ohnmächtig...*

In der Zinnkanne über der Flamme des Gasbrenners blubberte munter das kochende Wasser. Die alte Frau lehnte sich vor und fügte einen Teebeutel hinzu, dann holte sie die Kanne mit ihrer behandschuhten Hand vom Feuer.

Nur noch zwei Beutel, dachte sie.

Sie hielt die Hände über die Flamme des Brenners und genoß die Wärme.

»Ich habe des Geldes wegen geheiratet, nicht aus Liebe«, erzählte sie ihrem Gefährten. »Mein Henry war kein schöner Mann.«

Der Blick des Monsters ging hinunter zu ihren Gesichtszügen. »Aber später stellte sich dann doch die Liebe ein. Nicht wegen des Geldes und auch nicht wegen der Annehmlichkeiten, die sein Haus bot, oder der Sicherheit, die es einer jungen Frau bot, die trotz aller Schönheit den Umständen, unter denen sie geboren und aufgewachsen war, niemals entwachsen war.«

Das Monster ließ ein mürrisches Geräusch hören, nicht mehr als ein Grunzen, aber die alte Frau konnte die Frage auch so verstehen, die darin lag. Sie waren schon so lange zusammen, daß sie ihn mit Leichtigkeit verstehen konnte, auch ohne daß er mit ihr sprach.

»Es war wegen seiner Freundlichkeit«, sagte sie.

Die Kälte weckte Harriet schließlich. Zitternd setzte sie sich auf, um sich in einem unbekannten Zimmer wiederzufinden, zugedeckt mit lauter Bettüchern, aus deren Falten ein durchdringender modriger Geruch aufstieg. Der Raum schien Teil eines verlassenen Gebäudes zu sein. Die Wände waren bis auf ein paar Bilder und einen Graffito-Spruch ohne jeden weiteren Schmuck, und der Graffito-Spruch forderte den, der ihn las, auf, etwas zu tun, wovon Harriet überzeugt war, daß es rein anatomisch unmöglich war.

Es gab keine Möbel. Einzige Lichtquelle war eine dicke Kerze, die auf der Fensterbank in einem dicken Klumpen abgekühlten Wachses steckte. Draußen heulte der Wind. Hier im Zimmer, ja, in dem ganzen Gebäude, war es still. Doch als sie den Kopf ein wenig zur Seite neigte, um angestrengt zu lauschen, konnte sie ganz schwach ein leises Gemurmel wie von einer Unterhaltung ausmachen. Es schien sich um einen Monolog zu handeln, denn sie konnte nur eine einzige Stimme erkennen, die sich fortwährend vernehmlich machte.

Sie erinnerte sich an ihren Unfall und den zwei Meter großen Giganten wie an etwas, das sie nur geträumt hatte. Die Orientierungslosigkeit, die sie beim Erwachen empfunden hatte, war zu einem Gefühl der Verwirrung geworden. Irgendwie war sie sich schon darüber im klaren, wo sie sich befand, aber es war nicht die gewünschte Klarheit des Denkens und Empfindens. Ihr Geist schien sich in irgendwelchen Nebeln zu befinden.

Sie setzte sich auf und zögerte einen Moment, dann zog sie

eines der stinkenden Bettlaken wie einen Schal zum Schutz gegen die Kälte enger um die Schultern und ging dann quer durch das Zimmer zu einer der Türen. Sie öffnete sie und befand sich in einer Halle, die genauso verwahrlost und leer war wie das Zimmer, das sie gerade verlassen hatte. Das Geräusch der unablässig murmelnden Stimme führte sie quer durch die Halle in eine Räumlichkeit, die einst ein Foyer gewesen sein mochte. Harriet lehnte sich gegen die Wand, wo sich der Flur zu einem größeren Raum öffnete, und studierte die seltsame Szenerie vor ihr.

Sieben Kerzen standen dort auf orangefarbenen hölzernen Kistchen im Halbkreis um eine alte Frau herum. Sie lehnte mit dem Rücken an der Wand und hatte die Beine unter einem halben Dutzend Röcke angezogen. Ein zerlumpter Schal bedeckte ihre grauen Haare und die Schultern. Ihr Gesicht war von scharfen, feinen Linien wie von einem Spinnennetz durchzogen. Auf einem Gasbrenner, der vor ihr auf dem Boden stand, kochte Wasser in einer großen Kanne aus Zinn. Eine andere, etwas kleinere Kanne hielt sie in der Hand, und aus dem Geruch, der den ganzen Raum erfüllte, ließ sich schließen, daß sie mit einem Kräutertee gefüllt sein mußte. Die alte Frau sprach leise und mit sanfter Stimme mit jemandem, den Harriet nicht sehen konnte.

Die alte Frau blickte just in dem Moment auf, als Harriet versuchte, sich zu entscheiden, wie sie sich ihr nun nähern sollte. Das Licht der Kerzen ließ einen seltsamen Glanz in den Augen der alten Frau aufglimmen, der Harriet entfernt an den Blick einer Katze erinnerte, die nachts von den Scheinwerfern eines Autos erfaßt wird.

»Und wer bist du, meine Liebe?« fragte die Frau.

»Ich . . . mein Name ist Harriet. Harriet Pierson.« Sie hatte plötzlich das seltsame Gefühl, als müsse sie anläßlich ihrer Vorstellung einen Knicks zelebrieren.

»Du kannst mich Flora nennen«, sagte die Frau. »Eigentlich heiße ich zwar Anne Boddecker, aber ich ziehe ›Flora‹ vor.«

Harriet nickte geistesabwesend. Durch den Wirrwar ihrer Gedanken blitzte zum erstenmal wieder so etwas wie Erkennen auf. Sie erinnerte sich wieder, vom Fahrrad gefallen zu sein ... hatte sie sich am Kopf verletzt?

»Was mache ich eigentlich hier?« fragte sie.

Die Augen der alten Frau funkelten vor Vergnügen. »Woher soll ich denn das wissen?«

»Aber ...« Der Filz in Harriets Kopf schien sich noch zu verdichten. Sie zwinkerte ein paarmal mit den Augen und räusperte sich dann. »Wo sind wir überhaupt?« versuchte sie es noch einmal.

»Nördlich der Gracie Street«, erwiderte Flora, »in dem Teil der Stadt, den Leute deines Alters, soviel ich weiß, Sqatland nennen. Ich fürchte, die genaue Adresse kann ich dir auch nicht sagen. Die Vandalen haben doch alle Straßenschilder kaputtgemacht, wie du ja bestimmt weißt, aber ich glaube, wir sind nicht weit von der Ecke Flood Street und MacNeil Street entfernt, wo ich aufgewachsen bin.«

Harriets Mut sank. Sie befand sich in den ›Gräbern‹, einem Bezirk von Newford, der einst die Augen aller Investoren und Städteplaner hatte leuchten lassen. Die alten, langsam verfallenden Blocks von Mietskasernen, Bürohochhäusern und Fabriken sollten zu einem Paradies für Yuppies umgestaltet werden, und mit den Arbeiten, die alten Strukturen durch neue zu ersetzen, war auch schon begonnen worden, als plötzlich alle Unterstützung ausblieb und die Investoren um ihre Solvenzen kämpfen mußten. Alles, was von den einstigen Träumen übriggeblieben war, war ein Straßenzug nach dem anderen mit verlassenen Bauten und schuttübersäten Plätzen, die allgemein nur ›die Gräber‹ hießen. Das Viertel war zur Heimstatt für Aussteiger geworden, Heimatlose und Entwurzelte, kleine Ganoven und Drogenabhängige, die sich in den Gebäuden eingenistet hatten.

Und das ganze Viertel war vielleicht eine der gefährlichsten Gegenden von Newford.

»Ich . . . wie bin ich denn hierhin gekommen?« versuchte es Harriet noch einmal.

»Woran erinnerst du dich denn noch?« fragte Flora.

»Ich bin mit dem Fahrrad von der Arbeit nach Hause gefahren«, begann Harriet und fuhr dann fort zu berichten, an was sie sich im Zusammenhang mit dem Sturm erinnerte, den Giganten, der so urplötzlich aus dem Schnee aufgetaucht war, dann den Unfall . . . »Und dann muß ich wohl ohnmächtig geworden sein.«

Sie hob die Hand und tastete ihren Kopf auf der Suche nach einer Stelle ab, an der es weh tun könnte, aber sie fand keine Beule oder Wunde.

»Hat er etwas zu dir gesagt?« fragte Flora. »Der . . . Mann, der dich so erschreckt hat?«

Harriet schüttelte den Kopf.

»Dann war es Frank. Er muß dich hergebracht haben.«

Harriet dachte über das nach, was die alte Frau gerade gesagt hatte.

»Soll das etwa heißen, es gibt noch mehr wie ihn hier?« fragte sie. Sie hatte das Gefühl, als narre sie die Erinnerung, als sie versuchte, sich das zernarbte, mißgestaltete Gesicht des Giganten ins Gedächtnis zurückzurufen. Sie konnte sich einfach nicht vorstellen, daß es noch mehr von seiner Sorte geben sollte.

»In einer bestimmten Weise«, sagte Flora.

»Du bist nicht gerade deutlich.«

»Tut mir leid.«

Danach allerdings sah sie gar nicht aus, fand Harriet.

»Dann . . . ist er, dieser Frank . . . ist er stumm?« fragte sie.

»Schrecklich, nicht wahr?« erwiderte Flora. »Ein riesiger, starker Kerl wie er.«

Harriet nickte zustimmend. »Aber das erklärt noch nicht, was du damit meintest, es könne mehr als einen wie ihn geben. Hat er einen Bruder?«

»Er . . .« Die alte Frau zögerte. »Vielleicht solltest du ihn selbst fragen.«

»Aber sagtest du denn nicht gerade selbst, er sei stumm?«

»Ich glaube, er ist drüben in der Halle«, erwiderte Flora, ohne auf Harriets Frage einzugehen. Sie deutete auf eine Tür, die jener genau gegenüberlag, durch die Harriet in dieses Foyer gekommen war. »Da spielt er für gewöhnlich.«

Harriet stand lange da und blickte die alte Frau an. Flora, oder Anne, oder wie sie sonst auch immer heißen mochte, war unverkennbar senil. Nur so ließ sich ihr merkwürdiges Benehmen erklären.

Harriet hob den Blick, um in die Richtung zu sehen, in die Flora gezeigt hatte. Noch immer waren ihre Gedanken unklar und verworren. Sie fand, das Stehen hier habe sie entschieden mehr ermüdet, als es normal gewesen wäre, und außerdem fühlte sich ihre Zunge pelzig an.

Alles, was sie wollte, war, nach Hause zu gehen. Aber wenn sie hier wirklich in den ›Gräbern‹ war, dann brauchte sie jemanden, den sie nach dem Weg fragen konnte. Vielleicht brauchte sie sogar den Schutz eines der wilden Gesellen, die angeblich diese verlassenen Gebäude bewohnten, falls dieser ›Frank‹ nicht, wie sie nicht ohne Schaudern dachte, die personifizierte Gefahr selbst war . . .

Sie schaute zurück zu Flora, doch die alte Frau ignorierte sie vollkommen. Flora zog den Schal fester um ihre Schultern und nahm einen Schluck Tee aus ihrer Zinnkanne.

Es lohnt sich nicht, dachte Harriet und ging quer durch das Foyer.

Etwa auf halbem Weg in dem neuen Flur hörte sie ein Kind mit sanfter Stimme singen. Sie konnte die Worte nicht verstehen, bis sie das Ende des Korridors erreichte, wo in einem anderen Raum Kerzenlicht seinen bizarren Bewohner beleuchtete.

Frank saß mit untergeschlagenen Beinen mitten im Zimmer, der Inhalt von Harriets Handtasche war rings um ihn herum auf dem Boden und auf seinen Knien verstreut. Die Handtasche selbst hatte er in eine Ecke des Zimmers geschleudert. Harriet hätte sich auf dem Absatz umgedreht und diesen Raum auf der Stelle wieder verlassen, bevor Frank auch nur aufgesehen hätte, aber sie war wie festgefroren angesichts des Gesangs. Die Kinderstimme drang über Franks leicht geöffnete Lippen — eine hohe, ganz unglaubliche Stimme. Es war die Stimme eines kleinen Mädchens, das ein kleines Liedchen sang:

Frank und Harriet sitzen auf einem Baum
und küssen sich,
Zuerst kommt Liebe, dann Heirat
und dann kommt Frank mit dem Kinderwagen.

Franks Figur schien monströser denn je angesichts der süßen Kinderstimme, die aus seiner Kehle drang. Er warf den Inhalt von Harriets Handtasche in die Luft und haschte danach. Ihr Sozialversicherungsausweis, eine Kreditkarte, verschiedene Fotos aus dem fernen Zuhause, Zettel mit Telefonnummern und Adressen, Geldscheine, ihre Kontokarte von der Bank, alles vollführte einen irren Tanz in der Luft, während er sang, und die Bewegung seiner Hände wirkte geradezu graziös angesichts seiner klobigen Finger. Ihr Make-up, Schlüssel und Kleingeld hatte er vor sich in Reih und Glied ausgelegt wie Soldaten bei der Parade. Eine halb verbrannte Zehn-Dollar-Note lag neben einer Kerze auf einer Apfelsinen-Kiste zu seiner Rechten. Auf einem anderen Kistchen zu seiner Linken lag eine zusammengerollte tote Katze, die aussah, als schlafe sie, doch die glasigen Augen und die gequollene Zunge, die dem Tier aus dem Maul schaute, straften diesen Eindruck Lügen.

Harriet spürte, daß sie schreien mußte. Sie versuchte, zurückzuweichen, aber sie stieß mit dem Rücken gegen die Wand. Die Kinderstimme verstummte, und Frank blickte auf. Fotos, Papiergeld, Zettel und alles andere flatterte nieder auf seine Knie. Sein Blick bohrte sich in ihre Augen und bannte sie an ihren Platz.

Einen Augenblick lag war Harriet sicher, es seien die

Augen eines Kindes, die sie aus dem zernarbten Gesicht heraus ansahen. Es lag ein Ausdruck reiner, absoluter Unschuld in ihnen, ein eklatanter Widerspruch zu dem mißgestalteten Fleisch und den Narben, die diese Augen umgaben. Doch dann änderte sich ihr Ausdruck und nahm eine wilde, düstere Entschlossenheit an.

Mit einer einzigen Handbewegung schleuderte Frank die Papierschnipsel und die Geldscheine weit von sich.

»Mein!« schrie er mit tiefer, drohender Stimme. »Mädchen ist mein!«

Als er sich taumelnd auf die Füße erhob, floh Harriet den Weg zurück, den sie gekommen war.

»Am schlimmsten ist es«, sagte die alte Frau, »zuzusehen, wie sie alle sterben. Einer nach dem anderen, sie sterben alle: deine Eltern, deine Freunde, deine Familie . . .«

Ihre Stimme verlor sich irgendwie, in den trüben Augen kehrte Traurigkeit ein. Das Monster blickte sie kaum an.

»Am schlimmsten war es, als Julie starb«, fuhr sie nach wenigen Augenblicken fort. Einen Moment schien ihr die Stimme versagen zu wollen, als den Namen ihrer Tochter aussprach. »Es ist nicht recht, daß Eltern ihre Kinder überleben.« Ihr Blick blieb am Gesicht des Monsters haften. »Aber du wirst diesen speziellen Schmerz niemals kennenlernen, nicht wahr?«

Das Monster warf den Kopf zurück, und seiner Kehle entrang sich ein lautloser Schrei.

Als Harriet in den Raum zurückrannte, wo sie Flora verlassen hatte, sah sie, daß die alte Frau gegangen war. Die Kerzen, die Apfelsinenkisten und das Gasöfchen hatte sie zurückgelassen. Die Zinnkanne stand, noch halb voll Tee, halb auf der Flamme des Brenners.

Harriet blickte zurück in den Gang hinein, durch den

Franks schlotternde Masse auf sie zu stolperte. Sie mußte hier heraus. Egal, ob der Sturm noch immer um das Haus tobte, egal, ob dort draußen der Irrgarten aus verlassenen Häusern und schmutzstarrenden Straßen, ›die Gräber‹ genannt, auf sie wartete. Sie mußte einfach —

»Da bist du ja«, sagte eine Stimme direkt hinter ihr.

Harriets Herz schlug bis zum Hals. Unwillkürlich entrang sich ihren Lippen ein scharfer, kurzer Laut, als sie herumwirbelte und vor den Schatten in der Tür zurückwich, aus denen die Stimme gekommen war. Als ihr bewußt wurde, daß es die Stimme der alten Frau war, versuchte sie gleichwohl weiter zu fliehen. Wer auch immer oder was auch immer diese Flora sein mochte, ihre Freundin war sie nicht.

Inzwischen stolperte Frank in das Foyer, den so wunderlich schiefen Blick seiner versetzt angeordneten Augen gierig auf sie gerichtet. Harriets Pulsschlag verdoppelte sich noch. Die Kehle trocknete ihr aus. Die Muskeln ihres Brustkorbes straffen sich und preßten ihre Lungen zusammen, daß ihr das Atmen schwerfiel.

O Gott, dachte sie, nur raus hier, solange ich noch kann.

Aber sie schien die Fähigkeit, sich zu bewegen, verloren zu haben. Ihre Beine waren schwer wie Blei, und sie spürte, daß sie drauf und dran war, einmal mehr ohnmächtig zu werden.

»Na, na«, sagte die alte Frau, »werd' ein wenig ruhiger, Samson, oder du wirst sie zu Tode erschrecken.«

Das Monster blieb gehorsam in der Tür stehen, aber seine hungrigen Blicke ließen auch nicht den Bruchteil einer Sekunde von Harriet ab.

»Sam — Sam-son?« fragte Harriet mit schwacher Stimme.

»Oh, in diesem armen häßlichen Geschöpf sind Teile von allen möglichen Leuten drin«, erwiderte Flora. »Das kommt von diversen Traumata, die er als Kind hatte. Er leidet unter — wie sagte doch Dr. Adams? Ja — Dissoziation. Ich glaube, vor dem Unglück hat der Doktor siebzehn verschiedene Leute in ihm dokumentiert. Ein paar davon sind harmlos, wie zum Beispiel Frank und die kleine Bessie. Andere, wie zum Beispiel Samson, verfügen über ein großes Gewaltpotential, wenn sie ihren Willen nicht kriegen.«

»Doktor?« fragte Harriet.

Alles, wozu sie noch fähig schien, war, ein Wort aus der Erklärung der alten Frau aufzuschnappen und es als Frage zu wiederholen.

»Ja, er wurde als kleiner Junge zu diesem Wesen gemacht. Bedenklich ist dabei eigentlich nur, daß er sich irgendwie der verschiedenen Persönlichkeiten bewußt ist, die in ihm fortleben. Er denkt, daß sein Vater, als er ihn wieder zusammennähte, Teile von den verschiedensten und verschiedenartigsten Leuten verwendet hat, um es überhaupt zu schaffen, und daß diese Teile fremder Haut und fremden Gewebes seinen Geist gefangenhalten und ihn — wenigstens zum Teil — für die eigenen Ziele benutzen.«

»Das . . .« Harriet räusperte sich vernehmlich. »Das — war der . . . Unfall?«

»Oh, das war nicht irgendein Unfall«, sagte Flora, »und laß dir da mal von niemandem etwas anderes erzählen. Sein Vater wußte genau, was er tat, als er ihn durch die Fensterscheibe warf.«

»Aber . . .«

»Natürlich war der Vater zu arm, dem Jungen medizinische Hilfe zukommen zu lassen, und deswegen schusterte er ihn selbst wieder zusammen.«

Harriet schaute mit ständig größer werdendem Entsetzen auf die monströse Figur.

»Das . . . davon kann kein einziges Wort wahr sein«, brachte sie schließlich hervor.

»Es ist alles im Institut dokumentiert«, widersprach Flora. »Sein Vater hat noch ein umfassendes Geständnis abgelegt, bevor sie ihn eingebuchtet haben. Trotzdem — armer Frank! An dem Punkt war es schon zu spät, noch irgend etwas für ihn zu tun, und so wollte man ihn ebenfalls unter Verschluß nehmen, und dabei bestand sein einziges Vergehen darin, als Sohn eines Wahnsinnigen geboren worden zu sein.«

Harriet blickte von Franks narbigen Zügen zu der alten Frau.

»Woher weißt du das alles?« fragte sie.

»Nun, ich war ebenfalls dort«, sagte Flora. »Habe ich dir das nicht erzählt?«

»Nein. Nein, das hast du nicht.«

Flora hob die Schultern. »Das ist eine uralte Geschichte. Mach dir nichts draus. Wenn du erst in mein Alter kommst, wird alles zur uralten Geschichte.«

Harriet wollte sie fragen, warum Flora auch in diesem Institut gewesen war, aber dann fand sie doch nicht die Courage dazu. Sie war nicht einmal sicher, ob sie es wirklich wissen wollte. Aber das gab es etwas anderes, das zu fragen sich nicht vermeiden ließ. Sie zog das Bettuch enger um die Schultern und nahm nicht einmal mehr den üblen Geruch wahr, der ihm entstieg, doch das Zittern ihrer Glieder war nicht auf die Kälte zurückzuführen.

»Was geschieht jetzt?« fragte sie.

»Ich bin nicht sicher, ob ich deine Frage richtig verstehe«, erwiderte Flora mit einem feinen Lächeln in den Augen, das sehr deutlich werden ließ, wie gut sie sie in Wirklichkeit verstanden hatte.

»Was geschieht jetzt mit mir?« insistierte Harriet.

»Nun«, sagte Flora und warf dem Monster einen Blick voll aufrichtiger Sympathie zu, »Frank möchte eine Familie gründen.«

Harriet schüttelte den Kopf. »Nein«, sagte sie. Ihre Stimme klang ihr selbst schwach, aber nachdrücklich. »Unter gar keinen Umständen.«

»In dieser Angelegenheit hast du gar nichts zu wollen, um es mal deutlich zu sagen, Liebchen. Es ist ja nicht so, als wenn da jemand bereitstünde, dich zu retten — jedenfalls nicht bei diesem Sturm. Und selbst wenn jemand nach dir suchen sollte, wo würde er wohl suchen? In dieser Stadt verschwinden jeden Tag irgendwelche Leute. Das ist eine traurige, aber nicht zu leugnende Tatsache in diesen schrecklichen Zeiten.«

Harriet schüttelte noch immer den Kopf.

»Oh, denke doch einfach an jemand anderen«, sagte die alte Frau. »Ich kenne deinen Typ. Du bist bis obenhin von der eigenen Wichtigkeit überzeugt; in deinen Augen dreht sich die ganze Welt nur um dich. Eine Party hier, ein durchtanzter Abend dort, Theater, Clubs, Kabarett − ohne auch nur einmal an die weniger vom Glück Begünstigten zu denken. Was könnte es dir schon ausmachen, einem armen, einsamen Monster ein wenig Liebe und Zuneigung entgegenzubringen?«

Ich muß völlig von Sinnen sein, dachte Harriet. Das alles hier − das Monster, die aberwitzige Gelassenheit der alten Frau − nichts davon war doch real. Nichts davon *konnte* real sein.

»Denkst du etwa, ihm *gefällt* es, zu sein, wie er ist?« wollte Flora wissen.

Ihre Stimme klang scharf, und das Monster reagierte nervös auf den ärgerlichen Ton, etwa wie ein Hund zu knurren beginnen würde, der die Gemütslage seines Herrn spürt.

»Das hat nichts mit mir zu tun«, sagte Harriet, überrascht, daß sie noch den Mut fand, ihren Standpunkt zu vertreten. »Ich bin nicht, wie du glaubst, und ich hatte nichts mit dem zu tun, was diesem − diesem Frank widerfahren ist.«

»Es hat alles mit dir zu tun«, erwiderte die alte Frau. »Es hat zu tun mit Fürsorglichkeit und Familiensinn, mit Samaritertum und Wohlanständigkeit und lange anhaltenden Beziehungen.«

»Du kannst niemanden zu so etwas zwingen«, behauptete Harriet mit Nachdruck.

Flora seufzte. »Manchmal, wie in diesen Zeiten, ist das die einzige Möglichkeit. Diese Welt leidet an einer ganz bestimmten Krankheit, mein Kind; eure Verneinung all dessen, was richtig und wahr ist, ist Ursache und Symptom in einem.«

»Du bist diejenige, die krank ist!« schrie Harriet.

Sie stürzte auf die Eingangstür zu und betete, sie möge

nicht abgeschlossen sein. Das Monster war zu weit entfernt und bewegte sich viel zu langsam, um sie aufzuhalten. Die alte Frau war ihr näher, und sie war schneller, doch in ihrer Panik wuchs Harriet die Kraft zu, sie einfach beiseite zu schleudern. Sie jagte auf die Glastüren zu, die aus dem Foyer hinaus und direkt in den Sturm hinein führten.

Der Wind trieb sie beinahe wieder ins Innere zurück, als es ihr endlich gelungen war, eine der Türen zu öffnen, doch sie stemmte sich mit aller Kraft dagegen, drängte sich durch die Tür hinaus auf die Straße. Der wirbelnde Schnee, getrieben von einem wahnwitzigen, kapriziösen Wind, ließ jede Spur von Orientierungssinn im Handumdrehen zur bloßen Wunschvorstellung verblassen, aber sie wagte es einfach nicht stehenzubleiben. Sie kämpfte sich durch das Schneetreiben, geblendet von dem weißen Chaos, den Kopf gegen den heulenden Wind gestemmt und wild entschlossen, so viel Distanz wie nur möglich zwischen sich und das Grauen zu legen, vor dem sie floh.

O Gott, dachte sie plötzlich. Meine Handtasche ist ja dort zurückgeblieben. Mein Sozialversicherungsausweis. Sie wissen, wo ich wohne. Sie können jederzeit kommen und mich holen, zu Hause, an meinem Arbeitsplatz, zu jeder ihnen genehmen Zeit.

Doch Schnee und Wind machten ihr weitaus mehr zu schaffen. Sie wußte nicht, wie lange sie so durch den Blizzard floh. Es könnte eine Stunde gewesen sein, aber auch genausogut die ganze Nacht. Sie zitterte vor Kälte und Angst, als sie ein letztes Mal zu Boden stürzte und es diesmal nicht schaffte, wieder auf die Beine zu kommen.

Sie blieb liegen, und ein wunderschönes Gefühl von Wärme durchströmte sie. Alles, was sie zu tun hatte, war, sich einfach nur gehenzulassen. Sie brauchte sich einfach nur gehenzulassen, und schon konnte sie davondriften zu jenem dunklen, warmen Ort, der ihr bereits entgegenwinkte. Sie rollte sich auf den Rücken und starrte hinauf in den weißen Himmel. Sofort überzog der Schnee ihr Gesicht mit einem dünnen Film. Mit behandschuhten, halb erfrorenen Fingern wischte sie ihn beiseite.

Sie war bereit, sich einfach nur gehenzulassen. Sie war bereit, den Kampf aufzugeben, weil sie keine Kraft mehr spürte, weil sie alles gegeben hatte ... wirklich alles? Sie ...

Eine hohe, dunkle Gestalt tauchte plötzlich über ihr auf wie ein Turm. Dichter Schnee behinderte ihre Sicht, so daß sie nur einen Schatten, einen Umriß gegen den hellen Hintergrund wahrnehmen konnte.

»Nein«, flehte sie. »Bring mich nicht zurück. Ich möchte eher sterben als wieder dahin zurückgehen.«

Als sich die Gestalt zu ihr herunterbeugte, fand sie noch die Kraft, mit ihren eiskalten Fäusten auf sie einzuschlagen.

»Jetzt mal schön langsam«, sagte eine freundliche Stimme und wehrte ihre matten Schläge ab. »Wir werden jetzt von hier verschwinden.«

Sie versuchte nicht mehr länger zu kämpfen. Es war nicht das Monster, sondern ein Polizist. Irgendwie hatte sie es bei ihrer planlosen Flucht geschafft, den ›Gräbern‹ zu entkommen.

»Was machen Sie eigentlich hier draußen?« fragte der Polizist.

Monster, wollte sie eigentlich sagen. *Hier gibt es ein Monster. Es hat mich angefallen.* Aber alles, was über ihre eiskalten Lippen kam, war: »Mooohh ... angefall ...«

»Jetzt bringen wir Sie zuerst mal aus diesem Unwetter heraus«, sagte er, »und dann schnappen wir uns den Kerl, der Sie angefallen hat.«

Die folgenden Stunden vergingen in einem Zustand halbwachen Bewußtseins. Sie lag in einem Hospital, wo man sie gegen ihre Erfrierungen behandelte. Ein Detective befragte sie ruhig und gelassen und versuchte geduldig, sich einen Weg durch den Nebel ihrer nur gemurmelten Beschreibung dessen zu bahnen, was ihr widerfahren war. Dann war sie endlich allein.

Irgendwann erwachte sie aus ihrem einer Betäubung ähnlichen Zustand und meinte, zwei Polizeibeamte am Fußende ihres Bettes stehen zu sehen. Sie war sich selbst nicht sicher, ob sie wirklich dort standen oder nicht; aber wie sich die Figuren aus einer Geschichte von Agatha Christie, dieser großen Schriftstellerin des Geheimnisvollen, aus Anlaß der Auflösung eines Falles immer alle versammeln, füllte ihre Unterhaltung etliche Lücken ihres Wissens über die, denen sie in die Hände gefallen war. Sie erfuhr Details, die ihr bisher unbekannt waren.

»Vielleicht war es vor ihrer Zeit«, hörte sie den einen Polizisten sagen, »aber die Beschreibung, die sie uns gegeben hat, paßt genau.«

»Nein, ich erinnere mich«, erwiderte der andere. »Sie waren Insassen der Gerichtspsychiatrie, und Cross tötete ihren Seelenklempner während eines Stromausfalls.«

Der erste Beamte nickte. »Ich weiß nicht, wer von ihnen schlimmer war: Cross mit seinem monströsen Gesicht oder diese Boddecker.«

»Die hat ihre ganze Familie vergiftet, nicht wahr?«

»Ja, schon, aber ich erinnere mich auch, was Cross mit dem Seelendoktor gemacht hat — er hat den armen Kerl glatt entzweigehauen.«

»Ich habe gehört, die Boddeker habe ihn aufgehetzt. Der arme Schwachkopf hat doch gar keinen eigenen Willen.«

Ganz vage, als beobachte sie die Szene aus größerer Entfernung, konnte Harriet spüren, daß der erste Beamte in ihre Richtung sah.

»Sie hat Glück gehabt, daß sie noch lebt«, fügte er hinzu und wandte sich wieder seinem Kollegen zu.

In den folgenden Tagen fand Harriet beim Studium alter Zeitungen in der Bibliothek heraus, daß alles, was die beiden Männer gesagt oder was sie vielleicht auch nur geträumt hatte, der Wahrheit entsprach, aber sie konnte davon im Moment nichts wirklich verarbeiten. Jetzt driftete sie zunächst einmal wieder ab in einen unruhigen Schlaf, der von Träumen von Geistern und Monstern durchzogen war.

Die Monster trugen allesamt Masken, um den Horror dahinter zu verbergen, und sie waren eines gräßlicher als das andere.

Sehr viel später wurde sie wach und verspürte einen heftigen Drang, die Toilette aufzusuchen. Noch immer war es dunkel in ihrem Zimmer. Draußen konnte sie den Wind heulen hören.

Sie bahnte sich ihren Weg ins Badezimmer, und nachdem sie abgezogen hatte, schaute sie in den Spiegel. Das Licht reichte kaum, um ihr Bild im Spiegel erkennen zu können. Was ihr dort entgegenblickte, war ein geisterhaftes Gesicht, das sie kaum wiedererkannte.

»Monster«, sagte sie leise, ohne recht zu wissen, ob es Mitleid oder Angst war, was sie empfand, ja, sie war nicht einmal sicher, ob sie nicht vielleicht sogar eines in sich selbst erkannte, oder ob es nicht einfach die aberwitzige Ruhe und Gelassenheit der alten Frau war, die anklagend auf sie wies.

Lange stand sie so da und betrachtete das gespenstische Spiegelbild, bevor sie wieder ins Bett ging.

»Wir werden eine andere für dich finden«, sagte die alte Frau.

Ihr Tee war kalt geworden, aber sie war zu müde, das Gas-Öfchen wieder anzuzünden. Sie hielt die Hände im Schoß gefaltet, ihr Blick war auf die Kanne mit dem kalten Wasser gerichtet, die noch immer auf dem Ofen stand. Auf dem Wasser bildete sich bereits eine dünne Eisschicht.

»Du wirst schon sehen«, setzte sie hinzu, »wir werden eine andere finden, aber diesmal werden wir sie uns selbst zusammensetzten, genau wie es dein Vater mit dir gemacht hat. Wir werden ein Stück von der einen und ein anderes Stück von einer anderen nehmen, und so werden wir dir die perfekte Frau machen, du wirst schon sehen, ganz bestimmt. Du weißt ja — ich war schon immer sehr geschickt mit Nadel und Faden, zu meiner Zeit eine Selbstverständlichkeit für jede Frau. Natürlich ist jetzt alles anders, alles hat sich verändert. Manchmal frage ich mich wirklich, warum wir eigentlich noch weitermachen...«

Das Monster starrte aus dem Fenster, wo jenseits der Scheiben noch immer Schnee fiel, still und leise jetzt, denn der Blizzard war weitergezogen und hatte nur diese ruhige Erinnerung seiner stürmischen Winde in seinem Kielwasser zurückgelassen. Es gab mit keiner Geste zu verstehen, ob es der alten Frau überhaupt zuhörte, doch trotzdem sprach sie immer weiter.

Originaltitel: Pity the Monsters
Ins Deutsche übertragen von Bernhard Willms

George Alec Effinger

Falaffel*
als letztes Abendmahl

* Vegetarisches Gericht der ägyptisch/arabischen Küche: in Öl gebratene Bällchen verschiedener Gemüsesorten (z. B. Kichererbsen, Bohnen etc.)

Die Welt wurde zu einem mit Zuckerguß überzogenen Kürbis in dieser kalten, frischen Nacht mitten im November. Auf den Vordersitzen eines Streifenwagens des Sheriffs von Arbier Parish* unterbrachen zwei Männer ihren Streit darüber, wen sie sich wohl lieber schnappen würden, Michelle Pfeiffer oder Kim Basinger. Der größere der beiden hatte gerade gesagt, daß er nicht ein bißchen auf Kim Basinger stehen würde, aber er hätte nichts dagegen, wenn er mal Uma Thurman näher kennenlernen würde. Der kleinere Streifenpolizist wollte antworten, daß er den Namen von Uma Thurman noch nie gehört hätte, doch beide verstummten im selben Augenblick, als sie etwas in der frostigen Dunkelheit ausmachten, was da nicht hingehörte. Sie hatten ihr Fahrzeug am Fuß des Deiches postiert, weil sie die Kids der High-School dabei erwischen sollten, wie sie hier das letzte aus Papas Auto herausholten und über die mit zerbrochenen Muscheln bedeckte Deichstraße preschten.

Auf dem Deich die Reifen quietschen zu lassen, war ein schlimmes Vergehen in Arbier Parish, obwohl eigentlich niemand genau sagen konnte, warum, am allerwenigsten die

* Parish = Gemeide, Pfarrei, Pfarrbezirk

beiden Polizisten in dem Streifenwagen, Officer Kasparian und Officer Block.

Die Polizisten waren erleichtert darüber, ihre ewig andauernden Debatten über ohnehin unerreichbare Frauen oder über die korrekte Auslegung der Rechtsvorschriften von Arbier Parish unterbrechen zu können. Glücklicherweise war alles, was sie durch die Windschutzscheibe erkennen konnten, die Gestalt eines Mannes. Eines verdammt großen Mannes. Er war bestimmt über zwei Meter, ohne sich groß anzustrengen. Er stand auf halbem Weg den Damm hinauf mitten in der Wiese von Johnson, und auf seinem ausgesprochen häßlichen Gesicht lag ein verwirrter Ausdruck, so jungfräulich wie die heilige Mutter Maria.

»Was ist das für ein häßlicher Hurenbock«, sagte Officer Kasparian.

»Wir sind für jede Art von Zwischenfällen ausgebildet«, stellte Officer Block fest und öffnete langsam die Fahrzeugtür. »Aber die Vorschläge von St. Didier Parish zur Problembewältigung sind ziemlich nutzlos, wie wir beide ja wohl am besten wissen, wenn sich niemand an den vorgeschriebenen Lösungsweg halten will. Für so etwas Häßliches bin ich nicht ausgebildet worden. Gott mag solche schrecklichen Dinge nicht.«

»Laß uns jetzt nicht dem Allmächtigen irgendwelche Worte in den heiligen Mund legen, wenigstens diesmal nicht«, erwiderte Officer Kasparian. »Hast du bemerkt, daß der Kopf dieses häßlichen Burschen angenäht worden ist? Hast du irgend etwas in diesen supertollen Seminaren über Verbrechensbekämpfung gelernt, zu denen man dich nach Orleans Parish geschickt hat, wie man einen Straftäter mit angenähtem Kopf behandelt?«

»Sie haben uns von dem Kerl erzählt, dem ein Stück von seiner Zunge abgerissen worden ist und sie damit sofort zum Krankenhaus gerast sind. Seitdem kann er wieder fast genausogut sprechen wie du oder ich. Aber das ist doch was völlig anderes.«

»Uh huh«, sagte Officer Kasparian dazu und ließ sich auf seiner Seite langsam aus dem Wagen gleiten. Beide Polizisten hatten ihre Gummiknüppel gezückt, aber keiner von ihnen hatte seine Waffe gezogen.

Officer Block hob seine Hände über seinen Kopf. »Wir wollen ihnen nichts tun. Wir sind Freunde. Wir kommen in Frieden.«

»Hey«, rief Officer Kasparian aus der sicheren Deckung, die er hinter dem Vorderreifen bezogen hatte, »warum redest du mit ihm wie mit einem Marsmenschen oder sonst einem Außerirdischen?«

Officer Block drehte sich zu ihm um und funkelte ihn wütend an. »Wie viele zwei Meter große Kerle mit angenähtem Kopf laufen uns üblicherweise über den Weg zwischen hier und Linhart?«

»Nicht sehr viele«, gab Officer Kasparian zu.

»Also, laß es mich auf meine Art versuchen, okay?« Officer Block stand in dem feuchten Gras und wedelte wieder mit seinen Händen in der Luft. Er hatte völlig vergessen, was jedem passiert war, der es 1953 auch so versucht hatte in dem Kino-Klassiker *Der Krieg der Welten*.

Der verdammt große Bursche schaute von Officer Block, der praktischerweise auf und nieder hüpfte, um so etwas wie Kommunikation einzuleiten, zu Officer Kasparian, der sich auf der abgewandten Seite des Fahrzeugs fast unsichtbar machte. »Was ist«, brüllte der häßliche Riese, »kann ich Ihnen irgendwie behilflich sein?«

Officer Block nickte Officer Kasparian zu, der vorsichtig wieder in den Streifenwagen kroch und das Büro des Sheriffs in Linhart anfunkte. Er gab dem diensthabenden Sergeant alle Einzelheiten durch und die letztendliche Entscheidung wurde getroffen, daß der Bursche, der ja nur seinen Kopf angenäht hatte, nichts wirklich Ungesetzliches getan hatte, aber nichtsdestotrotz sollen sie den Kerl, der aussah wie die heilige Jungfrau, sicherheitshalber zum Mercy-Lutheran-Krankenhaus bringen, ihn bei einem Notarzt oder einer

Krankenschwester abliefern und dann wieder auf ihre Position zurückkehren.

Die beiden Polizisten nahmen sich die Zeit, sich gegenseitig anzuschauen. Dann sagte Officer Block: »Los, tun wir's.« Dann rief er dem großen Kerl zu: »Wir glauben, das Beste wäre, Sie in ein Krankenhaus zu bringen. Sind Sie damit einverstanden?«

»Darauf können Sie wetten«, antwortete der arme, zwei Meter große Trottel. Er setzte sich langsam auf den Rücksitz des Streifenwagens, getrennt durch ein schweres Eisengitter von den beiden sich ganz friedlich verhaltenden Polizisten, die auf den Vordersitzen Platz genommen hatten. Und damit fingen die Probleme des häßlichen Riesen erst richtig an.

Officer Kasparian und Officer Block fuhren mit dem naiven Burschen zu dem Mercy-Lutherian-Hospital, das zur Gemeinde von Linhart gehörte. Die Polizisten überließen den Burschen mit dem angenähten Kopf einer Krankenschwester, erhielten als Gegenleistung eine hingekritzelte Quittung und entkamen glücklich wieder zurück in die kalte, klare Nacht.

Der Notarzt hatte enorme Schwierigkeiten, um die nötigen Angaben von dem häßlichen Riesen zu bekommen, der sich nicht mal an seinen Namen erinnern konnte, nicht wußte, wo er eigentlich wohnte und der auch nicht in der Lage war, einen einzigen Freund oder Verwandten zu benennen, der vorbeikommen könnte, um ihn abzuholen.

Der Arzt veranlaßte den unschuldigen Trottel, sich auszuziehen und wurde überrascht durch den Anblick aller möglichen, angenähten Teile — nicht nur der Kopf, sondern auch die Arme, Beine und andere Gliedmaßen waren so befestigt, auch die Schädeldecke, in der ein ebenso gerissener wie geschickter Chirurg ohne weiteres gestohlene Juwelen hätte verschwinden lassen können oder eine Flaschensammlung seltsamer und tödlicher Gifte, wenn der Hohlraum im Schädelinneren nicht von einer Gehirnmasse ausgefüllt worden wäre. Der Arzt zuckte die Achseln, versteckte den häßlichen

Riesen in einem abgelegenen Raum, pumpte ihn voll mit Thorazin und behielt ihn unter Beobachtung.

Bald wurde sich die Krankenhausverwaltung klar darüber, daß sie es nicht rechtfertigen konnte, den großen Kerl weiter festzuhalten, und der Sozialdienst sorgte dafür, daß er zum Hanson-State-Hospital für geistig minder Bemittelte verlegt wurde. Hier veranlaßte ein Sozialarbeiter, daß der unheimlich aussehende Bastard in ein Arbeitsbeschaffungs-Programm aufgenommen wurde. Sie besorgten ihm eine Arbeit und liehen ihm genug Geld, um sich eine kleine Wohnung zu mieten. Das hätte die Lösung aller Probleme des armen Trottels sein können, doch als er an seinem ersten Tag auf der Arbeit erschien, entdeckte sein Vorgesetzter, daß der gruselige Gigant keine Sozialversicherungsnummer besaß.

Ohne diese Nummer konnte der verdammt große, häßliche Hurensohn keine Steuern zahlen und natürlich auch nicht in dem Arbeitsbeschaffungs-Programm verbleiben. Die Sozialversicherungsbehörde nahm mißbilligend zur Kenntnis, daß die einzige Angabe zur Person, die der unschuldige Bastard machen konnte, ein Name war. Auf einem Etikett in der Innenseite seines Sport-Sakkos, das ihm so gut stand wie ein Strampelanzug dem Michelin-Männchen, fand sich der Name Viktor Frankenstein.

Der unwissende Bursche ging von einer Behörde zur anderen, staatlichen Einrichtungen, Landesanstalten und kommunalen Organisationen, die in ihren wohlklingenden Namen versprachen, alles zu tun, was mit menschlichen Mitteln, Leistungswillen und wirtschaftlichen Grundsätzen möglich war.

Doch selbst beim Sozialamt wurde der arme Bastard hinausgeworfen, als er gerade mal die erste Frage auf ihrem Erhebungsbogen beantworten konnte, und auch bei der Bürgerrechtsbewegung war niemand in der Lage herauszubekommen, ob und wie er in seinen Rechten beschnitten wurde.

Nachdem er zur Räumung seiner Wohnung gezwungen worden war, bezog er eine Unterkunft in einem riesigen Karton, in dem ein Kühlschrank der Firma Maytag verpackt gewesen war. Er stand in einer der oberen Etagen eines ausgebrannten, leerstehenden Mietshauses in einer insgesamt baufälligen Gegend von Linhart. In dem gleichen Gebäude waren viele andere Menschen, die sich ebenfalls in einem Karton zusammengekauert hatten. Sie hatten sich nur wenig zu sagen. Nachts, in der eiskalten Dunkelheit, konnte der Hurensohn mit der grotesken Gestalt das Krabbeln vieler kleiner Tierfüße hören.

Die Tage vergingen, und in demselben Maße, wie das Gefühl des Verlorenseins in ihm anstieg, wuchs auch sein Hunger. Er hatte kein Geld. Er hatte seit Tagen nichts gegessen. Es kam ihm niemals in den Sinn zu betteln, und selbst wenn, wer würde schon einen Dollar oder eine Handvoll Kleingeld in diese grotesk verformte Hand drücken, die aussah, als käme sie aus demselben menschlichen Ersatzteillager wie sein grauenvoller, angenähter Kopf?

Der nächste Tag war ein Donnerstag, und der große Einfaltspinsel erwachte durch die Musik, die er hörte. Freitag hatte er einen Termin bei der Gesellschaft für kommunale Maßnahmen, um herauszufinden, welche Maßnahmen da ergriffen wurden, aber heute hatte er ausnahmsweise nichts vor. Er kroch aus seinem Maytag-Karton, erhob sich und streckte sich. Unentschlossen lauschte er dem weit entfernten Trommelschlagen. Er konnte hören, wie zersplittertes Glas und zerbrochene Steine unter den Füßen von ein paar Leuten in der Nähe zerknirschte, und er sah ihre schäbigen Gestalten, als sie an einer fensterlosen Öffnung vorüberhuschten, die bis jetzt noch nicht mit Brettern zugenagelt worden war. Er reckte sich noch einmal, warf einen herausfordernden Blick in die Runde, falls es irgend jemand auf seinen Maytag-Karton abgesehen hatte, und stieg langsam durch das von Fäulnisgeruch erfüllte Treppenhaus zu den unteren Etagen hinab. Draußen schien eine typische Herbstsonne, verdeckt von Wolken, aus denen es jederzeit regnen oder schneien konnte und hinter denen sie sich einfach bis zum April verstecken könnte. Über Nacht war es noch kälter geworden, und der häßliche Bastard zwängte seine riesigen, unförmigen Hände in die Taschen seines Sport-Sakkos. Er wünschte, er hätte Handschuhe. Handschuhe wären eine der Errungenschaften, die ihm zugute kommen würden, wenn er endlich hinter das Geheimnis kam, wie man eine Sozialversicherungsnummer bekommt.

Das durchdringende Geplärre einer Musikkapelle kam ihm zu Ohren, dissonante Töne wegen der Entfernung. Der bedauernswerte Blödian setzte sich auf eine niedrige Steinmauer und schaute in die Richtung, aus der die Geräusche kamen. Hoch über den kahlen Herbstbäumen, die schon alles Laub abgeworfen hatten, trieben bunte, einfallsreiche Figuren in der Luft, die aufgeblasenen Ballons der alljährlichen Thanksgiving-Feier in Linhart. Hier war nicht New York und hier gab es nicht Macy's, aber Linhart, Louisiana, war stolz auf seine kleinere Version der großen Parade. Der große Kerl mit dem Gesicht der heiligen Jungfrau auf seinem angenähten Kopf war erstaunt.

Das Gehirn, das kürzlich unter seine schlecht sitzende, grob vernähte Schädeldecke gestopft worden war, war nicht neu erschaffen worden wie ein Haufen frisches, unverdorbenes Nervengewebe, aufnahmebereit für jede Art von Reiz. Nein, sein Gehirn kam von irgendwo — von irgendwem, um genau zu sein —, und innerhalb dieser Masse gab es Spuren, flüchtige Momente von Wissen und Erfahrung. Das erklärte seine unerschütterliche Höflichkeit und seine verbissene Entschlossenheit trotz aller Fehlschläge, bei einer der Organisationen Hilfe zu finden.

Es gab durchaus Überreste von positiven Erinnerungen, die tief in seinem verschwommenen, verwirrten Gedächtnisstrukturen vergraben waren. Eine davon war die verblaßte Vorstellung von einer Thanksgiving-Feier-Parade, vielleicht hatte er sie im Fernsehen gesehen oder sogar in eigener Person erlebt, am Bordstein stehend hier in Linhart oder in New York oder in einer Stadt dazwischen.

Langsam verzog sich das Gesicht des häßlichen Riesen zu einem Lächeln, und er bewegte seine Arme schwerfällig im Takt der Musik. Er erhob sich von der aus Gesteinsbrocken errichteten Stützmauer und torkelte mit unregelmäßigen Bewegungen in die Richtung, wo er die Parade vermutete. »Musik gut«, sprach er zu sich selbst mit seiner rauhen, heiseren Stimme.

Er stapfte ungefähr zehn Minuten lang durch die Gegend, einen Hügel hoch und einen anderen wieder hinunter, dann endlich eine Straße entlang, die direkt senkrecht zu der Straße, die er suchte, führen mußte. Er schaute in eine Seitengasse und sah an deren Ende, wie ein Wunder aus seiner Kindheit, einen riesigen, aufgeblasenen Ballon in der Gestalt eines mächtigen Raketenschiffes aus einer Fernseh-Serie, die nach der ersten Staffel wieder abgesetzt worden war. Vor dem Ballon marschierte die Kapelle der High-School und dudelte die längst vergessene Titel-Musik dieser Fernseh-Serie vor sich hin.

Der unwissende Bastard rannte aufgeregt bis an die Bordsteinkante, wo er das Gewimmer der falsch gespielten Melodie besser hören konnte. Es war sehr kalt, und die einfachen Blech-Bläser hatten große Schwierigkeiten mit ihren schweren, metallenen Mundstücken. Die Spieler der Holzblasinstrumente bewegten ständig ihre Finger, damit sie nicht einfroren. »Hey, Mann«, schrie ein Spieler der Marschtrommeln schlecht gelaunt, »glaubst du, wir machen das hier alles umsonst? Laß mal ein bißchen Kohle rüberwachsen oder hau ab!« Trotz der boshaften Sprüche der Mitglieder der Kapelle war es das Aufregendste, was der unglückliche Idiot jemals erlebt hatte. Er drehte seinen angenähten Kopf und streckte seinen Hals, um einen Blick auf die folgende Gruppe werfen zu können. Scheinbar war es eine Truppe frierender, mißmutiger Mädchen in rosa Kostümen und mit spitzen Kappen. Sie trugen blau-silberne Fahnen und fuchtelten damit mit fast perfekter Präzision in der Luft herum.

»Das ist ein Zeichen«, sagte der unschuldige Bastard, »ein schlimmes Zeichen, daß ich heute morgen in einem Maytag-Karton in einem ausgebrannten Gebäude aufgewacht bin und nicht einmal gewußt habe, daß heute Thanksgiving-Tag ist. Es gibt kein besseres Symbol für meine vollständige Erniedrigung.«

Nun zog die Parade an ihm vorbei wie eine religiöse Prozession mit zusätzlichen Clowns-Abteilungen, und er fühlte eine tiefe, alles überwältigende Kraft. Sie war stärker als alles, was der häßliche Riese jemals zuvor empfunden hat. Es war ein Akt der Läuterung, eine Absolution, die in den tiefsten Inneren seines Sein ihren Anfang nahm. Die Parade am Thanksgiving-Tag zu sehen und zu erleben verlieh ihm die persönlichen Rechte eines jeden Individuums, obwohl doch die argwöhnischen Behörden nicht das geringste unternommen hatte, um ihm mit einem ihrer Programme oder Institutionen zu helfen. Der große Mann zuckte mit den Achseln; das alles galt für die Zukunft. Im Augenblick war er ein Mensch wie jeder andere von denen, die hier am Straßenrand standen und mitgerissen wurden von einer sehenswerten Abteilung der Parade nach der anderen.

Der wunderbare Höhepunkt kam erst fast zum Ende, wie es immer so ist. Der Festwagen, der die Parade abschloß, war der schönste, am verschwenderischsten herausgeputzt, mit den meisten Glitzerpunkten und dem meisten künstlichen Schnee. Es war der Wagen des heiligen Nikolaus. Unter der Schirmherrschaft des Sudarin-Cooke-Kaufhauses war der heilige Nikolaus rechtzeitig zur Parade in Linhart, Louisiana, eingetroffen.

Der häßliche Bastard mit dem angenähten Kopf glotzte auf die funkelnden Lichter, die biegsamen Gestalten junger Männer und Frauen, die angezogen waren wie die Gehilfen des Nikolaus und zu ihm herunter winkten. Die Vorstellung, der feste Glaube an den Nikolaus existierte in dem abgestumpften Geist des Riesen, und plötzlich hatte er die Eingebung, wenn sich die staatlichen Behörden praktisch selbst ausmanövriert hatten und ihm alle Hilfe versagten, daß es nur noch durch ein Wunder möglich wäre, die zweifelhafte Existenz des unschuldigen Trottels zu retten.

»Hier, Nikolaus!« brüllte der grotesk aussehende Hurensohn. »Hier bin ich. Nikolaus, hier! Nikolaus!« Er brüllte und brüllte so lange, bis sich der heilige Nikolaus langsam von der einen Seite seines mit Pailetten besetzten Thrones zu der anderen Seite des Festwagens umdrehte und auf die eifrige Menschenmenge auf dem Gehsteig herabschaute. Die Blicke des Nikolaus und des verdammt großen Burschen trafen sich für einen Moment, und der häßliche Bastard war fest davon überzeugt, daß für einen ganz kurzen Moment eine wortlose Kommunikation zwischen ihnen stattgefunden hatte. Er wußte es. Er spürte es. Und jetzt, wo er endlich auf dem richtigen Weg war, begann der große Mann zu brüllen: »Meine Nummer! Meine Nummer! Meine Nummer!«

Der Nikolaus schaute ihn müde an, und dann wanderte sein Blick teilnahmslos zu einem kreischenden Jungen in einem schweren, viel zu großen Wintermantel. »Ho, ho, ho«, sagte der Nikolaus und pfiff noch ein bißchen vor sich hin, als die Parade vorbei war. Der Junge in dem Wintermantel schrie und rannte im selben Augenblick davon.

Der häßliche Bastard beobachtete den Festwagen des Nikolaus, wie er die Straße hinunterfuhr. Dann merkte er, daß die Parade vorbei und alles zu Ende war. In seiner wiederhergestellten Brust war sein verpflanztes Herz erfüllt mit Freude und Hoffnung. Jede Minute dieses Tages hatte für ihn eine neue Erfahrung gebracht, und er fragte sich, um wieviel herrlicher das Leben noch werden konnte, bis er sterben und in das menschliche Ersatzteillager zurückkehren würde.

Der arme Trottel machte sich wieder auf den Weg zurück zu seinem ausgebrannten Mietshaus, weg von der Hauptstraße. Er marschierte über ein Trümmergrundstück, wo drei Männer und eine Frau in einem Fünfundfünfzig-Gallonen-Faß ein Feuer entzündet hatten und sich daran wärmten. Sie luden ihn ein, sich ebenfalls an dem Feuer aufzuwärmen, und er war von ihrer Großzügigkeit so überwältigt, daß er keine Worte fand. Er merkte, daß er weinte. Als er weiter die Straße entlang ging, sah er einen Mann, der auf der Vordertreppe seines Wohnhauses saß und in einen kleinen, tragbaren Fernseher schaute. Der Mann lud den dummen Bastard ein, mit ihm Fernsehen zu gucken, weil gerade ein Football-Team der Profi-Liga ernsthafte Anstalten traf, einen Angriff auf die Gegenseite zu starten. Der große Bursche war sich nicht sicher, ob er wirklich dableiben und zuschauen sollte. Er fühlte sich immer noch so wundervoll wegen der Parade und dadurch, daß er den Nikolaus gesehen hatte. Bevor er eine Entscheidung treffen konnte, sah er, wie eine junge Frau den Hügel hinunter direkt auf ihn zu kam. In der einen Hand hielt sie ein Klemmbrett. »Guten Tag, mein Herr«, sagte die junge Frau. »Fröhliches Thanksgiving.«

Der arme Trottel hatte junge Frauen mit Klemmbrettern schon immer gut leiden können. Sie hatten immer diese ernsthafte Aufrichtigkeit. »Thanksgiving«, antwortete er nickend. »Thanksgiving gut.«

»Sie hatten bis jetzt noch kein Thanksgiving-Essen?« fragte ihn die Frau. Sie lachte dem häßlichen Hurensohn zu. Sie ergriff seinen Arm, was nur wenige Leute gewagt hätten, wenn sie nicht in der anderen Hand eine Spritze mit einer großen Dosis Thorazin bereithalten würden.

»Essen?« fragte der große Bursche zurück.

Die junge Frau lächelte. »Kommen Sie mit mir. Wir haben gefüllten Truthahn und Kartoffelpüree und Preiselbeer-Sauce und Kürbiskuchen. Alles bereitgestellt von den vereinigten Wohlfahrtsorganisationen von Linhart unter der Leitung der alljährlichen Veranstaltung des Sheriffs ›Nahrung für die Obdachlosen‹.« Sie führte ihn einen Hügel hoch über eine lange Straße, die dann nach links abbog. Der Bürgersteig war brüchig und rissig, und alle Fenster in den leerstehenden Mietskasernen waren mit Sperrholzbrettern zugenagelt, genau wie diejenige, in der er seinen Maytag-Karton stehen hatte.

»Ich heiße Shanna«, sagte die junge Frau. »Lassen Sie uns gleich hier reingehen.« Sie führte den grotesk aussehenden Mann in ein großes Gebäude, das von einem Eisenzaun umgeben war. Die meiste Zeit des Jahres wurde es als Parkhaus für all die Fahrzeuge des Sheriffs benutzt, die der Verbrechensbekämpfung dienten. Heute waren sie alle irgendwo anders hingeschafft worden, und der staubige, kalte Platz im Inneren des Parkhauses war ausgefüllt mit ausklappbaren, blechernen Tischen und Stühlen.

Hier saßen Hunderte von Leuten, die genauso waren wie der häßliche Bastard - nun ja, genauso in der Hinsicht, daß es für sie auch sonst keinen Ort gab, wo sie Thanksgiving feiern konnten. Und sie saßen alle an den mit Papiertischdecken geschmückten Tischen und schlangen ausgehungert das wundervolle Festmahl in sich hinein, das ihnen von den Hilfs-Sheriffs und älteren Damen, die sich in der Wohlfahrt engagierten, auf Plastik-Tabletts serviert worden war.

Shanna nahm an einem der Tische Platz und deutete dem unschuldigen Trottel an, daß er sich neben sie setzen sollte. »Darf ich fragen, wie Sie heißen?« fragte sie und hielt Klemmbrett und Bleistift zur Dateneingabe bereit.

»Viktor«, sagte der verdammt häßliche Mann. Er erinnerte sich an seinen kurzen Aufenthalt im Mercy-Lutheran-Hospital. »Viktor, hat man mir gesagt. Es fällt mir gleich ein. Viktor Soundso. Soundso Stein. Rosenstein. Nein, das ist falsch. Früher wußte ich es. Früher konnte ich mich erinnern.« Bis jetzt war dem großen Burschen immer noch nicht zu Bewußtsein gekommen, daß er ebenfalls ein ganzes Tablett voll mit Nahrungsmitteln serviert bekommen sollte.

»Viktor Rosenstein«, sagte Shanna glücklich. »Das klingt gut. Das reicht schon. Und wohnen Sie hier in dieser Gegend?«

In diesem Augenblick kam ein Hilfs-Sheriff zu ihrem Tisch. Er trug ein rosa Tablett, das schon seit Jahren seinen

Dienst in irgendeiner Kantine verrichtet hatte. Der Hilfs-Sheriff stellte das mit Speisen bepackte Tablett genau vor die Nase des unschuldigen Hurensohns. Dessen Augen weiteten sich, als wenn alle herrlichen Köstlichkeiten dieser Welt vor ihm ausgebreitet würden. »Fröhliches Thanksgiving«, sagte der Hilfs-Sheriff und verschwand gleich wieder, um jemand anderen etwas zu bringen.

»Für mich?« fragte der unschuldige Bursche.

»Lassen Sie es sich schmecken, Herr Rosenstein«, sagte Shanna.

»Sie haben meine Frage nicht beantwortet. Wohnen Sie hier in dieser Gegend?«

Am leichtesten ließ sich ein belegtes Brötchen vertilgen, und der arme Trottel schnappte sich sofort eins und stopfte es, ohne ein einziges Mal abzubeißen, vollständig in den Mund. So fiel es ihm nicht ganz leicht zu antworten. »Ja«, sagte er.

»In einem Maytag-Karton in einem von diesen Gebäuden.«

Shanna nickte wissend und schrieb etwas auf das Klemmbrett. »Führen Sie sich intravenös Drogen zu?« fragte sie beiläufig.

Er hatte das Brötchen fast runtergeschlungen, aber sein Mund war schon längst wieder gefüllt, diesmal mit heißem Kartoffelbrei. Er kaute eine Zeitlang. »Sind das die von der guten Sorte oder von der bösen?«

»Tja...«

»Keine Drogen«, sagte er bestimmt. »Keine Nahrung, kein Zuhause, keine Drogen, keine Nummer.« Ungeschickt riß er den Truthahn auseinander und schüttelte den Kopf. »Meine Nummer. Ich könnte für mich selbst sorgen, wenn sie mir bloß meine Nummer geben würden.«

»Aber Sie würden keine intravenösen Drogen zu sich nehmen, oder, Herr Rosenstein?« fragte Shanna mit einem gezwungenen Lächeln.

»Nein, natürlich nicht«, sagte der häßliche Mann.

»Sagen Sie einfach nein.* Viele Leute sagen einfach nein. Zu mir.«

Shanna stellte sich neben ihn und ergriff eine seiner narbenbedekcten Hände. »Jetzt sitzen Sie hier, am Thanksgiving-Tag. Sie sehen, es gibt Leute, die sich *tatsächlich* um Sie kümmern. Sie sollten Dankbarkeit zeigen, Herr Rosenstein, danken Sie Gott für das, was Sie haben. So, jetzt entschuldigen Sie mich bitte, ich muß jemand anderes finden, der noch kein Thanksgiving-Essen gehabt hat.«

»Vielen Dank, Shanna«, sagte der große Bursche. »Sie haben mir den Mut gegeben weiterzumachen. Shanna Freund. Freund gut.« Shanna versuchte, seine riesige Hand mit ihrer kleinen Hand zu drücken, dann ging sie davon.

Das Essen war gut und heiß, und der unschuldige Trottel genoß jeden Bissen davon. Als er fertig war, saß er so lange an dem mit einer Papiertischdecke geschmückten Tisch, bis ein anderer Hilfs-Sheriff kam, ihn sanft beim Arm faßte und ihn an den Wellblechwänden des Parkhauses entlang wieder zurück in die Nacht führte. Es war dunkel geworden. Und es war kälter geworden, viel kälter. Der große Mann zitterte. An manchen Stellen war die Wolkendecke aufgerissen, und die hellen Sterne funkelten hindurch wie die billigen Glasperlen am Festwagen des Nikolaus. Der arme Trottel hatte inzwischen gelernt, daß man nichts mehr unternehmen konnte, wenn es dunkel geworden war, zumal die Gegend mit zunehmender Dunkelheit auch immer gefährlicher wurde, so setzte er sich langsam in Bewegung, zurück von dem Parkhaus über den Hügel zu dem Gebäude, wo sich sein Maytag-Karton befand. Es gab viele freie Stellen auf den mit Steintrümmern bedeckten Etagen der in langen Reihen leerstehenden Mietskasernen. Und viele Geräte-Kartons, auf die niemand einen Anspruch erhob. Aber der große Bursche hatte die Vorstellung eines Zuhauses entwickelt, wenn er an

---

*Slogan einer Anti-Drogen Kampagne unter der Reagan-Administration (Just say no.).

seinen Karton und an seiner Häuserruine dachte. Er registrierte niemals die erstaunten und ängstlichen Blicke der Vorübergehenden, die ihm auf seinem Weg begegneten.

Als er bei seinem Maytag-Karton ankam, war es noch hell genug, um etwas Hausarbeit zu erledigen. Mit seinen riesigen Fäusten schob er die Gesteinsbrocken und die scharfen, vielfarbigen Glassplitter nicht weit von seinem Karton zu einem Haufen zusammen. Er dachte an einen Besen. Wenn er seine Nummer hätte, dann hätte er eine Arbeit, dann hätte er Geld und dann könnte er sich einen Besen kaufen und den ganzen Bereich um seinen Karton ganz sauber fegen. Doch im Augenblick war das leider nur ein Traum, und er behalf sich, so gut er konnte.

Wegen der Kälte schlief er nicht besonders tief, wachte oft auf und bedeckte sich mit alten Zeitungen. In der schwach beleuchteten, eiskalten Luft konnte er seinen Atem sehen. Am Morgen stand er sofort auf, als ihm einfiel, daß er ja Termine hatte. Doch als erstes ging er wieder den Hügel hinunter zu dem wunderbaren Ort, wo er so viel gutes Essen bekommen hatte. Er würde sie bitten, ihm noch mal etwas zu geben. Es war ein neuer Tag, und er hatte wieder Hunger.

Die Hilfs-Sheriffs hatten alle Tische und Stühle zusammengeklappt und weggestellt, der Müll war weggeräumt und bereits von der städtischen Müllabfuhr abtransportiert, weit weg, wer weiß, wohin. Die Tore des Parkhauses standen weit offen, aber nichts deutete mehr auf junge Frauen mit Klemmbrettern, kein Anzeichen von Tabletts voller Speisen oder irgendeine Form von Wohltätigkeit. Statt dessen waren die großen Lastwagen, die Baumaschinen und anderes schweres Gerät der Gemeinde wieder an ihren Platz zurückgebracht worden.

Der große Mann blieb vor den Toren stehen, völlig verwirrt. »Ich will Essen!« rief er.

Langsam kam einer der Hilfs-Sheriffs auf ihn zu. »Wir machen das heute nicht«, sagte er ruhig. »Wir haben das gestern gemacht, aber heute machen wir das nicht. Verstanden?«

Der unschuldige Trottel verharrte einen Moment in tiefem Nachdenken. »Gestern hier Essen«, sagte er, »und der Nikolaus. Und Cowboys, die die Indianer traurig machten. Heute . . .«

Der Hilfs-Sheriff nahm den Zahnstocher aus seinem Mund und betrachtete ihn eindringlich. Aber es war nichts daran auszusetzen. »Also, wie ich schon sagte«, begann er — er hatte den Ruf, besonders gut mit Drogensüchtigen, Saufbrüdern und anderen Spinnern klarzukommen — »es hat gestern was zu essen gegeben, aber heute wird es nichts zu essen geben. Ist das klar?«

Der grotesk aussehende Hurensohn nickte langsam. Der Hilfs-Sheriff machte einen tiefen Atemzug und ließ die Luft geräuschvoll wieder heraus. »So, mit dem Nikolaus ist das wieder eine ganz andere Sache. Sie wollen zum Nikolaus, dann gehen Sie in das Suderin-Cooke-Kaufhaus. Dort können Sie sogar ein Bild von sich machen lassen, alles mögliche. Sie wissen, wo der Laden ist?«

»Nein, mein Herr,« antwortete der arme Bastard.

Der Hilfs-Sheriff schaute auf den Boden und zog mit der Innenseite seines Schuhes eine Linie. »Sie brauchen nur dieser Straße zu folgen, bis Sie zu dem großen Platz vor dem Gerichtsgebäude kommen. Dann fragen Sie jemand anderen. Verstanden?«

»Ich bin Ihnen für Ihre Hilfe wirklich dankbar, Officer«, sagte der häßliche Trottel.

»Keine Ursache. Grüßen Sie den Nikolaus von mir.«

Der verdammt große Bursche ging die Straße entlang, bis er zu einer Einkaufsstraße kam. Nachdem er zwei zerbrechliche, alte Damen mit blau gefärbtem Haar und dazu passenden Handschuhen erschreckt hatte, erfuhr er den Weg zu dem Kaufhaus. Der Riese mit dem angenähten Kopf betrat das liebevoll dekorierte Geschäft und erledigte den nächsten Teil der sich selbst gestellten Aufgabe, indem er, Männer,

Frauen und Kinder überragend, laut »Nikolaus!« brüllte. Von da an brauchte er nur in die Richtung zu gehen, in die alle zeigten.

Suderin-Cooke war das letzte unabhängige Kaufhaus in Linhart, und es versuchte, einen gewissen, alt-ehrwürdigen Charme zu erhalten. Man bemühte sich sehr, sich von den wohlbekannten, überregionalen Warenhaus-Ketten abzugrenzen, die sich in den letzten Jahren in den Ladenstraßen ausbreiteten. An diesem Freitagmorgen wurde sehr schnell entschieden, daß es von essentieller Bedeutung für den Erhalt der einhundertundzehn Jahre alten Tradition des Kaufhauses war, diesen aus Einzelteilen zusammengebauten, über zwei Meter großen Mann schleunigst zu entfernen, da er anscheinend schon einige Kunden von ihrem Einkauf abgelenkt hatte. Nach genauer Betrachtung seiner äußeren Erscheinung machte der grotesk aussehende Bastard nach aller Wahrscheinlichkeit nicht den Eindruck, als wollte er ein Kunden-Konto bei Suderin-Cooke eröffnen oder ein bereits vorhandenes in Anspruch nehmen. Das Sicherheits-Personal des Kaufhauses rief das Büro des Sheriffs von Linhart an.

Ein gnädiges Schicksal wollte es, daß es nicht Officer Kasparian und nicht Officer Block waren, die den großen Mann aus dem Kaufhaus abführten. Es war der Einsatz von Officer Gautreaux und Officer Williams. Officer Gautreaux sagte nie sehr viel. Officer Williams' Lebensphilosophie ließe sich kurz und knapp in einem Satz zusammenfassen. Als er den Kopf des unschuldigen Riesen nach unten drückte, um ihn in den Streifenwagen zu schieben, wurde sie aus dem wenigen, was er sagte, sofort ersichtlich. »Du glaubst, du bist groß? Du glaubst wirklich, du bist groß, du Hurensohn? Ich habe ein paar kleine Cousinen, die tragen rosa K-Mart-Socken und springen Seilchen, aber sie würden dich ganz schön alt aussehen lassen, wie ein alter Mann, der mit sich selbst spricht und neben dem Drugstore kleine Marihuana-Zigaretten verkauft. Du glaubst, du bist groß! Und dein Kopf ist angenäht. Hör mir zu, du Hurensohn, da, wo

wir dich hinbringen, wird alles irgendwie zusammenge-
klemmt, selbst was nicht zusammengehört.« In exakt diesem
Stiel wurde das Gespräch in dem Streifenwagen fortgesetzt,
und Officer Williams war der einzige, der redete, bis sie endlich in der Wachstube angekommen waren.

Der diensthabende Sergeant wollte wissen, wo das Problem lag.

»Die Leute von Suderin-Cooke sagen, die Kunden würden
sich über ihn beschweren«, sagte Officer Williams. Der Sergeant nickte.

»Er hat den Nikolaus gesucht«, fügte Officer Gautreaux
hinzu.

Der farbige Sergeant nickte. »Er hat also nichts gemacht.
Findet heraus, wer er ist, steckt ihn ins Loch und treibt
jemanden auf, der ihn abholt. Diese Clowns wollen ihn
wohl auf die Rolle nehmen. Diese gottverdammten Kauf-
hausleute haben uns gerufen, dabei hat dieser Kerl nichts
weiter gemacht als groß zu sein.«

Officer Williams lachte, ohne amüsiert zu wirken.
»Hurensohn denkt, er groß, huh?«

»Meine Frau und ich betreten diesen Laden sowieso nicht
mehr«, sagte Officer Gautreaux. »Sie behandeln einen, als
würde man nur seine Bazillen über ihr kostbares Porzellan
verteilen wollen.«

»Name?« fragte der Sergeant.

»Viktor«, antwortete der häßliche Bastard. »Viktor Rosen,
ähm, stock.«

»Viktor Rosenstock*, ist das korrekt?«

»Jawohl.«

»Adresse?«

---

* Die Variationen des Namens ›Frankenstein‹ zu ›Rosenstein‹ und ›Rosenstock‹
sind nicht nur Anspielungen auf die jüdische Volksgruppe, sondern auch auf
Ethel und Julius Rosenberg, die während der McCarthy-Ära in einem sehr
umstrittenen Indizien-Prozeß wegen Spionage für die Sowjetunion zum Tode
verurteilt und 1953 auf dem elektrischen Stuhl hingerichtet wurden.

Schweigen. Langes Schweigen. Dann: »Ich weiß nicht.«
Officer Williams schaute zu Officer Gautreaux und rollte
vielsagend mit den Augen.

»Hier geht's lang«, forderte er ihn auf.

Den ganzen Tag und auch die Nacht über hielten sie den
unschuldigen Hurensohn in dem ›Loch‹ gefangen — sie
nannten es offiziell ›Ausnüchterungs-Zelle‹, — und dann
wollten sie ihn am nächsten Morgen so schnell wie möglich
loswerden. Doch der große Bursche wollte gar nicht weg.
Die Nacht auf dem Feldbett, auf einer richtigen Matratze
und die warmen Mahlzeiten waren die beste Behandlung, die
ihm seit dem Mercy-Lutheran-Hospital zuteil geworden war,
obwohl die Hilfs-Sheriffs ihm kein Thorazin verabreicht hatten. Aber das war in Ordnung. Mit lauter Stimme verlangte
er, daß man ihn wieder ins Gefängnis steckte, doch es führte
zu nichts. Unausgesprochen kamen sie darüber überein, daß
Officer Williams die Verantwortung übernehmen sollte, den
armen Trottel wieder zurück in die Gesellschaft zu führen.
»Hey, hey, hey«, sagte Officer Williams und rückte seine
Sonnenbrille zurecht, »wart's ab, bis du siehst, wo ich dich
auf die Straße setze. Sag mal, Junge, was hast du eigentlich
für eine Hautfarbe?«

Der Lauf der Welt ist leider nicht so, daß die Dinge mit der
Zeit einfacher werden. Der große Mann wußte genau, daß
die Dinge nur noch immer schlechter werden würden. Er
probierte es bei anderen Organisationen, anderen Behörden
und anderen wohltätigen Menschen, die dank ihrer Arbeit
niemals begreifen würden, was es bedeutet, wenn man seinen Füßen die Mauerbrocken in seiner ›Wohnung‹ zusam-
menfegen mußte.

Schließlich, nachdem er seit Tagen überhaupt nichts
gegessen hatte, war er völlig verzweifelt. Da sah er ein Mädchen mit einem Falaffel-Sandwich in ihren Händen. Er verschwendete keine Zeit mit Nachdenken. Er schnappte sich

das Falaffel-Sandwich und rannte damit davon. Die Mutter des Kindes rannte jedoch hinter ihm her, und bald folgte ihr eine aufgebrachte Menschenmenge, als sich seine Tat herumsprach. Immer mehr Menschen schlossen sich an, und es schien, als hatte er dem Mädchen noch andere, viel schlimmere Dinge angetan, als ihr bloß das Sandwich zu stehlen. Er rannte schnurstracks zu seinem Unterschlupf, seinem Maytag-Karton in der stinkenden, abbruchreifen Mietskaserne.

Obwohl es erst Nachmittag war, wurde es immer dunkler, als er sich auf der Flucht befand, und als sich der Zeiger der Uhr der fünften Stunde näherte, spürten die Bewohner der Stadt eine Veränderung. Sie begriffen, daß etwas ganz Neues, etwas unerträglich Unschuldiges in ihre verwirrende Welt eingedrungen war. Da wurde die Luft von einem Geruch nach frischem Blut erfüllt, und es würde nur noch einen kurzen Moment dauern, bis sie den armen Burschen, vereinzelt oder in Gruppen hinter ihm herjagend, zurückgetrieben hätten in die leerstehende, zerfallene Mietskaserne, zurück in den armseligen Schutz seines Maytag-Kartons.

Schließlich würden sie sich unten auf dem Bürgersteig versammeln, mit den verschiedensten Waffen und brennenden Fackeln in ihren Händen, und ihm endlich so etwas wie eine Identität geben, und dann — wie es das vorgeschriebene Ritual verlangte — letztendlich seine Gottwerdung durch das Feuer.

Originaltitel: The Last Supper and a Falaffel to go
Ins Deutsche übersetzt von Rüdiger Jenth

Copyright
der einzelnen
Geschichten

Band 13 397
Byron Preiss (Hg.)

**Das Beste von
Dracula**

Seit nunmehr über einhundert Jahren saugt der Fürst der Finsternis den Menschen das Blut aus den Adern. Wir garantieren: Die Leser dieses Bandes kommen mit dem Schrecken davon. Der aber ist beträchtlich. Denn das Verzeichnis der Autoren, die sich für diesen Erzählband zu brandneuen Dracula-Geschichten inspirieren ließen, mutet wie ein Who's who der modernen Horrorliteratur an: Dan Simmons, Philip José Farmer, Edward Hoch, Janet Asimov, Dick Lochte und – natürlich – die Königin des zeitgenössischen Vampirromans: Anne Rice.

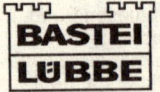

Sie erhalten diesen Band im Buchhandel, bei Ihrem Zeitschriftenhändler sowie im Bahnhofsbuchhandel.

Band 13 487
**Francis Ford Coppola/
James V. Hart**

**Bram Stoker's
Dracula**
**Deutsche
Erstveröffentlichung**

Dracula ist der bedeutendste und erfolgreichste Film von Francis Coppola seit ›Apocalypse Now‹. Der Meisterregisseur hat dem Vampirmythos ganz neue, aufregende Bilder entlockt.

Wie das Drehbuch für diesen Edelschocker entstand und endlich einen Förderer fand, wie Gary Oldman, Anthony Hopkins und die anderen Schauspieler zur Höchstform aufliefen, wie Maskenbildner und Art-Designer zusammenarbeiteten, das verraten die Schöpfer dieses Filmspektakels ebenso wie all die kleinen und großen Tricks, mit denen sie ihre oftmals verblüffenden optischen Effekte inszenierten.

Prächtige Farbfotos, Zeichnungen, das komplette Drehbuch und ausführliches Hintergrundmaterial über den historischen Dracula runden dieses Filmbuch ab: Wer es studiert hat, weiß mehr über moderne Filmkunst.

**Sie erhalten diesen Band
im Buchhandel, bei Ihrem
Zeitschriftenhändler sowie
im Bahnhofsbuchhandel.**

Band 13 439
Graham Masterton

Ritual
Deutsche
Erstveröffentlichung

Das ›Reposoir‹ stand nicht auf der Liste des erfahrenen Restaurantprüfers Charlie McLean. Aber da er endlich mal wieder mit seinem Sohn Martin unterwegs war, den er seit seiner Scheidung kaum noch zu Gesicht bekommen hatte, wollte er in aller Ruhe etwas Ungewöhnliches ausprobieren. Und an diesem Restaurant war alles ungewöhnlich: seine versteckte Lage in dem abgeschiedenen Städtchen am Ende der Welt, seine Besitzer, die anscheinend auf Gäste keinen Wert legen, das sonderbare Auftreten der Kellner . . .
Als Charlie McLean endlich merkt, daß dieses Restaurant nur ein Gericht serviert – nämlich den nackten Horror –, ist es fast zu spät: Sein Sohn Martin ist schon fest in den Klauen der schwarzen Sekte, die dieses Restaurant des Schreckens betreibt. Und Charlie zermartern unsagbare Schuldgefühle, mit seiner Neugier den eigenen Sohn ins Verderben gestürzt zu haben.

Band 13 435
Garfield Reeves-Stevens

**Nur ein Gott darf
nicht weinen**
Deutsche
Erstveröffentlichung

Los Angeles, 1995. In einem Apartment wird die Leiche einer Frau gefunden: Ihr Körper wurde auf einen Küchentisch gebunden, ihr Mund geknebelt, ihr Schädel mit chirurgischer Präzision geöffnet.
Police Detective Kate Duvall beginnt mit ihren Ermittlungen und stößt schon bald auf die Spur eines der genialsten und außergewöhnlichsten Serienmörder der Kriminalgeschichte. Noch ahnt sie nicht, daß sie am Beginn eines Horrortrips steht, der alle ihre früheren Alpträume verblassen läßt.

GARFIELD REEVES-STEVENS ist mit diesem Thriller eine glänzende Mischung aus Horror-, Science Fiction- und Kriminalroman gelungen, so spannend wie Thomas Harris' *Schweigen der Lämmer* und so düster wie Dean R. Koontz' *Mitternacht*.